RHENNA MORGAN

Healer's Need

Ancient Ink

Rhenna Morgan
Ancient Ink Teil 2: Healer's Need

Aus dem Amerikanischen ins Deutsche übersetzt von Jazz Winter

© 2018 by Rhenna Morgan unter dem Originaltitel „Healer's Need (Ancient Ink Series, Book 2)"

© 2022 der deutschsprachigen Ausgabe und Übersetzung by Plaisir d'Amour Verlag, D-64678 Lindenfels
www.plaisirdamour.de
info@plaisirdamourbooks.com
© Covergestaltung: Sabrina Dahlenburg
(www.art-for-your-book.de)
© Coverfoto: Shutterstock.com
ISBN Print: 978-3-86495-528-0
ISBN eBook: 978-3-86495-529-7

Dieses Werk wurde im Auftrag von Harlequin Books S.A. vermittelt durch die Literarische Agentur Thomas Schlück GmbH, 30161 Hannover.

Die Personen und die Handlung des Romans sind frei erfunden. Etwaige Ähnlichkeiten mit tatsächlichen Begebenheiten oder lebenden oder verstorbenen Personen wären rein zufällig.
Dieser Roman darf weder auszugsweise noch vollständig per E-Mail, Fotokopie, Fax oder jegliches andere Kommunikationsmittel ohne die ausdrückliche Genehmigung des Verlages oder der Autorin weitergegeben werden.

*Für diejenigen unter euch,
die sich ihrer Vergangenheit,
ihren Ängsten oder beidem stellen.
Einen Fuß vor den anderen zu setzen,
ist alles, was es braucht.
Ihr schafft das.*

KAPITEL 1

Keine Anzeichen von Bewegung. Keine Schatten rührten sich, als die frühe Abendsonne hinter dem abgelegenen Cottage, das nur etwa zehn Meter von Tate entfernt war, unterging. Nicht einmal die Gardinen an den Fenstern seiner Gefährtin regten sich.

Doch Elise war dort drin.

In seiner Kojotengestalt konnte er sie wittern. Die Mischung aus einer exotischen Blume, die ein Mann wie er im Leben nicht identifizieren konnte, und einem süßen ofenfrischen Leckerbissen. Er hatte die dicht bewaldete Umgebung des veralteten Hauses, das Elise mit ihrer Mutter bewohnte, durchstreift. Jetzt unterdrückte er ein frustriertes Aufheulen, weil Wasser mit sanftem Plätschern in die Klauenfußwanne lief und lebhafte Bilder in seinem Geist entstehen ließ, wie sie im warmen Wasser entspannte.

Er wich weiter zwischen die Bäume zurück und checkte den Fußweg, der zwischen Elises Haus und dem, das Tate mit Priest, Kateri und Jade bewohnte, entstanden war. Der Ausflug hierher war nicht besonders anstrengend. Ein flotter Spaziergang von höchstens fünf Minuten, der durch die unberührten Wälder in der Nähe des Beaver Lake in Eureka Springs führte.

Und Jade war vor zwanzig Minuten zu dieser Tour aufgebrochen.

Seine Nackenhaare sträubten sich und ein leises Knurren rumorte in seiner Kehle, während sein Biest sich ihm mit seinem eigenen Missfallen anschloss.

In den zwei Wochen, seit er Elise kennengelernt hatte, hatte sein Begleiter sich widerwillig mit der selbst auferlegten Distanz arrangiert, die Tate zwischen ihnen eingehalten hatte. Sein Instinkt hatte diesen Abstand verlangt, denn dieser war entscheidend, um zu lernen und sich auf die bevorstehende Jagd vorzubereiten. Verdammt, so wie Elises Herz in den ersten Sekunden gehämmert hatte, war Distanz geradezu notwendig gewesen. Sie war das einzig Richtige gewesen, denn er hatte sich davon abhalten müssen, Elise auf dem Boden festzunageln und gleich an Ort und Stelle zu nehmen.

Allerdings hatte sein Kojote das Warten satt. Seine Geduld war erschöpft, und er war bereit, damit fortzufahren, ihre Gefährtin für sich zu gewinnen.

Es ist fast so weit. Nur noch ein paar Stunden mehr.

Es waren eher Gedanken und Emotionen als tatsächliche Worte. Die Verbindung zwischen Mann und Tier war so natürlich wie sein Herzschlag oder das Arbeiten seiner Lungen.

Ein Zweig brach.

Tate drehte sich zu dem Geräusch um, und seine Ohren zuckten in die Richtung der sanften, aber stetigen Schritte auf dem Boden, der durch die anhaltenden Regenfälle im April aufgeweicht war. Die Logik sagte ihm, dass es sich um Jade handelte, die endlich auftauchte, um zu tun, was er von ihr verlangt hatte. Allerdings war Draven noch immer auf freiem Fuß und jagte die Primos des Clans; demnach war der Krieger in ihm nicht bereit, sich allein auf die Logik zu verlassen.

Eine Sekunde später tauchte Jade in seinem Blickfeld auf. Ihr langes dunkles Haar war offen und flatterte bei jedem ihrer selbstbewussten Schritte. Die silbernen Talismane, die sie an einer Seite ihres Kopfes in Zöpfe eingeflochten hatte, funkelten im Sonnenlicht. Obwohl sie nicht wirklich seine Schwester war, könnten sie dennoch aus derselben Blutlinie stammen. Und jetzt wollte er sie unbedingt erwürgen, wie es ein blutsverwandter Bruder tun würde.

Er wartete, bis sie nur noch etwa drei Meter von ihm entfernt war, ehe er sich zurückverwandelte. Das Knacken und Brennen unter seiner Haut, während er seine

Tiergestalt an die Anderswelt abgab, war nichts im Vergleich zu seiner inneren Unruhe. „Du bist spät."

Anscheinend waren er und sein Kojote nicht die Einzigen, die schlechte Laune hatten, denn Jade knurrte ihn an, wie es nur eine Frau konnte. Ein wenig mischte sich auch ihr Luchs in das Geräusch ein. „Elise ist meine Freundin und kein Auftrag. Wenn du mit meinem Zeitplan nicht einverstanden bist, dann bekomm deinen Arsch hoch und beschäftigte dich so mit deiner Gefährtin, wie du es solltest."

„Sie ist noch neu."

„Na und? Katy war auch neu und Priest hat sie kaum aus den Augen gelassen."

Oh, er war nie weit von Elise entfernt gewesen. Vielleicht nicht für sie sichtbar, aber er war immer in ihrer Nähe geblieben. Abgesehen von der Zeit, in der er seine Tätowiermaschine während der Arbeit in der Hand gehalten oder wenn Priest verlangt hatte, Hinweisen auf Draven oder dem vermissten Seher-Primo nachzugehen. Um die Kontrolle zu behalten, hatte er viele Stunden in seiner Kojotengestalt verbracht und vor ihrem Haus geschlafen. Er hatte die Verbindung zu ihr so eng gehalten, wie er es wagte. „Sie ist anders."

Jade öffnete ihren Mund, wollte scheinbar widersprechen, doch dann runzelte sie ihre Stirn und blieb stumm. Sie hatte genug Zeit mit Elise verbracht, um es ebenfalls zu spüren. Diese sorgfältige Distanz, die seine Gefährtin zwischen sich und allen anderen hielt. Der wachsame, manchmal scheue Blick, der für leichte Beute so typisch war. Das Zögern, das sie geschickt hinter einer entschlossenen Maske verbarg, wenn sie mit Clanmitgliedern interagierte, die sie kennenlernte. Die Frau, die Elise der Außenwelt präsentierte, war nicht ihr wahres Ich. Es handelte sich dabei um eine Rüstung. Ein Schutzschild, von dem sein Bauchgefühl ihm sagte, dass es von etwas Schmerzhaftem herrührte. Er würde verdammt sein, wenn seine raubtierartigen Aktionen den Panzer noch verstärkten, den Elise um sich geschaffen hatte.

Er wollte, dass sie diese Schutzmauer ablegte, wollte die Frau, die er in den Momenten, in denen sie sich unbeobachtet gefühlt hatte, gesehen hatte. Er wollte ihr helfen, ohne Angst zu leben und zu erfahren, was es bedeutete, eine Volán zu sein. Und er wollte diese sanfte, sinnliche Kreatur befreien, die er unter ihrer Maske gewittert hatte.

„Sie mag anders ein", sagte Jade. „Aber vorzugeben, jemand zu sein, der du nicht bist, ist keine gute Ausgangslage, um eine Beziehung aufzubauen."

Der wohlgemeinte treffende Ratschlag machte ihm zu schaffen und brachte eine Wahrheit zum Vorschein, die er absichtlich verdrängt hatte. „Ich gebe nichts vor, ich bin vorsichtig."

„Du bist ein Raubtier. Ein Mann, der auf der Jagd aufblüht. Ich habe noch nie einen Mann in unserem Clan mit einer Frau so ursprünglich gesehen wie dich. Aber du hast dir bisher kaum erlaubt, auch nur im selben Raum wie sie zu sein. Das ist mehr als nur Vorsicht. Das ist Vermeidung. Also erzähl mir nicht, dass es nicht um mehr geht, als nur darum, Elise mit Vorsicht zu behandeln."

Mehr? Das war die Untertreibung des Jahrhunderts. Es handelte sich dabei eher um ein klaffendes, schwarzes Loch der Ungewissheit, von dem er verdammt noch mal keine Ahnung hatte, wie er es überwinden sollte. Er hatte geglaubt, er würde seine Gefährtin erst später im Leben finden, so wie es bei Priest der Fall gewesen war. Er hatte gehofft, bis dahin als Clankrieger geerdeter zu sein und nicht siebenundzwanzig und mit mehr animalischen Trieben ausgestattet zu sein, als ihm lieb war. Ein doppeltes Hindernis, wenn man bedachte, dass Elise eine Mischung aus sinnlicher Feenhaftigkeit und ursprünglicher Unschuld war. Ihr Vertrauen zu gewinnen, ohne dabei die Kontrolle zu verlieren, würde das Wunder aller Wunder werden.

„Heute Abend." Dieses einfache Eingeständnis zerschnitt ihm die Kehle wie eine Doppelklinge und war eine Verpflichtung. Jemand würde ihn zur Rechenschaft ziehen, wenn er seine Pläne änderte, und Jade würde sofort dafür sorgen. „Ich möchte zuerst mit ihrer Mutter sprechen. Ich will sie wissen lassen …"

Wie aus dem Nichts erschien in seinen Gedanken eins der vielen erotischen Bilder, die in den letzten Wochen in seinem Verstand entstanden waren, und brachte ihn aus dem Konzept. Elise auf dem Bauch liegend. Mondlicht auf ihrer nackten Haut. Seine Hand an ihrem Nacken, die sie auf den Boden drückte. Ihre Knie angewinkelt und ihr Hintern gehoben für ihn. Seine andere Hand an ihrer Hüfte, um sie für seinen Schwanz an Ort und Stelle zu halten.

Er schüttelte das Bild ab und unterdrückte ein leises Knurren.

Ein wissendes Grinsen schlich sich über Jades Miene. „Welche Erklärung auch immer zu dem Ausdruck gehört, der gerade in deinem Gesicht zu sehen war, ist wahrscheinlich nicht die, die du bei ihrer Mutter verwenden solltest."

Kein Scheiß. Aber er konnte auch ihre Mutter nicht im Dunkeln tappen lassen. Sie mochte vielleicht von dem Clan gewusst haben, während sie aufgewachsen war, doch sie hatte keinerlei direkten Kontakt zu ihm gehabt und hatte ihre Gaben nicht angenommen, als sie die Chance dazu bekommen hatte.

„Sie muss erfahren, dass Elise meine Gefährtin ist, und muss verstehen, was das bedeutet."

„Glaubst du nicht, dass Naomi es ihr gesagt hat? Sicherlich hat sie zumindest mal eine Bemerkung in dieser Richtung fallen lassen."

Das war gut möglich. Katys Großmutter war nicht nur eine der Seher-Ältesten in ihrem Clan, sondern auch die Königin aller Kupplerinnen. Sie war an dem Tag da gewesen, als das Schicksal ihn wie ein Blitz getroffen hatte. Sie hatte dazu beigetragen, die peinliche Stille zu überbrücken, die entstanden war, als ihm bewusst geworden war, dass er gerade seiner Gefährtin gegenüberstand. Kein Volán-Mann konnte diese Realität übersehen. Die weiße Aura, die Elise umgab, war so unverkennbar gewesen wie seine Aufmerksamkeit, die in ihrer Gegenwart zum Leben erwacht war. Wie diese Hingezogenheit zu ihr und dieses Verlangen, zu nehmen und zu beanspruchen, was ihm gehörte.

„Bring Elise einfach zum Beltane-Fest", stieß Tate hervor. „Ich kann nicht …" Er räusperte sich und zwang sich zu einem weiteren tiefen Atemzug. „Ich kann nicht klar denken, wenn Elise in meiner Nähe ist, und ich muss das mit ihrer Mutter vernünftig klären."

Einen Moment lang betrachtete Jade ihn. Das Sonnenlicht des frühen Abends, das zwischen den Baumwipfeln hindurchfiel, erhellte ihre schlauen grünen Augen. „Der Hüter hat sie dir aus einem bestimmten Grund zur Gefährtin gegeben, Tate. Du kannst gar nichts falsch machen, egal was du anstellst."

Sie hatte leicht reden. Sie lief schließlich nicht die letzten vierzehn Tage mit einer Latte durch die Gegend. Ebenso nicht mit dem Drang eines Jägers, eine süße Frau zu überwältigen, die vor einem Monat nicht einmal gewusst hatte, dass ihr Clan, Gestaltwandler oder Magie überhaupt existierten. Er deutete mit dem Kopf in Richtung von Elises Haus. „Geh jetzt. Ich folge euch zur Party, drehe dann um und rede mit Jenny."

Jade kehrte zu ihrem üblichen streitsüchtigen Geschwister-Ich zurück. Sie schnaubte, schob ihn mit einem nicht allzu sanften Schubs an seine Schulter aus dem Weg und ging auf das Cottage zu. „Mir egal. Wir befinden uns auf geschütztem Land. Vor einem Monat hätte Draven die Schutzzauber von Priest nicht überwinden können, und jetzt, wo außerdem Katy ihre Magie ausübt und Dravens noch ergänzt, hat er sicherlich keine Lust darauf, Elise anzufassen, während sie hier ist."

Kurz bevor sie an der Baumgrenze vorbeiging, die sich zum Grundstück des Cottage hin öffnete, hielt sie inne und funkelte Tate an. „Heute Abend, Tate. Ich liebe es, Zeit mit Elise zu verbringen, und würde alles tun, um dir zu helfen, aber sie ist dein Geschenk, nicht meins. Nimm es an oder ich schwöre bei Gott, Naomi wird im Gegensatz zu Katy und mir wie eine süße kleine alte Dame aussehen."

Was effektive Drohungen betraf, war das wirklich der Hammer. Die Menge an möglichen Schwierigkeiten, die Katy und Jade für ihn heraufbeschwören könnten, brachte seinen Fokus mächtig ins Schwanken.

Bis die schwere Tür aufgerissen wurde und Elise, von Sonnenlicht eingerahmt, durch den Eingang trat.

Er hatte sie in Jeans gesehen, in Leggings und in diesen verdammt heißen Yogahosen, die jede Kurve, die er sicherlich erkunden würde, zur Geltung brachten. Aber noch nie in Shorts. Wahnsinnig kurzen Shorts, aus Denim, verblasst und an den Rändern ausgefranst, was seine Aufmerksamkeit unmittelbar auf die zarte Stelle lenkte, wo die Rückseiten ihrer Oberschenkel in die Wölbung ihres Hinterns überging. Nach den Gesprächen, die er mit ihrer Mutter geführt hatte, und nach den Trophäen und Medaillen in Elises Zimmer zu urteilen, war sie einmal Sportlerin gewesen. Gymnastik, Leichtathletik und Tanz. Er hatte immer noch nicht herausgefunden, warum sie damit aufgehört hatte, doch die Tatsache, dass sie nach wie vor eine begeisterte Läuferin war, zeigte sich deutlich in ihren durchtrainierten Muskeln.

Als ob die untere Hälfte ihres Outfits nicht schon ausreiche, um ihn auf Trab zu halten, zeigte sie oben noch mehr sonnengeküsste Haut. Sie trug nichts Ausgefallenes, nur ein einfaches, lockeres Tanktop in der Farbe eines gleißenden Sommersonnenaufgangs. Ein blassblauer BH-Träger lugte am Ausschnitt hervor und bettelte einen Mann praktisch an, mehr entdecken zu wollen. Das alles garantierte fast, dass er sein Gespräch mit Jenny in Rekordzeit führen und zur Party zurückkehren würde. Kein Mann würde seiner Gefährtin näher als eineinhalb Meter kommen. Jedenfalls nicht ohne ihn an ihrer Seite.

Elise lachte über etwas, was Jade so leise gemurmelt hatte, dass er es nicht hatte verstehen können. Sie senkte ihren Kopf, sodass ihr goldblondes Haar nach vorn fiel und ihr herzförmiges Gesicht verbarg, und strich mit ihren Handflächen über ihre Hüften. Die verlegene Aktion zeigte, dass sie sich ebenso unwohl mit ihrer Garderobe fühlte, wie er es tat, weil sie sie trug. Als sie ihren Kopf wieder hob, waren ihre Wangen gerötet und ihre großen grünen Augen voller Zweifel und Unsicherheit. „Ich kann nicht glauben, dass du mich dazu überredet hast, diese Shorts zu tragen."

„Oh, sie sind perfekt", antwortete Jade und drehte dabei ihren Oberkörper, um sicherzustellen, dass ihre Erwiderung von Tate auch gehört wurde. Sie hatte ihm vielleicht nicht direkt in die Augen gesehen, doch angesichts der Selbstgefälligkeit in ihrer Stimme war das auch nicht nötig. „An mir sieht sie nicht annähernd so gut aus. Jemand anderer weiß sie sicherlich besser zu nutzen, und du hast die Hüften dafür."

So viel zu Jade, die darauf wartete, sich einzumischen. In dieser Sekunde konnte Tate sich nicht entscheiden, ob er sie umarmen oder ein paar Reißzwecken in ihrem Bett verstecken sollte. Das hatte er schon einmal getan, nachdem sie ihn und sein *Playboy*-Versteck bei Priest verpfiffen hatte, als er sechzehn gewesen war.

Es brauchte noch ein paar Minuten und eine ganze Menge Ermutigungen von Jade, um Elise herauszulocken und in den Wald zu gehen. Jede Sekunde davon verbrachte Tate damit, den Baumstamm, der ihn vor Elises Blick schützte, mit den Händen in einem tödlichen Griff zu packen. Nachdem nur noch ihre sich entfernenden Schritte und Jades freches Lachen zu hören waren, hatte sich die Rinde zwischenzeitlich so tief in seine Haut gebohrt, dass es schmerzte, und seine Muskeln waren unangenehm angespannt.

Er zwang sich, einen Fuß vor den anderen zu setzen. Die Wichtigkeit dessen, was er der Frau mitteilen wollte, die ihm entweder helfen oder ihn daran hindern konnte, mit Elise voranzukommen, fühlte sich wie ein scharfer Dolch an, der kurz davorstand, sich zwischen seine Rippen zu schieben.

Jenny war clever, vernünftig, geduldig und großzügig mit ihrem warmen einladenden Lächeln. Oder zumindest war sie es in der Zeit gewesen, die er mit ihr verbracht hatte, während er kleine Aufgaben in ihrem Haus erledigt und dabei geholfen hatte, die dringendsten Reparaturen zu erledigen, um ihnen ihr neues Zuhause komfortabler zu machen.

Doch was, wenn sich das änderte, nachdem sie erfahren hätte, was Elise für ihn war?

Er war ein Tätowierer, verflucht noch mal.

Zugegeben, er hatte damit ordentlich Geld verdient. Und obwohl seine Kunst nicht so begehrt war wie die von Priest, konnte er sich wirklich nicht wegen mangelnder Kundschaft beschweren. Allerdings war Elise auf dem Weg, eine ordentliche Karriere als Reha-Trainerin zu machen. Ein Kinesiologie-Abschluss würde es ihr ermöglichen, mit Sportlern und Ärzten so ziemlich überall, wo sie wollte, zu arbeiten.

Und dann war da noch die Sache mit Draven. Die

ganze Welt von Elise und ihrer Mutter war bereits auf den Kopf gestellt worden, und sie waren gezwungen gewesen, ihr Zuhause zu verlassen, um Elise auf geschützten Boden zu bringen. Was, wenn Jennys mangelndes Clanwissen und ihre Angst um die Sicherheit ihrer Tochter gegen ihn arbeiteten? Was, wenn sie ihm nicht glaubte, dass er sie beschützen konnte?

Ein inneres Schnappen und Knurren seines Kojoten riss ihn aus seinem Gedankenkarussell, während er gerade die erhöhte Holzveranda betrat. Das war der Segen, einen Begleiter zu haben. Es war die wahrhaftigste Verbindung zur Natur. Tiere überanalysierten nicht. Sie verließen sich auf ihre Instinkte, ehrten und nutzten die Gaben des Schöpfers und lebten im Hier und Jetzt.

Und Gott sei Dank dafür, denn in den letzten Wochen hatte er sich mehr auf dieses Gleichgewicht verlassen als in der ganzen Zeit, seit er die Seelensuche angenommen und seine Gaben erhalten hatte.

Er straffte seine Schultern, atmete schwer aus und klopfte an die Holztür. Das Echo davon rasselte seinen Unterarm entlang.

Elises Duft umwehte ihn noch immer, vermischt mit feuchter Walderde und dem Geruch des Sees. Für den ersten Tag im Mai war es wärmer als normal. Bei Anbruch der Dunkelheit wäre die Temperatur perfekt. Es würde nicht so kalt werden, dass Elise sich unwohl fühlen würde, aber frisch genug, dass sie sich nach seiner Hitze sehnen würde.

Schnelle Schritte ertönten auf dem Holzboden hinter der Tür, die dann aufgerissen wurde.

„Hast du etwas vergessen ..." Der freundliche Humor in Jennys Gesicht veränderte sich zu offener Überraschung. „Tate! Ich dachte, Elise hätte etwas vergessen und sich ausgesperrt." Sie ließ ihren Blick über den Vorgarten schweifen und musterte ihn dann von Kopf bis Fuß. Obwohl er nicht von Jeans und T-Shirt abgewichen war, in denen er normalerweise bei ihnen zu Hause auftauchte, war sein Haar heute Abend offen und die Qualität der ausgewählten Kleidung war nichts, was er zum Renovieren tragen würde. „Warum bist du nicht auf der Party? Hat Naomi dich geschickt? Ich habe ihr doch gesagt, dass ich das Essen, das ich dafür zubereite, selbst dorthin bringen werde."

„Nein. Naomi hat mich nicht geschickt." Jetzt fiel ihm wieder ein, dass er gehört hatte, dass Jenny vorhatte, eine Menge Essen zu der Feier mitzubringen, und hätte dabei helfen sollen. „Aber du musst das Essen nicht allein tragen. Ich kann helfen."

Wie ihre Tochter war Jenny zierlich und hatte auffallend grüne, große Augen, was ihr ein zeitloses und argloses Aussehen verlieh. Doch während Elises Haar lang und von sattem Gold war, hatte Jenny ihres auf Kinnlänge schneiden lassen, und das wahrscheinlich einstige Dunkelbraun wich nun langsam einem sanften Grau. Sie neigte ihren Kopf, und Weisheit, geboren aus harten Entscheidungen und einem Leben allein, spiegelte sich in ihrem aufmerksamen Gesicht wider. „Aber deswegen bist du nicht hier."

„Nein." Für einen Moment brachte ihn der Drang, der Wahrheit erneut auszuweichen und irgendeine fadenscheinige Ausrede für sein Auftauchen zu finden, fast aus dem Konzept.

Doch dann dachte er an Elise, an die Momente, in denen sie sich vollkommen unbeobachtet gewähnt hatte. Oder an diesen konzentrierten Ausdruck auf ihrem Gesicht, wenn sie von ihrem Fenster aus auf den See starrte und wie dieser ihn immer wieder dazu brachte, wissen zu wollen, was ihr in dem Augenblick durch den Kopf ging. Er dachte daran, wie sie heute Abend das Haus verlassen hatte, gekleidet, um ihn, und wer weiß wie viele andere Männer noch, unwissentlich in Versuchung zu führen.

Aber sie war die seine. Sein Geschenk. Und es war höchste Zeit, dass er anfing, sich entsprechend zu benehmen.

Er erwiderte Jennys starren Blick und ließ die gleiche Gewissheit, die er in diesen ersten Momenten in der Nähe von Elise empfunden hatte, aufsteigen und seine Worte bestärken: „Ich bin hier, um über Elise zu sprechen."

KAPITEL 2

So viele Leute. Elise schätzte, dass es mindestens einhundert Menschen waren, die in der Schlucht hinter Priests großem Haus mit Seeblick von einer Gruppe zur anderen liefen.

An ihrem Platz zwischen Jade und Priests Gefährtin Katy – oder Kateri, wie Priest darauf bestand, sie zu nennen – schwieg Elise und ließ jedes Detail auf sich wirken. Wie zum Beispiel die Fackeln, die Katy mit nur einer Handbewegung angezündet hatte. Oder die Baumwipfel voller sattgrüner Blätter, die über ihnen raschelten. Das beruhigende Säuseln einer lockeren Unterhaltung, gespickt mit echtem Lachen, und die Klänge einer entspannenden gut gemischten Playlist, die über die Lautsprecher ertönten und die sie nicht genau benennen konnte.

Eine Chance auf einen Neuanfang.

Endlich.

Seit ihrem vierzehnten Lebensjahr und der brutalen Erfahrung, wie grausam Mädchen im Teenageralter sein konnten, wollte Elise ihr Leben neu schreiben. Eine Art Wiederholung, um zu sehen, ob sie die Dinge beim nächsten Mal anders handhaben und am Ende heil herauskommen würde.

Jetzt war ihre Chance gekommen. Eine neue Stadt, die viermal größer war als die, in der sie aufgewachsen war. Neue Leute, die nichts von ihrer Vergangenheit wussten, und ein Clan von Gestaltwandlern, die mit verschiedenen Arten von Magie ausgestattet waren. Zugegeben, das Geschenk des Schicksals besaß eine böse Kehrseite. Sie war nämlich die Hauptzielperson für einen abtrünnigen Volán-Wandler, von dem alle sagten, er wolle sie entweder in Besitz nehmen oder ihr die Magie stehlen, die sie sich bisher noch nicht einmal verdient hatte.

Eine kräftige Hand legte sich auf ihre Schulter und im nächsten Moment drängte sich ein Mann zwischen Elise und Jade zu ihrer Linken. „Ladys, ich komme mit weiblicher Verstärkung und eiskalten Getränken für euch."

In der Sekunde, in der die satte Stimme ertönte und ihre Augen auf dem großen, blonden Mann neben ihr ruhten, entspannten sich Elises Muskeln und sie atmete erleichtert aus. Nicht viele Männer strahlten Vibes aus, die ihr das Gefühl gaben, sich in ihrer Gegenwart sicher fühlen zu können, doch Katys Bruder Alek war einer von ihnen. Er und Priest. Sie hatte noch immer nicht herausgefunden, warum das der Fall war. Vielleicht lag es an der Tatsache, dass Priest der Hohepriester und Alek der Krieger-Primo des Clans war, aber sie hatte kein einziges Mal mit dem Bedürfnis zu kämpfen gehabt, ihnen gegenüber vorsichtig sein zu müssen.

Und dann war da noch Tate.

Dasselbe leichte und schwindelerregende Summen, das immer auf den Gedanken an diesen Mann folgte, der ihre wachen Stunden regelrecht verzehrte, entwickelte sich einmal mehr in ihrem Brustkorb und ließ ihren Puls rasen. Auch bei Tate fühlte sie sich sicher.

Auf eine Art jedenfalls.

Nicht auf die brüderliche, Haare zerzausende und bärenstarke Weise, die sie bei Alek und Priest spürte, sondern eher wie ein Beschützer. Es war, als würde ein Teil von ihr merken, dass er sofort da sein würde, wenn sie ihn brauchte. Was eigentlich verrückt war, denn er kam ihr selten nahe. Schon gar nicht in greifbare Nähe. Und wenn sie in den letzten Wochen eins über die Volán-Kultur gelernt hatte, dann, dass diese Menschen eine körperliche, liebevolle Gruppe waren.

Aber er hatte sie beobachtet. Nicht ein einziges Mal hatte sie ihn auf frischer Tat ertappt, sie hätte allerdings schwören können, dass sie es gefühlt hatte. Jedes Mal, wenn er ihr Haus betreten hatte, um ihrer Mutter bei der Renovierung zu helfen, hatte sie es gespürt und beim Klang seiner Stimme angefangen zu zittern.

Alek deutete mit dem Kopf zu einer dunkelhaarigen Frau Ende zwanzig, die sich neben Katy gestellt hatte, und reichte Jade und Elise jeweils ein kaltes Bier. „Elise, das ist Sara. Sara, das ist Elise."

Anstatt zur Begrüßung ihre Hand anzubieten, schickte Sara ein verlegenes Lächeln in Elises Richtung und wippte halb auf ihren Zehenspitzen, als wäre sie bemüht, ihre Aufregung im Zaum zu halten.

„Hallo, es ist wirklich schön, dich kennenzulernen. Ich gehöre ebenfalls dem Haus der Heiler an."

Ah, das erklärte die Aufregung. Priest und alle anderen schienen sich sicher zu sein, dass sie eines Tages die Heiler des Clans anführen würde. „Nun, ich weiß noch nicht, was meine Magie sein wird. Ich hatte meine Seelensuche noch nicht."

„Du weißt es noch nicht genau, aber du bist die beste Wahl für unsere Heiler-Prima", sagte Sara. „Primos bleiben fast immer innerhalb einer Familienlinie, und niemand kann sich daran erinnern, dass jemand außerhalb deiner Familie jemals das Haus der Heiler angeführt hat. Wenn du einen Bruder oder eine Schwester hättest, wäre es vielleicht noch nicht entschieden, aber als Einzelkind?" Sie errötete, steckte ihre Hände in ihre Jeanstaschen und zuckte mit den Schultern. „Nun, alle sind einfach superaufgeregt, dass du hier bist."

Tatsächlich?

Direkt hinter Sara standen drei Paare und unterhielten sich. Zwei der Frauen wandten schnell ihre Blicke von Alek und Elise ab, zurück zu den anderen um sie herum. Eine Gruppe älterer Frauen saß in bequemen Terrassenstühlen um eine Feuerstelle herum. Einige von ihnen hatten Teller mit Essen auf dem Schoß und unterhielten sich, während andere offen und mit glücklichem Funkeln in den Augen in ihre Richtung starrten – eine von ihnen war Katys Großmutter Naomi.

Aber es war die Handvoll Frauen, die direkt hinter ihnen in einer Gruppe zusammenstanden, die ihr am härtesten zusetzten. Es waren fünf, um genau zu sein. Jede war ungefähr im Alter von Elise und Jade und so gekleidet, dass sie trotz ihrer Lässigkeit auffielen. Und sie alle schossen misstrauische, fast schon berechnende Blicke in ihre Richtung.

Sie kannte diese Blicke. Sie hatte die Aktionen erlitten, die unweigerlich darauf folgten.

Elise versuchte, sich ein wenig hinter Aleks breiten Körper und aus dem Sichtfeld aller zu bewegen, doch er packte sie mit einem starken Arm um ihre Schulter und schob sie zurück an seine Seite. „Whoa, was ist los?"

Sofort bemerkte sie denselben besorgten Ausdruck auf den Gesichtern der anderen Frauen, die sich um sie versammelt hatten.

Teufel noch mal.

Neuanfang.
Neuanfang.
Neuanfang.

Sie musste nichts sein, was sie nicht war, musste nicht verbergen, was sie dachte oder wie sie aussah, um dazuzugehören. Nicht hier. Dieses Mal nicht. Sie straffte ihre Schultern ein wenig, selbst wenn dadurch ihre Brüste noch mehr hervortraten, als sie es ohnehin schon taten. „Ich werde unsicher, wenn Menschen mich anstarren."

Katy schnaubte, aber hinter dem Geräusch steckte eine Bootsladung Empathie. „Junge, kann ich dieses Gefühl verstehen. Der Tag, an dem ich vor den Clan getreten bin und wusste, dass ich die erste Magierin war, seit Draven sein mieses Juju hatte wirken lassen und fast alle getötet hatte, war einer der schwersten in meinem Leben." Sie legte die Stirn in Falten und blickte zwischen dem Bier in Jades Hand und dem in Elises hin und her. „Und wo zum Teufel ist mein Bier?"

So schnell war der peinliche Moment vorbei. Einfach unter den Teppich gekehrt, als wäre es keine große Sache.

Alek lachte und drückte Elise fester an sich. „Ich liefere Bier nur an hübsche Mädchen aus. Ich meine, du bist hübsch und so, aber du bist meine Schwester, also streicht dich das automatisch von der Lieferliste."

Eine unbeschreibliche Wahrnehmung prickelte unter ihrer Haut, Sekunden bevor Tates tiefe und unheimlich bedrohliche Stimme dicht hinter ihr ertönte. „Streich Elise auch von deiner Liste."

Ehe sie sich zu Tate umdrehen konnte, umklammerte Aleks Arm sie energischer und hielt sie fest. Sie hätte schwören können, dass Alek grinste, bevor er die Amüsiertheit unterdrückte und über seine Schulter spähte. „Oh, hey, Tate. Es wurde auch Zeit, dass du endlich herkommst. Ich wollte gerade Elise dem Rest des Clans vorstellen."

Katy bedeckte ihren Mund und senkte den Kopf.

Saras Augen weiteten sich.

Jade kicherte nur und grinste, als hätte sie gerade einen großen Coup gelandet.

Ein warnendes Knurren, das eindeutig animalisch war, grollte hinter ihr und kribbelte ihre Wirbelsäule entlang. Jade hatte ihr erzählt, dass Tates Begleiter ein Bergkojote war, groß und mit überdurchschnittlichen Jagdfähigkeiten. Allerdings hatte sie ihn noch nie gesehen. Und obwohl die Logik ihr sagte, dass Tate vollständig ein Mensch war, gab es keinen Zweifel daran, dass sein Tier sich nahe an der Oberfläche befand.

„Lass sie los. Sofort."

Alek drückte ihre Schulter, als wollte er sie beruhigen, dann senkte er den Arm und drehte sich lässig um, wobei er sich ein wenig vor sie stellte. „Bist du sicher?"

Elise wandte sich gerade noch rechtzeitig um, um ein leichtes Muskelzucken in Tates Kiefer zu bemerken. Seine Wirkung auf sie, jedes Mal, wenn sie ihn sah, war wie ein Einschlag. Sandblondes bis zu den Schultern reichendes Haar mit Wellen, das ihn wirken ließ, als wäre er gerade von einem Tag am Strand hereingeschlendert. Ein voller, gut gepflegter Bart, der etwas dunkler war als sein Kopfhaar und bei dem sie sich fragte, wie sich ein Kuss von ihm anfühlen würde. Ein schlanker, aber muskulöser Körper, der stets vor tödlicher Energie zu knistern schien. Gekleidet in ein schwarzes T-Shirt und eine ausgeblichene Jeans wirkte er wie das Raubtier, das er tatsächlich auch war. Sein Auftreten erweckte den Anschein, als wäre er nur eine Nanosekunde davon entfernt, seinen Primo anzugreifen.

Was total verrückt war. Er hatte bisher selten mit ihr gesprochen und ihr seit dem ersten Tag ihrer Begegnung kaum in die Augen gesehen. Aber hier stand er nun und führte eine stille und doch tödliche Kommunikation von Mann zu Mann, die sie für sich nicht übersetzen konnte. Angesichts der amüsierten Mienen von Katy, Jade und Sara war sie wohl die Einzige, die Untertitel brauchte.

Tates Nasenflügel bebten und er rückte näher an Alek heran und schob sich damit gleichzeitig zwischen Alek und Elise. Seine Worte klangen rau und pulsierten vor Kraft. „Reiz mich nicht. Primo oder nicht, ich habe kein Problem damit, gegen dich zu kämpfen."

„Das reicht." Wann Priest hinter Katy aufgetaucht war, konnte Elise nicht sagen, aber dieses einzelne Wort vibrierte voller Befehlsgewalt, sodass die gesamte Lichtung still wurde.

Eine Sekunde lang bewegten sich weder Alek noch Tate.

Dann zuckte ein Mundwinkel von Alek empor. „Irgendetwas sagt mir, dass ich mir eine Retourkutsche verdient habe, aber ich denke, das war es wert."

„Das denkst du jetzt", sagte Priest und sein Tonfall änderte sich in etwas, was eher ironischer Belustigung ähnelte. „Warte, bis er deinen Arsch in der Mangel hat."

Aleks Grinsen verwandelte sich in ein vollständiges Lächeln, doch er neigte seinen Kopf in stillschweigender Waffenruhe zu Tate. „Wenn sie nur halb so toll ist wie die, mit der Tate sein Glück gefunden hat, ist es mir egal, was er austeilt."

„Wer ist toll?" Die Frage schlüpfte Elise aus dem Mund, ehe sie überhaupt gemerkt hatte, dass sie eine Antwort wollte. Die Frustration, nicht zu wissen, was vor sich ging, während alle anderen mit eifriger Neugier zusahen, schürte ihre Ungeduld.

Ein hässliches Knurren löste sich aus Tates Kehle.

„Alek", warnte Priest.

Alek lachte ohne Reue auf und hob die Hände, als würde er sich ergeben. „Ja, ja. Ich gehe. Ich gehe." Er schnappte sich das Bier, das Elise so gut wie vergessen hatte, aus ihrer Hand und salutierte mit einem frechen Glitzern in den Augen. „Ich glaube nicht, dass du das brauchen wirst." Dann musterte er Jade. „Komm schon. Du hast diesen Schlamassel verursacht. Das Mindeste, was du tun kannst, ist, mir Gesellschaft zu leisten, während dein Bruder meine Ermordung plant."

Zum ersten Mal seit Beginn der verfahrenen Situation löste sich Tates Fokus von Alek und schoss zu Jade. Obwohl er nicht mehr aussah, als wäre er eine Haaresbreite davon entfernt, jemanden in der Luft zu zerreißen, war sich Elise nicht sicher, ob er die gleiche mentale Erdung gefunden hatte wie Alek.

Jade schien das egal zu sein. Sie kicherte nur und hob ihre Augenbrauen provokant in Richtung Tate. „Du musst zugeben, es war effektiv." Ohne auf eine Erwiderung zu warten, schlenderte sie zu Elise, umarmte sie freundlich und flüsterte: „Mach dir keine Sorgen. Tate kümmert sich. Versprochen."

„Um was kümmern?", flüsterte sie zurück.

Jade löste sich aus der Umarmung, drückte Elises Schultern und zwinkerte ihr zu. „Um alles."

KAPITEL 3

Ihr Herz schlug in einem hektischen Takt. Und wie sehr hatte er sich nach diesem süßen, aber unschuldigen Duft von ihr gesehnt! Ihr Körper war zum Greifen nah und ihr Outfit stellte eine Fülle von unmarkierter Haut zur Schau.

Obwohl die Hälfte des Clans, wenn nicht der gesamte, die Aufmerksamkeit auf Tate und seine Gefährtin gerichtet hatte, waren das die einzigen Dinge, die er derzeit verarbeiten konnte. Das – und seinen Anspruch auf eine Weise zu erheben, die sicherstellte, dass kein anderer Mann es wagen würde, sich an Elise ranzumachen.

Allerdings ... Nach dem Manöver, das Jade und Alek sich hatten einfallen lassen, um seinen Beschützerinstinkt vor aller Augen auszulösen, würde wohl niemand von denen, die heute Abend hier versammelt waren, mehr infrage stellen, was sie in Zukunft für ihn bedeuten würde.

Nun, niemand außer Elise.

Neben ihr warteten Priest, Katy und Sara und beobachteten die Szene. Priest war nur noch da, um sicherzustellen, dass Tate sich zusammenriss, und Katys Gesichtsausdruck – eine Mischung aus Sympathie und Humor – wusste er zu schätzen. Allerdings hätte er gut und gern darauf verzichten können, dass ausgerechnet Sara einen Platz in der ersten Reihe bekommen hatte. Sie war ein süßes Mädchen. So ehrlich, offen und aufrichtig, wie eine Frau eben sein konnte, aber leider auch sehr geschwätzig Was immer in den folgenden Minuten passieren würde, wäre am nächsten Morgen das Futter für Klatsch und Tratsch im gesamten Clan.

Elise wandte ihren Blick von Jade und Alek ab, als sie davonschlenderten, und spähte zuerst über ihre Schulter, ehe sie sich komplett zu ihm umdrehte. „Was war das denn jetzt?"

Eine Frage, die eigentlich einfach zu beantworten sein sollte. Wenn sie mit der Kenntnis über ihren Clan aufgewachsen wäre, dann wäre ihr die Antwort darauf schmerzlich bewusst. Nicht, dass ihre Mutter nicht versucht hätte, ihr zu erklären, was es bedeutete, eine Volán zu sein, und was diese zu tun imstande waren. Elise hatte ihr einfach nicht geglaubt. Und da Jenny ihre Gaben abgelehnt hatte, konnte sie kein Wort davon beweisen.

„Alek hat dich angefasst."

„Na und?"

Das war der Moment. Sobald er nachgeben und körperlichen Kontakt zu ihr herstellen würde, würde sie sich ebenso sehr nach seiner Berührung verzehren wie er sich nach ihrer. Sie würde die Anziehung zu ihm spüren, die als subtiles Sehnen beginnen und dann zu etwas heranwachsen würde, gegen das keiner von ihnen mehr ankämpfen konnte. Es wäre ein untrennbares Band, das sie aneinanderbinden würde.

Er hatte versucht, ihr Zeit zu geben, mit all den neuen Informationen klarzukommen und sich an ihren Clan und die Gaben ihrer Rasse zu gewöhnen. Doch er hätte sich nicht länger zurückhalten können, selbst wenn die Höllenhunde persönlich erschienen wären, um sie alle zu töten. Er atmete tief und langsam und bewegte sich zentimeterweise vorwärts, wobei er darauf achtete, sie nicht zu verschrecken.

„Kein Mann berührt dich." Der Jeansstoff ihrer Shorts an ihren Hüften prickelte eine Sekunde lang an seinen Handflächen, ehe er seine Hände fester auf die üppigen Kurven drückte. „Kein Mann außer mir."

Ihr Atem stockte, wurde zu einem leisen Keuchen, und ihr Körper zuckte bei dem vorsichtigen, aber innigen Kontakt. Ob es an ihrer Überraschung über seine Worte lag oder an seiner Berührung oder möglicherweise eine Mischung aus beidem war, konnte er nicht sagen, aber die Wirkung war berauschend.

Ihre vollen Lippen waren geöffnet und ihre Atmung war beschleunigt.

Ihre wunderschönen und ausdrucksstarken Augen waren vor Überraschung weit aufgerissen, und darin lag eine unerschlossene sinnliche Wahrnehmung.

Ihr Blick wanderte zu seinem Mund und sie presste ihre Handflächen auf seine Brustmuskeln. Elise riss sie jedoch nahezu genauso schnell wieder weg und brachte sich damit fast aus dem Gleichgewicht.

Tate rückte näher, zog ihren Körper enger zu sich und legte eine Hand auf ihren unteren Rücken, die andere platzierte er in ihrem Nacken. „Ganz ruhig."

Das Bedürfnis, die besänftigenden Worte mit dem Streichen seiner Lippen über ihren Hals, ihre Stirn oder ihre Wangen zu kombinieren, lähmte ihn beinahe. Doch er hielt es in Schach.

Jedoch nur knapp. Ihre Mutter hatte nahezu bestätigt, dass Elises Vergangenheit schwierig gewesen war. Und obwohl sie darauf bestand, dass die Details darüber privat waren und es an Elise war, davon zu erzählen, hatte sie schmerzhaft deutlich gemacht, dass die Narben tief waren. Auf keinen Fall würde er diese alten Wunden wieder aufreißen. Nicht, ohne sicherzustellen, dass sie an einem Punkt in ihrer Verbindung angelangt waren, an dem er ihr die Aufmerksamkeit schenken konnte, die sie brauchte, um richtig zu heilen.

Stattdessen streichelte er ihre Wirbelsäule entlang und konzentrierte sich auf ihren Duft und auf das Gefühl, wie ihr weicher Körper an seinem bebte. „Atme einfach. Ich halte dich."

Ihre Fingerspitzen strichen über seine Trizepse bis hinauf zu seinen Schultern, und die Berührung war zaghaft und unsicher.

Sie bewegte sich gerade weit genug, um seinem Blick zu begegnen, und öffnete ihren Mund. Mehr Fragen, als er zu beantworten vermochte, ohne sie zu verschrecken, brannten in ihren Augen.

„Tate?" Priests leise Ansprache rettete ihn, ehe Elise ihre Fragen formulieren konnte. „Bist du okay?"

In den letzten zwei Wochen war das Laufen in Tiergestalt mit Priest in den dunkelsten Stunden der Nacht eines der wenigen Dinge gewesen, die ihn bei Verstand gehalten hatten. Das und die Geduld, die Priest aufgebracht hatte, während er ihm von all den Ängsten, die in ihm aufkamen, erzählt hatte. Tate drehte seinen Kopf, um Priests Blick zu erwidern, und drückte sanft Elises Nacken, bevor er sie widerwillig losließ und sie ihrem eigenen Willen überließ. „Wir werden es sein."

Priests Mundwinkel zuckten auf diese selbstgefällige Art, wie es nur Gefährten taten, die den Spießrutenlauf bereits hinter sich hatten, und zog Kateri näher an seine Seite. „Richtig. Ihr werdet es sein."

Auf der anderen Seite von Priest strahlte Sara, als hätte sie gerade erfahren, dass sie den großen Jackpot im Lotto gewonnen hatte. Ihre Wangen waren so gerötet, dass sie mit denen von Elise locker mithalten konnten. „Wow! Das war sooooo roman…"

„Intensiv!", unterbrach Katy, ehe Sara Tate mit ihrer Aussage ein noch viel tieferes Loch graben konnte, aus dem er wieder hinausklettern musste. „Als ich zum ersten Mal hergekommen bin, hat mich dieses Männergehabe ein bisschen verrückt gemacht", sagte sie zu Elise mit der ganzen Übertreibung einer Frau, die sich mit dem Clanleben auskannte. Was verdammt lustig war, wenn man bedachte, dass sie erst vor anderthalb Monaten zum ersten Mal in Priests Tattoostudio aufgetaucht war. Damals hatte Katy sich in einer fast identischen Situation wie Elise befunden, da sie zu der Zeit kaum gewusst hatte, was es bedeutete, eine Volán zu sein.

Dennoch warf sie ihm einen Knochen zu und gab Sara, wie er hoffte, den guten Rat, ihre Klappe zu halten. Er nahm die Hilfe an, drängte sich dicht an Elise und legte seine Hand auf ihren unteren Rücken. „Tut mir leid, wenn dich die Sache mit Alek erschreckt hat."

Elise drehte sich, als wollte sie sich vergewissern, dass seine Hand tatsächlich dort ruhte, wo sie sie vermutete. Dann betrachtete sie ihn und schien sich nicht sicher zu sein, ob sie die letzten zehn Minuten wahrhaftig erlebt oder ihr Kopf auf einer harten Unterlage gelegen und sie alles nur geträumt hatte.

Wieder einmal schritt Katy zur Schadensbegrenzung hinzu. „Hey, Elise, wie wäre es, wenn wir morgen ein wenig Zeit außer Haus verbringen? Vielleicht würden Priest und Tate uns zur Einkaufsstraße in der Stadt begleiten und wir könnten ein wenig durch die Geschäfte bummeln? Sie sind zwar sehr auf Touristen ausgelegt, aber es macht Spaß und wäre eine unterhaltsame Möglichkeit, für eine Weile abzuschalten."

„Sie hat am Mittwoch ihre Abschlussprüfungen", erwiderte Tate und überraschte sich selbst mit seinen Worten.

Elise starrte ihn an. „Wie kannst du davon wissen?"

Weil er sie von dem Tag an verfolgt hatte, an dem er sie zum ersten Mal gesehen hatte? Weil er von dem Abschluss, den sie erwähnt hatte, fasziniert gewesen war und viel Zeit damit verbracht hatte, sich zu fragen, wie sie dazu gekommen war? Weil er gerade anderthalb Stunden aufgewendet hatte, jedes Detail aus ihrer Mutter herauszuquetschen, damit er das Rüstzeug hatte, sie für sich zu gewinnen und sie dabei nicht zu verletzen? „Deine Mutter hat es erwähnt, als ich euer Badezimmer gestrichen habe", sagte er stattdessen.

„Dann gehen wir eben am Abend nach deiner Abschlussprüfung", warf Katy ein. „Machen wir eine Feier daraus."

Tate runzelte die Stirn.

Katy betrachtete Tates Gesichtsausdruck und erkannte scheinbar, dass es vielleicht nicht die beste Idee war, den ersten freien Termin in Elises Kalender zu belegen. Sie passte ihre Pläne an. „Oder am Donnerstag? Eventuell Freitag?" Sie wedelte dabei mit der Hand, als wäre es unbedeutend, und lächelte hoch zu Priest. „Du bist doch flexibel, oder?"

Priest fand das ganze Unterfangen offensichtlich mehr als amüsant, aber er gab sein Bestes, sein Lachen zu unterdrücken. „Wir werden das schon klären, *mihara.*" Er drückte ihre Schulter und nickte Tate zu. „Ich denke, wir lassen dich jetzt mal in Ruhe, damit du Elise allen vorstellen kannst." Zum Glück richtete Priest danach seine Aufmerksamkeit auf Sara und kümmerte sich um die letzte verbliebene Komplikation, wo er gerade dabei war. „Wie wäre es, wenn du meiner Gefährtin hilfst, die Runde zu machen und sicherzustellen, dass jeder das hat, was er braucht?"

Während sie scheinbar die Botschaft kapiert hatte, dass sie ihre Offenbarungen für sich behalten sollte, leuchteten Saras Augen angesichts der Gelegenheit, ihre Beobachtungen aus erster Hand überall zu verbreiten. „Sehr gerne!" Sie grinste Elise an und winkte zum Abschied. „Es war wirklich schön, dich kennenzulernen. Meine Heilermagie ist nicht so beeindruckend. Nicht annähernd das, wozu Vanessa heute fähig ist oder was du nach deiner Seelensuche beherrschen wirst, aber wenn du jemals etwas brauchst … Irgendetwas … Ich helfe gerne."

Mit einem Kopfschütteln und einem letzten mitleidigen Lächeln, das Tate galt, führte Priest sie fort und hielt Katy fest an seiner Seite.

„Du bist ein Rockstar und wusstest es nicht einmal", sagte Tate und hoffte, das Gespräch auf neutraler Ebene halten zu können.

Es funktionierte, denn Elise runzelte die Stirn und beobachtete Saras Voranschreiten beim Wechsel von einer Gruppe zur nächsten. „Sie denkt, ich werde der Primo der Heiler."

„Jeder glaubt, dass du *die Prima* der Heiler wirst. Mich eingeschlossen."

Das Stirnrunzeln veränderte sich zu etwas, was einem finsteren Blick näher kam, und ihr Fokus schien abzudriften, als hätten sich ihre Gedanken selbstständig gemacht. Als wäre die Aktivität um sie herum nur zusätzlicher Input. Der subtile sprachliche Unterschied zwischen Primo und Prima war ihr definitiv nicht aufgefallen. „Ich bin mir nicht sicher, wie ich mich dabei fühle." Sie sah ihn über ihre Schultern hinweg an und steckte ihre Fingerspitzen in die Vordertaschen ihrer Shorts. „Ich weiß fast nichts über unseren Clan. Und vielleicht möchte dieser Hüter nicht, dass unsere Familie den Primo-Status behält, nachdem Mom ihre Gaben abgelehnt hat."

„Prima."

Die Korrektur wischte die Frustration lange genug aus ihrem Gesicht, um Neugier aufkommen zu lassen. „Was?"

„Bei Frauen heißt es Prima." Er ließ seinen Blick an ihr entlang wandern und genoss gemächlich jede Kurve und jedes Tal auf dem Weg. Der BH, den sie trug, hob ihre erstaunlichen Titten zu einem beeindruckenden Dekolleté an. Das brachte ihn fast dazu, Alek noch einmal töten zu wollen, weil er so nah bei ihr gestanden und diesen Anblick genossen hatte. „Und du bist zu einhundert Prozent weiblich."

Für den Bruchteil einer Sekunde reagierte sie darauf, zog ihre Schultern wie zu einem subtilen Angebot leicht zurück, allerdings bezweifelte er, dass sie es überhaupt wahrnahm. Genauso schnell wirbelte sie herum und wollte sich entfernen.

Tate packte sie beim Handgelenk, ehe sie Abstand

gewinnen konnte. „Bitte nicht."

Unter seinen Fingern raste ihr Puls. Ihr Geruch hatte einen Hauch Schärfe angenommen, die mit der Angst einherging, doch da mischte sich noch eine weitere Note hinein: ein reichhaltiger, berauschender Duft von Erregung. Schwach, aber er war da.

Sie wollte ihn.

Sie hatte auf seinen musternden Blick reagiert.

Und sie hatte den losen, aber bestimmten Griff an ihrem Handgelenk nicht abgeschüttelt.

Sie hatte einfach keine Ahnung, wie sie mit den Nachbeben umgehen sollte. Und Scheiße, wenn ihn das nicht dazu bringen würde, seinen Triumph in die Welt hinaus zu heulen und sie fortzuschaffen, egal wer es mitbekam.

Er drückte seine Finger nur so fest zu, dass er ihre Reaktion abschätzen konnte. Und um die Wahrheit seiner Worte mit einer körperlichen Berührung zu kombinieren. „Ich will dich in meiner Nähe."

Sie zitterte und konzentrierte sich für zu viele qualvolle Sekunden auf den einzigen Kontaktpunkt ihrer Körper, dann richtete sie ihre geweiteten Augen auf ihn. „Warum jetzt? Du hast kaum ein Wort mit mir gewechselt, seit ich hergezogen bin."

Ein Lächeln breitete sich auf seinem Gesicht aus. Die Tatsache, dass sie versehentlich zugegeben hatte, seine Nähe zu wollen, brachte ihn schneller zu dieser Reaktion, als dass er es hätte verbergen können.

Er strich mit dem Daumen über ihren Puls und trat näher. „Etwas zu wollen und dafür bereit zu sein, sind zwei verschiedene Dinge."

„Und jetzt bist du bereit?" Die Worte kamen ein wenig frech über ihre Lippen, wie eine köstliche Herausforderung, die mit echter Neugier gespickt war.

Und sein Tier liebte es. „Ich war an dem Tag bereit, als ich dich sah."

Er gab der Versuchung nach, ihr Kinn nachzuzeichnen, und umfasste ihren Nacken. Ihr Haar war dick, wie ein seidiges Gewicht auf seinem Handrücken. Es brachte ihn dazu, seine Hand darin vergraben und ihr Gesicht zu einem Kuss neigen zu wollen. „Das Warten war für dich. Um dir Zeit zu geben, dich einzugewöhnen."

Gott, diese Augen. Sie waren so groß und ausdrucksstark, voller angenehmer Überraschung und von einer Zerbrechlichkeit, die ihn dazu brachte, sie in Watte packen und die ganze verdammte Welt in Schach halten zu wollen.

Er konnte es kaum erwarten, sie mit schweren Lidern und benommen vor Lust zu sehen. Zu beobachten, was sich hinter ihnen bewegte, wenn er das erste Mal in sie eindringen würde.

„Was ist, wenn ich immer noch nicht bereit bin?", flüsterte sie beinahe.

In ihm verstummte sein Kojote und stieß ein kurzes Schnauben aus. Es sollte eine Warnung und ein heftiger Schubs sein, um seine entgleisenden Gedanken auf Kurs zu halten. Elise war nicht der schüchterne Typ Frau. Wenn sie es wagte, eine solche Frage zu stellen, würde sie das nicht tun, um zu flirten. Sie würde diese auch nicht als unschuldige Herausforderung maskieren, wie es einige der anderen, aggressiveren Clanfrauen machen würden.

Sie würde jedes Wort ernst meinen. Und verdammt, wenn das nicht scheiße für ihn war, denn er war absolut dafür, sie so taktil wie möglich darauf vorzubereiten.

Er füllte seine Nase mit ihrem Duft und zwang sich, seine Finger von ihrem Nacken zu lösen. „Es ist immer deine Entscheidung, *mihara*."

In der Sekunde, als er den Körperkontakt verlor und aus ihrem persönlichen Raum trat, setzte sich eine kalte Leere, die er noch nie zuvor verspürt hatte, in seiner Brust fest.

Seine Bestie winselte und lief auf und ab, während sie gegen denselben Drang ankämpfte, sie zu nehmen und für sich zu beanspruchen, wie er auch in ihm brannte.

Aber dies hier war eine lange Jagd. Die längste und wichtigste in seinem Leben. Sie zu drängen und zu versuchen, ihre Kapitulation zu forcieren, könnte kurzfristig schneller und höllisch befriedigend sein, aber es würde nicht die Grundlage schaffen, die er wollte. Die Basis, die sie brauchte, um sich zwischen ihnen zu behaupten. Er streckte seine Hand aus. „Willst du meine Gesellschaft?"

Von all den Kämpfen, in die er je verstrickt gewesen war, von allen verrückten, aufregenden Stunts, die er in seinem Leben abgezogen hatte, hatte keiner die rohe Enthüllung dieses Moments erzeugt. Diese magenverdrehende Angst, während Elise mit offener Unentschlossenheit auf seine Hand blickte.

Seine Lungen brannten vor Verlangen nach mehr Luft und seine Muskeln schmerzten. Das Ziehen und Stechen war nicht anders, als wenn er seine Finger absichtlich auf eine heiße Herdplatte gelegt hätte. Aber er hielt seine Hand still und ausgestreckt. Seine Atemzüge blieben ruhig und gleichmäßig.

Sie starrte auf seine Handfläche, schluckte schwer und rieb ihre Finger an ihren Hüften.

„Vertrau mir, Elise. Es ist nur eine Party. Lass mich dich allen vorstellen, damit sie dich kennenlernen können."

Sie begegnete seinem Blick. Eine so starke Unsicherheit spiegelte sich in ihrem feenhaften Gesicht wider, dass sein ganzer Körper sich zu wappnen schien und sich auf ihren Abgang vorbereitete.

Stattdessen legte sie langsam ihre Hand in seine. Ihre Fingerspitzen zitterten, während sie über seine Handinnenfläche glitten. „Ich bin nicht so gut in Gesellschaftsdingen."

Sein Herz schien sich wieder in Bewegung zu setzen und zum ersten Mal seit Tagen fühlte er sich ausgeglichen.

Grenznormal. Es war so, als ob ihre Akzeptanz ihn nicht nur gepackt und vom Auge des Tornados weggerissen hätte, sondern ein völlig neues Terrain zum Erkunden eröffnet hätte.

„Du musst darin nicht großartig sein." Er verschränkte seine Finger mit ihren. Erleichterung und Entschlossenheit jagten eine neue Adrenalinwelle durch seinen Kreislauf, während er sie näher zu sich zog und sie ins Getümmel der Party führte. „Ich bin ein Meister darin. Lehn dich einfach zurück und genieß es."

Er begann mit einer Gruppe befreundeter Paare, die schon eine Weile zusammen und im Alter von Priest oder sogar älter waren. Als sie sich ihnen anschlossen, wurde der Griff, mit dem sie seine Hand hielt, schmerzhaft fest, und ihr Beitrag zur Unterhaltung blieb einsilbig. Doch nachdem sie sich von den Leuten verabschiedet hatten, entspannte Elise sich so weit, dass sie locker an seiner Seite schlenderte und ein kleines Lächeln auf den Lippen trug.

Die nächste Ansammlung von Menschen war einfacher. Katys Großmutter, Naomi, und einer der ältesten Krieger des Clans, Garrett, zogen sie wie eine Lieblingsenkelin in warme Umarmungen und übernahmen es, sie den anderen um sie herum vorzustellen.

Zum Vorteil für Tate hatten all die Umarmungen und das Händeschütteln Elise dazu gezwungen, seine Hand loszulassen. Die Tatsache nutzte er sofort aus und stellte sich eng neben sie, um einen Arm um ihre Taille zu legen, nachdem all die Begrüßungen vorbei waren.

Sie nahm einen tiefen Atemzug. Ein kaum wahrnehmbares Keuchen, das für jeden unentdeckt geblieben wäre, der seine geschärften Wandlersinne noch nicht erhalten hatte. Doch da die Menschen um sie herum alle ihre Seelensuche schon vor Jahren beantwortet hatten und jeder von ihnen seit weit mehr als einhundert Jahren am Leben war, bekamen es alle mit. Sie drehten vielleicht nicht die Köpfe zu ihr um und nahmen es offen zur Kenntnis, aber das kurze Lächeln und leise Kichern nach ihrer unschuldigen Reaktion weckte offensichtlich schöne Erinnerungen in ihnen.

Selbst wenn sie sich zu ihr umgedreht und gezeigt hätten, dass sie es bemerkt hatten, Elise hätte es wahrscheinlich übersehen. Sie war offensichtlich zu durcheinander, verschränkte zuerst die Arme vor ihrer Brust und steckte dann ihre Fingerspitzen in die Vordertaschen ihrer Jeansshorts.

Mit einem Lächeln, von dem er hoffte, dass sie es nicht bemerkte, neigte er sich zu ihr und murmelte: „Es ist in Ordnung, mich zu berühren, *mihara*."

Sie blickte durch ihre langen Wimpern zu ihm auf und musterte dann die Leute, die sich in der Schlucht versammelt hatten, als suchte sie nach Beispielen, an denen sie sich orientieren konnte.

Tate strich mit der Hand über die üppige Kurve an ihrer Hüfte. Es war ein sanftes, liebevolles Streicheln, obwohl er sie in Wirklichkeit vor sich ziehen und an sich drücken wollte, damit sie sich an ihn lehnen konnte. „Leg deinen Arm um meine Taille. Finde heraus, wie es sich anfühlt."

Das darauffolgende Zögern war bei Weitem nicht so lang und schmerzhaft wie zuvor das Warten darauf, dass sie endlich seine Hand nahm. Aber das Gefühl ihrer Fingerspitzen, die auf seinem Rücken zaghaft von einer Hüfte zur anderen glitten? Das war ein ganz anderes Maß an Folter. Vor allem, als sie sich traute, sich näher an ihn zu schmiegen, und als ihre freie Hand leicht auf seine Brust drückte. „So zum Beispiel?"

Ja.
Nein.

Er war hin- und hergerissen. Ein Teil von ihm bestand darauf, dass es klüger wäre, ihr Zeit zu lassen und sie erkunden zu lassen, wie sie es wollte. Während der andere Part in ihm gegen die Versuchung kämpfte, sie an sich zu ziehen und ihren Mund zu verschlingen.

Geduld.

Sein Begleiter hätte diese Möglichkeit vielleicht unterstützt, aber sogar das Selbstvertrauen seines Kojoten schwankte. Geduldig zu sein erreichte inzwischen ein Level von Schmerz und Frustration.

„Perfekt", erwiderte er stattdessen. Und es war keine Lüge. Natürlich war es nicht so viel, wie er sich ersehnte, aber ohne die Anspannung, während er sie zuvor an sich gedrückt und beruhigt hatte, konnte er jetzt diesen Körperkontakt genießen. Ebenso konnte er die Gespräche um sie herum als bloßes Hintergrundrauschen von sich abprallen lassen und sich darauf konzentrieren, wie nachgiebig und weich ihr Körper sich an seinem anfühlte und wie perfekt er zu ihm passte. Konnte den Druck ihrer Brüste an seiner Seite spüren. Ebenso fokussierte er sich auf das Kitzeln ihrer Haare an seinem Kinn und die Wärme ihrer Haut, die er durch ihr Tanktop und die Jeans wahrnahm.

Er verlor sich darin, alles in sich aufzusaugen, sodass er kaum die übermäßig kecke und feminine Stimme auf seiner anderen Seite wahrnahm. „Hey, Tate. Willst du uns deine Freundin nicht vorstellen?"

Elise versteifte sich in seiner Umarmung, ihre Fingerspitzen pressten sich fester gegen seine Brust und ihr harter, teilnahmsloser Blick wanderte in die Richtung, aus der die Worte gekommen waren.

In weniger als einer Sekunde gerieten sowohl Mann als auch Tier in Alarmbereitschaft, und sein Gehirn verknüpfte schließlich die Stimme mit derjenigen, der sie gehörte. Tate legte seinen Arm fest um Elise und drückte beruhigend ihre Hüfte, ehe er sich mit ihr umdrehte, um den Neuankömmling anzusehen.

„Hallo, Nessa." Während er sie begrüßte, stellte er jedoch fest, dass nicht nur eine Person auf die Gruppe zugeschlendert war. Es war schon schlimm genug, dass er Elise jemandem vorstellen musste, mit dem er mal intim gewesen war, ehe er die Chance dazu gehabt hatte, es mit ihr gewesen zu sein. Doch anscheinend würde er es auch noch mit Nessas Tratschtrupp im Schlepptau bewältigen müssen. Um genau zu sein, waren es vier vom Trupp und alle starrten mit kalkulierenden Mienen Elise an, die sich an seine Seite schmiegte.

Er neigte seinen Kopf in Richtung der Truppe. „Ladys."

Als Erwiderung bekam er alles von Lachen bis hin zu verschmitztem Lächeln, doch es war Nessa, die das Gespräch in Gang hielt. „Und? Wer ist deine Freundin?"

Seltsam. Früher hatte er Nessa umwerfend attraktiv gefunden. Mit ihrem kühlen blonden Haar, den hübschen blauen Augen und der gertenschlanken Figur war sie definitiv ein Augenschmaus. Allerdings hatte sich nach ein paar Dates mit ihr herausgestellt, dass hinter ihrer Schönheit keinerlei Tiefe steckte.

Er beobachtete den zurückhaltenden Gesichtsausdruck von Elise, und derselbe Stolz, der ihn jedes Mal fast erstickt hatte, als er sie an diesem Abend vorgestellt hatte, ließ seine Brust anschwellen. „Das ist Elise Ralston. Sie ist gerade aus Louisiana hergezogen."

Er senkte seine Stimme in der Hoffnung, der Tonfall würde helfen, das in Elise zu beruhigen, was dazu geführt hatte, dass sie sich so anspannte. „Elise, das sind einige der Heiler und Seher unseres Clans. Bren, Taya, Daycie, Renda und Nessa."

„Eigentlich heißt es Vanessa. Nur meine Freunde nennen mich Nessa."

Die Bissigkeit in ihren zuckersüß betonten Worten

schlug einem wie ein eisiger Wind bei Temperaturen unter null Grad ins Gesicht. Wenn Elise die kaum versteckte Spitze bemerkt hatte, zeigte sie es nicht. Sie löste einfach ihre Hand von Tates Brustkorb, richtete sich zu ihrer vollen Größe von ein Meter siebenundfünfzig auf und hob ihr Kinn. „Nett, dich kennenzulernen."

Bren, eine Seherin und die freundlichste in der Truppe, neigte ihren Kopf zur Seite und lächelte neutral. „Wo in Louisiana hast du gelebt?"

Elise musterte Bren einen Moment lang, wie ein schlaues Tier, das daran gewöhnt war, gefährliche Angreifer einzuschätzen und ihnen auszuweichen. „Butte la Rose."

„Wo ist das?", wollte Renda wissen.

„Etwas außerhalb von Lafayette", erwiderte Elise, und die kurz angebundene Antwort lud nicht gerade dazu ein, hinsichtlich ihrer Heimatstadt tiefer ins Detail zu gehen.

Daycie spielte mit dem Strohhalm, der aus ihrem roten Getränkebecher lugte, und schaltete sich dennoch ein. „Sara hat erzählt, dass du aus der Heiler-Primo-Familie stammst, aber ich dachte, deren Nachname wäre Rallion."

„Rallion ist der Nachnahme ihrer Familie", erwiderte Tate, bevor Elise es konnte. Was auch immer dazu geführt hatte, dass Elise kurz davor war, zu flüchten, gefiel weder ihm noch seinem Begleiter. Sie würden beide die unangenehme Situation, wenn nötig mit allen Mitteln, beenden. „Sie nennen sich jetzt Ralston."

„Nun ja, nur weil sie aus der früheren Linie stammt, heißt das noch lange nicht, dass sie die Prima sein wird", sagte Nessa. „Ich meine, ihre Mutter hat ihre Gaben nicht angenommen, also könnte der Hüter die Dinge an eine andere Familienlinie geben. Warum die Ehre in einer Familie belassen, die es nicht zu schätzen weiß? Und ist nicht dein Vater ein Singura? Du wirst wahrscheinlich noch nicht einmal eine Seelensuche bekommen, oder?"

Und da war sie. Die ätzende Attacke, die seine Gefährtin bereits hatte kommen sehen. Er hatte einen verflucht miesen Job erledigt, um sie abzublocken. Ja, er hatte Jade schimpfen und weinen gehört, als andere Mädchen versucht hatten, diesen hinterhältigen Bullshit mit ihr abzuziehen, während sie aufwuchs. Er hatte sogar mitbekommen, wie Nessa und ihre Crew schlecht über andere geredet hatten, wohl weil sie sie auf der Highschool als Konkurrentinnen betrachtet hatten, aber jetzt? Verdammt noch mal, sie waren alle Mitte bis Ende zwanzig und keine vierzehn und voller Hormone mehr.

Neben ihm wurde Elise gespenstisch still, der zuvor aufgeregte Rhythmus ihres Herzschlags verwandelte sich in den eines Kriegers vor dem Kampf. Sogar die Energie um sie herum schien sich in ein undurchdringliches Schild zu verwandeln. „Ob mir Magie gegeben wird oder nicht oder welchen Titel ich tragen werde, definiert mich nicht. Charakter allerdings schon."

Stille.

Die Frauen um Nessa hörten eine nach der anderen auf zu lächeln und sahen zu ihrer furchtlosen Anführerin, als hätten sie ihren Steuermann vollständig verloren.

Nessa warf einen Blick auf die Ältesten neben ihr, die ihre Unterhaltung wegen des sich vor ihnen entfalteten Dramas unterbrochen hatten. Dann stieß sie ein lautes, unbeholfenes Lachen aus, das nur Menschen vorbehalten war, die sich gesellschaftlich in die Scheiße geritten hatten. „Ich glaube, was ich gesagt habe, kam falsch rüber. Ich dachte nur, du fühlst dich vielleicht etwas unter Druck gesetzt und ich wollte nur auf einige andere Möglichkeiten hinweisen. Ich meine, die Prima der

Heiler zu sein, ist eine große Sache, und du weißt so gut wie gar nichts über uns."

„So ging es Katy anfangs auch und sie ist die Gefährtin von Priest", sagte Tate. „Ganz zu schweigen davon, dass sie eine der ersten Magierinnen seit Jahren ist. Du willst mit Möglichkeiten um dich werfen? Vielleicht hat der Hüter sich dazu entschlossen, uns Primos zu geben, die keine Stöcke im Arsch haben und mit etwas Menschlichkeit funktionieren können."

„Ach komm schon, Tate", erwiderte Vanessa. „Du weißt, dass ich es nicht böse gemeint habe." Sie kam näher auf ihn zu und hatte tatsächlich die Dreistigkeit, mit ihren Fingern vertrauensvoll über seinen Arm zu streichen. „Du kennst mich doch."

Elise zuckte zusammen, eine schwache Bewegung, die sie erstaunlich gut vor allen anderen verbergen konnte, doch sie drückte sich an ihn. Und er spürte den Schmerz darin.

Sie versuchte, sich aus dem Schutz seines Armes herauszubewegen, doch Tate zog sie fester an sich. „Ich habe eine Frau neben mir, und du wagst es, mich vor ihr zu berühren? Sie ist neu in unserem Clan und entstammt einer angesehenen Familie, aber du hast ihr den mit Abstand kältesten Empfang von allen am heutigen Abend hier bereitet. Schlimmer noch, du versuchst, die Kränkungen, die du ausgeteilt hast, als Missverständnisse abzutun, um dein Gesicht zu wahren, anstatt sie einzugestehen. Anscheinend kenne ich dich nicht. Und nur um das klarzustellen: Jedes Recht, mich zu berühren, das du einmal hattest, ist Geschichte."

Sein Blick glitt zu Jade, die sich an den Rand der Menge geschlängelt hatte. Sie stand da mit hüftbreit auseinandergestellten Füßen, die Arme vor ihrer Brust verschränkt und ein stolzes Grinsen auf ihrem Gesicht. Sie mochte für den Clan eine Seherin sein, doch in diesem Moment wirkte sie eher wie eine Kriegerin, die abwägte, ob sie sich einmischen und den Frauen in den Hintern treten sollte oder nicht. So wütend er auch war, ein Teil wollte abwarten und sehen, ob sie es tatsächlich tun würde.

Aber Elise brauchte ihn jetzt mehr, und das am besten, ohne dass der Großteil des Clans dabei zuschaute. „Ich glaube, wir sind hier fertig."

Er führte Elise von der Gruppe fort, warf aber einen letzten Blick über die Schulter, als er ging. „War nett, mit dir zu plaudern … *Vanessa.*"

KAPITEL 4

Frauen waren Miststücke. Hinterhältige, fiese, doppelzüngige Miststücke.

Auf einem großen Felsbrocken am Ufer des Sees sitzend, mit Tate neben ihr und einer Mondsichel hoch oben am fast mitternächtlichen Himmel, erschien der Gedanke unpassend. Er war wie eine haarige Warze inmitten eines ansonsten wunderschönen Szenarios.

Tief im Innern wusste Elise, dass diese Ansicht nicht stimmte.

Sie hatte in den Jahren, seit sie der Highschool entkommen war, tatsächlich viele anständige Frauen kennengelernt – Jade und Katy waren zwei davon. Aber da die unterirdische Begegnung mit Vanessa noch immer wie ein hartnäckiger Kater in ihr widerhallte, war es schwer, nicht zu verallgemeinern.

Ebenso war es schwer gewesen, nicht wegzurennen und sich zu verstecken.

Eigentlich wäre sie davongerannt, wenn es ihr möglich gewesen wäre. Mindestens fünf Mal hatte sie es versucht, aber Tate hatte entweder ihre Finger hartnäckig mit seinen verflochten gehalten oder einen besitzergreifenden Arm um ihre Taille gelegt, wann immer sie stehen geblieben waren, um sich unter die anderen Clanmitglieder zu mischen.

Und dann hatte er sie hierhergebracht, hatte sie zielsicher durch die dunklen, stillen Wälder ohne ein einziges Licht geführt, und löcherte sie mit Fragen über ihr Leben. Er fragte nach ihrer Mutter, ihrem Vater und wie es gewesen war, in einer kleinen Stadt wie Butte la Rose aufzuwachsen.

Das Mondlicht spiegelte sich in der kräuselnden Oberfläche des Sees. Der Wind gerade frisch genug, um ein Frösteln auf ihrer Haut zu hinterlassen.

Nicht, dass es ihr etwas ausmachte. Mit Tate so nah,

der sich ab und zu subtil vorbeugte und mit seiner Schulter ihre streifte, hätte es auch minus zehn Grad sein können und es wäre ihr egal gewesen.

„Warum also der Abschluss in Kinesiologie?"

Sie senkte ihren Kopf und lächelte über seine neue Themenwahl. „Normalerweise werde ich nicht zuerst danach gefragt, wie ich dazu gekommen bin, sondern eher, was zum Teufel das überhaupt ist."

„Es geht um Körperbewegung, richtig? Es wird verwendet, um Menschen gesünder zu machen oder nach einer Verletzung zu rehabilitieren."

Und hier saß sie nun und hatte ernsthaft gedacht, er hätte sie nicht bemerkt. Offensichtlich hatte er nicht nur beobachtet, wie sie ihre Zeit verbrachte, sondern auch seine Hausaufgaben gemacht. „Ich bin beeindruckt."

Das Lächeln, das er ihr zur Antwort schenkte, erinnerte sie an einen kleinen Jungen, mit dem sie während eines Physiotherapie-Praktikums in Lafayette zusammengearbeitet hatte. Sein Bein war bei einem schrecklichen Autounfall erheblich verletzt worden, doch er war bei seiner Genesung furchtlos gewesen. An dem Tag, an dem er drei Schritte hintereinander gegangen war, hatte er sie mit solch reinem Entzücken angestrahlt, dass ihr Herz schneller geschlagen hatte.

„Gib mir bloß nicht zu viel Anerkennung", sagte er und drehte sich auf dem breiten Felsen herum, sodass er sie und nicht den See ansah. „Meine Zeit mit Google reichte gerade so weit. Als sie in den Berichten darüber Dinge wie Biomechanik und Neurowissenschaften einwarfen, wurden meine Augen irgendwie glasig." Er musterte sie einen Moment lang, verlagerte dann sein Bein hinter ihrem Rücken und rutschte näher. „Also, erzähl mir, wie kommt eine Frau aus einer winzigen Stadt in Louisiana auf so einen unkonventionellen Studiengang?"

Die Betonung lag tatsächlich auf dem Wort *unkonventionell*. Einige Leute in der medizinischen Welt gingen sogar so weit, zu spotten, wenn der Begriff Kinesiologie fiel. Doch sie war an einem Punkt angelangt, an dem es ihr egal war. „Während meiner Kindheit war ich sportlich sehr aktiv: Tanzen, Leichtathletik, Gymnastik. Bis ich sechzehn war, verbrachte meine arme Mom mehr Zeit im Auto, um mich von einem Ort zum nächsten zu fahren und mir die Ausrüstung zu kaufen, die ich brauchte, als irgendetwas anderes zu tun."

„Nun, du warst gut darin, wenn man die vielen Trophäen und Preise in deinem Zimmer als Hinweis verstehen will."

Ugh. Diese Trophäen. Sie waren eine Freude und eine Belastung zugleich gewesen. „Wenn es nach mir gegangen wäre, hätten wir sie in Louisiana zurückgelassen. Oder noch besser, sie wären ganz weg."

„Warum? Du hast sie dir hart erarbeitet."

Und dafür bezahlt – nicht nur bei Wettbewerben.

Sie wagte einen Blick auf Tate. „In der zweiten Hälfte der achten Klasse der Highschool habe ich mich verletzt. Eine Knieverletzung. Mom behält das Zeug, um mich dazu zu bringen, meine Entscheidung, mit dem Sport aufzuhören, noch einmal zu überdenken."

„Du bist nie zurückgekehrt?"

„Nope."

Die Nacht verschluckte ihre Antwort und die sanfte Frühlingsluft tanzte über ihre Haut. Es war, als ob sie sie herausforderten, mehr darüber zu erzählen.

Tate wartete.

Seltsam. Zum ersten Mal seit dem Tag, an dem sie zurück nach Hause gehumpelt und gekrochen war, blieben die Niedergeschlagenheit und der Schmerz glücklicherweise aus, die sie normalerweise überkamen, wenn sie daran dachte, was zu der Verletzung geführt hatte. Es war, als ob allein seine Anwesenheit die Demütigung und den Schmerz von ihr fernhielt.

„Wie auch immer ..." Sie stemmte ihre Füße auf den Felsen und schlang die Arme um ihre Knie, umarmte sie fest. „Der gesamte Heilungsprozess, die Ärzte, die Pflegekräfte, die Rehabilitation ... das alles hat mich fasziniert. Als ich mit dem College anfing, hatte ich vor, Medizin zu studieren und Ärztin zu werden. Aber je mehr Kurse ich besuchte, desto wütender wurde ich. Es fühlte sich zu steif an. Zu sehr nach Lehrbuch."

„Also bist du in die Therapie gewechselt?"

„Nicht sofort. Ich habe mich zuerst ein Semester lang mit Krankenpflege befasst, doch dann schlug ein Berater der Uni vor, ich solle mich mit Kinesiologie befassen." Sie zuckte mit den Schultern und wandte ihren Kopf, um ihn anzusehen. „Es passte einfach."

Noch nie in ihrem Leben hatte ein Mann sie so angesehen, wie es Tate gerade jetzt tat. Vollkommen konzentriert. Es war, als ob es nichts anderes auf der Welt gäbe als sie und das, was aus ihrem Mund kam. Mehr noch, er schien entschlossen zu sein, sich jede Reaktion einzuprägen. Die Art, wie sie sich bewegte. Ihr Lächeln. Ihre Stimmung.

„Du redest nicht gern darüber, wie es zu der Verletzung kam."

Es war eine Art sanfter Schubs. Eine vorsichtige Herangehensweise, die von dem satten Bariton in der Stimme getragen wurde. Ein Teil von ihr wollte darauf antworten. Sie wollte sich öffnen und alles herauslassen. Die Vergangenheit. Die Scham und den Verlust.

Aber der Rest von ihr war zu gierig. Zu zögerlich, um zu riskieren, dass ihr ein Moment wie dieser entglitt. „Nein."

Er hielt ihrem Blick stand, und in seinen Augen funkelte eine Emotion, die sie nicht genau identifizieren konnte.

Aber sie hatte sich nie sicherer gefühlt, nie akzeptierter

als zu diesem Zeitpunkt.

Der Wind zerzauste ihr Haar und wehte es über ihr Gesicht.

Tate strich die verirrten Strähnen zurück und fuhr mit dem Daumen zärtlich über ihre Wange. „Ich möchte dich kennenlernen, Elise. Sogar die Teile von dir, bei denen du Angst hast, sie zu teilen." Er umfasste ihren Nacken und der vorsichtige, aber zutiefst besitzergreifende Kontakt ließ ein gesteigertes Bewusstsein in ihr aufleuchten. Es kam ihr vor, als ob die Luft um sie herum mit angenehmer Elektrizität angereichert wäre. „Ich werde dich nicht drängen, werde nie mehr von dir nehmen, als du bereit bist, zu geben." Sein Daumen strich über den Puls an ihrem Hals. „Aber ich will *alles*."

Ihr Herz schlug schneller und in ihrem Bauch überschlug sich alles, machte den Saltos Konkurrenz, die sie zu ihren besten Zeiten im Kunstturnen gemeistert hatte.

Alles wie *all ihre Geheimnisse*?

Oder alles wie *wirklich alles*?

Wen interessiert's?

Als sie ihn in dieser Sekunde ansah, an ihn gebunden durch den magnetischen Moment und kaum zu vernünftigem Denken geschweige denn Angst fähig, erschien nichts davon beängstigend. „Was ist mit dir?"

„Was soll mit mir sein?"

„Ich weiß überhaupt nichts über dich."

Seine vollen Lippen zuckten. „Du weißt, dass ich ein Krieger bin. Du weißt auch, dass ich ein Tätowierer bin und mit Priest zusammenlebe und arbeite. Ebenso weißt du, dass Jade die Nervensäge in meinem Leben ist."

„Aber ich weiß nicht, warum du bei Priest lebst." Kaum hatte sie es ausgesprochen, hätte sie es am liebsten sofort wieder zurückgenommen. Besonders, als sein Lächeln verschwand und sich Wehmut in seinen Augen festsetzte.

Er senkte seine Hand und lehnte sich zurück. „Du weißt, was mit unserem Clan passiert ist, oder?"

Und ob sie das wusste. Sie hatte von den vorgeschriebenen Presect-Riten gehört, die zu jedem Jahreszeitenwechsel durchgeführt wurden, um die Magie der Erde im Gleichgewicht zu halten. Sie hatte beinahe geweint, als sie die grausamen Einzelheiten darüber erfahren hatte, was Draven, Priests Bruder, vor über fünfzig Jahren beim letzten Ritus getan hatte. Er hatte die Magie jedes Primos gestohlen und versucht, den Clan zu übernehmen. Dabei hatte Draven alle Primos getötet, einschließlich der Großmutter von Elise, und beinahe auch Priest. Doch am Ende hatte Priest gewonnen, indem er seinem Bruder die gestohlenen Gaben wieder entzog und in sich aufnahm. Er hatte gedacht, er hätte Draven dabei getötet, aber dieser hatte sie eines Besseren belehrt, als er die Eltern von Kateri und Alek abgeschlachtet hatte.

Elise nickte. „Jade hat erzählt, dass Priest die dunkle Magie, die Draven in jener Nacht benutzt hat, noch immer in sich trägt."

„Das stimmt. Lange Zeit nach dem Angriff waren es die Mütter von mir und Jade, die ihn am Leben gehalten und beschützt haben. Priest hat Jahre gebraucht, um die Dunkelheit unter Kontrolle zu bekommen. Unsere Mütter waren diejenigen, die die Tätowierungen, die du heute auf seiner Haut sehen kannst, gestochen haben. Jedenfalls die meisten davon. Die Symbole haben dabei geholfen, die Dunkelheit in den Griff zu bekommen."

„Wo war dein Vater?"

„Dir ist bekannt, dass unsere Lebensspannen anders sind als die normaler Menschen, oder?"

Elise nickte. „Naomi sagte, sie wäre einhundertfünfundzwanzig."

„Und Garrett ist einhundertdreiundsechzig. Einige unserer Ältesten haben es sogar auf fast zwei Jahrhunderte gebracht. Der Einzige, der noch länger lebt, ist unser Hohepriester. Derjenige, den Priest ersetzt hat, war knapp dreihundert, als er starb."

Katy hatte ihr vorher schon davon erzählt, aber es war immer noch ein Schock. Auch wenn sie versuchte, es zu verstehen. „Und?"

„Also, mein Vater war wesentlich älter als meine Mutter. Er ist gestorben, als ich zehn war. Nachdem meine Mutter ebenfalls gestorben ist, hat Priest mich aufgenommen. Damals war ich sechzehn, aber er war schon vorher eine feste Größe in meinem Leben. Jade zog ein Jahr später bei uns ein, nachdem ihre Mom gestorben war."

„Deine Mutter war eine Heilerin?"

Er nickte, ein leichtes Lächeln umspielte seine Lippen. „Eine sehr starke dazu. Nicht annähernd das, was du eines Tages sein wirst, aber dennoch war sie mächtig."

„Du kannst nicht wissen, ob ich Prima werde." Sicher, es wäre ein tolles Geschenk. Eine Ehre, für die sie alles geben würde, wenn es dazu käme. Doch im Moment wäre sie einfach nur froh, sich ein wenig näher an Tate lehnen, mit den Fingern über sein kräftiges Kinn streichen und seinen Bart auf ihrer Haut spüren zu können.

Sie hatte nicht einmal bemerkt, dass sie mit dem Daumen über ihre Fingerspitzen rieb, bis Tate ihre Hand mit seiner bedeckte, sie so drehte, dass ihre Innenfläche nach oben zeigte, und einen Weg bis zur Mitte zeichnete. „Woran denkst du, *mihara*?"

Mihara.

Er hatte sie heute Abend ein paarmal so genannt. Sie wusste, dass es sich dabei um ein liebevolles Kosewort handelte, seit sie gehört hatte, wie Priest es zu Katy gesagt hatte. Doch die genaue Bedeutung davon war ihr immer noch ein Rätsel.

„Was bedeutet dieses Wort?"

Sein Lächeln veränderte sich und wechselte zu einem teuflischen Grinsen, was ihr Herz schneller schlagen ließ. „Das ist mein Geheimnis. Aber alles andere, was du über mich wissen willst, gehört dir."

„Egal was?"

Pure Freude funkelte in seinen Augen. „Egal was."

Ein Kuss war zu viel. Definitiv mehr, als ihr bereits ausgeschöpfter Mut noch aufbringen könnte. Doch da war noch etwas. Etwas, was sie sich unzählige Male vorgestellt hatte, meistens spät abends bei geöffnetem Fenster, wenn die süßen Geräusche der Nacht hereindrangen, um sie in den Schlaf zu lullen. Sie schluckte schwer und betete stumm, dass ihre Bitte ihn nicht zum Lachen bringen würde. „Würdest du dich für mich verwandeln?"

Sein Lächeln erstarb, aber der folgende Blick löste etwas Wildes in ihr aus. Hitze. Verlangen. Rohe und hemmungslose Lust.

„Weißt du, was mein Begleiter ist?"

Denken war gerade eine echte Herausforderung. Reden noch mehr. Vor allem, da die einzige Handlung, an der ihr Körper interessiert schien, darin bestand, Kontakt herzustellen. Vollständigen, von Kopf bis Fuß reichenden, köstlichen Körperkontakt. „Jade hat gesagt, er sei ein Kojote."

„Ein Bergkojote." Er neigte den Kopf zur Seite und betrachtete sie. „Und du hast keine Angst?"

„Sollte ich etwa?"

Für eine Sekunde hätte sie schwören können, dass ein Knurren über seine Lippen gekommen war. „Nicht so, wie du denkst." Er nahm ihre Hand in seine und drückte sie bedeutungsvoll. „Aber bei ihm bist du sicher."

„Dann würde ich ihn gerne sehen."

Er senkte seinen Kopf, obwohl sie sich sicher war, dass er nicht ihr zustimmte. Es wirkte eher wie eine

Antwort auf ein Gespräch, in das sie nicht eingeweiht war. „Also gut." Er strich ein letztes Mal mit den Fingern über ihren Handrücken, dann glitt er von dem Felsbrocken und ging ein paar Schritte zur Seite. Bei Tate war jedoch selbst die einfachste Handlung eine wunderbare Sache, die man sich schlichtweg ansehen musste. Mit seinen straffen, kompakten Muskeln und seiner animalischen Anmut war er der pure Alpha in Bewegung. „Steh auf."

„Warum?"

Er sah sie an, während er seine Fäuste an den Seiten ballte und wieder öffnete. „Weil es nach Mitternacht ist und ich nicht will, dass deine Mutter sich Sorgen macht. Wenn meine andere Hälfte herauskommen und spielen darf, muss er dich wenigstens nach Hause begleiten."

Eine seltsame Mischung aus Hochgefühl und Enttäuschung zog sie auf die Beine. Zum ersten Mal in ihrem Leben wollte sie nicht nach Hause. Sie wollte nicht, dass die Nacht endet. Aber gleichzeitig konnte sie es kaum erwarten, seinen Begleiter zu treffen. „Kann ich mit ihm reden?" *Oh Mann, natürlich kannst du mit ihm reden.* „Ich meine, wird er mich verstehen?"

Tates Lächeln erhellte sich schnell. „Er war die ganze Nacht hier und hat jedes Wort gehört. Also ja, er wird dich verstehen. Wir sind zwei Teile eines Ganzen. Wenn du mich brauchst oder Angst bekommst, wissen wir beide Bescheid und ich verwandele mich zurück."

So. Verdammt. Cool. Sie konnte sich kaum davon abhalten, wie eine Fünfjährige zu hüpfen, die darauf wartete, dass endlich ihre Geburtstagsparty mit dem Motto Prinzessin begann. An dem Tag, an dem sie von dem Clan erfahren hatte, hatte sie beobachtet, wie Alek sich in seinen Wolf verwandelt hatte. Katy und Priest waren ein paarmal in ihrer Gestalt als Panther und Löwin Seite an Seite durch die abgelegenen Wälder gestreift, doch irgendwie war das hier anders. Es kam ihr vor wie ein lang ersehntes Treffen, von dem sie nicht einmal gewusst hatte.

„Bereit?"

Sie nickte und ihre Antwort kam vor Aufregung wie ein Hauchen aus ihrem Mund. „Ja."

Er zögerte zwei Sekunden lang, sein Blick war mit ihrem verbunden und in den drei Metern zwischen ihnen pulsierte eine aufgeladene Verbindung. Vor dem See und dem dunklen Hintergrund des Himmels erblühte ein weiches, rot gefärbtes Licht.

Es wurde fast ebenso schnell wieder dunkel und Tate war verschwunden.

An seiner Stelle stand eine wunderschöne Kreatur, die ihr bis zu den Oberschenkeln reichte. Das dicke goldene Fell besaß weiße, graue und schwarze Akzente. Sie hatte erwartet, dass seine Figur schlank oder sogar drahtig sein würde, wie auf einigen der Wildnisfotos, die sie online gefunden hatte, doch Tates Begleiter war reine Muskelmasse.

Er wartete. Die gleichen bernsteinfarbenen Augen wie die von Tate starrten sie an, nur dass ihre Form nun anders war. Leicht mandelförmig, sodass sein Blick schärfer wirkte.

„Hi." Es war wahrscheinlich dumm, das zu sagen. Tate hatte ihr im Grunde erklärt, dass das Tier, das vor ihr stand, ein Teil von ihm war, also war eine Vorstellung eigentlich nicht nötig, aber die Begrüßung fühlte sich dennoch richtig an.

Seltsamerweise hob der Kojote seinen Kopf, stieß ein leises Fiepen aus und stapfte vorsichtig vorwärts.

Ihr Instinkt wollte sie dazu bringen, zurückzuweichen. Oder besser noch, loszurennen. Doch ein anderes, viel dringenderes Bedürfnis zwang sie in die Knie. Der kühle, feuchte Boden dämpfte ihre Landung und schickte eine Gänsehaut über ihren Körper. Aber je näher der Kojote kam, desto weniger kümmerte sie das Unbehagen.

Er wurde langsamer und hielt knapp außerhalb ihrer Reichweite an.

Mit der Innenfläche nach oben streckte sie ihre Hand aus. „Mir geht es gut."

Seine aufgestellten Ohren zuckten und sein aufmerksamer Blick wanderte zu ihren zitternden Fingern.

Nun gut, sie war vielleicht nicht felsenfest überzeugt davon okay zu sein, aber sie hatte auch keine Angst. „Ich bin aufgeregt, nicht verängstigt." Als er sich immer noch nicht rührte, entschied sie sich für etwas mit mehr Nachdruck dahinter. „Mir ist auch ein bisschen kalt. Du hältst den Wind nicht mehr ab."

Bei einem Menschen wäre dieses Schnauben, das als Erwiderung auf ihre Aussage folgte, irgendwo zwischen Humor und leichtem Frust anzusiedeln gewesen. Was es allerdings bei einem Kojoten bedeutete, war nur schwer einzuschätzen, doch es brachte ihn in Bewegung und er schlich langsam in Reichweite. Er stieß mit dem Kopf ihre Hand an und schmiegte sich näher an sie, hielt inne, als sein Fell die Innenseite ihrer Arme und die Oberseiten ihrer Schenkel kitzelte.

Und meine Güte, war er weich. Weich mit einem so dichten Fell, dass die Spitzen seines Haarkleides ihre Handgelenke neckten, als sie ihre Finger hinter seinen Ohren vergrub. Sie seufzte und nahm die andere Hand hinzu, streichelte seinen Nacken und griff in die Hitze, als wäre er ein freundlicher Husky statt eines tödlichen Jägers. „So ist es viel besser."

Ein leises Summen grollte aus seiner Brust. Er lehnte sich zu ihr, stieß mit seiner kalten, nassen Nase gegen ihren Hals und rieb dann mit seinem Gesicht über dieselbe Stelle. Wegen seines Gewichts, seiner offenen Zuneigung und des verspielten Wedelns seines Schwanzes kippte sie zur Seite. Ihr Lachen erhob sich in den wolkenlosen Sternenhimmel. „Oh mein Gott, bist du schwer. Was wiegst du überhaupt?"

Er bellte, kam näher und kuschelte sich an sie, als wäre es das Natürlichste auf der Welt. Sein warmer Atem strich über ihren Hals, und sie hätte schwören können, dass sein geöffnetes Maul die Version eines Kojoten-Lächelns war. „Entschuldigst du dich oder willst du eher mehr am Rücken gekrault werden?"

Auf ihre Frage hin schnaubte er und leckte über ihre Wange, was ihr ein unerwartetes Quieken entlockte, das man garantiert bis hin zu Priests Haus hatte hören können. „Okay, okay. Rückenkraulen also. Aber wenn du mich noch einmal ableckst, war's das."

Er stieß ein leises Winseln aus, streckte sich auf dem Bauch aus und legte seine Schnauze auf seinen Pfoten ab. Es war ein Bild der Zufriedenheit.

Und das war es tatsächlich. Nur der Frieden zweier eng aneinandergekuschelter Wesen. Er schenkte ihr seine Wärme und sie ihm ihre Berührungen.

Und der amüsante Part dabei war, sie fühlte sich wohl damit. Sie war völlig frei von der unruhigen sexuellen Nervosität, die sie in Tates Gegenwart gespürt hatte. Es kam ihr vor, als ob sie dadurch, dass er seine menschliche Hülle abgestreift hatte, all ihre vergangenen Verletzungen und Ängste ablegen und sorgenfrei sein konnte.

Sie hatte keine Ahnung, wie lange sie dort gelegen hatten, doch es kam ihr viel zu früh vor, als Tates Begleiter seinen Kopf hob, ihrem Blick begegnete und langsam aufstand. Dabei rieb er die Seite seines massiven Oberkörpers an ihr. „Zeit, zu gehen, oder?"

In Tiergestalt gab es keine Gesichtsausdrücke, die einen Hinweis auf seine Gedanken erhaschen ließen, aber seine Augen sagten, dass er ebenso wenig glücklich darüber war wie sie, dass die Realität in diesen Moment eindrang.

„Okay, na schön. Aber nicht zu schnell. Ich kann nicht so gut sehen wie du."

Die Wanderung durch den Wald war friedlich und perfekt. Das knirschende Geräusch ihrer Sandalen auf den verrotteten Blättern, das sanfte Rascheln der Bäume über ihnen und die reichen, erdigen Düfte des Waldes umhüllten sie wie ein dicker Wandteppich.

Die letzten Wochen waren wie in Wirbelsturm gewesen. Aus der Kleinstadt entwurzelt zu werden, in der sie ihr ganzes bisheriges Leben verbracht hatte. Lauter neue Leute kennenzulernen. Ihren Verstand dazu zu bringen, mit einer fantastischen Realität von Magie und Gestaltwandlung klarzukommen. Umgehauen zu werden von einem Mann, von dem sie gedacht hatte, dass er sie überhaupt nicht bemerkte.

Und dann war der heutige Abend passiert.

In der Zeit, die sie mit Tates Begleiter verbracht hatte, hatte sich das berauschende Summen, von dem sie die ganze Nacht verzaubert und nahezu sprachlos gewesen war, endlich gelegt. Aber die Wahrnehmung war noch immer dicht an der Oberfläche spürbar. Und da war dieses fast greifbare Versprechen. Der sehr menschliche Alpha hatte nicht nur öffentlich sein Interesse an ihr bekundet, sondern sie gegen jemanden, den er sicherlich schon sein ganzes Leben lang kannte, verteidigt. Und er war nur einen Gestaltwechsel davon entfernt, dort weiterzumachen, wo er aufgehört hatte.

Zumindest hoffte sie, dass es so gewesen war. Mit ihrer Erfahrung – oder besser gesagt, dem Mangel daran –, lag es nicht ganz fern, dass sie die Situation möglicherweise falsch interpretierte. Aber warum sollte er dann so offen mit körperlicher Berührung sein? Warum seine Zeit mit ihr verbringen? Oder noch wichtiger, warum wollte er ihre Geheimnisse kennen? Die Fragen tauchten immer wieder in ihrem Kopf auf, neue kamen hinzu und schienen in Endlosschleife zu laufen, während der Wald an ihr vorbeiglitt.

Bei all dem blieb Tate in ihrer Nähe. Nur wenn ein

umgestürzter Baum oder ein in den Weg ragender Ast sie hätte stolpern lassen oder verletzen können, verließ er seinen Platz direkt vor ihr und machte sie auf die Gefahr aufmerksam.

Das Licht von ihrer hinteren Veranda schimmerte durch die Baumreihe vor ihr.

Zu Hause.

Es hätte sie eigentlich glücklich machen sollen, schließlich war das immer der sichere Ort gewesen, an dem die neugierigen Blicke der Jungs und die hässlichen Sticheleien der Mädchen sie nicht erreichen konnten.

Heute Nacht bedeutete es das Ende.

Einen Moment lang dachte sie darüber nach, zum See zurückzukehren. Sie wollte etwas von der Nacht zurückholen, bevor die reale Welt und ihre gewohnte, isolierte Routine sie wiedereinholten. Doch das wäre nur eine Verzögerung gewesen. Das Einzige im Leben, was sie mit absoluter Sicherheit wusste, war, dass man weder das Leben noch die Menschen daran hindern konnte, das zu sein, was sie sein wollten. Gott allein wusste, dass sie es versucht hatte und kläglich gescheitert war. Niemand konnte ahnen, was der nächste Tag bringen würde, und um die heutige Nacht zu trauern, ehe sie tatsächlich vorbei war, wäre eine Verschwendung.

Tate stellte sich ihr in den Weg und blieb kaum mehr als eine Armlänge von ihr entfernt stehen, was sie dazu zwang, ebenfalls innezuhalten. Im Gegensatz zu der vorsichtigen oder verspielten Energie, die sie zuvor in ihm vernommen hatte, war er nun fokussiert wie ein Laser. Er wirkte dabei wie ein scharfsinniges Raubtier, das jedes Geräusch und jede Veränderung um sich herum wahrnahm.

Das wunderschöne rote Glühen, das seine Verwandlung zuvor markiert hatte, flammte kühn vor ihr auf. Die Kraft davon war so intensiv, dass sie auch sie umgab.

Und dann war Tate wieder da. Die Schultern zurückgenommen, die Arme locker an den Seiten und die Füße hüftbreit auseinandergestellt stand er da. Nichts an seiner Haltung verriet Gefahr oder Bedrohung irgendeiner Art. Doch sein Gesichtsausdruck sagte etwas anderes aus, wirkte harsch, konzentriert. Seine Augen blitzten auf und musterten ihr Gesicht und ihren Körper, als ob er nach etwas suchen würde. „Was ist los?"

„Was meinst du?", fragte sie irritiert.

„Dir ging es gut und auf einmal hat sich etwas geändert."

Ihr Herz machte einen Satz und schlug dann in einem unangenehm unruhigen Rhythmus weiter. Er konnte nicht wissen, was sie dachte. Die Volán hatten allerlei Arten von Magie – Heilung, Vision, körperliche Stärke und klassische Zauberei –, dennoch war sie sich sicher, dass Gedankenlesen nicht dazugehörte.

„Was meinst du damit, dass sich etwas geändert hat?", wollte sie nun wissen.

„Dein Geruch. Die meisten Emotionen haben einen." Er neigte den Kopf, und seine Augen verengten sich. „Deiner ist traurig. Warum?"

Verdammt.

Ganz schlechtes Timing, um auf Clanwissen zu stoßen. Sie zuckte mit den Schultern und suchte verzweifelt nach einer Antwort, die sie nicht vollkommen wie eine erbärmliche Idiotin dastehen ließ. Als ihr jedoch keine einfiel, blieb sie schlichtweg bei der Wahrheit. „Heute Nacht war eine gute Nacht."

Er kam näher. „Aber das ist doch schön."

Sie nickte, ihr Puls beschleunigte sich, je näher er ihr kam. Als sie weitersprach, war ihre Stimme nicht mehr als ein Flüstern. „Es ist gut, bis es enden muss."

Verständnis machte sich auf seinem Gesicht breit und ein kleines Grinsen hob seine Lippen. Tate blieb nur wenige Zentimeter vor ihr stehen und legte seine Hände an ihre Wangen. Seine tiefe Stimme ließ Feuer über ihre kühle Haut lecken und sein warmer Atem neckte ihre Lippen. „Das ist noch nicht das Ende, Elise."

Sie presste beide Hände gegen seine Brust, war hin- und hergerissen, ob sie ihn wegdrücken sollte, um ihre Gefühle und Gedanken unter Kontrolle zu bringen, oder sich der Freude hinzugeben, die harten Muskeln unter der weichen Baumwolle zu genießen. Die Logik forderte von ihr, Fragen zu stellen, um tiefer zu graben und mehr über das herauszufinden, was sich nach einer ganzen Menge fehlender Informationen angehört hatte.

Doch ihre instinktive und rein physische Seite scherte sich nicht um Logik. Das Einzige, worum es ihr ging, war dieser ursprüngliche Mann vor ihr, ebenso wie die Wärme seiner Hände, die verlockende Nähe seiner Lippen und der hungrige Blick, der direkt auf sie gerichtet war.

„Was machst du da?" Ihre Lungen schienen den Geist aufzugeben, denn der Schwindel, der sie ergriff, zeigte, dass nicht nur ihre Stimme nahezu versagte, sondern auch, dass ihr Körper nicht genügend Sauerstoff bekam. Aber Mann, wenn ihr letztes Stündlein geschlagen hatte, dann war es eine großartige Art, an einer Überdosis Tate zu sterben.

„Wenn du mich nicht aufhältst, werde ich dich küssen." Er strich sanft mit dem Daumen über ihre Unterlippe. „Willst du das, *mihara*?"

Wollen? Machte er etwa Witze? *Wollen* war, auf ihr Lieblingsdessert zu starren, wenn ihr Magen bereits randvoll mit erstklassigem Steak war, die Schuldgefühle beiseite zu werfen und sich nicht weiter darum zu kümmern, wie unbequem sich ihr Hosenbund auf dem Heimweg anfühlen würde. Seinen Mund auf ihrem zu spüren war *notwendig*, eine ursprüngliche Verbindung, von der sie nicht den leisesten Schimmer hatte, wie sie

sie für sich beanspruchen sollte. Doch tief im Innern ahnte sie, dass dieser Kuss jede Wahrheit in ihr neu schreiben würde.

„Elise?"

„Ja."

Sie war sich ziemlich sicher, dass das Wort über ihre Lippen gekommen war. Dennoch versuchte sie mit einem Kopfnicken, ihrer Erwiderung Ausdruck zu verleihen. Ob beides funktionierte, war schwer zu sagen. Nicht bei der Vorfreude, die über ihre Haut prickelte, und bei seinem heißen Blick, der sie förmlich am Boden festnagelte.

Langsam senkte er seinen Kopf. Ihr Herz schlug dabei wie das eines wilden Tieres, das versuchte, aus einer Falle zu entkommen.

Doch ihre Lippen öffneten sich.

Willig.

Verzweifelt.

Bereit.

Sein warmer Atem flutete eine Sekunde vor dem Kontakt über ihre Haut, und ihre Lungen saugten reflexartig das unerwartete Geschenk zusammen mit seinem erdigen Duft ein.

Und dann passierte es. Der volle Druck seines Mundes passte perfekt zu ihrem. Das sanfte Kitzeln seines Bartes. Das neckende Gleiten seiner Zunge über ihre Unterlippe, das sie dazu überredete, sich noch mehr zu öffnen. Sein leises Stöhnen, als sie ihm nachgab, und die feuchte Hitze des Kusses.

Sie war verloren. Sie schwebte durch einen Aufruhr an Emotionen, von denen sie noch nicht einmal geträumt hatte, nicht gewusst hatte, dass sie überhaupt existierten. Ertrank in allem, was Tate war. Absolut nichts anderes zählte außer seinem Geschmack. Elise folgte seiner Führung, jedem Gleiten seiner Lippen auf ihren, und genoss das dekadente Gefühl, das der Tanz ihrer

Zungen auslöste.

Er neigte seinen Kopf zur Seite und vertiefte den Kuss, ließ eine Hand an ihren Hinterkopf gleiten und hielt sie fest, während er die andere um ihre Taille schob, sie knapp über ihrem Hintern ruhen ließ und sie dichter an sich zog.

Da waren so viele Muskeln und so viel Hitze. Er schlang seine Arme um sie. Sein muskulöser Oberkörper drückte gegen ihre Brüste, und seine Hände suchten. Seine kräftigen Oberschenkel pressten sich gegen ihre Hüften und …

Sie schnappte nach Luft und zuckte zurück. Die verblüffende Erkenntnis darüber, was sie hart an ihrem Bauch gespürt hatte, riss sie Hals über Kopf zurück in die Realität. Sie taumelte einen Schritt rückwärts. Dann noch einen. Elise zwang ihre Lungen dazu, zu arbeiten, obwohl die Luft um sie herum von Leidenschaft erfüllt war.

Ein leises Knurren umgab sie, ehe sie einen weiteren Schritt machen konnte. „Lauf nicht weg." Mit bebender Brust und gesenktem Kinn, als wäre er nur Sekunden davon entfernt, vorwärts zu stürmen, ballte Tate seine Hände. „Ich werde dir nicht wehtun. Niemals. Aber du kannst nicht wegrennen."

Etwas in seinem Tonfall löste ihre Angst vollständig auf. Da war Verzweiflung zu hören, die jeglichen Distanzgedanken ausbremste und jeden Beschützerinstinkt zum Aufleuchten brachte. „Was ist los?"

„Elise, versprich es mir einfach. Egal, was du tust … Lauf nicht weg."

Der gesunde Menschenverstand und jeder tief verwurzelte Selbsterhaltungsmechanismus, den sie in ihren Jahren als Teenager aufgebaut hatte, sagten ihr, sie solle einfach zustimmen, Tate Zeit geben, sich wieder unter Kontrolle zu bekommen, und keine Fragen stellen. Allerdings schienen gesunder Menschenverstand und

Selbsterhaltung nicht viel zu melden zu haben, wenn es sich um Tate drehte.

„Warum?"

Dieses Mal klang das Knurren leiser, aber es vibrierte mit so viel Energie, dass die Luft zwischen ihnen wie ein pulsierender Strom wirkte. Er schlich auf sie zu. „Weil ich dich jagen will."

Lust schoss durch ihren Unterleib, und ihr Geschlecht verkrampfte sich, denn das Bild – er über ihr und sie in den weichen Boden drückend – war allzu leicht heraufzubeschwören.

Tate umfasste ihren Nacken und strich mit dem Daumen über den Puls an ihrem Hals. „Warum hast du dich zurückgezogen?"

Ablenkung wäre am besten. Sie dachte darüber nach, irgendeine Halbwahrheit von sich zu geben – etwas in der Art, nicht zu schnell zu weit gehen zu wollen –, damit sie nicht wie ein kompletter Trottel wirkte. Doch bei Tate fühlte sich alles andere als Ehrlichkeit völlig falsch an und wie feiges Handeln aufgrund fehlenden Mutes. „Weil ich nicht ..." Sie schluckte und versuchte, ihre Stimme unter Kontrolle zu bekommen, aber sie klang rau und unsicher. „Das ist neu für mich."

Seine Nasenflügel bebten und seine Augen weiteten sich vor Überraschung und Verständnis.

Sie drückte gegen seine Brust und versuchte, sich aus seinem Griff zu befreien, aber stattdessen zog er sie dichter an sich und legte eine Hand an ihre Hüfte. „Wie viel davon ist neu?"

Noch nie in ihrem Leben war sie so dankbar für die Schatten der Nacht. Obwohl ... Er hatte sie durch den dunklen Wald navigiert, demnach konnte er wohl jetzt auch die Röte auf ihren Wangen sehen.

Erzähl ihm die Wahrheit. Die ganze Wahrheit.

Der Gedanke hallte kristallklar in ihrem Kopf wider. Es war eine dieser stillen, friedlichen Botschaften, die in göttlicher Gewissheit erklangen, ein Geschenk des Unsichtbaren, um einen unklaren Weg zu beschreiten. Sie zwang sich dazu, zu antworten. „Alles."

Pure männliche Zufriedenheit breitete sich auf seinem Gesicht aus. Er wirkte dabei wie ein Räuber, der in den ursprünglichsten Heldentaten triumphiert und den ultimativen Preis gewonnen hatte. Und dennoch, trotz der Kraft, die von ihm ausging, wurde sein Griff sanfter, und erneut umfasste er ihren Hinterkopf. „War das dein erster Kuss?"

Sie wollte zu Boden blicken, versuchte es jedenfalls, doch er stoppte sie mit den Fingern unter ihrem Kinn, ehe sie ihre Gedanken beruhigen konnte. „Elise?"

Sie war dreiundzwanzig und damit viel zu alt, um in solch eine Position zu geraten. Aber so war es nun einmal. „Ja."

Aufstöhnen und die allumfassende Umarmung, in die er sie zog, gehörten nicht zu den Reaktionen, die sie vielleicht erwartet hätte. Er rieb seine Schläfe an ihrer, und das Grollen, das tief aus seiner Brust drang, war trotz der Wildheit dahinter seltsam beruhigend. Erst als sich ihr Herzschlag und ihre Atmung wieder normalisiert hatten, sprach er. Selbst dabei hielt er sie noch immer fest. Seine Stimme war leise und nah an ihrem Ohr. „Hattest du jemals ein Date?"

„Nein."

Tate streichelte ihren Rücken entlang und atmete tief ein. „Dann fangen wir damit an. Mittwochabend, nach deiner Abschlussprüfung."

Sie riss ihren Kopf hoch und drückte ihre Handballen gegen seine Brust. Überraschung und Panik brachten sie dazu, ihm in die Augen zu sehen. „Was?"

„Ein Date." Er schien ihre wachsende Panik und das Bedürfnis nach Zeit, um das zu verarbeiten, zu spüren und zog sich zurück. Allerdings ergriff er mit der gleichen beiläufigen Entschlossenheit ihre Hand, wie er es während der Party getan hatte, und führte sie zum Rand des Waldes. „Wir gehen etwas essen und ich zeige dir die Stadt."

„Aber Priest sagte, ich könne das Grundstück nicht verlassen."

„Ich rede mit ihm. Mit mir wirst du in Sicherheit sein."

Sicherheit.

So ein einfaches Wort voller wohltuender und selbstbewusster Implikationen. Obwohl sie keinen Zweifel daran hatte, dass Tate alles in seiner Macht Stehende tun würde, um sie vor Dravens Zugriff und jeglichem Schaden zu bewahren, war sie sich nicht ganz sicher, ob ihr Herz ebenso gut geschützt war. Sie hatte sich in ihren Teenagerjahren nicht beigebracht, sich selbst zu schützen, und als sie so weit gewesen war, es zu lernen, war die Schulzeit vorbei. Damit war auch keine wirkliche Bedrohung mehr vorhanden, vor der sie ihr Herz hätte bewahren müssen.

Tate führte sie um die hintere Veranda mit Blick auf den See herum, ließ ihre Hand los und lenkte sie mit einer Hand an ihrem unteren Rücken zur Vorderseite des Hauses. Die erhöhte Holzveranda, die um das gesamte schlichte Häuschen lief, verlieh dem Ganzen dieselbe heimelige Atmosphäre wie die, die sie in Butte La Rose zurückgelassen hatten. Nur die Farbe war anders – ein sattes Jagdgrün mit Terrakotta-Verzierungen, das sich mit dem Wald ringsum vermischte, egal zu welcher Jahreszeit. Und es war viel abgeschiedener und intimer mit dem einzelnen alten Verandalicht hinter einer stark mattierten Glaskugel, das einen kleinen Radius bis in die Nähe der Haustür erhellte.

Auf halbem Weg aus dem Schatten oben auf der Treppe stoppte Tate sie. Er legte seine Hände an ihre Taille und zog sie mit einer Vertrautheit an sich, die ihr Körper immer noch verarbeiten musste, als wäre es das erste Mal. Der Ruck zwang sie dazu, sich an seinen Schultern festzuhalten, um das Gleichgewicht zu bewahren. „Was tun wir?"

Mit dem Verandalicht im Rücken wirken die scharfen Kanten seines Gesichts noch ausgeprägter und seine goldenen Augen so atemberaubend wie ein wolkenloser Sonnenuntergang. Er grinste. „Nun, wenn du mich nicht zurückhältst, werde ich dir noch einen Kuss geben."

Ein Schauder prickelte ihre Wirbelsäule entlang und ihr stockte der Atem, während sowohl ihr Verstand als auch ihr Körper wohlwollend zustimmten. Aber das war nicht die Antwort, nach der sie suchte. Und sie würde nicht eher durch diese Tür gehen, bevor sie sich nicht vergewissert hatte, dass ihr Gehirn diese Nacht nicht zu etwas gemacht hatte, was sie nicht war. Sie hatte das schon einmal zugelassen, mit schmerzhaften Folgen. Zugegeben, es war mehr Katastrophe als Einbildung gewesen, aber beides war sehr gefährlich für ihre Psyche.

„Ich meine, das, was mit uns ist", sagte sie. „Du hast gesagt, wir fangen mit einem Date an. Was soll das bedeuten?"

Sein Blick wurde weicher. „Lass mich dich küssen und ich zeige es dir."

Eine Herausforderung. Keine Forderung. Keine Verletzung ihrer Privatsphäre oder unangenehmer Vorstoß. Abgesehen von der Auseinandersetzung mit Alek an diesem Abend hatte Tate ihr immer eine Wahl gelassen. Er zeigte offenes Interesse, das sie aufrichtete und stärkte, trotz ihres Mangels an Erfahrung. Wenn sie nicht den ganzen Abend so mit Überraschung, Staunen und Freude überhäuft gewesen wäre, hätte sie dieses Geschenk vielleicht viel früher als das erkannt, was es war. „Okay."

Kaum war ihr das Wort über die Lippen gekommen,

presste sich sein Mund auf ihren. Wohlschmeckend. Verlockend. Er zog sie damit immer tiefer in einen berauschenden Ort außerhalb der realen Welt. Hier war es nicht nötig, alles zu überdenken, zu analysieren und zu sezieren. Hier war nur Fühlen angesagt, loslassen und Empfindungen zu ergründen, wie sie geschenkt wurden.

Da war das stetige Schlagen seines Herzens, das sanfte Kratzen seines T-Shirts unter ihren Handflächen und die Hitze seiner Muskeln darunter. Sie genoss das ungeplante, aber ach so perfekte Drücken und Gleiten seiner Lippen gegen ihre.

Sie hob sich auf die Zehenspitzen und schlang ihre Arme um seinen Nacken. Die innige Umarmung presste ihren Busen gegen seinen Brustkorb und trieb alles noch weiter, machte es heißer. Und doch war es nach wie vor nicht genug. Etwas fehlte. Da war ein Hunger, der sich im Schatten versteckte, ohne dass es einen Weg gab, ihn zu befriedigen. Sie verspürte eine Sehnsucht, die sie nicht stillen konnte. Elise rollte ihre Hüften und stöhnte wegen des unverkennbaren Drucks seines Schwanzes gegen ihren Bauch.

Keine Bedrohung.

Ein Versprechen.

Er vergrub seine Hand in ihrem Haar, entzog ihr seinen Mund und lehnte seine Stirn gegen ihre. Sein Atem war ebenso beschleunigt wie ihrer, aber während sie weich und geschmeidig war, vibrierte sein Körper mit kaum zurückgehaltener Kontrolle gegen ihren. Er flüsterte gegen ihre Lippen und seine Stimme klang voller Hunger. „Das ist es, was wir anfangen, *mihara.*"

Ein Anfang.

Oh Gott, wenn das der Anfang war, war sie sich nicht sicher, ob sie mit dem fertig werden könnte, was entlang des Weges noch folgte. Oder schlimmer, mit dem Ende. Und der Anfang von was? Einer kurzen Affäre?

Etwas rein Körperlichem? „Ich bin mir nicht sicher, ob ich weiß, was das nun wieder bedeuten soll."

Tate lockerte seinen Griff und hob den Kopf. In seinen Augen lag ein Lächeln, als er sie schließlich ansah. Mit dem Daumen strich er über ihre Wangenknochen. „Es bedeutet, dass du nie wieder auf das verzichten wirst, was du gerade empfunden hast. Du musst dir keine Sorgen machen. Musst dir keine Gedanken machen, was es bedeutet oder was als Nächstes passieren wird. Bei mir musst du nur sein, wer du wirklich bist."

Nie wieder verzichten.

Keine Sorgen.

Einfach sein.

Drei Versprechen, die zu ihrem Herzen sprachen und jede Hoffnung und jeden Traum, den sie in diese Richtung gehabt hatte, aufglühen ließen.

Natürlich war ihr bewusst, dass es sich nur um Ideale handelte. Definitiv nicht um etwas Absolutes. Menschen waren nun einmal Menschen. Sie waren fehlbar. Doch die Hoffnung war da und schlug einen Funken.

Er nahm einen Atemzug und strich ihr eine Haarsträhne hinter das Ohr. „Geh rein. Du musst morgen lernen."

Natürlich. Als ob sie in der Lage wäre, irgendetwas zu verarbeiten außer den Dingen, die am heutigen Abend passiert waren. Trotzdem war es auch keine Option, dort zu stehen und sich an ihn zu klammern aus Angst, dass sich die Erinnerungen in Luft auflösen würden, sobald sie ihn losließ. Ihre Hände glitten über seine Schultern, dann tiefer zu seinen Oberarmen, und sie hielt nur einen Moment inne, um den Hautkontakt zu genießen, den sein T-Shirt bot.

„Danke schön." Sie begegnete seinem Blick und trat einen Schritt zurück. „Für alles."

Er schmunzelte, als hätte sie etwas Lustiges von sich gegeben. „Du dankst mir für etwas, was für mich ein reines Vergnügen war." Er neigte seinen Kopf in Richtung Tür. „Jetzt geh rein, bevor ich mir noch mehr nehmen kann."

Es waren die längsten drei Schritte ihres Lebens. Das Gewicht seines Blickes in ihrem Rücken und der schiere Verlust, der dadurch entstand, dass sie einfach von ihm wegging, sorgten dafür, dass sie sich kalt und leer fühlte. Sie drehte den Knauf und lehnte die Schulter gegen das Türblatt.

„Elise?"

Mit einem Fuß über der Türschwelle hielt sie inne und warf einen Blick über ihre Schulter.

Gott, er war wirklich eine Augenweide. Absolut männlich, robust und gefährlich alpha.

„Denk daran, was ich dir gesagt habe. Wenn du rennst, werde ich dich jagen. Vertrau mir und lauf nicht weg." Die Aufrichtigkeit in seinen Augen veränderte sich zu etwas Anheizendem. Sie hätte schwören können, dass Mensch und Tier gleichzeitig mit ihr sprachen. „Zumindest jetzt noch nicht."

KAPITEL 5

„Ich sage dir, das Ganze ist zum Scheitern verurteilt, und der einzige Weg, wie wir das ändern können, ist, dass wir jemanden von außen hinzuziehen."

Aleks Kommentar hätte Tate mehr stören müssen, als er es tat. Verdammt, vor ein paar Wochen wäre solch eine Äußerung eine der wenigen Dinge gewesen, die er als wichtig genug erachtet hätte, um seine Aufmerksamkeit von der Arbeit oder der Verbesserung seiner Kampffähigkeiten abzulenken. Allerdings stand in etwas mehr als achtundvierzig Stunden sein Date mit Elise an, daher war es bestenfalls ein Hintergrundrauschen.

Tate lehnte seine Hüften gegen das Fensterbrett, verschränkte die Arme und beobachtete von Priests Büro im ersten Stock des Tattoo-Studios aus die Touristen und Einheimischen auf der Main Street. Währenddessen hinterfragte einer der neueren Krieger, der gerade nach Eureka Springs gezogen war, ob es weise war einen Außenstehenden hinzuzuziehen.

Tates erste Hürde bestand darin, Priest dazu zu überreden, dass Elise das geschützte Land verlassen durfte. Dann war da noch die heikle Entscheidung, wohin sie zum Essen gehen sollten. Sie würde sich wohl eher mit etwas Lässigerem wohlfühlen, doch die Idee, sie in ein Restaurant mitzunehmen, das weniger als herausragend und besonders war, gefiel ihm nicht.

Sie verdiente es, verwöhnt zu werden, benötigte Aufmerksamkeit, ganz viel Zeit und Berührungen. Ebenso war Geduld wichtig. Und obwohl er es letzte Nacht halbwegs gut hinbekommen hatte, sich selbst zurückzuhalten, war er sich nicht sicher, wie lange er die Kontrolle behalten könnte. Bei Gott, diese Frau konnte küssen, und sie schmeckte himmlisch. Er wusste immer noch nicht, wie er es geschafft hatte, sie nicht flachzulegen, obwohl sie sich regelrecht an ihm gerieben hatte. Sie war vielleicht schockiert und auch verängstigt gewesen, als sie zum ersten Mal gespürte hatte, wie hart sie ihn machte, doch beim zweiten Mal hatte sie es förmlich genossen.

„Tate?"

Tate wandte seinen Blick von dem alten zweistöckigen Backsteingebäude auf der anderen Straßenseite ab und konzentrierte sich auf Priest, der auf seinem betagten Schreibtisch saß. Kateri stand zwischen seinen Beinen und er hatte locker einen Arm um ihre Taille geschlungen. „Sorry, war in Gedanken gerade woanders. Wie lautete die Frage noch mal?"

Etwas, das man über Priest wissen sollte, war: Wenn er eine Person musterte, wie er es gerade bei Tate tat, spürte man es bis in die Knochen. Es fühlte sich an, als könnte man zusehen, wie das ganze verdammte Leben und jedes verborgene Geheimnis innerhalb eines Herzschlags verzehrt würde. „Was denkst du darüber, einen Außenseiter hinzuzuziehen?"

„Das tun wir doch schon. Oder haben es getan." Tate sah zu Alek, der an der gegenüberliegenden Wand lehnte. „Dein Kumpel David war bis jetzt ganz gut darin, uns das zu beschaffen, was wir brauchen."

Katy schüttelte den Kopf und griff ein, ehe Alek antworten konnte. „Wir können ihn nicht mehr nutzen. David ist ein netter Kerl und würde wahrscheinlich alles für mich oder Alek tun, aber er stellt zu viele Fragen. Wir benötigen jemanden, der unsere Vergangenheit nicht kennt. Jemanden, mit dem wir nicht bekannt sind und der tut, worum wir ihn bitten, ohne darauf zu bestehen, alle Hintergründe zu kennen."

„Wir haben nichts", sagte Alek. „Keine Sichtung von Jerrik. Keine Hinweise der Seher. Gar nichts. Wir brauchen jemanden mit echten Verbindungen, um das Ruder herumzureißen."

Einer der ältesten Krieger des Clans lehnte sich auf einem abgenutzten Holzstuhl zurück, der schon in dem Gebäude gestanden hatte, als sie vor fast zehn Jahren eingezogen waren. Garretts Haar war ganz silbern, doch weil es bis über seine Schultern reichte, sah er aus wie ein Rockstar im Ruhestand. Niemals würde ein Singura, der ihm begegnete, darauf kommen, dass er bereits einhundertdreiundsechzig Jahre alt war. „Ich bin absolut dafür, Hilfe hinzuzuziehen, wenn wir die Dinge nicht selbst händeln können, solange wir jemanden finden, der sein Geld wert ist. Aber wie sollen wir einem Privatdetektiv erläutern, warum wir nach diesen Leuten suchen?"

„Die Sache mit dem Seher lässt sich leicht erklären", sagte Alek. „Wir finden jemanden speziell für diese eine Suche. Nur einer von uns hat Kontakt mit ihm, und wir sagen, dass wir nach einem alten Schulfreund suchen oder so."

„Es ist die andere Suche, die schwer zu erklären ist", warf Priest ein. „Nach jemandem zu suchen, der bereits von der Polizei in Blacksburg zur Fahndung ausgeschrieben wurde, würde viele Fragen aufwerfen, egal wie viel Geld man demjenigen zusteckt."

Ein weiterer der neueren Krieger, den Tate kaum kannte, meldete sich hinter Garrett zu Wort. „Warum heuern wir nicht jemanden von weiter weg an? Jemanden, der nicht so sehr mit den Vorgängen in West Virginia vertraut ist?"

„Je weiter sie weg sind, desto weniger sind sie mit dem Fall vertraut. Sie benötigen diese Art von Verbindung, das ist unumgänglich", gab Alek zu bedenken. „Zumindest für den Anfang. Wir sind besser dran, wenn wir jemanden nehmen, der sich in der Nähe des Ortes aufhält, an dem Jerriks Eltern getötet wurden."

„Und der in der Lage ist, den Mund zu halten", ergänzte Tate.

Katy bedeckte Priests gefaltete Hände auf ihrem Bauch und strich müßig mit den Fingern darüber. Es wirkte wie eine beruhigende Streicheleinheit, bei deren Anblick er sich wünschte, Elise wäre hier, um ihm dasselbe zu geben.

Kateri blickte zu Alek. „Haben die Leute, mit denen du zur Schule gegangen bist, vielleicht ein paar Vorschläge?"

„Könnte sein. Wir checken das, falls alle an Bord sind."

Hinter Kateri nickte Priest. „Tu es. Je mehr Zeit wir verschwenden, desto mehr Zeit hat mein Bruder, jemand anderen zu verletzen. Bis wir einen Privatdetektiv gefunden haben, arbeiten wir weiter mit den Sehern an Hinweisen. Wir werden dem Clan dieses Wochenende vor dem Training ein Update geben, aber wenn du vorher gute Vorschläge bekommst, werden wir uns zusammensetzen und die Sache neu bewerten."

Alek nickte und stieß sich von der Wand ab, als wollte er gehen. Das junge Trio von Kriegern, das ihm heute zu diesem Treffen gefolgt war, nahm die Aktion als Stichwort und erhob sich ebenfalls.

„Warte, Alek." Tate beäugte die neuen Männer und deutete auf die Treppe, die zum Studio hinabführte. „Habt ihr was dagegen, wenn ich kurz mit Alek und Priest allein rede?"

Den ahnungslosen Mienen nach zu urteilen, schien keiner der drei zu kapieren, dass er nicht scharf darauf war, sich mit ihnen im Raum zu unterhalten.

Garrett hingegen erwies sich in dieser Situation als Geschenk des Himmels. Er stand auf und deutete auf die Tür. „Kommt schon, Jungs. Drake muss die Stadt und die Menschen darin kennenlernen, und ich könnte einen Burger und ein Bier gebrauchen. Also könnte man ihm gleich das *Cat House* zeigen."

Alek runzelte für eine Sekunde die Stirn und sah ihnen

nach, als wäre er neidisch, weil er das Essen verpasste. Er schüttelte jedoch den bedauernden Ausdruck ab, sobald sie die Treppe hinunter verschwunden waren, und konzentrierte sich wieder auf Tate. „Was ist los?"

Als Tate zögerte, tätschelte Katy Priests Hände an ihrer Taille und versuchte, sich aus seinem Griff zu befreien. „Ich warte unten auf euch."

„Nein."

Die scharfe Erwiderung kam fast gleichzeitig von Tate und von Priest, aber Priest kombinierte seine Worte mit einem festeren Griff, von dem sie sich selbst mit Gebeten nicht befreien könnte. „Er wird deine Hilfe ebenso brauchen wie meine. Wenn nicht sogar mehr."

Es dauerte eine Weile, bis Priests Aussage vollständig in seinem Verstand angekommen war, doch sobald das der Fall war, fiel Tate fast die Kinnlade auf den Boden. Katy und Alek schienen ebenso verblüfft wie er. „Woher weißt du, was ich brauche?"

Priest nickte in Richtung Fenster. „Du hast die letzte Stunde da rausgestarrt, als könnten die Antworten des Universums jede Sekunde auftauchen und einen Veitstanz veranstalten. Und du hast nur etwa die Hälfte von dem mitbekommen, worüber wir gesprochen haben. Als ich dich letzte Nacht verschwinden sah, hattest du Elise eng an deiner Seite und eine zielstrebige Entschlossenheit in deinem Gesicht. Ist also kein Hexenwerk, herauszufinden, was dir im Kopf herumspukt."

Katy senkte ihren Kopf, allerdings nicht, bevor Tate sie dabei ertappte, wie sie ihre Lippen nach innen rollte, um sich ein Lächeln zu verkneifen.

Alek hingegen war es scheißegal, seine Belustigung zu zeigen. Sein Grinsen war breit genug, um Zähne zu zeigen. „Du hast zugeschlagen."

Fuck, manchmal wollte er seinem Primo so gern die Faust ins Gesicht boxen. „Nein, du Idiot. Ich habe nicht zugeschlagen." Er konzentrierte sich wieder auf

Priest. „Ich habe nur ein logistisches Problem."

„Ein logistisches Problem." Man musste es Priest hoch anrechnen, dass er es ziemlich gut hinbekam, nicht zu lächeln, aber in seinen Augen funkelte mehr Amüsement, als Tate es seit Langem bei ihm gesehen hatte. „Reden wir hier über die Tatsache, dass die Mutter deiner Gefährtin im selben Haus eingepfercht ist, und dass du dich nicht wohl dabei fühlst, sie zu uns nach Hause zu bringen, wo Publikum anwesend sein wird?"

„Nein." Er hatte sich in dieser Hinsicht bereits einen Plan ausgedacht und heute Morgen Jade als Erste darüber informiert, dass die kleine Hütte am See auf absehbare Zeit tabu sei. Priest hatte sie gebaut, um Katy und sich mehr Privatsphäre zu schaffen. „Ich möchte mit ihr das Grundstück verlassen."

Dieser Kommentar ernüchterte sie alle im Nu.

„Warum?", wollte Alek wissen.

Priest starrte ihn an, eine ganze Reihe von Gedanken schwirrten offensichtlich in seinem Kopf herum, zweifellos das wichtigste Motiv und mögliche Auswirkungen.

Katy jedoch kam am schnellsten auf den Punkt. Ihr Mund verzog sich zu einem verständnisvollen Lächeln und ihre Stimme bewegte sich wie die Liebkosung einer Mutter durch den Raum. „Weil sie es braucht."

Das!

Das war der Grund, warum Kateri Falson genau das war, was Priest und ihr Clan brauchte. Eine Alpha-Frau mit einfühlsamem Herzen.

Derselbe Gedanken musste wohl auch Priest durch den Kopf gegangen sein, denn er neigte sich vor und küsste ihren Scheitel. Die Ehrerbietung in seinem Gesicht war etwas, was Tate bis letzte Nacht nicht ganz verstanden hätte.

„Was sie braucht, ist, am Leben zu bleiben", sagte

Alek. „Mit ihr das Grundstück zu verlassen, macht sie verwundbar für Draven."

„Sie hat ihre Magie noch nicht", entgegnete Priest. „Ohne diese kann Draven sie nicht ausfindig machen. Das bedeutet, dass er sich auf physische Mittel beschränken muss, um sie zu finden, und wir sind mehr als in der Lage, sie zu beschützen."

„Wohin willst du sie ausführen?", fragte Katy und pure weibliche Neugier funkelte in ihren blaugrauen Augen.

Und einfach so war er wieder am Anfang angelangt. Schlimmer noch, er kam sich so unsicher und unbeholfen vor wie mit vierzehn, als er seinen ersten Schwarm gebeten hatte, ihn zu einem Footballspiel zu begleiten. „Ich weiß es nicht. Das ist alles neu für sie. Ich will sie nicht mit zu viel überfordern, will es aber auch nicht herunterspielen."

„Was meinst du damit, das ist alles neu für sie?", fragte Alek. „Sie ist dreiundzwanzig Jahre alt und keine sechzehn mehr."

Fuck.

Er hätte vorsichtiger sein sollen. Er zweifelte nicht an Aleks Ehre oder an seiner Fähigkeit, Details für sich zu behalten, doch je mehr Leute Kenntnis über Elises mangelnde Erfahrung hatten, desto größer war das Risiko für Spekulationen und Spott.

Auch wenn ihre Mutter nicht alle Einzelheiten darüber erzählt hatte, was mit ihr während der Highschool-Zeit geschehen war, hatte ihm Elises Reaktion auf Vanessa gestern Abend deutlich gezeigt, dass sie wohl ihren Anteil an unfreundlichen Sticheleien erlebt hatte. „Das ist eine Sache zwischen Elise und mir. Und sonst niemandem."

Etwas veränderte sich in Aleks Gesichtsausdruck. Es war keine Neugier, der Sache auf den Grund zu gehen, sondern eher, als würde sich sein Beschützerinstinkt melden. Es wirkte wie Verständnis, das auf einer primitiveren Ebene klickte, und wie ein Versprechen, dass er hinter Tate stand. Und verdammt, dafür wusste Tate seinen Primo mehr denn je zu schätzen. „Bring sie irgendwohin, wo es nett ist."

„Ohhh, wie wäre es mit dem *La Stick Nouveau*?", mischte Katy sich sofort ein. „Ich habe neulich gehört, wie eine der Seherinnen Jade davon erzählt hat. Sie sagte, das Essen sei fantastisch und hergerichtet wie in einem dieser irrsinnig teuren und schicken Restaurants in der Großstadt. Und die Atmosphäre sei umwerfend."

„Das könnte funktionieren", bestätigte Priest. „Und Katy hat recht. Das Restaurant ist erstaunlich. Es befindet sich unterhalb des *New Orleans Hotels* und ist beeindruckend, ohne gekünstelt zu sein. Wann wolltest du hingehen?"

„Morgen Abend."

Priest umfasste Katys Schulter und drückte sie sanft. „Das können wir hinbekommen. Katy braucht mehr Übung mit ihren Schutzzaubern, also werden wir heute Abend etwas Zeit damit verbringen, das Restaurant sicher zu machen."

Sie drehte sich halb zu ihm, so weit, dass sie seinem Blick begegnen konnte, und grinste. „Heißt das, du wirst mich verköstigen während wir da sind? Ich meine, im Namen der Wissenschaft und so. Nur um sicherzustellen, dass wir den Grundriss im Voraus kennen."

„Ich kann mir vorstellen, dass wir das auch noch schaffen." Seine Lippen zuckten und trotz seines neckenden Tonfalls lag in seinen Augen reine Hingabe. „Aber du hast Glück, dass sie Steak servieren. Diese anderen mundgerechten Vorspeisen würden bei mir nicht lange anhalten."

Alek schnaubte und kreuzte die Arme vor seiner Brust. „Steak ist okay, aber auf den Schnickschnack kann ich verzichten." Er starrte Priest an, dann Tate.

„Ist das alles?"

Beide nickten, doch es war Priest, der antwortete und sich auf Kateri konzentrierte. „Gib mir nur eine Minute mit Tate allein, ich komme gleich nach."

Seine Eingeweide verknoteten sich, und für eine Sekunde dachte er darüber nach, eine Ausrede zu erfinden, um Alek und Katy hinausbegleiten zu können. Mit Priest allein zu sein, war eigentlich immer eine gute Sache. Sein gesamtes Leben war mit Erinnerungen an exklusive Zeit mit Priest durchdrungen, die er um nichts in der Welt eintauschen würde. Allerdings hatte Tate das Gefühl, dass dieses spezielle Gespräch unter vier Augen eher in die introspektive und unbequeme Kategorie fallen würde.

Priest wartete, den Blick auf den Boden gerichtet, die Beine an den Knöcheln gekreuzt und die Hände um die Tischkante geklammert. Kaum fiel die Tür am Fuß des Treppenhauses zu, hob er den Kopf. „Und jetzt erzähl mir den Rest."

„Den Rest von was?"

Priest stieß ein ironisches Lachen aus, verschränkte die Arme und neigte den Kopf. „Ich kenne dich seit dem Tag deiner Geburt und habe beobachtet, wie du den Mädchen hinterhergejagt bist, nachdem dir klar geworden war, dass Mädels gar nicht so schlecht sind. Aber in den letzten beiden Wochen hast du dich zurückgezogen, bist still. Das sieht dir gar nicht ähnlich, Tate."

„Ich habe mich nicht zurückgezogen", erwiderte Tate. Na ja, vielleicht hatte er das schon ein wenig getan, aber das war jetzt vorbei. Oder zumindest war damit Schluss, nur an der Seitenlinie zu stehen. „Ich bin nur vorsichtig."

„Weswegen? Du hast nie gezögert, eine Frau zu umgarnen, wenn sie dein Interesse geweckt hatte. Jetzt hast du eine Gefährtin und benimmst dich, als wäre sie von einer völlig anderen Spezies. An dem Tag, an dem du

Elise kennengelernt hast, habe ich dir gesagt, dass es eine gute Sache ist. Und dass du nicht so hart dagegen ankämpfen sollst."

„Ich muss dagegen ankämpfen."

„Wieso?"

„Weil sie unschuldig ist."

„Ja, das habe ich mitbekommen. Na und?"

„Verdammt noch mal, ich will sie jagen!" Das Geständnis explodierte förmlich in dem Raum, und die Kraft davon ließ ihn zitternd und schwer atmend zurück. Er entfernte sich vom Fenster und strich sich über das Haar. „Sie hatte noch nie etwas mit jemandem. Keinen Kuss. Kein Date. Gar nichts. Und alles, woran ich denken kann, ist, sie flachzulegen und mir zu nehmen, was mir gehört."

Er blieb am anderen Ende des Raumes stehen und starrte aus dem Fenster auf die Straße. Das Gewicht von Priests Blick lastete schwer auf seinen Schultern.

Priest schwieg. Es war eine Taktik, die sein Vormund seit Jahren sowohl bei ihm als auch bei Jade anwandte, um sie zum Reden zu bewegen. Und sie war höllisch effektiv.

Heute bildete keine Ausnahme. „Ich liebe die Jagd. Ich höre, wie ihr Herz schlägt, wenn ich in ihrer Nähe bin. Ich kann die Mischung aus Angst und Aufregung riechen, und das macht mich wahnsinnig. Sie hat alles, von dem ich nie wusste, dass ich es bei einer Frau will. Überall Kurven. Ist verdammt sexy, aber auf so unschuldige Art, dass ich sie am liebsten beschmutzen möchte." Er seufzte. All die Angst und angestaute Frustration, die er tagelang hinuntergeschluckt hatte, bahnten sich ihren Weg. „Sie ist das genaue Gegenteil von dem, was ich kenne."

„Du denkst nur, dass sie das genaue Gegenteil von dir ist."

Der Kommentar war so zurückhaltend und sachlich,

dass er einige Sekunden dafür brauchte, Priests Worte in seinem Kopf noch einmal zu wiederholen, um sicherzugehen, dass er sich nicht verhört hatte. Langsam sah Tate Priest an. „Was soll das heißen?"

„Nur weil Elise zuvor nie gejagt wurde, heißt das noch lange nicht, dass sie es nicht mögen wird." Er hielt einen Moment inne und musterte Tate, als ob er abschätzen wollte, wie tief diese Idee nachhallte. „Du denkst, der Hüter hätte dir eine Gefährtin gegeben, die alles ist, was du nicht bist. Doch die Realität könnte auch sein, dass du derjenige bist, den Elise braucht, um sie in unserer Welt zu führen. Ihre Mutter war eine Heilerin. Eine unserer stärksten. Du bist ein Krieger und sie wird wahrscheinlich unsere Prima der Heiler. Wer könnte sie besser unterrichten und gleichzeitig beschützen?"

„Ich will sie nicht beschützen, ich will sie nehmen. Ich will sie nie wieder von mir fort wissen. Ich möchte sie weder mit ihrer Mutter noch mit dir oder sonst jemandem teilen. Ich will sie unter mir. In meinem Bett. Draußen und an jedem anderen Ort, an dem ich sie flachlegen und unterwerfen kann."

Dieses Eingeständnis hätte Priest eigentlich erschüttern müssen. Oder zumindest hätte es ihm einen finsteren Blick entlocken müssen. Es stand jedenfalls verdammt noch mal fest, dass Tate sich wie ein widerlicher Triebtäter vorkam, wenn er es nur laut aussprach.

Stattdessen grinste Priest. „Du sprichst wie ein männlicher Volán, der seine Gefährtin will."

„Was?"

Priest lachte auf, stieß sich vom Schreibtisch ab und ging auf ihn zu. „Es ist nichts falsch daran, was du willst, Tate. Es ist ursprünglich. Primitiv. Und ja, wahrscheinlich ist Elise noch nicht daran gewöhnt oder darauf vorbereitet, aber es ist natürlich. Dein Kojote weiß das. Es ist deine menschliche Seite, die dir den Kopf auf halb acht dreht." Er berührte Tates Schulter und drückte sie beruhigend. „Aber ich werde dir jetzt etwas sagen. Es für deine Gefährtin langsam angehen zu lassen, ist eine Sache. Zu ignorieren, wer du bist, eine völlig andere Geschichte. Du bist, wer du bist, aus einem bestimmten Grund. Vertrau darauf. Hör auf deinen Begleiter. Sprich mit deiner Gefährtin und zeig ihr, wer du bist. Was zu ihrem Erbe gehört."

„Ich will ihr nicht wehtun."

Mit einem schiefen Schmunzeln und nach einem letzten liebevollen Drücken seiner Schulter senkte Priest die Hand und steuerte auf die Tür zu. „Vielleicht ist es an der Zeit, dass du aufhörst, dir Gedanken darüber zu machen, was alles schiefgehen könnte. Nimm einfach das Geschenk an, das du erhalten hast."

KAPITEL 6

Wieder ein Semester geschafft und nur noch eins, bis Elise endlich ihren Abschluss in der Tasche hätte. Zum ersten Mal, seit sie auf dem College war, starrte sie die Bestätigungsnachricht auf ihrem Bildschirm an und hatte keine Ahnung, wie sie bei der Semesterabschlussarbeit abgeschnitten hatte. Wenn sie vor Beltane nicht so intensiv gelernt hätte, wäre sie wahrscheinlich komplett durchgefallen.

Gott allein wusste, dass sie sich gestern nicht hatte konzentrieren können.

Nun, das stimmte nicht ganz. Sie war in der Lage gewesen, jedes einzelne Detail von Montagabend problemlos wiederzugeben.

Sie hatte allerdings zwischen dem Abend und heute noch nicht herausgefunden, was sich verändert hatte. Und warum?

Mit einem frustrierten Schnauben schloss Elise den Browser, nahm die kabellosen In-Ear-Kopfhörer heraus und stellte den Laptop neben sich auf ihre Bettdecke. Ohne die Musik von PVRIS in den Ohren war die Stille erschreckend laut. Es war eine deutliche Erinnerung an die einzelne Tatsache, die ihr am meisten Angst machte.

Sie hatte keine Ahnung, was sie da tat.

Sie zog die Beine an, schlang die Arme darum und lehnte ihre Stirn gegen ihre Knie. Vielleicht wäre Laufen eine gute Idee. Abgesehen von dem Krafttraining, das sie brauchte, um ihren Körper gesund zu halten, waren die täglichen Laufrunden die einzige Bewegung, auf die sie sich noch verließ. Aber sie dienten normalerweise sowohl ihrem Geist als auch ihrem Körper. Es war eine Chance, während dieser Zeit einfach alles loszulassen und all das Geschwätz in ihrem Kopf zum Verstummen zu bringen.

Auf dem Nachttisch neben ihr meldete sich ihr Handy, und der sanfte, dezente Klingelton löste eine viel abruptere und überraschendere Reaktion in ihrem Körper aus.

Tate.

Sie musste nicht einmal auf das Display schauen, um zu wissen, dass es sich um ihn handelte. Seit ihrem Highschool-Abschluss hatte sie sich einen kleinen, aber soliden Kreis von Freunden aufgebaut. Die meisten von ihnen hatten mit ihr zusammen im einzigen Zentrum für betreutes Wohnen in Butte La Rose gearbeitet oder waren Kommilitonen. Aber Nachrichten von ihnen waren eher selten.

Tate hingegen hatte begonnen, stetig Nachrichten zu senden, angefangen mit einer einfachen Guten-Morgen-SMS am Tag zuvor. Die Texte waren nicht lang oder übereifrig häufig. Oft handelte es sich dabei nur um simple Einzeiler, um sie wissen zu lassen, dass er an sie dachte und im Gegenzug nicht viel von ihr zurückverlangte.

Wenn sie ehrlich zu sich war, hatte sie ihrem Glückstern für jede dieser Nachrichten gedankt. Abgesehen von dem schwindelerregenden Flattern in ihrem Magen und dem albernen Lächeln, das sie auslösten, waren sie aber auch der Beweis dafür, dass sie sich den Montagabend nicht eingebildet hatte. Ihre lebhafte Fantasie hatte demnach nicht die Überhand gewonnen und sie hatte sich auch nicht in einer Traumwelt verloren.

Tate: *Fertig mit der Prüfung?*

Yep. Das war definitiv echt. Und wenn sie ehrlich zu sich war, war die Realität viel besser als einige der Szenarien, die sie sich selbst ausgedacht hatte.

Elise: *Habe gerade die letzte Arbeit abgeschickt. Ich bin mir aber nicht sicher, wie gut ich abgeschnitten habe.*

In der Zeit, in der die kleinen Punkte sich bewegten, während er eine Antwort tippte, las sie jede Erwiderung, die sie in den letzten vierundzwanzig Stunden an ihn gesendet hatte, immer wieder durch. Waren es zu viele? Oder nicht genug? Vielleicht sollte sie sich lieber clevere Erwiderungen einfallen lassen.

Tate: *Ich habe dich beim Lernen beobachtet, und du liebst, was du tust. Das bedeutet, dass du die Sache wahrscheinlich gerockt hast und es Zeit zum Feiern ist. Ich bin um 19 Uhr da. Zieh dich schick an.*

Das angenehme Kribbeln, das sich bei ihrer unschuldigen Hin- und Herschreiberei immer bei ihr gemeldet hatte, verwandelte sich nun in Panik.

Elise: *Wie schick?*

Tate: *Sehr schick, denn ich werde kein T-Shirt tragen.*

Shit!

Shit. Shit. Shit.

Sie ging zum Kleiderschrank und öffnete die zweiflügligen Türen. Nichts als Freizeitkleidung und Sportsachen war darin zu finden. Schick war nicht ihr Ding. Außer sie zählte die beiden Interview-Outfits dazu, aber sie würde auf gar keinen Fall mit Tate zum Dinner gehen und dabei aussehen wie eine zugeknöpfte, altmodisch gekleidete Bibliothekarin.

Nach und nach arbeitete sie sich durch ihren Kleidungsfundus, als würde plötzlich eine Fee vorbeischauen und auf magische Weise etwas Heißes, aber Dezentes zwischen ihre Lieblingsjeans und die abgetragenen Leggings schieben.

Mom würde etwas Passendes haben.

Der Gedanke stoppte den lautstarken Alarm, der in ihrem Kopf schrillte, und brachte sie dazu, ihren Hintern die zweistöckige Treppe hinunter zu bewegen. Jenny Ralston war vielleicht nicht gerade eine Fashion-Ikone, allerdings war sie für jeden Anlass gerüstet.

Doch bei der Idee gab es einen Haken. Obwohl sie ungefähr gleich groß waren, besaß ihre Mutter nicht gerade die gleichen üppigen Proportionen wie Elise.

Trotzdem, im Kleiderschrank ihrer Mutter musste es mehr zur Auswahl geben als das, was in ihrem eigenen hing.

Sie eilte durch das gemütliche Wohnzimmer. „Mom?"

„Ja, Schatz, hier drin."

Hier bedeutete fast immer *in der Küche*. Von einer entspannten Tasse Kaffee am Morgen beim Durchstöbern ihrer Lieblingswebsites über das Zubereiten ihrer experimentellen Aufläufe bis hin zum abendlichen Lesen eines Buches auf der gepolsterten Bank des Erkerfensters war die Küche der Lieblingsraum ihrer Mutter.

„Hey." Elise hielt lange genug inne, um zu Atem zu kommen und den Laptop vor ihrer Mutter auf dem Küchentisch zu betrachten. „Kannst du mir einen Gefallen tun?"

Ihre Mutter senkte den Kopf weit genug, um über den Rand ihrer Lesebrille zu blicken. „Ich dachte, du machst deine Abschlussprüfungen."

„Mache ich auch. Ich meine, das habe ich getan. Sie sind fertig."

Jenny lächelte breit, warf ihren Stift auf den Tisch und lehnte sich in ihrem Stuhl zurück. „Na dann, herzlichen Glückwunsch. Das ging schneller, als ich dachte."

Ja, schneller, als sie selbst gedacht hatte. Also hatte Tate entweder recht und sie hatte sie mit eins bestanden, oder sie war mit Pauken und Trompeten durchgerasselt.

„Also, was ist das für ein Gefallen?", fragte ihre Mutter.

Die Frage löste eine ganz andere Art von Panik aus. Es war die verspätete Erkenntnis, dass sie noch nichts davon erzählt hatte, was zwischen Tate und ihr geschehen war. „Nun, ich ... ähm ..."

Keine große Sache.

Es ist nur ein Date.

Zugegeben, es wäre ihr erstes, aber ihre Mom war

cool.

Meistens jedenfalls.

Elise räusperte sich und versuchte es erneut. „Ich gehe aus und brauche etwas zum Anziehen."

„Oh. Katy hatte erwähnt, dass sie mit Priest sprechen und sehen will, ob du kurz nach deiner Abschlussprüfung aus dem Haus kannst." Ihre Mom nahm die Lesebrille ab, legte sie auf den Tisch und erhob sich. „Ich glaube nicht, dass du hier in der Gegend mehr als Jeans brauchen wirst, aber ich kann dir helfen, etwas zusammenzustellen, wenn du möchtest."

„Ich gehe nicht mit Katy aus."

Ihre Mutter hielt inne und hinter der tiefen Furche zwischen ihren Augenbrauen lag mehr als nur ein bisschen Verwirrung.

„Und ich brauche etwas Elegantes."

Diesmal hoben sich die Augenbrauen ihrer Mutter hoch genug, dass sie unter dem langen Pony verschwanden. „Elegant?"

Elise nickte. Es war die einzige nonverbale Antwort, die sie mit einem klaustrophobischen Griff an ihre Kehle zustande bringen konnte. Während der schockierte Ausdruck ihrer Mutter nicht verblasste, veränderte sich jedoch etwas in ihren Augen. Es war dieses subtile Verständnis dafür, dass die Katze, die Elise noch nicht aus dem Sack lassen wollte, bereits wild und frei durch das Haus rannte.

Jennys Lippen kräuselten sich zu einem verschmitzten Lächeln. „Aber du gehst nicht mit Katy aus?"

„Nein."

„Oder mit Jade?"

Elise schüttelte den Kopf.

Ihre Mom hielt lange genug inne, um ein Schmunzeln zu unterdrücken. „Kann es sein, dass dieses schicke Outfit irgendetwas damit zu tun hat, dass du mit Tate Allen von der Party verschwunden bist?"

„Du hast das gesehen?"

Das tiefe Kichern von Jenny sprach von uralten Geheimnissen und längst vergessenen Erinnerungen. „Es war ein klein wenig schwer, es zu übersehen, während Naomi sehr lebhafte Kommentare dazu abgegeben hat." Sie neigte den Kopf zur Seite und wackelte mit den Augenbrauen. „Mir ist auch aufgefallen, dass du erst lang nach mir nach Hause gekommen bist, obwohl du vor mir gegangen bist. Das muss eine ziemlich reizvolle landschaftliche Strecke gewesen sein, die du auf dem Heimweg genommen hast."

Hitze loderte in ihren Wangen auf, und für eine Sekunde dachte sie ernsthaft darüber nach, sich bis zu ihrem dreißigsten Lebensjahr in ihrem Zimmer einzuschließen. „Wir haben nur geredet."

„Mhm-hm. Ich erinnere mich auch ans *Reden*. Viel, viel reden. Wenn du mich fragst, war das der beste Teil am Erwachsenwerden. Aber ich möchte dich darauf hinweisen, dass du Glück hast, dass dein Großvater nicht mehr lebt. Normalerweise hat er immer auf mich gewartet. Oder noch schlimmer, wenn er den Typen nicht mochte, mit dem ich ausgegangen bin, traf er uns vor der Haustür, bevor wir überhaupt *reden* konnten."

Ugh. Ernsthaft? Konnte dieser Moment noch peinlicher werden?

„Mom, ich habe nur …"

Jenny kicherte und schüttelte den Kopf. „Schon gut, Elise. Ich necke dich doch nur." Sie schloss den Laptop, trat zwischen Stuhl und Tisch hervor und legte eine Handfläche an Elises Gesicht. „Ich mag Tate. Sehr sogar."

„Das tust du?"

„Mhm-hm." Sie hielt inne und betrachtete sie einen Moment lang. „Und du?"

Ob sie ihn mochte? Sie mochte Chili-Limetten-Takis. Sie mochte es, morgens bei einer Tasse Kaffee zu verweilen und keine unmittelbaren Termine zu haben. Sie mochte es sogar, ihrer Mutter beim Kochen zu helfen, wenn die neueste Rezeptidee, die sie auf Pinterest gefunden hatte, nicht zu seltsam und kompliziert war. Doch nichts davon machte sie so vollkommen gaga, wie Tate es tat. „Wenn du mit Mögen meinst, dass mein Gehirn aussetzt, wenn er in der Nähe ist …?"

„Genau das meine ich."

Elise schluckte schwer. Laut zuzugeben, wie sie sich fühlte, ließ den Kloß im Hals noch größer werden. „Dann ja, ich mag ihn."

Der Blick ihrer Mutter wurde weicher und sie strich Elise eine Haarsträhne aus dem Gesicht. „Das freut mich, Schatz. Er ist ein guter Mann."

„Ich habe keine Ahnung, was ich da mache." Es kam wie ein verängstigtes Flüstern aus ihr heraus, aber die Last, die bei diesem Geständnis von ihr abfiel, war es wert.

„Du musst nichts machen, Elise. Nicht bei einem Mann wie Tate. Genieße den Moment und lernt euch gegenseitig kennen. Der Rest kommt von selbst. Aber vor allem: Sei ehrlich. Darüber, wer du bist und was du empfindest."

„Nichts für ungut, aber das hat bei dir ja nicht so gut funktioniert."

Die Traurigkeit, die das jahrelange Leben ohne den Mann, den sie geliebt hatte, mit sich gebracht hatte, strich über das Gesicht ihrer Mutter. Sie hatte versucht, Elises Vater von ihrer Rasse zu erzählen, von den magischen und gestaltwandlerischen Fähigkeiten, die denjenigen in ihrem Clan angeboten wurden, die ihre Seelensuche beantworteten. Doch ihr Vater hatte ihr nicht geglaubt. Verdammt, auch Elise hatte es nicht getan, aber zumindest hatte sie nicht über die Behauptungen ihrer Mutter gespottet, sie für verrückt erklärt und ihr ins Gesicht gelacht.

„Tate ist nicht wie dein Vater", sagte Jenny. „Er ist ein vertrauenswürdiger Mann. Jemand, von dem ich begeistert bin, ihn mit dir zu sehen. Er ist die Art von Mann, mit dem du deine Geheimnisse teilen kannst und weißt, dass er nicht nur zuhört, sondern sie auch wahren wird."

„Wie kannst du das wissen? Ich meine, ich weiß, dass du viel mit ihm geredet hast, wenn er hier war, aber du hast nicht so viel Zeit mit ihm verbracht."

„Oh Elise." Für einen Moment verzog sie ihr Gesicht, als wollte sie ihr noch etwas mitteilen, jedoch nahm sie sie stattdessen in die Arme und seufzte. Ihre Worte waren nur ein Flüstern. Ein Geheimnis, das von Mutter zu Tochter weitergegeben wurde. „Ich weiß nur, dass du bei ihm sicher bist. Und bald wirst auch du das erkennen."

Die Emotionen ließen ihre Brust anschwellen. Der Frieden und die Akzeptanz, die von der Umarmung ihrer Mutter ausgingen, lösten den Knoten in ihrem Magen auf. „Ich habe immer noch nichts zum Anziehen", grummelte sie.

Jenny lachte und wich zurück. „Ich habe Klamotten."

„Ja, aber meine Brüste sind viel größer als deine."

Ihre Mom öffnete den Mund, und ihr seltsamer Gesichtsausdruck versprach eine dieser lieb gemeinten, aber eifersüchtigen Sticheleien, die sie im Laufe der Jahre über ihre unterschiedlichen Figuren ausgetauscht hatten. Doch ehe sie ihre Worte aussprechen konnte, klingelte es an der Tür.

Jenny legte die Stirn in Falten. „Wann ist dein Date?"

Elise suchte in den nicht vorhandenen Taschen ihrer Leggings nach ihrem Handy, das sie offensichtlich oben liegen gelassen hatte, und folgte ihrer Mutter in das winzige Esszimmer. „Nicht vor sieben. Es ist erst kurz nach drei." Und sie war ungeschminkt und trug einen verdammten Pferdeschwanz. Na toll.

„Du hast ihn nicht eingeladen, oder?"

„Nein, das habe ich nicht." Ihre Mom spähte aus dem Panoramafenster mit Blick auf den Vorgarten und hatte den gleichen verwirrten Ausdruck im Gesicht wie Elise – bis sie herausfand, wer auch immer auf der vorderen Veranda stand. Dann veränderte sich ihre Mimik zu purer Freude.

„Was? Wer ist es?"

Ihre Mutter winkte, wich vom Fenster zurück und eilte zur Haustür. „Nun, so wie es aussieht, ist es die Date-Brigade, wie mein Dad sie immer genannt hat."

Elise folgte ihr. „Die was?"

„Die Date-Brigade." Ohne weitere Erklärung öffnete Jenny die Tür, um den Blick auf Katy und Jade freizugeben, die Seite an Seite dastanden. Ihr albernes Grinsen war fast identisch mit dem ihrer Mutter. „Hallo, Mädels. Das ist ja eine beachtliche Ausbeute, die ihr da mitgebracht habt. Braucht ihr Hilfe?"

„Nee, das schaffen wir schon." Jade warf einen Kleidersack mit weiß Gott wie vielen Outfits darin über die Schulter und stürmte ins Haus, als würde sie dort wohnen. Unter ihrem anderen Arm befand sich eine kleine Kiste, wie man sie bei einem großen Umzug zum Packen von Büchern verwenden würde.

„Ähm", sagte Elise. „Was machst du da?"

Jade blieb am Fuß der Treppe stehen und warf Elise einen perplexen Blick zu. „Wir sind hier, um dir zu helfen, dich auf dein Date vorzubereiten. Was sonst?"

Immer noch wie angewurzelt vor der Tür stehend und beladen mit einem Handgepäckkoffer in der einen und einer Reisetasche in der anderen Hand, neigte Katy ihren Kopf. „Nun, vorausgesetzt, du willst unsere Hilfe. Wir wollen dich nicht überfallen oder so. Wir dachten nur, es würde Spaß machen."

„Ha!", lachte Jade auf. „Du bist vielleicht hier, um auf nett zu tun, aber ich bin überfallartig hier. Ich habe eben beobachtet, wie mein Bruder einen Anzug aus seinem Kleiderschrank geholt hat. Einen Anzug! Tate fährt sonst nie die großen Geschütze für eine Frau auf. Niemals. Wenn du auch nur für eine Sekunde gedacht hast, ich würde die Gelegenheit verpassen, mich einzumischen und eine Freundin so herauszuputzen, dass er seine Zunge verschluckt, dann bist du durchgeknallt." Sie verlagerte ihre Last auf ihrem Rücken und beäugte Elise. „Also, machen wir das jetzt, oder was?"

„Er trägt einen Anzug?", fragte Elise, und allein das Bild in ihrem Kopf machte sie schwindelig.

„Mhm-hm. Einen richtig schönen."

„Und er führt dich ins *La Stick Nouveau* aus", fügte Katy hinzu. „Das übrigens total schick ist. Priest und ich waren gestern Abend da und haben es mit Schutzzaubern belegt und alles."

„Priest weiß Bescheid?"

„Natürlich tut er das. Du dachtest doch nicht, dass Tate dich vom Grundstück holen würde, ohne sicherzustellen, dass du in Sicherheit bist, oder?" Offensichtlich müde vom Warten auf ein formelles Okay, schlenderte Katy über die Türschwelle und schloss die Tür mit einem Stoß ihrer Hüfte. „Also, was sagst du? Alle Mann an Deck? Oder willst du es lieber allein tun?"

Elise warf einen Blick auf ihre Mom, die schreckliche Mühe damit hatte, ihre Heiterkeit im Zaum zu halten. Dann sah sie zu Jade hoch, die wirkte, als wäre sie bereit, in die Schlacht zu ziehen.

Eine wohlige Wärme breitete sich über ihre Schultern aus und die Erde unter ihren Füßen beruhigte sich. Sie war nicht allein. Zum ersten Mal in ihrem Leben hatte sie eine Chance, nicht nur auf ein Date zu gehen, sondern mit anderen Frauen, die ihr wirklich helfen wollten, verrückt und mädchenhaft zu sein. Sie musste sich nur dafür öffnen und den wilden Ritt genießen. Sie musste schlichtweg Vertrauen haben und sich in den

Moment stürzen.

Sie deutete mit dem Kopf zu den Kleidungsstücken, die auf Jades Rücken lasteten. Die Bewegung war nicht annähernd so lässig, wie sie es sich gewünscht hätte. „Ich nehme nicht an, dass du ein Kleid dabei hast, das für ein vollbusiges Mädchen wie mich funktionieren könnte?"

Jades Grinsen war absolut verrucht. „Oh Mädel, ich habe nicht nur eins. Ich habe mehrere."

KAPITEL 7

Es war schon seltsam, was es mit einem Mann anstellte, wenn er *die* Frau in seinem Leben hatte. Plötzlich wurden Dinge, die früher keinerlei Bedeutung für Tate gehabt hatten, irre wichtig. So einfache Dinge wie sich daran zu erinnern, dass sie ihren Tee lieber ungesüßt mochte, bis zu größeren Dingen wie dem Auto, das du fährst, und wo du lebst. Er wollte nämlich nicht, dass sie auch nur eine Sekunde das Gefühl hatte, er würde sich nicht merken, was ihr gefiel, oder dass sie in etwas anderem als im besten Wagen fahren und im schönsten Haus leben sollte.

Er zwang sich dazu, seine Aufmerksamkeit wieder auf die Straße zu richten anstatt auf den Beifahrersitz und die Länge des nackten Beins, das Elises Kleid zeigte.

Verdammte Schalensitze.

Ja, er liebte seinen Camaro. Besser gesagt, er würde es tun, sobald er sich den 1969er Classic zugelegt und das Äußere restauriert hätte. Aber so, wie die niedrigen Sitze angebracht waren, hätte sich Elise genauso gut auf einer Chaiselongue zurücklehnen können – wie auf den Pin-ups, die man sich ins Schlafzimmer hängte.

Nope. Auf gar keinen Fall. Bloß keine Gedanken an Schlafzimmer. Oder Pin-ups. Oder die Tatsache, dass das körperbetonte Kleid, das sie trug, sie zu einer perfekten Kandidatin für ein solches Foto machte.

Er umfasste das Lenkrad fester, aber verdammt, ständig wanderten seine Augen – als hätten sie ein Eigenleben – zu ihren Beinen und den Riemchenpumps, die zu ihrem schwarzen Kleid passten. Er wagte es schon gar nicht mehr, zu ihrer Brust zu sehen, so wie das Outfit ihre erstaunliche Figur betonte. Bei Gott, er wusste wirklich nicht, ob er Jade und Katy für deren Einmischung umarmen oder sich herrlich viel Zeit dafür nehmen sollte, die beiden zu erwürgen.

Elise zog ihre Füße näher an den Sitz und zerrte am Saum ihres Kleides, als hätte sie eine Chance, damit mehr Haut zu bedecken. „Bist du okay?"

Prima. Er verbrannte innerlich bei lebendigem Leib und war bereit, sich die Haut vom Leib zu reißen, aber er fühlte sich, als wäre er der König der verdammten Welt. „Du sitzt ausgestreckt in einem Kleid, das absolut sündig aussieht, in meinem Auto, und ich bin auf dem Weg zu einem, wie Priest sagte, hervorragenden Restaurant." Er wandte seinen Blick lange genug von der Straße ab, um ihr ins Gesicht sehen zu können. „Okay wäre wohl maßlos untertrieben."

Ein Lächeln. Ein süßes, zittriges Lächeln, das von ihren großen, vertrauensvollen Augen unterstrichen wurde, und er war wieder auf Kurs. Geerdet und zentriert.

„Sicher? Du wirkst angespannt."

Schlechtes Timing und ein sich rasch nähernder Parkplatz veranlassten ihn dazu, seine Antwort für einen Moment auf Eis zu legen, um den Wagen zu parken. Kaum hatte er die Handbremse angezogen, drehte er sich zu ihr um, bedeckte ihre Hand mit seiner und drückte sie sanft. Wenn er wollte, dass sie ehrlich zu ihm war, dann war das Mindeste, was er tun konnte, seinen eigenen Macho-Bullshit beiseitezuschieben und den Anfang zu machen. „Ich bin etwas angespannt. Aber das liegt nicht an irgendetwas, was du getan oder nicht getan hast. Es ist eher so, dass das hier eine große Sache für mich ist."

Der Schock auf ihrem Gesicht spiegelte die heftige Überraschung in ihrer Stimme wider. „Ist es das?"

„Ja, eine riesige Sache."

„Warum?", wollte sie wissen.

Weiter so, echt klasse. Warum laberst du dich nicht weiterhin um Kopf und Kragen?

Ihr zu sagen, was sie für ihn war, war keine Option. Noch nicht. Aber es gab eine grundlegende Wahrheit, die er auf jeden Fall aussprechen konnte und über die er nicht einmal nachdenken musste. „Weil es für dich ist."

Sie bewegte sich nicht, zeigte keinerlei äußerlich sichtbare Reaktion irgendeiner Art. Da waren nur ihre Augen, die in seine blickten, und das gleichmäßige Ein- und Ausatmen. Doch er fühlte diese erstaunliche Verbindung zwischen ihnen, wenn auch nur für den Bruchteil einer Sekunde, und das brachte ihn aus der Fassung.

Sie senkte den Kopf, als hätte sie es ebenfalls so gespürt. Die goldblonden Strähnen, die sie zu großen Wellen frisiert hatte, verbargen ihr Gesicht. Elise glättete eine nicht vorhandene Falte am Saum ihres Kleides. „Danke schön."

Verdammt, er wollte sie küssen. Er wollte sie überall, nur nicht in einem Auto, in dem er sie nicht an sich ziehen konnte. Er wollte sie halten und streicheln, bis sie sich wieder entspannen und die Gefühle loslassen konnte, mit denen sie gerade rang. So, wie es am Montagabend am See gewesen war. Doch was er nicht mit Berührung wiedergutmachen konnte, konnte er wenigstens mit Humor bewältigen.

Zumindest in diesem Moment. „Danke mir noch nicht. Priest sagt, das Essen sei gut, aber er hat auch erzählt, es sei schick und die Portionen eher für eine Maus geeignet. Wir müssen vielleicht noch bei McDonald's vorbeifahren, ehe ich dich nach Hause bringe."

Der Scherz funktionierte, und sie stieß ein leises Kichern aus, während sie ihren Kopf hob. „McDonald's könnte ich auf die Reihe bekommen, ohne ein nervöses Wrack zu sein. Kleider sind bei mir wirklich grenzwertig, aber wenn man die High Heels noch dazunimmt, schreit die Gleichung förmlich nach Katastrophe."

Entspann dich, Kumpel. Vergiss die Schuhe. Vergiss das Kleid oder irgendwelche offensiven Manöver, um sie aus einem oder beidem rauszubekommen.

„Vertrau mir, Elise. Es gibt keinen Mann, der dich heute Abend ansieht und auch nur an das Wort Katastrophe denkt."

Sein Blick glitt an ihren Beinen entlang, auch wenn sein gesunder Menschenverstand ihm davon abriet, und er zog seine Hand gerade weit genug von ihrer, um die Oberseite von einem ihrer Schenkel zu berühren. „Jetzt bleib sitzen und lass mich dir die Tür öffnen."

Im Restaurant war es Gott sei Dank recht ruhig. Das lag zweifellos an der Tatsache, dass es ein Mittwochabend in einer Stadt war, die hauptsächlich von Wochenendtouristen frequentiert wurde.

Die Empfangsdame erkannte ihn von seinem früheren Besuch am Tag und begrüßte sie beide mit einem warmen Lächeln, doch darin lag auch eine gewisse Ironie. Sie schien ein wenig überrascht und gleichzeitig amüsiert über die Veränderung seines Aussehens von zuvor mit Pferdeschwanz, Jeans und T-Shirt zu jetzt im schicken Anzug. „Wir haben Ihren Tisch für Sie vorbereitet, Mr. Allen. Wenn Sie mir einfach folgen möchten?"

Elise ging vor, drehte sich aber halb zu ihm herum, um ihm über die Schulter zuzuflüstern: „Mr. Allen?"

„Ich weiß", erwiderte er ebenso leise. „Ich komme mir vor, als würde mein Vater hinter mir stehen." Er legte seine Hand an ihren unteren Rücken und ging mit ihr zur Nische, die er für sie ausgesucht hatte. Normalerweise enthielt das Separee vier Vierertische, aber heute Nachmittag hatte er den Restaurantmanager mit ein wenig Fingerspitzengefühl dazu überredet, die übrigen zu entfernen. Goldene Vorhänge trennten den privaten Bereich ab, waren aber nur so weit zugezogen, dass man das Kommen und Gehen der anderen Gäste beobachten konnte. Dennoch waren sie für sich. Das einzige Licht stammte von einer kunstvollen Leuchte in Form eines Pfaus an der Wand. Seine kobaltblauen, blaugrünen und weißen Lichter passten perfekt zu dem teuren Marmor- und Granitdekor.

Elise stand neben dem Stuhl, der für sie gedacht war, und betrachtete den Tisch. Sie hatte den Kopf zur Seite geneigt und ihre Augen waren voller Wertschätzung geweitet.

Die Empfangsdame legte die Speisekarten an ihre Plätze. „Die lasse ich für Sie hier. Ihre Kellnerin wird gleich bei Ihnen sein."

Elise wurde von dem leisen Kommentar der Empfangsdame aus ihrer Bewunderung gerissen und bemerkte, dass Tate seine Hand an die Rückenlehne ihres Stuhles gelegt hatte und wartete. „Oh, richtig, Sitten und Gebräuche." Sie glitt auf den Sitz und legte ihre Handtasche neben das Gedeck.

Während alles, was sie tat, eine natürliche Anmut ausstrahlte, schien der peinliche Moment erneut etwas von der Spannung zurückgebracht zu haben, die sich gelöst hatte, nachdem sie auf den Parkplatz gefahren waren. „Tut mir leid. Alles sieht so hübsch aus, dass ich nicht anders konnte, als zu starren."

Er schob ihren Stuhl näher an den Tisch heran. Weil er sie überragte, war dabei die obere Wölbung ihrer Brüste hervorragend zu sehen. So isoliert, wie ihr Platz war, hätte er leicht mit dem Handrücken über ihre weiche Haut streichen, den tiefen Ausschnitt ihres Kleides nachzeichnen und dabei jedes Detail ihrer Reaktionen aufsaugen können.

Stattdessen stützte Tate eine Hand auf dem Tisch ab, beugte sich vor und strich über ihre nackte Schulter, folgte dem simplen Träger bis zu der Beuge ihres Halses. Er hatte sich nach dieser Berührung so sehr gesehnt. „Bei mir kannst du nichts falsch machen, Elise. Du musst keinerlei Erwartungen erfüllen oder einem Model gleichen." Er umfasste ihren Nacken und genoss das Gefühl ihrer seidigen Locken an seinen Fingerspitzen. „Solange wir ehrlich zueinander sind, gibt es nichts, was wir nicht hinbekommen."

„Ehrlich."

„Ehrlich", wiederholte er mit der gleichen Tiefe in der Stimme, die sie ihm entgegengebracht hatte. „Selbst wenn es bedeutet, dass du Nein sagst und ich mich zurückziehen soll. Verstehst du?"

Ihr Blick fiel auf seine Lippen, und verdammt, während sie langsam einatmete, öffneten sich die ihren.

„Elise?"

Ihr Fokus kehrte zu seinen Augen zurück und sie nickte, doch eine scharfe Entschlossenheit prägte ihre Gesichtszüge. Es war, als hätte sie in Sekundenschnelle die Breite einer gefährlichen Schlucht abgemessen und sich dennoch dazu entschlossen, zu springen. „Ich möchte nicht, dass du dich zurückziehst."

Ein Atemzug.

Dann ein weiterer.

Der dritte ging endlich leichter, und der vernichtende Drang, ihren Mund zu verschlingen, trat ein wenig in den Hintergrund. Selbst sein Begleiter war bis ins Mark erschüttert von dem schieren Bedürfnis, sie zu berühren, zu überwältigen und zu beanspruchen, was auf tief verwurzelten Instinkten beruhte. Wie durch ein verfluchtes Wunder schaffte er es, ihre Stirn mit einem Kuss zu streifen, und der sanfte Kontakt war weit entfernt von der eisernen Faust, die sich um seine Kontrolle schloss. „Ich gehe nirgendwohin."

Das Abendessen verlief in einem gemächlichen Tempo. Anfangs waren sie ein wenig unbeholfen und zögerlich, doch dann, während des Essens, gingen sie zu einem stetigen Rhythmus leichterer Fragen über. Sie war neugierig, wie er dazu gekommen war, als Tätowierer für Priest zu arbeiten. Er überschüttete sie mit Detailfragen über ihren Sport und wollte wissen, was ihr an ihrem Studium gefiel. Es war ein nahtloser Austausch zwischen ihnen, der den Rest der Welt immer weiter in den Hintergrund zu drängen schien. Sie öffnete sich so weit, wie er es bislang nur beobachtet hatte, wenn sie dachte, sie wäre für sich. Aber sobald das Geschirr abgeräumt war, veränderte sich ihr Verhalten. Genau genommen war es kein kompletter Shutdown. Es handelte sich dabei mehr um eine Vorsicht, die sein Bewusstsein reizte.

Sie räusperte sich und öffnete den Mund, um zu sprechen, doch dann presste sie ihre Lippen sofort wieder aufeinander und starrte auf den Tisch.

Lange geschliffene soziale Reflexe trieben ihn an, die Stille zu füllen, die Tür etwas anzustoßen und sie ein wenig zu öffnen, indem er fragte, was los sei.

Doch sein Tier saß still da. Wartend. Geduldig. Und es forderte ihn auf, dasselbe zu tun.

Er begnügte sich damit, seinen Arm über den kleinen Tisch auszustrecken und seine offene Hand anzubieten.

Lange starrte sie darauf, der Rücken kerzengrade, ihre Fäuste in ihrem Schoß geballt und ihr Blick abwesend, so als würde sie eine Fülle von Erinnerungen durchleben. Schließlich legte sie ihre Hand in seine und sah ihm in die Augen. „Erzählst du mir etwas über dich? Etwas, was für dich einzigartig ist. Wichtig."

Wichtig.

Sie wollte nicht irgendeinen Informationsaustausch darüber, warum er der war, der er war, sondern etwas Greifbares. Ein Angebot. Oder es handelte sich dabei nur um die Bitte an ihn, den ersten Schritt zu machen.

Die Erinnerung, die in seinem Kopf auftauchte, war etwas, was er nur selten aufrief. Es lag nicht an dem Schmerz, sondern daran dass die damit verbundene Pein längst ihren Zweck erfüllt und sich aufgelöst hatte.

„Unser Clan ist heute ganz anders als früher", sagte er. „Zumindest hat Mom das immer gesagt. Priest ist nicht wie der Hohepriester, der vor ihm gedient hat. Er hat Zugang zu all der Magie der verschiedenen Häuser und ehrt sie alle. Kein Haus ist wichtiger als das andere und niemand ist dem anderen überlegen. Jeder ist wertvoll, egal wie viel Magie ihm oder ihr gegeben wird oder was sein Begleiter ist."

„Wie war es vor Priest?"

Als wäre es gestern gewesen, tauchten die alte Scham und die Angst vor Enttäuschung wieder auf, die er als Heranwachsender jahrelang gehegt hatte. „Isolierter. Verwurzelt in alten Traditionen und hart umkämpft."

Elise rümpfte die Nase. „Ich glaube nicht, dass mir das sehr gefallen würde."

„Nein, ich mochte es auch nicht."

Sie neigte ihren Kopf zur Seite, während ihr scheinbar der Unterschied in ihren Aussagen auffiel. „Aber du warst damals noch nicht geboren."

„Ich war nicht da, als der alte Hohepriester noch lebte, aber mein Vater war tief verwurzelt in den alten Traditionen. Und das wettbewerbsfähigste Haus war das der Krieger."

„Dein Vater war also ein Krieger?"

Tate nickte. „Und ein starker dazu. So stark, dass er es Priest ein- oder zweimal im Training nicht gerade leicht gemacht hat. Damals, als die Dunkelheit noch Priest ziemlich in der Hand hatte, und das will wirklich schon etwas heißen."

Sie schwieg, ihren Körper leicht vorgebeugt und ihre Augen geweitet. Gefesselt.

„Ich wollte so sein wie mein Dad. War wie jeder andere achtjährige Junge und wollte ihn stolz machen." Er hob die Schultern. „Das einzige Problem daran war, dass ich als Junge sehr klein war."

„Nicht möglich."

„Doch möglich." Zum ersten Mal seit langer Zeit konnte er auf den Tag, der ihn so tief geprägt hatte, zurückblicken und ihn tatsächlich objektiv betrachten. Ohne all den Schmerz und die Qual eines unschuldigen

Kinderherzens, dank Priests Geduld in den Monaten und Jahren, die gefolgt waren. „Ich war klein und schwach genug, dass mein Dad mich nie zum Training mitgenommen hat. Und damals haben sie, auch ohne, dass viele von uns vor Ort lebten, jeden Tag trainiert. Das war so eine Sache mit ihnen – sie brachten alle ihre Kinder mit, wenn sie dachten, sie würden im Haus der Krieger landen."

„Aber du wolltest mitgehen."

„Oh, ich wollte mehr als das. Ich ging. Ich bin ihm eines Tages auf eine Wildschweinjagd gefolgt."

Elise musste gespürt haben, dass diese Geschichte kein gutes Ende besaß, denn ihre Schultern versteiften sich, wenn auch nur ein wenig. Es war, als würde sie sich darauf vorbereiten, die Hauptlast allein tragen zu müssen. „Was ist passiert?"

„Die Kurzversion: Ich war ungefähr acht Zentimeter davon entfernt, einen Stoßzahn in meine rechte Lunge zu bekommen, ein anderes Kind wurde lebensgefährlich verletzt und am Ende musste mein Dad monatelang die Hauptlast für meine Dummheit tragen. Ein paar Männer haben meinem Vater tatsächlich gesagt, dass der Clan besser dran gewesen wäre, wenn er mich nicht während des Angriffs des Ebers rausgezogen und besser das andere Kind beschützt hätte."

„Du veräppelst mich doch jetzt?"

„Nope."

Pure Wut lag in ihrem Blick, und angesichts der Art, wie sie ihren Körper anspannte, war Tate überrascht, dass sie nicht aufsprang und auf und ab lief, um etwas Dampf abzulassen. „Das ist grausam."

„Vielleicht. Aber so lebten sie damals."

„Das ist keine Entschuldigung. Ein Kind sollte nie geopfert werden. Niemals."

„Da gebe ich dir recht." Tate drückte ihre Hand und senkte die Stimme. „Ich werde nicht lügen. Dieser Tag war schmerzhaft und verursachte einen riesigen Krater zwischen meinem Vater und mir. Darüber sind wir nie hinweggekommen, bevor er starb. Aber es hat mich auch zu dem gemacht, der ich heute bin, und es war eine Art Wendepunkt für unseren Clan."

„Wieso das?"

„Nun, zunächst mal hat Priest mit der Faust auf den Tisch gehauen. Zu diesem Zeitpunkt behandelte er Jade und mich bereits so, als wären wir seine eigenen Kinder. Zu erfahren, dass die Leute in seinem Clan ein Kind über das andere stellen, hat ihn erkennen lassen, wie distanziert die Dinge waren. Also veränderte er die Art des Trainings. Machte es so, wie es heute ist, und änderte den Fokus der Krieger. Sie sollten sich nicht mehr auf die Brust trommeln, sondern die anderen Häuser beschützen."

Sie betrachtete sein Gesicht, nahm offen die Details auf und fügte die Informationen zusammen, als würde sie sich ein eigenes Bild in ihrem Kopf zeichnen. „Und du?"

Er lachte und ließ den Kopf sinken. Die sture Entschlossenheit, die er damals gehegt hatte, wirkte nun irgendwie komisch, wenn er zurückblickte. „Ich habe mir den Arsch aufgerissen." Er erwiderte ihren Blick und ließ die warmen Erinnerungen, die er sich in den Tagen danach erworben hatte, durch sich hindurchströmen. „Es verging kein Tag, an dem ich nicht trainiert habe. Und an jedem von ihnen war Priest bei mir. Jade ebenfalls, nachdem sie etwas älter war. Oder zumindest war sie es, wenn sie nicht zu beschäftigt damit war, mit ihren Freunden abzuhängen."

„Du bist erwachsen geworden", sagte sie sanft.

„Ich wuchs zu dem heran, von dem ich wusste, dass ich es war, aber es hat den Schmerz gebraucht, um mich dahin zu bringen. Das Schlechte zu nehmen und etwas daraus zu machen."

Ihr Blick wanderte zu ihren Händen. „Bei dir klingt es so einfach."

„Das war es nicht. Nicht einmal annähernd. Aber ich hatte Leute um mich, die mir geholfen haben."

Er wartete, während in seinem Kopf eine hitzige Debatte darüber stattfand, ob er mehr sagen sollte oder nicht. Es war wie ein Ballwechsel beim Tennis.

Sie konzentrierte sich weiterhin auf ihre Hände, und als sie sprach, war ihre Stimme so leise, dass er es fast nicht mitbekommen hätte, wenn er nicht genau hingehört hätte. „Findest du es seltsam, dass eine dreiundzwanzigjährige Frau noch nie ein Date gehabt hat? Dass sie noch nie geküsst wurde?"

Das war der Moment.

Seine erste echte Chance, ihr zu zeigen, dass sie in Sicherheit war. Es war die Möglichkeit, eine Grundlage zu schaffen, die ihr Stabilität gab. Und noch nie in seinem Leben hatte er solche Angst gehabt, es zu verkacken. „Ich denke, es ist eher selten."

Sie runzelte die Stirn und erwiderte seinen Blick. „Was ist der Unterschied?"

„Seltsam impliziert, dass es etwas Schlechtes oder Unangenehmes ist. Selten ist hingegen etwas, das kostbar ist." Er strich mit dem Daumen über die Stelle an ihrem Handgelenk, wo ihr Puls beschleunigt hämmerte. „Wenn man bedenkt, dass ich mit dir diese beiden Premieren erleben durfte, sind sie für mich verdammt wertvoll."

Die Strömung, die sich zwischen ihnen bewegte, war stark, eine spürbare und verblüffende Energie, die angespannt und ungezähmt war.

Sie musste sie auch wahrgenommen haben, denn ihre Hand zitterte in seiner und ihre Lippen öffneten sich. Elise schloss sie schnell wieder und senkte den Kopf. „Ich möchte dir etwas sagen."

Er war zu weit weg. Körperlich zu weit von ihr getrennt, um ihr die fühlbare Unterstützung zu geben, auf die sowohl seine menschliche als auch seine tierische Seite beharrten. Doch gleichzeitig hatte er auch zu viel Angst davor, sich zu bewegen. Er war zu besorgt darum, sie aus dem Moment zu reißen und damit alles zu vermasseln. „Okay."

Sie breitete ihre freie Hand auf dem Tisch aus und strich dann mit den Fingern über die Tischdecke, während sie ihre gesamte Konzentration auf ihre Bewegung richtete. „Wenn ich jetzt darüber rede, fühlt es sich dumm an." Sie sah ihn zuerst kurz an, ehe sie den Kopf vollständig hob. „Ein bisschen so, als würde man erkennen, dass man aus einer Mücke einen Elefanten gemacht hat. Aber damals fühlte es sich nicht wie eine Kleinigkeit an. Für mich war es eine große Sache."

„Alles fühlt sich größer an, wenn man mittendrin steckt. Es ist der Instinkt. Wie wir zum Überleben konstruiert sind. Der Umgang mit den Folgen ist normalerweise ein viel größeres Unterfangen."

Sie stieß ein ironisches Kichern aus. „Die Therapeutin, zu der Mom mich nach der Highschool ein Jahr lang geschleppt hat, hat dasselbe gesagt. Aber du siehst viel netter aus, wenn ich rede, und hast den Punkt viel schneller verstanden."

Ein Scherz, um die Stimmung aufzuhellen, war verlockend. Verdammt, im Moment war sein Oberkörper so verkrampft, dass es beim Atmen schmerzte. Dabei war er nicht derjenige, der kurz davorstand, etwas Unangenehmes mitzuteilen. Doch dem Thema weiter auszuweichen, würde ihr nicht helfen, also schwieg er.

Für eine Sekunde festigte sich ihr Griff um seine Hand, dann ließ sie ihn los. Mit einer Bewegung ihrer Hände deutete sie zu ihrem Oberkörper, zuckte mit den Schultern und warf ihm einen süffisanten Blick zu. „Also, ich bin ja eindeutig eher eine vollschlanke Frau als eine, die man auf einem Laufsteg findet."

Verdammt, ja, das war sie. Und sobald sein Bauchgefühl grünes Licht gab, hatte er große Pläne, ihr zu zeigen, wie sehr er jeden kurvigen Zentimeter schätzte. „Diese Tatsache ist mir nicht entgangen, nein. Allerdings werden wir ein Problem haben, wenn du mir zu erklären versuchst, dass das etwas Schlechtes ist."

Sie verzog den Mund zu einem schiefen Lächeln. „Nein, ich denke nicht, dass es eine schlechte Sache ist." Ihr Gesichtsausdruck wurde nüchtern. „Oder zumindest denke ich, dass es heute nichts Schlechtes ist. Früher habe ich es gehasst."

„Warum?"

Ihre Lippen wurden schmaler, so als ob die Antwort, die ihr auf der Zunge lag, einen bitteren Geschmack verursachen würde. „Weil es zu einem Zeitpunkt die Aufmerksamkeit auf mich gelenkt hat, als ich es nicht wollte."

Atme.

Reagiere nicht.

Stell keine Vermutungen an.

Es war eine sensible Anleitung seines viel geduldigeren Begleiters, aber auf die harten Worte musste er reagieren, während sein Gehirn alle möglichen Worst-Case-Szenarien durchspielte. Die Unterarme auf den Tisch gestützt, strich er mit dem Daumen über die Tischdecke und zwang sich zu einer, wie er hoffte, beiläufigen Erwiderung. Seine Stimme war nicht annähernd so kooperativ und grenzte eher an ein Knurren. „Aufmerksamkeit von wem?"

„In einer kleinen Schule wie die, auf die ich gegangen bin? Von allen." Sie hob die Schultern. „Ich habe mich viel früher entwickelt als die anderen Mädchen, und viel schneller. Was vielleicht in Ordnung und leichter zu verstecken gewesen wäre, wenn ich nicht so aktiv im Sport gewesen wäre. Aber selbst der beste Sport-BH kann nur begrenzt helfen."

„Und die Leute lästern über jemanden, der anders ist."

Sie kicherte darüber. Der Sarkasmus in ihrem Tonfall war geprägt von schlechten Erinnerungen. „Oh Junge, und wie sie das tun. Vor allem Mädchen im Teenageralter."

Das erklärte nun auch ihre Wachsamkeit gegenüber Vanessa. „Was haben sie gemacht?"

Elise zuckte erneut mit den Schultern, aber diesmal ließ die Anspannung darin etwas nach. „Was du erwartest. Neckereien. Passiv-aggressive Kommentare. Geschichten verbreiten. Ich meine, bis zu einem gewissen Grad war ich daran gewöhnt, wie sie vorgingen. Viele von uns haben jahrelang an Wettkämpfen teilgenommen und ich war wirklich gut im Tanzen und Turnen. Demnach bekam ich eine Menge eifersüchtiger Reaktionen ab. Aber kaum hatte ich die zehnte Klasse erreicht und konnte meine Figur nicht mehr verbergen, begannen sich die Geschichten zu ändern. Jungs, mit denen ich in der Schule angeblich geschlafen habe. Dinge, die ich außerhalb der Schule mit Männern gemacht habe, die viel älter waren als ich." Sie hielt kurz inne und schüttelte den Kopf. „Die Geschichten waren nicht schön und nicht gerade die Art von Storys, die in einer kleinen Schule, in der man zu Klatsch und Tratsch neigt, schnell vergessen wurden."

„Was ist passiert?" Dass hinter ihrer Geschichte noch mehr steckte, stand außer Frage. Es hing praktisch zwischen ihnen in der Luft, ein dunkles und unheilvolles Gespenst, das seinen Kojoten zum Hin- und Herwandern brachte.

„Ich denke, die Mädchen haben gedacht, dass dieses Gerede für mich nach hinten losgeht und mich ausgrenzt, und bei anderen Mädchen hat es tatsächlich funktioniert. Aber bei den Jungs?" Sie räusperte sich und ließ den Kopf hängen. „Es hat sie eher angefeuert, machte sie neugierig, dreist. Sogar diejenigen, die meine

Freunde waren."

„Sie haben dir wehgetan?" Diesmal war es unmöglich, die Erregung in seiner Stimme zu verbergen, und seine Haut prickelte von dem Verlangen, sich zu verwandeln.

„Nicht körperlich, nein." Sie sah ihn mit einem traurigen Lächeln an. „Aber einer der Jungs nahm es ziemlich persönlich, dass ich ihn immer wieder abgewiesen habe und auf Distanz hielt. Er wollte unbedingt eine Kerbe in seinem Bettpfosten, ob er sie verdient hatte oder nicht, also veränderte er seine Taktik und verschaffte sich irgendwie Zugang zum Mädchenumkleideraum. Sport war zu dem Zeitpunkt alles, was ich hatte, also war ich oft dort. Es stellte sich heraus, dass er mit einer Smartphone-Kamera und Grafikprogrammen sehr geschickt war."

Tate ballte die Fäuste auf dem Tisch, blieb aber ansonsten still und konzentrierte sich auf seine Atmung, so gut er konnte. „Er hat sie manipuliert und geteilt."

„Und niemand hat jemals den Inhalt infrage gestellt. Nicht ein Mal. Nicht bei all dem anderen Tratsch, der vor dem Versenden der Bilder im Umlauf war. Die wenigen Freunde, die ich noch hatte, distanzierten sich von mir. Eins der Mädchen hat sogar gesagt, dass anständige Mädchen es nicht riskieren könnten, mit einer Schlampe wie mir gesehen zu werden. Sie sagte es mir direkt ins Gesicht."

Gott, kein Wunder, dass sie so zurückhaltend war und zögerte, die Maske fallen zu lassen, die sie bei Menschen, die sie nicht kannte, aufsetzte. Und der Gedanke, dass sie einige der angeblich besten und prägendsten Jahre im Leben damit verbracht hatte, sich geistig und körperlich zu verstecken, trieb ihn um. Reizte ihn dazu, Jagd auf ihre Peiniger zu machen und in deren Blut baden zu wollen. „Und was hast du gemacht?"

„Auf den Punkt gebracht? Ich bin durchgedreht. Mom hatte eine schwere Zeit, mich dazu zu bringen, zur

Schule zu gehen. Meine Noten wurden schlechter, und mein Herz war nicht mehr beim Sport, also habe ich dort auch schlecht abgeschnitten. Eines Tages ist es so mit mir durchgegangen, dass ich laufen musste. Entkommen. Und das habe ich dann auch getan. Ich bin nach der Schule losgezogen und habe es rausgelassen. Leider ist es nicht gerade eine gute Idee, zu laufen, während man heult. Ich habe nicht aufgepasst, meinen Fuß falsch aufgesetzt und am Ende war mein Kreuzband gerissen. Danach war offiziell Schluss mit Sport. Mom hat ein Homeschooling-Programm für mich ausgearbeitet, und so habe ich meine letzten beiden Highschool-Jahre hinter mich gebracht."

„Und da hast du herausgefunden, was du werden wolltest."

Das traurige Lächeln, das sie mit ihrer Antwort paarte, brachte ihn fast um. „Wie du gesagt hast: Nimm das Schlechte und mach etwas daraus."

Oh, und wie er das Schlechte nehmen und etwas daraus machen wollte. Am liebsten Knochenbrüche und Prellungen für all diejenigen, die ihr wehgetan hatten. Das war jedenfalls um Längen besser als die abgetrennten Gliedmaßen und das zerfetzte Fleisch, nach denen sich sein Kojote sehnte. „Deshalb hattest du keine Dates? Bist noch nie geküsst worden?"

„Ja, so ziemlich." Sie spiegelte seine Pose wider und legte ihre Unterarme auf den Tisch. „Die Sache mit Kleinstädten ist, dass nicht viele in meinem Alter bleiben wollen. Es sei denn, sie haben keine andere Möglichkeit. Als ich eine Therapie gemacht und angefangen habe, die Dinge, die geschehen waren, aus einer neuen Perspektive zu betrachten, hatten die meisten Menschen, die ich kannte, ihr Leben bereits hinter sich gelassen. Sie sind aufs College gegangen oder wegen Jobs weggezogen. Außerdem gaben mir das Pendeln zur Schule in Lafayette und die Teilnahme an Onlinekursen eine Entschuldigung, mich an diesem Ort nicht blicken zu lassen."

„Nun, jetzt bist du nicht mehr dort." Zugegeben, eher würde die Hölle zufrieren, als dass er jemanden nahe genug an sie heranlassen würde, um ihr die Dinge zu zeigen, die sie verpasst hatte. Aber darüber würden sie später sprechen. Hoffentlich war dieses Später noch lange Zeit entfernt – bis er sie verwöhnt und dafür gesorgt hatte, dass sie sich nicht einmal mehr die Berührung eines anderen vorstellen konnte. „Du hast dein erstes Date, hattest deinen ersten Kuss. Was denkst du bisher?"

Zum ersten Mal, seit sie mit ihrer Geschichte begonnen hatte, funkelten ihre Augen vor Leichtigkeit und ein schüchternes Lächeln umspielte ihre Lippen. „Ich glaube, ich fange langsam an zu verstehen, warum daraus so eine große Sache gemacht wird."

Oh, sie hatte keine Ahnung. Sie hatte nicht einmal an der Oberfläche gekratzt. Und er würde es sein, der sie in das dunkle stille Wasser ziehen und ihr das Schwimmen beibringen würde. „Heißt das, du bist bereit für eine weitere Premiere?"

Sie erstarrte wie ein kleines Beutetier, das mitten auf einer Lichtung überrascht wurde. Doch ein berauschender Ruck der Aufregung summte zwischen ihnen. Ein Bewusstsein, das ihn zum Jagen reizte. „Welche Art von Premiere?"

Er fasste über den Tisch und ergriff eine ihrer Hände. Sie war vielleicht noch nicht bereit für die Art von Intimität, die er wollte, aber das bedeutete nicht, dass er sie nicht neben sich haben und ihr zeigen konnte, wie gut es war, zu leben und obendrein Spaß dabei zu haben. Außerdem lagen bereits Schutzzauber auf *Rogue's Manor*. „Wie stehst du zum Tanzen?"

KAPITEL 8

Dates und Tanzen machten wirklich Spaß. Zumindest dann, wenn Tate die Führung übernahm. Zugegeben, Elises Füße schmerzten von den High Heels, zu denen Katy und Jade sie überredet hatten. Sowohl sie als auch Tate waren für die lässige Bar, in die er sie mitgenommen hatte, absolut falsch gekleidet, aber nach dem Abend, den er ihr geschenkt hatte, war ihr das vollkommen egal. Zum ersten Mal seit langer Zeit fühlte sie sich normal, lebendig, feminin und begehrenswert auf eine gesunde Art und Weise.

Doch vor allem fühlte sie sich frei. Frei von der Last ihrer Vergangenheit. Es war, als ob das Reden über ihre schlimmsten Erinnerungen dazu beigetragen hätte, endlich den Anker zu zerschmettern, der das alles in ihr festgehalten hatte, sodass sie nun schließlich hatte loslassen können.

Sie bewegte ihre Wange an Tates Brust höher, schloss die Augen und gab sich dem seichten Blues-Rhythmus der Band und Tates leichtem Hin- und Herschwingen hin. Kurz nachdem sie in der Bar angekommen waren, hatte er seine Anzugjacke ausgezogen und sie in der Sekunde, als die Band einen langsamen Song angestimmt hatte, auf die Tanzfläche gezogen.

Meine Güte, was das für ein Vergnügen war. Diesen heißen, harten Körper an ihr zu spüren, seine Hände auf ihrem Rücken, ihrem Hals und ihren Hüften.

Und sein Geruch. Er war überall, der schwere erdige Duft, der ihre Nase füllte und sich unter ihre Haut grub. Sie liebte es, fühlte sich damit wohl, einen so intimen Teil von ihm auf ihrer Haut zu tragen. Es war wie ein Zeichen, das sonst niemand sehen konnte, das aber auf der tiefsten Ebene nachhallte.

Der Bass der letzten Note des Songs erklang viel zu

früh und verweilte im Raum mit der gleichen Sehnsucht, mit der sie den ganzen Abend über gerungen hatte. Es war, als müsste mehr gesagt, gesungen oder gefühlt werden, aber die Art, dies zum Ausdruck zu bringen, war noch unklar.

Tate umfasste ihren Nacken und zog sich gerade weit genug zurück, um mit seinen Lippen ihre Stirn zu streifen. „Der Song hat dir gefallen."

Oh, und wie er ihr gefallen hatte. Dieser und all die anderen langsamen Lieder, die ihr einen Vorwand geliefert hatten, Tate näherzukommen und es sich an seiner Brust gemütlich zu machen. Sie nickte und bemühte sich, das Gähnen zu unterdrücken, das ungewollt in ihr emporstieg.

Lachend neigte Tate ihr Gesicht, damit er gegen ihre Lippen murmeln konnte: „Du bist bezaubernd, wenn du müde bist."

„Das liegt am Wein und an der Musik." Und am Lernen in der Nacht zuvor, als sie auf ihren Laptopbildschirm gestarrt und an nichts anderes als Tate gedacht hatte. Und daran, wie wohl und geborgen sie sich heute Abend in seiner Nähe fühlte. Doch das war wahrscheinlich zu viel Information, um sie auszusprechen.

Er drückte einen sanften, aber anhaltenden Kuss auf ihre Lippen, offensichtlich unbekümmert über den Wechsel zu einer schnelleren Musiknummer und die anderen, die um sie herum dazu tanzten. „Ich sollte dich nach Hause bringen, damit du etwas schlafen kannst."

Er hatte es sanft gesagt, klang dabei süß und voller Fürsorge. Doch seine Worte schnitten tief in ihre Brust, sodass es fast unmöglich war, danach einen Atemzug zu machen. Sie wollte nicht schlafen, wollte nicht, dass dieser Abend vorüber war, und wollte nicht ohne ihn sein. „Wahrscheinlich", brachte sie stattdessen hervor.

Er umfasste ihr Gesicht und fuhr ihre Unterlippe

nach. Dabei lag so viel Verständnis in seinen bernsteinfarbenen Augen, dass sie sich ernsthaft fragte, ob Gedankenlesen nicht doch ein Teil seiner Kriegermagie war. „Es wird nicht das letzte Mal sein, dass wir tanzen, Elise. Es wird nicht das letzte Mal von irgendetwas sein."

Da war es wieder. Dieses entzückende Wirbeln und Prickeln in ihrem Bauch, gepaart mit der Leichtigkeit, die der Schwerkraft trotzte. Immer wieder hatte er dieses beruhigende Gefühl in ihr hervorgerufen – von dem Moment an, als sie die Haustür geöffnet und er ganz langsam jeden Zentimeter ihres Äußeren in sich aufgenommen hatte. So auch heute Abend, als sie das besitzergreifende Gewicht seiner Hände an ihren Hüften gespürt hatte, während sie getanzt hatten. Es war herrlich, machte geradezu süchtig in einem Ausmaß, dass sie am liebsten einen Blutschwur verlangen würde, damit er sein Versprechen auch erfüllte.

Sie schob den Gedanken beiseite, um ihn später zu analysieren, wich zurück und strich mit der Hand über ihren Bauch, als könnte sie damit das nervöse Flattern in ihr beruhigen. „Okay. Lass mich nur ganz schnell in den Waschraum gehen."

Er richtete wieder diesen wissenden Blick auf sie und neigte seinen Kopf in Richtung des Flurs, den sie hinter der Band ausfindig gemacht hatte. „Er befindet sich da hinten. Ich warte am Tisch auf dich."

Sie schlängelte sich durch die Menge und war sich nicht nur bewusst, wie viel eleganter sie im Vergleich zu all den anderen in Shorts, Jeans und lässigen Oberteilen gekleidet war, sondern auch, wie viel exponierter sie sich ohne Tate an ihrer Seite vorkam. Nicht ein einziges Mal an diesem Abend war sie sich dessen bewusst gewesen oder hatte sich Sorgen darüber gemacht, was andere über sie dachten oder darüber, was sie anhatte. Aber jetzt, wo sie allein war, schien die Realität schärfer, näher und chaotischer zu sein.

Glücklicherweise erwies sich der Damen-Waschraum als eine Art Ruhepol. Der Mangel an Menschen und das gedämpfte Dröhnen der Musik gaben ihrem Herzen und ihrem Kopf Zeit, um sich zu beruhigen. Egal, was nach heute Abend geschehen würde – ob er es ernst gemeint hatte, dass er mehr wollte als nur den heutigen Abend –, sie hatte fantastische Erinnerungen, die sie festhalten konnte. Es war ein Neuanfang, auf dem sie aufbauen konnte.

Über den automatischen Mechanismus, der den Wasserhahn steuerte, ließ sie kaltes Wasser über ihre Hände fließen. Hinter ihr öffnete sich die Tür. Die Musik von draußen schwoll in der Lautstärke an, gemeinsam mit dem Gelächter einer Gruppe von Frauen, und wurde dann wieder leiser.

„Elise?" Ihr Name wurde von einer zuckersüßen, aber unglaublich abfälligen Stimme ausgesprochen.

Elise zwang sich, nicht zusammenzuzucken, wusch ihre Hände zu Ende und hob lässig den Kopf, um die im Spiegel reflektierte Gruppe von Frauen anzusehen, während sie nach dem Handtuchspender griff. „Hallo, Vanessa." Sie ließ ihren Blick über ihre Begleiterinnen schweifen und bemühte sich um ein, wie sie hoffte, zuversichtliches Lächeln. „Schön, euch alle wiederzusehen."

„Wow, sieh dich an", sagte eine der anderen Frauen, als Elise sie anblickte. Wegen der Art, wie Tate sie in der Nacht von Beltane einander vorgestellt hatte, hatte Elise keine Ahnung, wie der Name der Frau lautete, die sie mit einer Mischung aus Schock und Anerkennung betrachtete. „Dieses Kleid ist der absolute Hammer."

„Das ist es auf jeden Fall", mischte sich Vanessa ein, schlenderte ein wenig näher und musterte Elise von Kopf bis Fuß. „Nicht gerade das, was die meisten Leute hier tragen, aber es erklärt auf jeden Fall, warum Tate so auf dich steht."

Die Versuchung, ihre Schultern nach vorn zu ziehen und ihre Figur zu verbergen, die Tate den ganzen Abend über bewundert hatte, klopfte in ihrem Hinterkopf. Noch zwingender war der Drang, einfach den Kopf einzuziehen, der Truppe komplett auszuweichen und zu verschwinden.

Mit dir ist alles in Ordnung, Elise. Es gibt nichts zu verbergen. Da ist nichts, wofür du dich schämen musst. Wie eine andere Person auf dich reagiert, ist ein Spiegelbild ihrer selbst und ihrer eigenen Unsicherheiten. Nichts weiter.

Elise klammerte sich an die Worte ihrer Therapeutin von damals, richtete sich so weit auf, wie ihre ein Meter siebenundfünfzig einschließlich High Heels es zuließen, und zwang ihre Schultern zurück. „Ich glaube nicht, dass du mich gut genug kennst, um zu wissen, was Tate dazu bringt, Zeit mit mir verbringen zu wollen. Aber ich bezweifle, dass er es verdient hat, als Mann abgestempelt zu werden, der nur auf die äußere Erscheinung achtet."

Mit großen Augen blickten die anderen Frauen zwischen Vanessa und Elise hin und her.

Vanessas Züge wirkten finster und pures Gift flackerte in ihren friedlich himmelblauen Augen. Sie öffnete den Mund, um zu sprechen. Doch bevor sie ein Wort herausbrachte, wurde die Tür aufgerissen und Tate stand im Eingang. Mit gespreizter Hand hielt er die Tür auf und inspizierte die Szene mit der Wachsamkeit eines SWAT-Team-Mitglieds, dessen Einheit bereit war, eine Geiselsituation zu beenden. Sein Blick ruhte eine ganze Sekunde auf Vanessa, ehe er Elise ansah. „Alles okay?"

Vanessa wirbelte herum und richtete ihren Blick auf Tate. „Tate, das hier ist die Damentoilette. Du kannst hier nicht einfach reinplatzen."

„Komisch. Das habe ich gerade getan."

„Alles in Ordnung", antwortete Elise auf seine Frage.

Zugeben, innerlich fühlte Elise sich so zittrig wie bei ihren ersten Schritten auf hohen Pumps, und ihre Handflächen waren so verschwitzt, dass sie sich wünschte, sie hätte das Papiertuch noch nicht in den Müll geworfen. Aber sie hatte sich gegenüber Vanessa behauptet und nicht nachgegeben. Sie neigte den Kopf mit höflichem Gesichtsausdruck zu den Frauen und schlenderte mit so viel Anmut, wie sie aufbringen konnte, auf ihn zu. „Vanessa und ihre Freundinnen haben gerade Hallo gesagt und Kommentare zu meinem Kleid abgegeben."

Tate zog Elise in seinen Arm. „Was für Kommentare? Dass du in diesem Kleid umwerfend aussiehst? Oder dass der Laden edel wirkt, seit du ihn betreten hast?" Ohne eine Erwiderung abzuwarten, musterte er die Gruppe von Frauen im Raum mit einem Blick, der deutlich machte, dass er gegenüber dem nahen Showdown, den er unterbrochen hatte, nicht blind gewesen war. „Gute Nacht, Ladys."

Nur ein paar subtile Sätze und ein dezentes Lebewohl, doch so, wie er sie formulierte und ausgesprochen hatte, während er Elise nach draußen führte, hätte er ebenso gut eine Granate in den Raum werfen können.

Da die Band ihr letztes Set mit Vollgas spielte, war ein Gespräch auf dem Weg zum Ausgang nicht möglich. Die dreißigminütige Fahrt zurück nach Hause schien noch weniger geeignet für eine zwanglose Unterhaltung, ganz zu schweigen davon, darüber zu sprechen, was ihn dazu gebracht hatte, in den Waschraum zu kommen. Oder warum er jetzt, im Nachhinein, so angespannt wirkte. Am Ende entschied sie sich dazu, keine schlafenden Hunde zu wecken, ließ sich von dem steten Geräusch der Reifen auf der Fahrbahn einlullen und gab sich den Klängen von Lissie's „Daughters" hin.

Der Ansatz schien funktioniert zu haben, denn nachdem Tate in die Einfahrt eingebogen war und den Wagen umrundet hatte, um ihr aus dem Sitz zu helfen, hatte er wieder die übliche entspannte, aber kontrollierte Haltung zurückerlangt. Er schloss die Autotür hinter ihr und führte sie zur Haustür. „Was sind deine Pläne für morgen?"

Angesichts dessen, wie still er auf der Heimfahrt gewesen war, erschreckte die Frage sie ein wenig. „Ähm ... Ich weiß nicht. So weit war ich noch nicht gekommen. Bevor wir von Draven erfahren haben, hatte ich geplant, den Sommer über einen Job beim betreuten Wohnen anzunehmen und etwas Geld für Studiengebühren und Bücher zu sparen."

„Gut."

„Gut?"

„Nun, wenn du keine Pläne hast, kannst du mit mir kommen."

„Mitkommen wohin?"

Als sie am Fuß der Stufen zur Veranda ihres Hauses stehen blieb und ihn ansah, drängte er sie einfach dazu, weiterzugehen. „Zur Arbeit."

Sie hielt erneut inne und wurde dieses Mal energischer. „Ich kann nicht mit dir zur Arbeit gehen."

„Warum nicht? Katy begleitet Priest jeden Tag."

„Gut, ja, aber die beiden sind ein Paar."

„Sie sind Gefährten." Ein berechnender Ausdruck huschte über sein Gesicht. Eine dieser schlauen Mienen, die Männern vorbehalten war, die gerade einen plötzlichen Anfall von verruchter Inspiration hatten. „Hast du schon etwas über Gefährten erfahren? Und wie das in unserem Clan funktioniert?"

„Was meinst du damit, wie es funktioniert? Ist es nicht so wie bei den meisten Paaren? Sie treffen sich, es funktioniert und sie leben glücklich bis ans Ende ihrer Tage?"

Seine Lippen zuckten und er kam näher. „Glücklich

bis ans Ende ihrer Tage?"

„Okay, vielleicht funktioniert das nicht bei allen Beziehungen. Priest und Katy sind so Typen, die andere unglückliche Paare dazu bringen, sich mit einem Löffel die Augen auszustechen."

Dieses Mal konnte er das Schmunzeln nicht unterdrücken, und wegen der Art, wie er sie im Mondlicht anlächelte, konnte sie sich nicht dazu überwinden, ihm an die Gurgel zu gehen, weil er lachte.

Was er allerdings als Nächstes erzählte, brachte sie völlig aus der Fassung. „Volán haben keine unglücklichen Paare. Es sei denn, sie kämpfen dagegen an, mit dem Gefährten zusammen zu sein, der ihnen gegeben wird."

Sie spulte seine Aussage im Kopf zurück und wiederholte sie dann zur Sicherheit noch einmal laut. „Der Gefährte, der ihnen gegeben wird? Du meinst, wie bei einer arrangierten Ehe?"

„Ja und nein. Ja, es ist eine schicksalhafte Verbindung, aber es sind nicht die Eltern, die sie arrangieren. Du verstehst, was der Hüter für uns ist, richtig?"

„Jade erzählte, dass er derjenige ist, der die Seelensuche macht. Wie eine Art rechte Hand für den großen Typen, der dafür sorgt, dass wir mit der richtigen Magie und dem richtigen Tier als Begleiter zusammengebracht werden."

„Der Hüter ist für Jade ein Er, für dich könnte er auch eine Sie sein. Er oder sie erscheint jedem von uns in einer Form, die auf der tiefsten Ebene zu uns spricht. Die Seelensuche ist eine Art Test. Ein tiefer Blick darauf, wer und was wir sind."

Ja, Jade hatte erwähnt, dass ihre sehr intensiv gewesen war und dass keine Seelensuche einer anderen glich. In Anbetracht dessen, wie schwer es gewesen war, ein Jahr Therapie zu überstehen, war Elise nicht allzu begeistert, in eine mystische Psychositzung mit einem Nichtmenschen einzutauchen. „Was hat das mit Volán-Paaren zu tun?"

„Der Hüter sucht sie für uns aus."

„Was? Wann?"

Seine Brauen hoben sich, weil sie ihn völlig ahnungslos ertappte. „Ich habe keine Ahnung. Vielleicht, wenn wir geboren werden. Es könnte auch sein, dass es fünf Minuten braucht, bis es passiert. Ich weiß nur, dass es geschieht. Und wie unsere Begleiter und unsere Magie ist der gewählte Gefährte derjenige, der am besten zu uns passt. Ich glaube nicht, dass es in unserer Clanvergangenheit eine Geschichte über ein Paar gegeben hat, das mit seiner Verbindung nicht zufrieden war. Es gibt nur unglückliche Storys, wenn sie die Verbindung bekämpft haben."

Hm. Na, das war doch mal ein interessanter Brocken zum Schlucken. Es war jedenfalls definitiv etwas, wozu sie Katy mit Fragen löchern würde, wenn sie sich das nächste Mal sahen.

Tate legte seine Hand an ihr Gesicht und lenkte ihre Gedanken effektiv von dem eigentlichen Thema ab. „Komm morgen mit mir, *mihara*. Lass mich dir zeigen, was ich beruflich mache, und mehr Zeit mit dir verbringen."

Mehr Zeit mit Tate.

Von allen verlockenden Angeboten war das mit Abstand das verführerischste. Besonders die Aussicht, ihn arbeiten zu sehen. Außerdem hätte sie Gelegenheit, Katy und Priest mit weiteren Fragen zu belästigen.

Aber wie sich heute herausgestellt hatte, war die Zeit mit Tate mit schwierigen Komplikationen verbunden. Komplikationen, denen sie sich mit oder ohne Tate an ihrer Seite stellen musste. „Ich bin gern mit dir zusammen, Tate. Ich unterhalte mich gern mit dir und finde heraus, wer du bist, allerdings kenne ich Frauen wie Vanessa. Wenn ich weiterhin Zeit mit dir verbringe, werden solche Aufeinandertreffen wie heute Abend nicht aufhören. Sie eskalieren nur und werden schlimmer."

Die Anspannung in seinem Kiefer nahm zu, wie es bereits auf der Fahrt hierher gewesen war.

Sie drängte ihn noch ein wenig mehr. „Du warst vor mir mit ihr zusammen, richtig?"

Seine Lippen wurden schmal und ein Muskel zuckte in seinem Kiefer, dennoch hielt er den Blickkontakt zu ihr. „Vor einigen Jahren. Es war nichts Festes und hat für keinen von uns beiden funktioniert. Ich denke, der einzige Grund, warum sie Interesse an mir zeigte, war meine Beziehung zu Priest."

Die Wahrheit. Er breitete sie furchtlos vor ihr aus, damit sie mit ihr umgehen konnte. Es war ein weiterer Grund, warum sie ihn so anziehend fand. „Woher hast du gewusst, dass du auf der Toilette nach mir sehen solltest?"

„Ich habe mitbekommen, wie Vanessa und ihre Truppe reingekommen sind, während wir getanzt haben. Als ich die Rechnung bezahlen wollte, habe ich beobachtet, wie sie in den Waschraum gegangen sind."

Und er war gekommen, um sie zu beschützen. Ebenso wie er beschützend neben ihr auf der Party gestanden hatte. Sie konnte nicht sagen, warum die Aktion sie so wärmte, aber sein Handeln schien einen schlafenden Teil in ihr zum Leben zu erwecken. „Du hättest mich nicht retten müssen. Mir ging es gut."

„Ich weiß, dass du dich behaupten kannst. Ich weiß ebenso, dass ihr Bullshit eine Menge Mist aus deiner Vergangenheit aufgewühlt hat. Aber du musst auch verstehen, dass es einen großen Unterschied gibt zwischen dem, was du in der Highschool durchgemacht hast, und dem, wer du heute bist."

„Und das wäre welcher?"

Er senkte seinen Kopf. Sein Mund war nahe genug,

dass ihre Lippen zu kribbeln begannen. „Du hast mich." Er streifte mit seinen Lippen über ihre, eine hauchzarte Versuchung, die ihren Mund öffnete und ihr den Atem stocken ließ. „Du wirst das nicht allein durchstehen." Noch ein Kuss. „Das nicht und nicht irgendetwas anderes." Das nächste Mal verweilte sein Mund und öffnete ihre Lippen mit einem Zungenschlag. „Sag ja, *mihara*. Sag, dass du morgen mitkommst. Ein Tag nach dem anderen. Geh das Risiko ein und bleib bei mir."

Sein Atem vermischte sich mit ihrem, das unregelmäßige Ein- und Ausatmen und das Gefühl, wie er sich gegen sie drückte, vernebelte das, was von ihrem gesunden Menschenverstand übrig geblieben war. Die Vergangenheit war vorbei und vergangen. Das hier war das Jetzt. Ihre neue Geschichte. Ihr Neuanfang. Wie auch immer er aussehen mochte.

Sein Herzschlag unter ihrer Handfläche war ein stetiger, beruhigender Rhythmus, ganz im Gegensatz zu ihrem eigenen galoppierenden Puls. Sie zog sich gerade weit genug zurück, um seinem Blick zu begegnen, und ging das Risiko ein. „Okay. Ein Tag nach dem anderen. Ich bin dabei."

KAPITEL 9

Eine angenehme Sache bei Tätowieren war, dass die Arbeit um zehn Uhr morgens begann, statt um sieben, wie die Schicht auf Elises Arbeit. Heute ein klarer Pluspunkt, wenn man bedachte, dass es fast ein Uhr nachts gewesen war, als Tate damit fertig war, sie besinnungslos zu küssen. Danach hatte es weitere anderthalb Stunden gedauert, bis sie aufgehört hatte, in den Erinnerungen an ihr erstes Date zu schwelgen, und endlich eingeschlafen war. Selbst dabei hatte sie sich hin und her gewälzt, mit einem seltsamen Flattergefühl, das sie fassungslos machte.

Auf dem Beifahrersitz trank sie den Kaffee, den sie sich von zu Hause mitgenommen hatte. Sie kuschelte sich in ihre Fleecejacke und ließ ihre Gedanken schweifen, während die sattgrünen Bäume entlang der kurvenreichen Straßen und die abgelegenen Geschäfte vorbeizogen, als sie sich der Stadt näherten. „Also, erzähl mir, wie ein Tag im Leben eines berühmten Tattookünstlers normalerweise abläuft."

„Priest ist der Berühmte. Nicht ich. Und ich bin mir immer noch nicht sicher, ob berühmt das richtige Wort ist. Eher wahnsinnig talentiert und in der Lage, lächerlich niedrige Honorare für seine Arbeit zu verlangen."

„Richtig. Wie ich also sagte, berühmt." Sie drehte den Deckel auf ihrem To-Go-Becher und bewegte sich ein wenig auf ihrem Sitz, um ihn besser beobachten zu können, während er fuhr. Wie alles, was Tate machte, nahm er auch die Kurven mit Anmut. Es lag ein natürliches Selbstvertrauen in der Art, wie er den Schaltknüppel mit seiner großen Hand ergriff und von einem Gang in den nächsten schaltete.

Er steckte wieder in seinen lässigen Klamotten – dieses Mal mit einem weißen Konzert-T-Shirt von *Glass Animals* – und sein Haar war, wie auch sonst üblich, zu einem niedrigen Pferdeschwanz zusammengebunden. Das war irgendwie blöd, weil sie es letzte Nacht wirklich genossen hatte, mit den Fingern hineinzugreifen, jedes Mal, wenn er sie geküsst hatte. „Jade hat erzählt, dass hinter seinen Tattoos mehr steckt als nur Tinte. Dass sie wie Talismane sind."

Er sah sie an und grinste. „Talisman ist ein gutes Wort. Sie können auch eine Art Ortungssignal oder ein Schutz sein. Jade, Katy, Alek und ich haben alle eins. Aber er macht sie nicht für jeden. Meistens nur für die Leute aus unserem Clan. Hin und wieder kommen jedoch Singura rein und er spürt, dass sie etwas brauchen. Eine Art Schub, um ihnen bei etwas Schwerwiegendem zu helfen. Es ist eins der Dinge, die er getan hat, um die Dunkelheit auszugleichen, bevor Katy aufgetaucht ist."

„Etwas Positives, um etwas Negatives auszugleichen."

„Genau das."

„Wissen diese Leute, was sie bekommen?"

„Die Leute im Clan? Natürlich. Aber die Singura, nein. Priest möchte uns stärker in die Mainstream-Gesellschaft integrieren – dass wir moderner sind als das, was wir waren, bevor der Hüter ihn zum Hohepriester ernannte –, aber die Singura sind noch nicht bereit für uns."

„Moderner?"

Tate nickte, schaltete wegen der Ampel vor ihnen einen Gang herunter und betätigte den Blinker. „Ich habe dir erzählt, dass die Dinge für die Generation meines Vaters anders waren. Es hatte nicht nur etwas mit der Einstellung zu tun. Es war auch Gemeinschaft und Kultiviertheit. Wir haben tatsächlich wie ein Clan gelebt. Meist isoliert in den Wäldern, die sich durch Colorado ziehen. Das war, bevor die Technologie Einzug hielt, in Ordnung. Aber Priest wusste, wenn wir nichts tun würden, um uns in den Rest der Welt zu integrieren, würden wir aussterben, Magie oder nicht."

„Hat Draven deshalb versucht, die Kontrolle zu übernehmen?"

„Wer weiß. Könnte sein." Er zuckte mit den Schultern und bog in die Main Street ein. „Könnte aber auch sein, dass er einfach ein verrückter Idiot war, der es nicht ertragen konnte, dass sein kleiner Bruder auserwählt wurde, anstelle von ihm als Priester zu dienen."

Dafür, dass es zehn Uhr an einem Dienstagmorgen war, war es in der Hauptstraße, wo sich die Touristen tummelten, überraschend geschäftig. Das lag höchstwahrscheinlich daran, dass es an diesem Maimorgen recht schnell warm geworden und ein wolkenloser Himmel zu sehen war. Im Gegensatz zu anderen Touristenstädten lag der Reiz von Eureka Spring in seiner Ursprünglichkeit. Es war, als hätten die Menschen, die hier lebten, nicht verstanden, dass Einkaufszentren und Fast-Food-Ketten angesagt waren.

Die Straßen schlängelten sich in einigen nicht unbedeutenden Steigungen auf und ab und die Gebäude zu beiden Seiten waren meist ein- oder zweistöckig, typisch für die Architektur von klassischen amerikanischen Stadthäusern aus den 1850er-Jahren. Aber statt eines endlosen Stroms an Gebäuden gab es auch Bäume. Viele davon. Und während in vielen Touristenstädten in jedem zweiten Block ein Hotel stand, besaß Eureka Springs hauptsächlich Bed-and-Breakfast-Optionen.

Tate hielt auf einem abgelegenen Parkplatz hinter einem roten Backsteinhaus mit hohen Fenstern im ersten Stock und prächtigen Schmiedearbeiten.

Nun, es einen Parkplatz zu nennen, war ein wenig weit hergeholt. Es handelte sich dabei eher um eine übergroße Gasse, bei der sich jemand schon vor Ewigkeiten für eine komplette Pflasterung entschieden hatte, um keine wertvollen Parkplätze für die Einkäufer vor der Tür zu belegen.

Er parkte zwischen einer Harley und einem hübschen blaugrünen Mini Cooper Cabrio, zog die Handbremse an und schaltete den Motor aus. „Bereit für das extravagante Leben im Tattoo-Geschäft?"

Oh, und wie bereit sie war. Ehrlich gesagt, hätte er auch Rasenmähen können, um seinen Lebensunterhalt zu verdienen, und sie wäre ihm immer noch den ganzen Tag glücklich gefolgt. Die Tatsache, dass sie sehen würde, wie die gesamte Entstehung eines Tattoos funktionierte, war nur das Sahnehäubchen auf dem Kuchen. Sie nickte und stieß die Beifahrertür auf. „Bitte sag mir, dass zu diesem extravaganten Leben eine funktionierende Kaffeemaschine gehört. Ich glaube nicht, dass der Becher, den ich mir auf dem Weg nach draußen geschnappt habe, reichen wird."

„Dafür ist gesorgt." Tate umrundete das Heck des Wagens und ergriff gerade noch rechtzeitig ihre Hand, um ihr zu helfen, sich aus dem niedrigen Sitz zu schälen. „Katy hatte es satt, ständig Kaffeenachschub zu besorgen, und hat vor einer Woche so ein Eine-Tasse-Ding im Pausenraum aufgestellt. Ich bin mir nicht sicher, wer glücklicher darüber ist – Priest, weil ich kein Fast-Food-Frühstück mehr mit meiner Kaffeelieferung mitbringe, oder Jade und ich, weil wir uns jetzt nicht mehr darum streiten müssen, wer an der Reihe ist."

„Und keiner von euch hat daran gedacht, einfach eine Maschine aufzustellen?"

Tate lachte und legte den Arm um ihre Taille, als wären sie schon seit Jahren und nicht erst seit ein paar Tagen zusammen. Er lotste sie zu der kurzen Treppe, die zur erhöhten Hintertür des Gebäudes führte. „Wo bleibt denn da der Spaß? Wir sind eine Familie. Wir müssen etwas haben, worüber wir meckern und weshalb wir uns gegenseitig necken können."

Weil sie durch die Hintertür statt durch die Ladenfront hereinkamen, war es ein Pausenraum, der sie zuerst begrüßte. In einer Ecke stand ein schlichter weißer Resopaltisch, der auch in einem Café seinen Dienst hätte tun können, mit passenden Metallstühlen drumherum. Ein Kühlschrank, der sicherlich vor zehn Jahren noch weiß gewesen, jetzt allerdings eher elfenbeinfarben war, stand versteckt in einer kleinen Nische, und ihm gegenüber verlief eine lange Wand mit taubengrauen Ablageflächen und Schränken mit einer Spüle in der Mitte. Es hätte deprimierend wirken können in Kombination mit den weißen Bodenfliesen, aber mit den Kunstwerken, die die Wände schmückten, war es magisch. Tiere. Tibaldesigns. Freche Pin-up-Cartoons und mystische Bestien. Ob es in der realen Welt existierte oder Fiktion war, es musste eine Replik davon an der Wand um sie herum geben.

Vage beobachtete sie Tate dabei, wie er seinen Schlüssel, seine Brieftasche und sein Handy beiseitelegte, doch der Großteil ihrer Aufmerksamkeit galt der Wand, die ihr am nächsten war. „Hier bewahren du und Priest also eure Entwürfe auf?"

„Das ist mehr persönlicher Kram. Die, die du da siehst, sind meine. An der anderen Wand, das sind alles Sachen von Priest. Nichts hier hinten würde auf einem zufälligen Kunden landen. Sie sind eher für Clanmitglieder oder Menschen, die uns nahestehen, gedacht."

In der Mitte der Wand hing eine Zeichnung, die so kunstvoll, so detailreich und farbenprächtig war, dass sie eher wie ein Foto als wie ein Gemälde aussah. Dabei fiel ihr nicht nur die zeichnerische Kunst auf, sondern noch mehr der Inhalt.

Ein zierlicher, flauschiger Fuchs kuschelte sich vertrauensvoll an einen herumlümmelnden Schwarzbären.

„Tate, das ist wunderschön." Sie hob die Hand, um die Zeichnung zu berühren, überlegte es sich dann anders, um sein Werk nicht zu beschädigen, und warf einen Blick über ihre Schulter. „Was hat dich dazu bewogen, die beiden zusammenzubringen?"

Sein Blick wanderte zu dem Bild und ein Lächeln, gemischt aus Traurigkeit und Stolz, umspielte seine Lippen. Er ging auf sie zu, schmiegte sich an ihren Rücken und umfasste ihre Schultern. „Sie repräsentieren meine Mom und meinen Dad. Er war ein harter Mann und unnahbar gegenüber denen, die ihm nicht nahestanden, aber in ihrer Nähe war er ein absoluter Teddybär."

Das hatte er perfekt eingefangen. Nicht nur wegen der beschützenden Art, wie der Bär sich halb um den Fuchs kuschelte, sondern auch wegen der Ruhe, die seine Augen ausstrahlten. Ein mächtiges Raubtier, das sich willig zähmen ließ. „Ich verstehe nichts von Kunst, aber das hier ist außergewöhnlich."

„Ich muss ein Neues anfangen, sobald wir herausgefunden haben, was dein Tier ist." Er senkte seinen Kopf weit genug, um ihr einen sanften Kuss auf die Wange zu geben. „Na komm. Ich muss mich vorbereiten und brauche noch ein wenig Zeit, damit du mit etwas anfangen kannst, ehe mein erster Kunde kommt."

Trotz ihrer häufigen Trips nach Lafayette und Stadtbummeln zwischen den Kursen hatte Elise noch nie einen Fuß in ein Tattoo-Studio gesetzt. Dennoch hatte sie das Gefühl, dass dieses hier nicht wie die meisten war. Während die Mischung im Pausenraum eher kahl und farblos war, war der Hauptbereich ein Mix aus urbanem Kunststudio mit unverputzten und verwitterten Backsteinwänden und einem gotischen Himmel. Drei Zimmer säumten die eine Seite des Hauptraumes, jedes mit einer Tür, die Privatsphäre ermöglichte. Die Hauptsektion war ausgestattet mit allen erdenklichen Designs an den Wänden und mehreren Glasvitrinen mit Körperschmuck.

Der Raum, der am weitesten von der Eingangstür entfernt war, schien größer als die anderen zu sein. Und obwohl sie von dort, wo sie in der Mitte des Zimmers stand, nichts erkennen konnte, sagte die tiefe männliche Stimme ihr, dass Priest bereits dort drin war und arbeitete.

Jade tauchte hinter einer Theke auf. Sie hatte ihr dunkles Haar zu einem kunstvollen unordentlichen Dutt hochgesteckt, so wie Elise es nie hinbekam. Das eng anliegende T-Shirt, das Jade trug, passte überraschenderweise zu dem Mini Cooper draußen. Sie lächelte und stellte vorsichtig eine Armladung kleiner Schmuckschatullen aus Pappe auf die Ladentheke.

„Hallo, Elise." Jades Blick wanderte zu Tate. „Du bist spät dran."

„Ich dachte, du hättest gesagt, mein erster Termin sei um elf."

„Das habe ich. Es ist jetzt Viertel nach zehn, also musst du dich sputen, wenn du Elise vorbereiten willst."

Tate schnaubte und führte Elise mit einer Hand an ihrem unteren Rücken zum mittleren der Räume. „Jede Menge Zeit. Hast du das Zeug?"

„Yep."

Elise folgte ihm in einem zerstreuten Dunst. Die schiere Masse an Mustern an den Wänden machte es ihr schwer, sich zu entscheiden, was sie als Erstes ansehen sollte. Verdammt, allein der helle und glänzende Schmuck und die Anhänger unter der Theke würden sie vor Staunen in Atem halten, und das für eine ganze Weile. „Für was vorbereiten?"

Sie bog um die Ecke in den Raum, in den Tate sie geführt hatte, und blieb wie angewurzelt stehen, da die Antwort, die sie von Tate erwartet hatte, von einem dringenderen Interesse verdrängt wurde. „Warum sind mehr als zwanzig Honigmelonen und Grapefruits zu einer Obstpyramide auf deinem Tisch gestapelt?" Zumindest nahm sie an, dass der verstellbare schwarze

Tisch Tate gehörte. Die Kunstwerke, die die Wände schmückten, sahen auf jeden Fall aus wie seine.

Tate schlenderte zu dem Wandschrank aus gebürstetem Chrom, der mit allem Möglichen bestückt war, von Wattebäuschen, Alkoholtupfern und schwarzen Latexhandschuhen bis hin zu Rasierern, Tintenfläschchen und Textmarkern in jeder Farbe, die es überhaupt gab. „Die Pyramide ist Jades Art, mir auf die Nerven zu gehen, und die Honigmelonen und Grapefruits sind für dich."

„Ähm …" Sie betrachtete die kunstvoll arrangierten Früchte und richtete ihren Blick dann auf Tate, der bereits damit begonnen hatte, Dinge aus Schubladen und Schränken zu nehmen. „Ich bin nicht hungrig?"

Er grinste über seine Schulter und öffnete ein Päckchen mit etwas Langem, Dünnem und Silbernem darin. „Sie sind nicht zum Essen da."

Fasziniert von seinen geschmeidigen, effizienten Bewegungen trat sie näher, um ihm bei der Arbeit zuzusehen. „Was machst du gerade?"

„Ich bereite dir eine Tätowiermaschine vor."

„Was? Warum?"

Anstatt sofort zu antworten, zog er eine Schublade auf und nahm einen kleinen Stapel Kunstdruckpapier heraus. Er legte es vor sie auf den Tresen und blätterte durch einen Halter voller Textmarker. „Ich hatte gestern Nacht auf dem Heimweg eine Idee, und deshalb mache ich das jetzt." Er wedelte mit einem Stift vor ihr herum. „Schreib deinen Namen auf das Papier."

„Meinen Namen?"

„Ja, deine Signatur. Sie ist hübsch."

„Woher weißt du, wie meine Unterschrift aussieht?"

„An dem Tag, an dem ich eure Spüle in der Küche repariert habe, hat sich deine Mutter dazu hinreißen lassen, mir Bilder von dir aus dem Sommercamp während der Junior High zu zeigen, und da waren zusammengefaltete Briefe von dir dabei." Er schob das Papier näher zu ihr und hielt ihr den Stift hin. „Es ist nur eine Unterschrift."

Nein, das war es nicht. Sie war sich zwar nicht ganz sicher, was hier eigentlich gespielt wurde, aber in seinen Augen schimmerte zu viel cleveres Kalkül, als dass es sich hier nur um eine Unterschrift handeln konnte.

Dennoch machte es unheimlich viel Spaß, mit einem verspielten Tate zusammen zu sein, und sie hatte sich selbst geschworen, diesen Tag zu genießen.

Sie nahm den Textmarker und schrieb sorgfältig ihren Namen auf das Blatt Papier.

Tate neigten den Kopf zur Seite und betrachtete die Buchstaben eine Sekunde lang. „Mach noch ein paar mehr darunter, aber denk nicht darüber nach. Einfach so, als würdest du für eine Pizza unterschreiben."

„Wenn ich das so mache, kannst du es nicht mehr lesen. Normalerweise bin ich am Verhungern und stehe kurz vor einem Zusammenbruch, wenn ich mir eine Pizza ordere."

Er grinste und zuckte mit den Schultern. „Alles klar. Dann eben irgendwo zwischen langsam und Pizzalieferung."

Seufzend machte sie zwei weitere Signaturen, die letzte der drei war eine anständige Mischung aus lesbar und kunstvoll. „Was jetzt?"

„Jetzt nehme ich die und bereite mich vor, während du in den Pausenraum gehst und uns beiden Kaffee holst."

„Ernsthaft? Du willst mir nichts verraten?"

„Genau." Er hielt inne, um etwas anderes aus den Schränken zu holen, lehnte sich zurück und hauchte ihr einen kecken Kuss auf die Lippen. „Ich bin einfach nicht dumm genug, um es zu tun, bis ich weiß, dass du ausreichend Koffein intus hast."

Ihr Grummeln klang nach etwas Passenderem für seinen Kojoten, doch er hatte recht. Mit Kaffee war alles besser, inklusive der hinterhältigen Pläne von hinreißenden bärtigen Männern. „Na schön." Sie drehte sich um und stapfte ganze zwei Schritte davon, bevor ihr klar wurde, dass ihr großer Abgang an einem Mangel an Informationen scheitern würde. „Ich weiß gar nicht, wie du deinen Kaffee magst."

„Schwarz. Aber lass die dunkle Röstung für Priest übrig. Ich weiß nicht, wo er sie gekauft hat, doch ich glaube, damit könnte man einen Düsenjet betanken."

Als sie die Küchenschränke durchwühlt hatte, zwei Kaffees aufgebrüht hatte und zurückgekehrt war, hatte Tate das Obst am Fuß eines kleinen Zeichentischs in der Ecke aufgestapelt. Bis auf eine Honigmelone. Sie lag in der Mitte auf der weißen Tischplatte, und eine Maschine, die nur ein wenig kleiner als ihre Hand war, war daneben platziert und größtenteils mit Plastik abgedeckt. „Ist es das, was ich denke?"

Tate wandte sich mit einem kleinen länglich geformten Stück Papier vom Schrank ab und ging zum Tisch. „Ich weiß nicht. Was glaubst du, was es ist?"

„Etwas, was aussieht, als hätte ich mir besser einen doppelten Kaffee nehmen sollen?" Sie kam nah genug heran, um die Tasse, die sie für Tate gemacht hatte, auf die Arbeitsfläche zu stellen. Sie beobachtete, wie Tate vorsichtig das Papier auf die Oberfläche der Honigmelone drückte.

Er schälte es wieder ab und drehte die Frucht herum, um ihren Namen genauso zu zeigen, wie sie ihn geschrieben hatte und wie er es auf die dicke Oberfläche übertragen hatte. „Das ist ein Tag im Leben, richtig? Also kann ich dir genauso gut eine Maschine in die Hand drücken und dir zeigen, wie es ist, die eigentliche Arbeit zu machen."

„Du willst, dass ich meinen Namen auf eine Frucht tätowiere?"

„Nun, ich habe gedacht, du bist kein großer Fan von Schweinefüßen."

Sie schauderte und trat einen Schritt zurück.

Tate lachte und führte sie zu dem Stuhl hinter dem Tisch. „Komm schon. Es ist nicht so schlimm, wie du denkst."

In Wahrheit war es das tatsächlich nicht. Die Maschine war ein bisschen laut, etwas umständlich und wie ein schwergewichtiger und sperriger Stift in ihrer Hand. Und es war seltsam, wie die Vibrationen ihren Unterarm emporrasselten, aber alles in allem war der eigentliche Vorgang ziemlich cool.

Zugegeben, ihre Linien waren total chaotisch und das Endergebnis hatte nicht im Entferntesten etwas mit dem zu tun, was Tate ursprünglich übertragen hatte, aber es war eine lustige Erfahrung gewesen. Sie drehte die Honigmelone hin und her und bewunderte ihre grausige Arbeit. „Okay, Kinesiologie für Tätowieren aufzugeben, ist wohl keine wirklich gute Idee."

Die leise Stimme von Priest, der an der Tür stand, riss sie fast von ihrem Stuhl. „Tates erster Versuch sah schlimmer aus, aber sieh ihn dir jetzt an."

Mit einem Blick auf das Obst und die Tätowiermaschine vor Elise eilte Katy an Priest vorbei, um sich das Werk genauer anzusehen. „Oh wow." Sie strich mit dem Finger über die unkonventionelle Linie, die die untere Kurve ihres E sein sollte, und warf einen Blick über ihre Schulter zu Priest. „Wie kommt's, dass du mir das nicht beigebracht hast?"

Sein verruchtes Lächeln reichte aus, um einen Eiswürfel in Brand zu stecken. „Mir haben die Spuren, die deine Krallen und Zähne hinterlassen haben, völlig gereicht. Aber wenn du Tinte hinzufügen möchtest, können wir das gerne tun."

Jade steckte ihren Kopf zwischen Priests massigem Körper und dem Türrahmen in den Raum. „Hey, Tate, dein Elf-Uhr-Termin ist da." Sie ließ den Blick durch das Zimmer schweifen, konzentrierte sich dann auf Elises Morgenprojekt und schmunzelte. „Nicht schlecht fürs erste Mal. Du hättest Tates sehen müssen. Die totale Katastrophe."

Tate lehnte sich gegen die Kante der Theke, verschränkte die Arme und funkelte Jade an. „Bist du hier, um mir vor Elise die Eier lang zu ziehen oder um meinen Klienten herzubringen?"

„Was für eine Frage. Es macht viel mehr Spaß, dir die Eier lang zu ziehen. Deinen Klienten kannst du selbst holen gehen." Trotz ihrer scharfen Worte kombinierte sie die schlagfertige Antwort mit einem Augenzwinkern und richtete ihre Aufmerksamkeit auf Elise. „Sobald du dich mit der Tinte vertraut gemacht hast, bringe ich dir bei, wie man Piercings setzt. Du glaubst nicht, was das für ein Typ war, dem ich letztes Wochenende ein Dydoe stechen durfte."

Tate stieß sich von der Theke ab und ging auf Jade zu, die noch immer am Türrahmen lehnte. „Sie macht keine Dydoes."

„Was ist ein Dydoe?", wollte Elise wissen.

Kateri hüstelte und bedeckte mit der Hand ihren Mund.

Priest bemühte sich, ein Lächeln zu unterdrücken, schaffte es allerdings nicht.

Jade bewegte sich gerade so weit, dass sie Elise weiterhin im Blickfeld behielt, obwohl Tate sich schnell näherte. „Oh Mädel. Wir müssen dringend reden. Es ist ein Piercing."

„Du kannst so viel reden, wie du willst, aber Elise kommt keinem Schwanz nah außer meinem." Damit scheuchte Tate sie aus der Tür.

„Ha!", feuerte sie zurück, als sie beide außer Sichtweite verschwanden. „Du gehst tatsächlich davon aus, dass sie irgendetwas mit deinem Schwanz zu tun haben will."

Elise richtete ihren Blick auf Priest. „Also handelt es sich dabei um *diese* Art von Piercing?"

„Eins von vielen", erwiderte er schmunzelnd. „Aber du wirst dich wohl an Google halten müssen, wenn du wissen willst, wie sie aussehen. Ich denke nicht, dass Tate dich lange genug allein lassen wird, damit du dir einen persönlichen Eindruck verschaffen kannst." Er winkte Katy näher. „Komm, *mihara*. Wir müssen vor zwei Uhr von unserem Treffen mit Garrett und Alek zurück sein. Ich habe einen Kunden, der den gesamten Nachmittag einnehmen wird."

Katy zögerte einen Moment, um Elise einen hoffnungsvollen Blick zuzuwerfen. „Du bist doch immer noch hier, wenn ich zurückkomme, oder?"

Elise sah auf die Früchte, die neben ihr auf dem Boden gestapelt waren. „Wenn dieser Haufen hier ein Hinweis darauf ist, würde ich sagen, ich bin wohl hier, bis der Laden schließt."

„Oh, ich bezweifle, dass Tate es mit dir bis Ladenschluss aushalten wird, aber ich bin froh, dass wir Zeit haben, um zu reden." Sie winkte und glitt in die Armbeuge von Priest, aber ihre Augen funkelten voller Geheimnisse und Unfug. „Viel Spaß beim Spielen mit Tate."

Es stellte sich heraus, dass das Spielen mit Tate eine Mischung aus faszinierenden Stunden war, die sie damit verbrachte, ihm bei der Arbeit zuzusehen, und ermüdenden Wiederholungen des Stechens ihres Namens. Zugegeben, die Langeweile war nicht so schlimm, wenn er keinen Kunden hatte, an dem er arbeitete.

Diese Zeit verbrachte er rittlings hinter ihr auf ihrem Stuhl und übte mit ihr die Tätowiertechnik. Nicht, dass sie sich an ein verdammtes Wort erinnerte, das er gesagt hatte. Wenn er gewollt hätte, dass sie tatsächlich etwas lernte, hätte er seine Hände von ihren Hüften nehmen müssen und dabei nicht mit den Lippen direkt an ihrem Ohr sprechen dürfen. Und das auch noch mit sündhaft leiser Stimme, wie er es gerade jetzt tat.

Er liebkoste ihren Nacken, schob ihr Haar beiseite und sein Bart kitzelte die von ihrem Pferdeschwanz freigelegte Haut. „Ich glaube, du hast den Dreh raus."

„Ja, nun, es ist ein Wunder. Dein Mund ist eine Ablenkung."

„Mmm." Seine Lippen glitten so weit nach unten, wie es ihr Tanktop zuließ. „Noch ein Klient, und dann werde ich sehen, ob ich nicht andere Wege finde, um dich abzulenken."

Das Glöckchen über der Eingangstür des Studios klingelte und Tates warmer Atem flüsterte ihren Rücken hinab.

Sie gab den Versuch auf, sich zu konzentrieren, und schaltete die Maschine aus. Die plötzliche Stille im Raum war fast so erotisch wie der Druck seines muskulösen Oberkörpers gegen ihren Rücken. „Ist das dein Kunde?" Ihre Worte klangen ebenso unregelmäßig wie ihr Puls.

Tate musste es wohl gespürt haben, denn seine Finger schlossen sich fester um ihre Hüften. „Wenn ja, dann komme ich dem besten Teil meines Tages näher."

„Und was ist der beste Teil?"

„Zeit allein mit dir." Mit den Fingern unter ihrem Kinn führte er ihr Gesicht zu seinem. „Mach noch eine für mich." Damit küsste er sie sanft, aber schnell, erhob sich und verschwand in den Hauptraum des Studios.

Sie starrte noch immer auf ihren letzten Versuch und bemühte sich, ihre Arbeit einzuschätzen und ihren Verstand wieder auf die Reihe zu bringen, als Tate eine Frau in den Raum führte. Sie war fast so groß wie er und gebaut, um die Modewelt zu dominieren.

Angesichts ihrer straffen Muskeln waren die High-End-Yoga-Leggings und das Racerback-Tanktop nicht nur Show, und ihr Haar war beneidenswert, wie dunkle Schokolade, und fiel in Beach Waves auf ihre Schultern.

Die Fremde streifte ihr Tanktop mit einer Lässigkeit ab, die Elise in der Öffentlichkeit niemals aufbringen könnte, streckte sich auf dem Bauch aus und warf Elise ein höfliches Lächeln über die Schulter zu. „Hallo. Ich bin Emma."

Eine simple Begrüßung, und Elise hasste die Frau. Sie hasste sie absolut und eindeutig. Hasste ihre sommersprossenfreie cremefarbene Haut. Hasste die Tatsache, dass Tate zwar weder gesehen hatte, wie sich Emma entkleidete, noch jetzt ihre Brüste sehen konnte, aber ein Positionswechsel würde alles verändern. Sie hasste die elegante und doch unvollendete Ranke aus exotischen Blumen, die sich an ihrem Rücken entlangwand.

Tate hatte sie dorthin gestochen.

Würde es beenden.

Würde seine Hände dazu benutzen, es zu tun.

„Ich bin Elise." Sie hatte keine Ahnung, wie sie es schaffte, so viel zu sagen. Alles, was sie in dieser Sekunde mit absoluter Klarheit wusste, war, dass die Tätowiermaschine, die unschuldig vor ihr lag, eine relativ schmale Spitze besaß und ordentlich Schaden anrichten konnte, wenn sie sie richtig einsetzte.

Anscheinend war der Mangel an Wärme in ihrem Tonfall noch schlimmer, als sie gedacht hatte, denn Tate fror mitten in der Vorbereitung seiner Maschine ein und fixierte Elise mit einem besorgten Blick. „Bist du okay?"

„Natürlich." Eher brodelte sie heftig genug, um die Abgründe der Hölle anheizen zu können, aber sie würde das auf gar keinen Fall zugeben. Sie kämpfte gegen den Drang an, die gebrauchte Honigmelone auf dem Kopf der Frau zu zerschmettern und legte sie stattdessen zu den anderen auf den Boden.

„Elise?"

Sie ignorierte Tate und den sanften Tenor in seiner Stimme, schnappte sich eine frische Grapefruit und knallte sie auf den Tisch.

„Elise, sieh mich an."

Zur Hölle, nein. Aufzuschauen bedeutete, Emma anzusehen, die ausgestreckt und bereit war, von Tate berührt zu werden, und wenn sie ihren Kopf heben würde, würde sie mit absoluter Sicherheit im Knast laden.

Was stimmt nicht mir dir?

Eine Antwort erhielt sie nicht, stattdessen spürte sie diesen überwältigenden Drang, sich körperlich zwischen Emma und Tate zu stellen. Ihre Muskeln spannten sich an und brannten, und ein kalter Schweißfilm bildete sich auf ihrem Hals. „Ich glaube, ich mache eine Pause."

Sogar in ihren eigenen Ohren klang ihre Stimme angespannt. Der Raum um sie herum kam ihr wie eine ganz andere Realität vor, als würde eine Kamera das Bild eines fernen Ortes projizieren statt das, was sie mit ihren eigenen Augen sah.

In einer Sekunde fixierte sich ihr Blick auf die Sicherheit der Pausenraumtür und in der nächsten drehte sich die Welt um sie herum. Ihr Rücken traf auf etwas Festes, gefolgt von dem heißen Druck von Tates muskulösem Körper an ihrer Vorderseite. Und dann versank sie in seinem Kuss. Seinem verheerenden, alles verzehrenden Kuss.

Er vergrub seine Hand in ihrem Haar und zog ihren Kopf zurück, vertiefte jeden verruchten Schlag seiner Zunge und knurrte in ihren Mund. Der köstliche Klang durchdrang ihren Körper, prallte in ihrem Innern in alle Richtungen ab und beruhigte ihre Anspannung. Emma war vergessen. Die Realität spielte keine Rolle. Nur sein Geschmack, seine Berührung und sein Duft waren wichtig.

Stück für Stück entspannten sich ihre Muskeln, und

ihre Atmung wurde ruhiger, passte sich der von Tate an.

Zu früh für ihren Geschmack lockerte er seinen Griff in ihrem Haar und verlangsamte den Kuss. Er murmelte seine Worte gegen ihre Lippen. „Das ist nur für dich, Elise. Nur für dich."

Nur für mich.

Sie verstand nicht, warum diese einfache Aussage so viel bedeutete, aber sie klammerte sich daran, hortete das Wissen und beschützte es, wie ein Drache es bei seinem Schatz tat.

Um sie herum schien sich der Raum wieder zu manifestieren. Es handelte sich um ein fremdes Zimmer, das sie noch nicht gesehen hatte. Angesichts der Größe und der Kunstwerke an den Wänden gehörte es offensichtlich Priest.

Sie zwang sich, den Todesgriff um Tates Schultern zu lockern, und atmete zitternd ein. „Es tut mir leid." Sie strich mit ihren Händen über seine Brustmuskeln und konnte das Beben in ihren Fingerspitzen kaum verbergen. „Ich weiß nicht, was passiert ist. Ich … mir ging es gut. Und dann sah ich sie. Und dann … ich … irgendetwas hat einfach ausgesetzt."

„Ich weiß, was passiert ist."

Sie erstarrte und begegnete seinem Blick. „Das tust du?"

Er nickte. „Es ist okay. Völlig normal."

„Nein, ist es nicht. Nicht für mich. So handele ich nicht. Niemals. Aber ich wollte sie ernsthaft zerfetzen. Ich wollte …"

„Elise." Mit sanftem Druck presste er seine Daumenkuppe gegen ihre Lippen und ließ diese dort, bis sie einen beruhigenden Atemzug genommen hatte. „Es ist okay. Was passiert ist, war nicht falsch. Es ist ein Teil dessen, wer du bist und was du für mich bist."

„Was ich für dich bin?"

Er hielt ihrem Blick stand und eine Mischung aus Entschlossenheit, Zögern und Angst spiegelte sich in seinen Augen wider. „Was wir füreinander sind. Ich erkläre es dir. Alles. Aber zuerst muss ich Emma fertig machen, damit wir Zeit zum Reden haben."
Emma.
Die hinreißende Frau lag ausgestreckt auf dem Tisch im Nebenzimmer und wartete auf Tate.
Richtig.
Sie konnte sich normal verhalten.
Vielleicht.
Sie nickte ruckartig und versuchte, sich von der Wand wegzudrücken. „Okay, ich verbringe einfach etwas Zeit mit Jade."
„Nein, du bleibst bei mir."
„Tate, ich kann nicht." Sie hatte keine Ahnung, warum das so war, aber es war ein Instinkt, und sie wusste es besser, als ihn zu ignorieren.
„Das kannst du, *mihara*. Du bleibst bei mir. Direkt neben mir. Solange wir einander nahe sind, wird es dir gut gehen. Das verspreche ich."
Ihr Blut rauschte in ihren Ohren und ihre Muskeln zitterten wie nach einem fast geschehenen Autounfall. Ihr Hirn, das sonst nicht die Klappe halten konnte, wurde jetzt still. „Das ist seltsam."
Das Letzte, was sie von ihm erwartet hätte, war ein Lächeln. Und sicherlich erst recht keins, das so breit und voller Stolz war wie das, das er ihr schenkte. „Es ist wunderschön." Er fuhr mit dem Daumen über ihren Wangenknochen, als wollte er sich dieses Detail einprägen. „Für dich ist es ein Rätsel, aber für mich war es ein Geschenk."
„Ich mag keine Rätsel."
„Es wird nicht mehr lange dauern. Ich werde dir alles erklären, aber du musst mir vertrauen." Er zog sich weit genug zurück, um seine Handfläche nach ihr auszustre-

cken. „Eine Stunde. Das ist alles, was ich brauche, um ihr Tattoo fertig zu machen, und dann wirst du deine Antworten bekommen. Alle."

„Alle?"

„Ja, alle."

Eine Stunde. Es würde wahrscheinlich die längste ihres Lebens werden, aber wenn er auch nur die Hälfte von dem erklären könnte, was sie gerade erlebt hatte, wäre es das möglicherweise wert.

Vielleicht.

Vorausgesetzt, sie konnte das innere Tier unter Kontrolle halten, von dessen Existenz sie nichts gewusst hatte.

Sie ergriff seine Hand und nickte. „Also schön. Aber mach mir keinerlei Vorwürfe, wenn am Ende Tinte und Blut auf dem Boden sind."

KAPITEL 10

Die Verbindung wuchs. Dieser Gedanke war Tate in den letzten anderthalb Stunden so laut durch den Kopf gegangen, dass er ein wenig überrascht gewesen war, dass Jade nicht mitten in der Tattoo-Session aus dem Hauptraum hereingepoltert war und ihn angemosert hatte, er solle den Lärm leiser machen.

Aber es musste so sein. Auf keinen Fall hätten Elises ursprüngliche Instinkte derartig eingesetzt, wenn die Bindung zwischen ihnen nicht stärker geworden wäre.

Und sie war geflüchtet

Heilige Scheiße ... Allein der Gedanke an den Schock, der ihn durchfahren hatte, als sie aus dem Raum gestürzt war, machte es verdammt noch mal unmöglich, nicht auf dem Fahrersitz herumzuzappeln, während er zurück zu Priests Haus fuhr. Er hatte noch immer nicht herausgefunden, wie es ihm gelungen war, sich zusammenzureißen und sie nicht augenblicklich gegen die Wand gedrückt zu nehmen.

Elise richtete sich auf dem Beifahrersitz auf und drehte sich zu ihm um, während sie beobachtete, wie die lange Auffahrt zu ihrem Haus vorbeiflog. „Wohin fahren wir?"

„Dorthin, wo wir allein sind."

Sie lehnte sich in ihrem Sitz zurück, und zwischen ihren Augenbrauen bildete sich eine Furche.

„Entspann dich, Elise." Er griff nach der locker geballten Hand in ihrem Schoss und drückte sie. „Du wolltest Antworten auf Fragen. Ich will das nicht irgendwo machen, wo wir Gefahr laufen, alle fünf Minuten unterbrochen zu werden." Oder schlimmer noch, wo Jade seinen Kojoten provozieren und dazu bringen könnte, etwas Dummes zu tun. „Außerdem möchte ich, dass du etwas für mich tust, und ich möchte, dass du dich konzentrieren kannst."

Der Köder funktionierte und verwandelte das Stirnrunzeln in ihrem Gesicht in etwas, was einer schüchternen Faszination gleichkam. „Und das wäre?"

Er grinste und schaltete die Gänge weit genug runter, um den Schotterweg hinter der Kurve nehmen zu können. „Behalte es im Kopf und ich zeige es dir."

Der lange, gewundene Weg war eine Zumutung für seinen Camaro. Es war definitiv nicht die Oberfläche, die er mit der gewünschten Geschwindigkeit nehmen konnte. Aber es war eine gute Gelegenheit, um Elise davon abzulenken, mehr wissen zu wollen, ehe er dazu bereit war. Als er die letzte Baumreihe passiert hatte und die schlichte Hütte aus Zedernholz in Sichtweite kam, weiteten sich ihre Augen. Ihr Lächeln garantierte, dass er sich gerade mindestens eine fünfminütige Verzögerung erkauft hatte.

„Wow, wem gehört die?"

„Mir. Jade. Priest. Kommt darauf an, wer am meisten Platz oder Abstand braucht." Er parkte direkt vor der erhöhten Veranda und stellte den Motor ab. „Alles davon haben wir per Hand selbst gebaut. Priest meinte, weil er Geld sparen wolle, aber das ist völliger Bullshit. Er besitzt mehr Geld, als er jemals ausgeben kann."

„Tut er das?"

„Oh ja. Lass dich nicht von dem Biker-Image täuschen. Er ist siebenundsiebzig Jahre alt und hat eine Lernfähigkeit, die Wissenschaftler plattmachen würde. Was er mit seinen Kunstwerken nicht verdient, macht er durch Nebengeschäfte und Investitionen mehr als wett." Er stieg aus dem Wagen und umrundete das Heck, um zu Elise zu gelangen.

Sie hakte sofort nach, in der Sekunde, als Tate die Tür für sie öffnete. „Warum also von Hand bauen?"

„Bei Priest weiß man nie." Tate zog sie auf die Füße, holte seine Tasche aus dem Kofferraum und führte

Elise zur Veranda. „Könnte sein, dass er es als Chance für uns drei gesehen hat, über den Verlust meiner und Jades Mutter hinwegzukommen. Könnte aber auch gut sein, dass er uns während der Zeit, die es brauchte, um die Arbeit zu erledigen, einfach von Ärger fernhalten wollte."

Das Innere der Hütte war simpel – ein größtenteils offener Raum mit nur einem bescheidenen Badezimmer, das für absolute Privatsphäre in einer Ecke versteckt war. Die andere Seite hatte riesige Fenster, durch die tagsüber der Großteil des Lichtes hineinfließen konnte und die einen Blick auf den See ermöglichten. Ein Queensize-Bett stand in Richtung der Aussicht, während eine große Couch und ein Wohnzimmertisch im vorderen Teil der Hütte platziert waren. In der hinteren Ecke, gegenüber dem Eingang, befanden sich die Küche und eine kleine Essecke.

Elise ging vorwärts, ihre Schritte vorsichtig, als hätte sie Angst, ein Geräusch zu machen. „Oh mein Gott, ich liebe es."

„Welchen Teil? Den Blumenkind-Stil oder das Junggesellenmöbel-Arrangement?"

„Beides." Sie ließ den Blick über die atemberaubende Szenerie des Sees schweifen und strich dann mit den Fingern über die blaugrüne Seidendecke des Bettes. „Lass mich raten ... Der Blumenkind-Teil ist von Jade."

„Ja. Vieles davon stammt von Sachen, die unsere Mütter aufbewahrt hatten, aber Priest und ich haben mit der Faust auf den Tisch gehauen, als sie versucht hat, die perlenbesetzten Trennwände aufzustellen." Mit der Reisetasche in der Hand blieb Tate im Badezimmer stehen und deutete auf die Stehlampe in der Ecke des Pseudo-Schlafzimmers. Gegen acht Uhr abends gab es nicht mehr viel Sonnenlicht. „Schalt die ruhig ein, wenn du möchtest. Ich brauche nur eine Minute, um mich vorzubereiten."

„Auf was vorzubereiten?" Vorbereitung

„Auf das, was du für mich tun wirst." Er verschwand im Badezimmer, ehe sie ihn noch weiter löchern konnte, und begann mit den Vorkehrungen. Was ihn im Studio nur fünf Minuten gekostet hätte, dauerte an diesem Abend dreimal so lang. Adrenalin und das Bedürfnis, alles richtig zu machen, ließen seine Bewegungen peinlich zittrig werden. Er hatte bereits vorgehabt, das zu tun, was er ihr jetzt ohne Vorwarnung präsentieren würde, und nach dem, was im Studio passiert war, verdiente sie es, die Wahrheit zu erfahren.

Aber das bedeutete nicht, dass sein Innerstes nicht aufgewühlt war. Es war fast wie an dem Tag, als er in der Anderswelt aufgewacht war und zum ersten Mal dem Hüter gegenübergestanden hatte.

Endlich zufrieden mit seiner Arbeit, zog er sein T-Shirt an und verließ das Badezimmer. Er fand Elise am Fenster in der dunkler werdenden Abenddämmerung. Sie hatte die Arme um ihre Brust geschlungen und ihr Blick war auf den See und das fixiert, was von einem feurigen Sonnenuntergang übrig geblieben war. „Ist dir kalt?"

Sie schüttelte den Kopf, konzentrierte sich aber weiterhin auf den See. „Nicht wirklich. Ich schätze, ich denke nur nach." Sie spähte über ihre Schulter. „Dafür ist es eine gute Aussicht."

„Das ist der Grund, warum wir den Standort gewählt haben." Tate ließ die Reisetasche neben dem großen Clubsessel am Fenster fallen und machte sich an den Aufbau. „Ich glaube, Priest hat schon früh verstanden, dass es eine gefährliche Kombination ist, zwei Teenager und einen Hohepriester mit einer Ladung dunkler Magie unter einem Dach zu haben. Also dachte er, es wäre ein kluger Schachzug, einen Ort zu haben, an den man sich mal zurückziehen kann, um allein zu sein. Bei der

Menge an Immobilien, die er gekauft hat, nachdem wir hierhergezogen sind, hatten wir viele Optionen zur Auswahl, aber diese hier hat die beste Aussicht und Erreichbarkeit. Es gibt einen Weg von hier zu Priests Haus, der leicht zu Fuß zu gehen ist."

Elise schwieg, aber sie hatte es offen aufgegeben, auf den See zu starren, um ihn auf Schritt und Tritt zu beobachten. Sie bemerkte sogar, dass er keine Schuhe mehr trug und seine Jeans durch eine einfache Trainingshose ersetzt hatte, denn sie scannte regelrecht seinen Körper. Als er mit einem Tablett mit allem, was sie brauchten, zurück ins Schlafzimmer schlenderte, verzog sich ihr Gesicht mit einem besorgten Stirnrunzeln, das schnell stärker wurde.

In etwa fünf Sekunden würden die Fragen zweifellos kommen, also stellte er das Tablett auf den Beistelltisch neben dem Stuhl und startete von sich aus die Konversation. „Weißt du, ich habe letzte Nacht über die Sache mit Vanessa nachgedacht."

Das munterte sie auf und verlagerte ihre Aufmerksamkeit auf die Tattoo-Maschine, die er näher an sein Gesicht hob, während er sie zusammenbaute. „Was ist dabei herausgekommen?"

„Ich denke, du hast recht. Ihr Bullshit wird so lange eskalieren, bis sie begreift, dass niemand ihre Spielchen mitspielt, oder dass sich ihr jemand entgegenstellt." Nachdem alles an seinem Platz war, rückte er die Ottomane so, dass sie genau richtig neben dem Clubsessel stand. Dann schaltete er die Schwanenhalslampe ein, die Priest zum Lesen benutzte, und richtete sie so aus, dass sie während der Arbeit eine optimale Beleuchtung lieferte. Er zog sein T-Shirt aus und trat direkt in ihr Blickfeld. „Also sage ich, lass uns zur Sache kommen. Stell dich ihr entgegen und mach deinen Anspruch geltend."

Ihr Blick fiel auf den Umriss ihres Namens, den er

von der Schablone auf die Stelle über seinem Herzen übertragen hatte. „Du bist verrückt." Ihr Fokus schoss zurück zu seinem Gesicht. „Ich kann dich nicht tätowieren. Ich habe an Früchten geübt, nicht an Menschen. Und außerdem habe ich keinen Anspruch."

„Doch, den hast du."

„Nein, habe ich nicht. Wir hatten *ein* Date. Du kennst mich kaum länger als ein paar Wochen."

„Elise, du hast einen Anspruch." Er pirschte vorwärts, ergriff vorsichtig ihr Handgelenk und zog sie zu dem Stuhl. „Du hast es heute Nachmittag gespürt. Es gibt einen Grund für das, was du empfunden hast. Alles, worum ich dich bitte, ist, es in Besitz zu nehmen." Tate setzte sich auf die Kante der Ottomane und neigte den Kopf zu den Utensilien auf dem Tablett. „Nimm dir, was dir gehört."

Sie ließ sich auf den Stuhl vor ihm fallen und beugte sich vor, ihre Hände fast flehentlich zwischen ihren Knien verschränkt, und eine Mischung aus Panik und Verwirrung lag in ihrer Stimme. „Tate, was du anbietest, ist süß, aber ich werde kein permanentes Zeichen auf dir hinterlassen, nur um eine Mobberin dazu zu bringen, mich in Ruhe zu lassen. Du hast gestern Abend selbst erzählt: Volán haben vom Schicksal bestimmte Gefährten. Glaubst du nicht, dass deine Gefährtin ein wenig sauer sein wird, den Namen einer anderen Frau auf dir zu sehen?"

„Meine Gefährtin wird nicht sauer sein. Und der Umgang mit Vanessa ist nicht der Hauptgrund, warum ich dich darum bitte. Es gibt noch einen wichtigeren." Er ergriff ihre beiden Hände mit einer von seinen. In all der Zeit, in der er sich diesen Moment vorgestellt hatte, hatte er nie diese Enge in seiner Brust gespürt, und auch nicht den Schmerz und das Brennen in seinen Lungen oder diese Zeitlupen-Surrealität jedes Details um ihn herum. „Du hast mich gefragt, was das Wort *mihara* bedeutet." Seine Stimme stockte und sein Herz schlug schnell. „Es ist ein Kosewort. Eins, das ein Mann nur für seine Gefährtin benutzt."

Ein Schauder durchfuhr sie, ein winziger Strom, der von ihren gefalteten Händen in seine floss.

„Du bist meine Gefährtin, Elise. Ich wusste es, als ich dich sah. Also, wenn du keine Abneigung dagegen hast, deinen Namen auf meiner Haut zu sehen, dann möchte ich dein Zeichen. Ich möchte, dass jeder mit absoluter Gewissheit weiß, dass ich dir gehöre. Vanessa eingeschlossen."

„Nein." Sie schüttelte den Kopf und versuchte, ihre Hände aus seiner zu reißen.

Er packte fester zu und umfasste ihren Nacken mit seiner noch freien Hand. „Renn nicht weg." Er lehnte seine Stirn gegen ihre, die tierische Hälfte von ihm bereit, zu jagen und das einzufordern, von dem sie wusste, dass es ihnen gehörte. Seine Lungen pumpten doppelt so schnell. „Bitte, lieber Gott, renn jetzt nicht weg. Sprich mit mir, schrei mich an oder schlag auf mich ein, aber lauf nicht. Bitte."

Ihr Körper zitterte, und ein leises Geräusch, das einem gedämpften Schluchzen viel zu nahekam, entglitt ihren Lippen.

Tate zog sie näher und küsste ihre Stirn, streichelte mit einer Hand ihren Rücken auf und ab. Er hatte Schock erwartet, Verleugnung und sogar einen Streit, aber nicht Angst und deren beißenden Geruch oder ihre salzigen Tränen. In ihm heulte der Kojote und ging auf und ab. Der Schmerz wegen ihrer Zurückweisung war wie eine stumpfe Klinge, die ihn von innen nach außen aufschnitt.

„Da liegst du falsch", flüsterte sie. „Du musst falschliegen."

Ein weiterer Schnitt, diesmal tiefer und gezackt.

„Ich liege nicht falsch, Elise. Ein Mann, der seine Magie akzeptiert hat, weiß immer, wann er seine Gefährtin gefunden hat. Die Aura ist unverwechselbar und wir fühlen es. Wir wissen es, so wie du grundlegend Recht von Unrecht unterscheiden kannst."

Sie hob den Kopf, ihre Augen leuchteten und ihre Wimpern waren feucht. „Aber ich weiß nicht, was ich tun soll. Mein Gott, ich hatte in meinem ganzen Leben nur ein Date. War noch nie mit einem Mann zusammen. Wie soll ich eine Gefährtin sein, wenn ich nicht einmal weiß, wie man eine Freundin ist?"

Keine Angst vor ihm.

Keine Zurückweisung.

Angst vor sich selbst. Vor dem, was sie in die Gleichung einbrachte.

Zuversichtlich, dass sie den Zustand überwunden hatte, in dem sie loszuweinen drohte, nutzte er die Chance und umfasste ihr Gesicht. „Du musst nichts tun. Musst nichts wissen. Alles, was du tun musst, ist, du selbst zu sein. Schenke uns einfach gemeinsame Zeit, und wir finden heraus, was für uns funktioniert. Das Band zwischen uns wird nicht besiegelt, bis du bereit bist, es zu akzeptieren. Du kontrollierst alles."

Ihr Atem stockte und sie wischte sich eine Träne von der Wange. „Welches Band?"

Gott, sie war süß. Und wunderschön. Selbst mit diesen verweinten Augen und dem tränennassen Gesicht. „Die Verbindung zwischen Gefährten. Einige Paare sagen, dass es ein nicht greifbares Wissen zwischen ihnen ist. Wie das, das Zwillinge zu haben behaupten, aber auf einer intimeren Ebene. Manche beschreiben es als emotionales Band. Eine Verbindung, die sie die Dinge fühlen lässt, die ihr Gefährte empfindet, und die sie in Einklang hält. Priest sagt, er und Katy können tatsächlich miteinander kommunizieren. Nicht mit Worten, sondern mit Gedanken, so wie sie es mit ihren Begleitern tun." Mit dem Daumen wischte er eine neue

Träne fort. „Was du heute empfunden hast ... Das war dieses Band, Elise. Der Instinkt, dich zwischen deinen Gefährten und jemanden zu stellen, den du als Bedrohung ansiehst."

„Aber das war schrecklich."

„Für dich vielleicht. Für mich ... Ich war geplättet. Geehrt. Und das Einzige, woran ich denken konnte, war, einen Weg zu finden, dir zu helfen." Sie forschte in seinem Gesicht, als könnte sie das Schöne daran immer noch nicht begreifen, also versuchte er es noch einmal. „Erzähl mir von gestern Nacht."

Sie schniefte und fuhr mit den Fingerspitzen unter ihrem Auge entlang. „Was meinst du?"

„Wie hast du dich gefühlt, nachdem ich gegangen bin?"

Sie runzelte die Stirn, und ihr Blick glitt nach unten und zur Seite. „Unruhig." Sie konzentrierte sich erneut auf ihn. „Ich konnte nur schwer einschlafen."

„Das ist so, weil Gefährten, sobald sie sich gefunden ... berührt haben, zusammen sein wollen. Je öfter sie zusammen sind, desto mehr fühlt sich eine Trennung falsch an. Das ist das Band, Elise. Es ist schon da. Wartet. Wächst. Wird stärker. Aber das Weibchen kontrolliert es. Immer. Solange du es nicht akzeptierst, ist es nicht endgültig."

„Und was jetzt? Du sitzt jetzt mit mir fest? Du hast keine Wahl?"

Ein weiterer Hinweis für den Knick in ihrer Sichtweise, die ihre Vergangenheit geschaffen hatte. „Elise, du traust dir nicht genug zu. Anscheinend siehst du nicht die Frau, die ich und alle anderen sehen, wenn du in den Spiegel schaust." Er hielt gerade lange genug inne, um sich zu vergewissern, dass sie zuhörte. Wirklich zuhörte. „Ich habe meine Wahl getroffen. Ich habe dich nur einmal gesehen und wusste, dass der Hüter meine Erwartungen an meine Gefährtin mehr als nur übertroffen hat. Also habe ich glücklich angenommen, was mir geschenkt wurde."

„Aber du bist fortgerannt." Ein spöttisches Kichern entglitt ihrer Kehle. „Du bist regelrecht aus der Tür geflüchtet, und das nicht einmal dreißig Sekunden, nachdem du mich getroffen hast."

Oh, er erinnerte sich. Er hatte diese kritische Zeitspanne immer und immer wieder in seinem Kopf durchgespielt und sich selbst für die Art und Weise verflucht, wie er reagiert hatte. Aber wie Priest ihm in den darauffolgenden Stunden und Tagen immer wieder klargemacht hatte, wäre es eine viel größere Hürde gewesen, wenn er seinen niederen Instinkten gefolgt wäre. „Ich bin nicht fortgerannt, *mihara*. Ich habe dich beschützt. Vor mir. Du warst neu im Clan. Ängstlich. Gerade in eine völlig neue Realität geworfen worden, nachdem du erfahren hattest, dass du von einem Verrückten gejagt wirst. Du hast mich mit deinen großen Augen angesehen. Wenn ich getan hätte, was ich wollte, hätte ich dich gegen die Wand gedrückt und du hättest meinen Geschmack und das Gefühl von mir kennengelernt, ehe du meinen Namen gekannt hättest."

Ihre Augen weiteten sich und Verständnis legte sich in ihren Blick. „Wirklich?"

„Wirklich. Es war natürlich. Perfekt. Als würde ich aus einer schwarz-weißen Welt heraustreten und zum ersten Mal in meinem Leben Farben sehen. Ich wollte das Geschenk, das ich bekommen hatte, verschlingen und hatte nicht die geringste Kontrolle." Tate lehnte sich zurück und streichelte ihr Haar. „Ich gehöre dir, Elise, und bin stolz darauf."

Er richtete sich auf und zog den Beistelltisch und das daraufstehende Tablett näher heran. „Gib mir dein Zeichen."

Sie schüttelte den Kopf und wischte sich die Handflächen an ihrer Jeans ab. „Nein. Es ist mir egal, was ich für dich bin. Ich mache Priests Arbeit nicht kaputt."

„Elise, sieh es dir an." Er schob seine Schultern zurück, wohl wissend, wie er ihren Namen unter die wirbelnden Knoten und Symbole platziert hatte, die Priest ihm gestochen hatte, nachdem Tates Seelensuche vollendet gewesen war. „Es sind genau die gleichen Linien, die du heute immer und immer wieder geübt hast."

„Auf Obst. Nicht auf deiner Haut."

„Elise." Ein Wort, das sie dazu brachte, ihren Atem anzuhalten, wenn es deutlich genug ausgesprochen wurde. „Ich will es. Ich bitte dich, es mir zu geben."

„Um eine Nachricht an Vanessa zu senden."

„Nein. Weil ich es will. Es Vanessa unter die Nase zu reiben, nachdem sie dich so behandelt hat, ist nur ein Bonus."

„Was ist, wenn ich es vermassele?"

„Du wirst es nicht vermasseln. Es ist nicht anders als heute Nachmittag."

Ihr Blick fiel auf seine Brust und sie schluckte heftig.

„Dort sieht es richtig aus", sagte er. „Diese Stimme und dieser Instinkt, die du letzte Nacht und heute gespürt hast, wissen es. Hab keine Angst. Gib mir, was ich will, und mach es für mich wahr."

Sie studierte die Außenlinien. Maschine und Tinte waren bereit und warteten neben ihr. Dann suchte sie sein Gesicht ab und flüsterte: „Das ist verrückt."

„Hör auf, zu denken. Tu es einfach."

Mit einem kleinen Kopfschütteln wischte sie ihre Handflächen erneut an ihrer Jeans ab und überflog das Tablett. „Sollte ich nicht Handschuhe tragen, oder so?"

„Volán mit ihrer Magie ziehen sich keine Infektionen zu wie Singura. Zudem gehöre ich dem Haus der Krieger an, Oberflächenwunden verheilen bei mir sehr schnell. Außerdem bist du meine Gefährtin. Ich will keine Handschuhe an dir."

Sie nickte, griff nach der Maschine und legte sie so in

ihre Hand, wie sie es im Studio gelernt hatte. Sie nahm die Tinte wie ein Profi auf, sah ihn an und neigte den Kopf zur Seite. Sie betrachtete seine Position und dann, wie sie auf der Stuhlkante saß. „Das fühlt sich nicht richtig an." Sie ließ sich zwischen seinen gespreizten Beinen auf die Knie fallen, atmete langsam durch ihren Mund aus, lehnte sich vor und stützte vorsichtig ihre Hand auf seiner Schulter ab. „Wow. Das ist ... anders."

Scheiß auf anders. Das war stark. Wie eine aufgeladene Tiefgründigkeit gemischt mit einem ursprünglichen Abgrund. „Es ist das Band. Vertrau darauf."

Sie verengte ihre Augen und startete die Maschine.

Das Summen durchzuckte ihn, aber es war ihr Atem auf seiner Haut, den er deutlicher spürte. Ebenso fühlte er die Wärme ihrer Hände und die Nähe ihres Körpers. Die Nadeln trafen ihn eine Sekunde später und eine Welle von tiefem Rot kräuselte sich auf seiner Haut.

Elise zuckte zurück. „Was war das?"

Er hielt sie mit den Händen an ihren Hüften fest, ehe sie zu weit weggehen konnte. „Nur meine Magie. Eine natürliche Verteidigung für Krieger. Ein Schutzschild gegen oberflächliche Verletzungen." Er drängte sie zurück auf ihre Position. „Wenn sie gedacht hätte, dass du eine Bedrohung wärst, hätte sie dich nicht durchgelassen. Aber meine Magie kennt dich. Sie wird sich ausbreiten und dich einbeziehen, während du weitermachst." Er strich mit den Händen über ihre Hüften und betete, dass sie zu abgelenkt von dem war, was sie tat, um zu bemerken, wie die harte Länge nur wenige Zentimeter von ihr entfernt noch härter wurde. „Es ist okay. Mach weiter."

Er passte seine Atmung an, konzentrierte sich auf jeden physischen Kontaktpunkt und zwang seine Magie, sich zu beruhigen, sie zu umgeben und zu besänftigen.

Elise fand ihren Rhythmus. Einfärben der Nadeln. Eine Linie ziehen. Überschüssige Tinte abtupfen. Ihre

Arbeit begutachten. Es war die gleiche stetige Konzentration, die sie im Studio an den Tag gelegt hatte, doch dieses Mal steckte mehr dahinter. Eine Verbindung innerhalb ihrer Bewegungen, die sich mit jeder Linie aufbaute und verstärkte. Ein Fokus, der auf etwas konzentriert war, was eher zu fühlen als zu sehen war. Er war sich nicht sicher, ob es seine Magie war, die sie anzog, ihre Bindung, die sie leitete, oder die Handlung selbst, aber sie war ganz in diesem Moment präsent, auf der grundlegendsten Ebene verbunden und folgte ihren Instinkten. Fließend mit der Welle, die sie gemeinsam geschaffen hatten.

Genauso wollte er sie unter sich haben. Verloren in den Empfindungen, die er ihr gab. Frei von allen Gedanken außer denen, die sie gemeinsam geschaffen hatten. Kopflos und wild.

Das Summen verstummte und die Stille des Raumes lag schwer in der Luft um sie herum.

Elise wischte über die letzte Linie, und das anhaltende Berühren ihrer Fingerspitzen wirkte fast reumütig. Es kam ihm vor, als ob sie die Tatsache hasste, dass sie nicht mehr geben konnte. „Fertig."

Nein, war sie nicht. Nicht einmal annähernd. Er wusste mit absoluter Sicherheit, dass sie noch lange nicht fertig war. Dazu reichte ein Blick in ihr Gesicht – die Neugier und Sehnsucht darin, während sie nicht nur die Spuren, die sie hinterlassen hatte, sondern auch seinen Oberkörper betrachtete

Seine Gefährtin war hungrig und fasziniert und erwog, vorsichtig neues Terrain zu betreten.

Tate schlang einen Arm um ihre Taille, nahm ihr die Maschine aus der Hand, legte sie beiseite und umfasste dann ihren Nacken. „Ist okay, Elise. Ich gehöre dir. Du benötigst keine Entschuldigung, um mich zu berühren."

Den Blick noch immer auf ihren Namen gerichtet,

fuhr sie mit den Fingern die Tinte entlang. Es war, als ob die einfache Geste seiner Worte irgendwie unterstreichen und ihr helfen könnte, sich mit ihrer neuen Realität auseinanderzusetzen.

„Mehr." Er hielt noch immer ihren Nacken fest, bedeckte mit der freien Hand die ihre und drückte sie flach gegen seine Brust. „Nimm, was du willst."

Ihr Blick schoss zu seinen Augen. „Woher weißt du, was ich will?"

„Weil ich es fühle, *mihara*. Ich möchte dir geben, was du willst, ebenso sehr wie du es nehmen willst." Er löste seinen Griff und lehnte sich auf der Ottomane zurück, stützte sich auf die Ellbogen und gewährte ihr ungehinderten Zugriff. „Alles, was du tun musst, ist, dir zu nehmen, was dir gehört."

KAPITEL 11

So verlockend. Ein echter Mann, ein erstklassiger noch dazu, der so weit jenseits von Elises Vorstellungskraft oder Fantasie war, dass sie es immer noch nicht glauben konnte, streckte sich vor ihr aus und bot ihr ungehinderte Berührung an. Sie konnte ihn erkunden. Und er war ihrer.

Er war ihr Gefährte, falls es stimmte, was er gesagt hatte, und er war speziell für sie ausgewählt. Diese Offenbarung war erstaunlich, und gleichzeitig machte sie sie demütig und sie war eingehüllt in eine gesunde Prise Unglauben.

Sie leckte sich über die Lippen, auch wenn es nicht viel brachte. Ihr Mund und ihre Zunge waren gleichermaßen trocken, und das würde wohl vorerst so bleiben.

Ihr Blick glitt tiefer, verweilte etwas zu lange auf der offensichtlichen Erektion unter der Jogginghose, ehe sie ihren Fokus wieder auf sein Gesicht richtete. „Ich bin mir nicht sicher, ob das eine gute Idee ist."

„Warum nicht?"

Weil sie nicht wusste, was sie da tat. Das Letzte, was sie wollte, war, wie eine Idiotin auszusehen. „Weil ich nicht bereit bin", erwiderte sie stattdessen.

Er richtete sich auf und umfasste ihr Gesicht. „Ich biete das nicht als Einleitung zum Sex an. Ich biete es dir als Anfangspunkt an. Eine Chance für uns, einander kennenzulernen. Für dich zum Erkunden." Er hielt kurz inne, sein Blick wanderte über ihr Gesicht und er schien zu überlegen. „Willst du mich anfassen?"

„Gott, ja." Die Worte schlüpften heraus, völlig unzensiert, und sie atmete vor Erleichterung und Verlangen auf. Wenn sie den Mut hätte, sein Angebot anzunehmen, würde er gleich nackt ausgestreckt auf dem Bett hinter ihnen liegen, damit sie jedes Detail in sich aufnehmen und jeden Zentimeter von ihm spüren konnte.

„Dann tu es." Er bewegte seine Hand an ihrem Hinterkopf entlang und zog das Haarband von ihrem Pferdeschwanz. Mit den Fingern grub er sich tief in ihr Haar und kämmte durch die dicken Strähnen. „Ich möchte dich auch anfassen, Elise. Sehr sogar."

„Das ist es, wovor ich Angst habe."

Sein Mund verzog sich zu einem schiefen Lächeln. „Dann gibst du das Tempo vor. Für heute Nacht, wie auch immer du mich berührst, wo auch immer du mich erkundest, legst du die Grenzen fest."

Nun, das war klar genug und vernünftig, bis auf ein Detail. „Willst du nicht ..." Ugh, sie hasste es, so unerfahren zu sein und nicht die richtigen Worte in dieser Situation zu finden. Sie senkte ihren Kopf zu der immer noch harten Länge zwischen ihnen. „Wäre das nicht sehr unbequem für dich?"

Sie hatte Gelächter erwartet oder vielleicht einen unangenehmen Moment. Stattdessen wurden seine goldenen Augen wärmer und sein Lächeln sanfter. „Nur weil wir intim sind, heißt das nicht, dass einer von uns kommen muss."

Tat es nicht? Nach all den Geschichten, die sie gehört hatte, war das das Ziel, auf das sich die meisten zu konzentrieren schienen. „Aber du wirst trotzdem ..." Sie zuckte mit den Schultern und blickte nach unten.

„Dann wirst du es auch sein." Er grinste breit, und darin lag eine verruchte Schärfe, die ihr Geschlecht zusammenzucken ließ. „Es sei denn, du entscheidest dich dazu, die Sache selbst in die Hand zu nehmen. In diesem Fall würde ich es höllisch genießen, dabei zuzusehen."

Ein weiteres Flattern in ihrem Unterleib, das ihr ein wenig den Atem nahm und sie dazu zwang, ihren Griff um Tates Oberschenkel zu festigen, um ruhig zu bleiben.

Er neigte den Kopf zur Seite, und die Schärfe in seinem Blick verriet ihr, dass er die subtile Reaktion bemerkt hatte. „Magst du Kuchen?"

Häh? Kuchen? „Ähm ... Ja?"

„Schon mal den Löffel abgeleckt, während du den Teig gemacht hast?"

„Na sicher."

„Hat es dir gefallen?"

Okay, das war nun offiziell das seltsamste erotische Gespräch, das sie in ihrem Leben geführt hatte. Ganz zu schweigen davon, dass es auch die einzige erotische Unterhaltung war, die sie überhaupt je geführt hatte. „Ja."

„Und den Kuchen nach dem Backen ... Hast du ihn schon mal ohne Zuckerguss gegessen?"

„Sicher."

„Würdest du ihn ohne Glasur ablehnen?"

„Nein."

Er fuhr mit den Fingerknöcheln die Linie ihres Kiefers nach und die Hitze und Nachdenklichkeit in seinem Blick elektrisierte den Kontakt. „So sollte Intimität sein. Der gesamte Ablauf ist gut. Etwas zum Genießen. Nur weil du am Ende keine Glasur hattest, bedeutet das nicht, dass der Rest nicht gut war."

Oh.

Okay.

Keine unmittelbare Notwenigkeit für Zuckerguss.

Aber im Moment fühlte sich das wie eine verdammte Schande an.

Sein Daumen strich über ihre Unterlippe, und die Berührung ließ sie erkennen, dass ihr Mund sich irgendwann zwischendurch von selbst geöffnet hatte. „Was willst du, *mihara*? Nicht das, was du deiner Meinung nach tun solltest oder was ich deiner Meinung nach will, sondern was *du* willst."

Sie wollte berühren, wollte sich viel Zeit nehmen und sich ohne Bedenken sattsehen. „Ich bestimme das

Tempo?"

„Es gibt nur die Grenzen, die du setzt."

Der unregelmäßige Rhythmus ihres Herzens dröhnte in ihrem Kopf. Trotz des festen Bodens unter ihren Füßen und der Wände um sie herum hätte sie schwören können, dass sie mit den Zehen am Rand einer hohen Klippe stand. Sie legte ihre Hand um sein Handgelenk und hielt es fest. „Okay."

Sein grollendes Ausatmen klang nach Erleichterung und purer männlicher Befriedigung, und die Wildheit, die in seinen Augen brannte, ließ ihren Atem stocken. „Meine tapfere Gefährtin. Die Meine."

Er drehte sein Handgelenk, packte ihre Hand und strich mit den Lippen über ihre Knöchel. „Komm." Bevor sie verarbeiten konnte, was er meinte, stand er auf und zog sie ebenfalls auf die Füße.

„Warte. Wohin gehen wir?"

Er löste seinen Pferdeschwanz und wich langsam rückwärts zum Bett, wobei er den Kontakt ihrer Hände nur unterbrach, wenn es nötig war, um sich auf der Bettdecke auszustrecken. „Dorthin, wo du viel Platz zum Agieren hast."

Whoa, Junge.

Das war echt. Kein Tagtraum, nicht irgendein distanziertes Wunschdenken, sondern der verdammte Real Deal. Sie kam näher, völlig ahnungslos, was die nächsten Schritte anging.

„Es ist okay, Elise. Zieh einfach deine Sandalen aus und komm zu mir hoch. Es gibt kein Richtig oder Falsch. Nur das, was sich gut anfühlt."

Was fühlte sich gut für sie an? Er war derjenige, der berührt wurde, und aus irgendeinem Grund schien es zwingend erforderlich zu sein, dass sich das, was sie tat, großartig für ihn anfühlte. Trotzdem wusste er eindeutig mehr darüber, wie man durch dieses Szenario navigierte, als sie, also machte sie mit. Nachdem sie die

Schuhe ausgezogen hatte, stützte sie ein Knie auf die Matratze und versuchte, sich auf eine Seite seiner Hüften hinzuknien. Stattdessen packte er ihr anderes Knie und zog sie zu sich, sodass sie rittlings auf ihm saß.

„Oh." Sie hob sich auf ihre Knie, blickte hinunter auf die immer noch abstehende Erektion in seiner Hose, dann zurück hinter sich. „Wird es für dich nicht unangenehm sein, wenn ich hier sitze?"

Er lachte und zog sie mit den Händen an ihren Hüften nach unten. „Nicht so, wie du denkst."

Richtig. Und jetzt konnte sie nicht nur aus der Vogelperspektive erkennen, wie hart er war, sondern die Basis seines Schwanzes war nur einen Zentimeter von ihrem eigenen Geschlecht entfernt.

Tate zog hinter ihr die Knie an und verlagerte effektiv ihr Gleichgewicht nach vorn, sodass sie sich mit beiden Händen rechts und links von seinem Kopf abfangen musste. Das eliminierte auch den Raum, der zwischen ihnen übrig war, und ließ ihre Mitte gegen seine Erektion stoßen. Es war nur ein Hauch von Berührung, doch sie jagte mit einer Wucht durch sie hindurch, die einem elektrischen Schlag gleichkam „Wow."

Mit einem leichten Schalk in den Augen wurden seine Lachfältchen sichtbar. „Wow, gut? Oder wow, zu viel?"

„Wow, gut." *Wow, sehr, sehr gut,* würde es eher treffen. So gut, dass sie sich nicht ganz sicher war, ob ihr Körper diesen Ansturm auf einmal verarbeiten konnte. Sie zwang sich, tief einzuatmen, und ließ ihren Blick nach unten schweifen, über seine definierten Brustmuskeln, über sein Brustbein bis hinunter zu den ausgeprägten Bauchmuskeln. Ihn vorher zu berühren, war eine Sache gewesen. Eine Notwendigkeit, ihm zu geben, was er wollte, mit schuldigem Vergnügen als Nebeneffekt. Aber das jetzt war Absicht und eine viel intimere Verbindung. „Ich bin mir nicht sicher, wo ich anfangen soll."

Er strich ihr das Haar, das ihr seitlich ins Gesicht gefallen war, hinter ihr Ohr. „Schalte deinen Verstand ab. Folge einfach dem, was sich richtig anfühlt, und sieh, wohin es dich führt."

Ihr Blick blieb an ihrem Namen hängen, der jetzt direkt über seinem Herzen eintätowiert war, und an den schwungvollen schwarzen Linien, die nur von den geröteten, gereizten Nachwirkungen der Nadeln getrübt wurden, die seine Haut durchbohrt hatten.

Du bist mein Gefährte.

Das gleiche Flattern und Erröten, das sie gespürt hatte, als er diese Worte ausgesprochen hatte, machte sich in ihrem Bauch und auf ihren Wangen bemerkbar. Ebenso war da wieder diese undefinierbare und überwältigende Kraft, die an diesem Nachmittag zum Leben erwacht war. Diese Kraft hob ihren Kopf, war wach und begierig nach allem, was er ihr bot. Sie zeichnete mit dem Finger die Schnörkel des stilisierten E nach und achtete darauf, die Wunde nicht noch schlimmer zu machen. „Hast du eine Ahnung, wie surreal das ist?"

„Welcher Teil?"

„Alles davon." Ermutigt breiteten sich ihre Hände auf seiner warmen Haut aus. So viel Kraft. Jeder Muskel hart, sehr definiert und von straffer, gebräunter Haut überzogen. Das feine, glänzende goldene Haar auf seinem Oberkörper und seinem Brustbein kitzelte an ihren Handflächen, und sie hätte schwören können, dass sich ihr Herzschlag in einem Rhythmus einpendelte, der zu dem unter ihrer Berührung passte.

„Der Clan. Was wir tun können." Sie bewegte ihre Handflächen nach oben und außen, genoss die Linien seiner Schultern, und strich dann hinunter zu seinen Oberarmmuskeln. „Einen Gefährten zu haben."

Seine Hände legten sich auf ihre Hüften. Als er sprach, klang seine Stimme anders, tiefer und ein wenig angestrengt. „Macht es dir Angst?"

„Die Logik sagt mir, dass es so sein sollte. Dass die ganze Vorstellung unmöglich ist."

„Aber?"

Sie strich mit ihren Fingerspitzen über sein Brustbein und tiefer zu seinen Bauchmuskeln. Ein Pfad von Härchen, die etwas dunkler waren als sein Bart, führte tiefer und verschwand unter seinem Hosenbund. Die Versuchung drängte sie, ihm mit neckenden Berührungen zu folgen, um herauszufinden, welche Reaktion sie damit auslöste.

„Meine Mom hat mir jahrelang von unserem Clan erzählt. Von unserer Magie und der Fähigkeit, die Gestalt zu wandeln." Langsam und stetig folgte sie dem Weg und mit jedem gewonnenen Zentimeter rangen ihren Lungen härter nach Luft. „Ich habe schon einmal auf die Logik gehört und es war falsch. Ich würde dieses Mal lieber meinem Bauchgefühl folgen und sehen, wohin es mich führt."

„Elise?"

Sie wagte es nicht, aufzuschauen, nicht bei dem gefährlichen Unterton in seiner Stimme. Sie konzentrierte sich stattdessen weiter auf ihren Weg nach unten und strich mit den Händen über seinen Bauch, während ihre Daumen seinen Hosenbund entlangglitten. „Hmmm?"

„Was will dein Bauchgefühl jetzt gerade?"

Loslassen.

Sie wollte ihn ansehen, überall berühren und schmecken, ohne sich darum zu scheren, wie wenig sie wusste. Allerdings war ihr auch bewusst, dass sie eine Vereinbarung getroffen hatten, die bedeutete, dass sie ihm gleichermaßen alles gestatten musste, was sie sich von ihm nahm.

Sie ließ ihre Hände zu seinen Hüften gleiten. Die weiche Baumwolle seiner Hose wirkte wie eine Beleidigung für ihr Verlangen nach dem heißen, engen Druck seines Körpers. „Ich will dich berühren."

Er hätte sich über ihre Schüchternheit lustig machen und sie darauf hinweisen können, dass sie bereits ihre Hände auf ihm hatte. Ebenso hätte er darauf drängen können, dass sie konkreter werden sollte. Stattdessen umfasste er eine Seite ihres Gesichtes und brachte sie dazu, ihn anzusehen. „Es ist okay." Tate bedeckte eine ihrer Hände mit seiner und führte sie näher an die harte Länge vor ihr. „Ich will deine Hände auf mir."

Zwei Herzschläge. Zwei holprige, unsichere Schläge, die zu schnell waren und sich doch über eine Ewigkeit zu erstrecken schienen.

Und dann war sie da. Ihre Handfläche drückte gegen seinen unglaublich harten Schaft, und seine Hüften drängten sich ihrer Berührung entgegen. Sie atmete zittrig aus. Fasziniert davon, ihn zu fühlen, streichelte sie seine Länge und fuhr die Umrisse seiner Form durch die weiche Baumwolle entlang. „Das ist ... anders."

Er lachte, aber es lag ein Hauch von Anspannung darin. Es klang wie eine eigenartige Mischung aus Belustigung über die Situation und Kampf um die Selbstbeherrschung. „Nicht das, was du erwartet hast?"

„Nicht einmal annähernd." Was sie eigentlich erwartet hatte, hätte sie nicht artikulieren können, selbst wenn sie es versucht hätte. Ihre Vorstellungskraft reichte dafür einfach nicht aus. Sie glitt mit ihren Fingern in der Mitte nach unten und dann wieder nach oben. Anfangs sanft. Dann fester.

Während ihrer Erkundung zeichnete er mit seinen Fingerkuppen träge Muster auf eine ihrer Schultern, was sie sowohl beruhigte als auch ermutigte.

Als ob sie Ermutigung überhaupt bräuchte! Mit jedem Streicheln und jedem Atemzug blühte ihr Mut auf, hob seinen Kopf und verlangte nach Wissen. „Kannst du ..." Sie räusperte sich und versuchte es noch einmal, lugte unter ihren Wimpern hervor und erwiderte seinen

Blick. „Kann ich dich sehen?"

Im Licht der Lampe hatten seine bernsteinfarbenen Augen bereits eine tiefere, wärmere Farbe, doch in der Sekunde, in der er den Inhalt ihrer Worte begriff, schienen sie sich noch weiter zu verdunkeln, und seine stetige Berührung an ihrer Schulter geriet ins Stocken. „Bist du sicher?"

War sie das? Sie hatten eine Vereinbarung getroffen. Sie setzte die Grenzen, und diesen Schritt zu gehen, würde ihre eigenen weiter ausdehnen, als sie gedacht hatte.

Ja.

Es hatte nur wenige Male in ihrem Leben gegeben, in denen sie eine so klare Richtung gespürt hatte, aber heute Nacht hallte diese mit vollkommener Deutlichkeit wider. Geist, Körper und Seele waren mit einem Mal in Einklang.

Sie nickte, zu gefesselt von dem, was zwischen ihnen geschah, um zu sprechen. Dieselbe Energie und dieselbe einzigartige Verbindung, die sie von Anfang an zwischen ihnen gespürt hatte, nur greifbarer und knisternder vor Bewusstsein.

Er hielt den Blickkontakt zu ihr, hob seine Hüften an und schob seine Hose über sein Becken und hinunter zu seinen Oberschenkeln, auf denen sie saß. „Was immer du willst, *mihara*. Es gehört dir."

Wow.

Noch nie in ihrem Leben war sie so sprachlos gewesen, hatte sich so unvorbereitet ertappt gefühlt und um Standfestigkeit gerungen. Aber Tate so zu sehen – einzig für sie, um ihn zu studieren und zu erkunden –, war wie der Einschlag eines Blitzes, wie eine emotionale Achterbahnfahrt, die ihre Gedanken rasen ließ, sodass ihr Verstand kaum mehr hinterkam.

Sie senkte ihren Kopf und konzentrierte sich darauf, ihm die Hose ganz auszuziehen. Währenddessen hoffte sie, dass die Aktion etwas von ihrer Verwirrtheit überdeckte. Viel zu früh für ihren Geschmack warf sie die Jogginghose auf den Boden. Sie spürte, wie er sie beobachtete, darauf wartete, dass sie sich nahm, worum sie gebeten hatte.

Tate winkelte einen Arm an und platzierte ihn hinter seinem Kopf, um besser sehen zu können. Die andere Hand spreizte er über seinem linken Brustmuskel, und ihr Name lag dabei direkt unter seinem Handballen. „Ich versuche wirklich, brav zu sein, aber wenn du mich weiterhin so ansiehst, werde ich sehr schnell die Entschlossenheit verlieren und meinen eigenen Anspruch erheben."

Oh nein! Sie würde sich nicht von ihm drängen lassen. Mangelnde Erfahrung hin oder her, das Zusammensein mit Tate machte sie zu einer wirklich gierigen Frau, und er hatte gerade einen ganz neuen Spielplatz enthüllt.

Anstatt sich wie zuvor auf seine Oberschenkel zu setzen, schob sie sich zwischen seine Beine.

Er spreizte sie etwas weiter für sie und ein anerkennendes Grollen glitt über seine Lippen. „Ich wünschte, du könntest dich jetzt sehen. Wie geweitet deine Augen sind. Wie deine Lippen leicht geöffnet sind. Wie sehr du dich auf jedes Detail konzentrierst."

Sie strich mit den Fingerspitzen von den Innenseiten seiner Knie aufwärts und der weiche Haarflaum kitzelte an ihren Handflächen. Natürlich konzentrierte sie sich auf jedes Detail. Namentlich darauf, wie viel einschüchternder seine Größe wirkte, ohne dass Kleidung die Sicht versperrte, und wie die Haut um seinen Schaft fast schmerzhaft gespannt aussah. Sie zeichnete das scharfe V an seinen Lenden nach. „Ich will es richtig machen."

Was so viel bedeutete wie: Sie hatte keine Ahnung, was sie als Nächstes tun sollte. Wo sie anfangen sollte oder wie sie ihm ein gutes Gefühl geben konnte.

„Sweetheart, du bist meine Gefährtin. Wenn du nicht gerade mit einer Machete auf mich losgehst, gibt es nichts, was du jetzt tun könntest, das diesen Moment ruiniert, und selbst dann würde ich dich an mich heranlassen."

Es war genau die Leichtigkeit, die sie brauchte. Das entspannte Gelächter, das emporsprudelte, erinnerte sie daran, dass sie menschlich war. Das waren sie beide. Es ging nicht darum, eine Prüfung zu bestehen oder einen Wettbewerb zu gewinnen. Hier ging es darum, einander kennenzulernen, sich gegenseitig zu erforschen und eine Grundlage für was auch immer für sie funktionierte zu schaffen.

„Keine scharfen Gegenstände. Versprochen." Sie biss sich auf die Unterlippe, grinste ihn an und kratzte sanft mit den Fingernägeln über die zarte Haut auf beiden Seiten seines Schafts. „Bis auf die hier, aber ich verspreche, dass ich damit aufpassen werde."

Sein Schwanz zuckte gegen seinen Bauch und er stöhnte. „Auf meinem Schwanz, ja, aber wenn ich dich ficke, will ich sie in meinem Rücken spüren."

Ein Flattern breitete sich in ihrem Unterleib aus und ihr Atem stockte. Das wilde Bild, das er mit seinen Worten geschaffen hatte, katapultierte sie kopfüber in eine andere Gedankensphäre. Sie erwiderte seinen Blick und wiederholte die Berührung, dieses Mal sanfter, dennoch ließ sie ihre Finger seitlich an seiner Länge entlangstreifen.

Seine Augen funkelten hitzig. Das Raubtier, das in ihm eingeschlossen war, starrte sie an. „Das gefällt dir, nicht wahr?"

„Was meinst du?"

„Die Worte." Seine Lippen kräuselten sich zu einem schmutzigen Grinsen. „Sie haben dich geschockt, aber sie haben sich auch gut angefühlt."

Für eine Sekunde überlegte sie, es zu leugnen. Sie

dachte sogar daran, ihre Hände wegzuziehen und ihren Spaß für die Nacht zu beenden, nur um die Verwundbarkeit zu verbergen, die er aufgedeckt hatte.

Doch dieselbe animalische Reaktion, die sie bereits an diesem Nachmittag gespürt hatte, drängte abermals nach vorn und überwand ihre Unsicherheiten und Ängste mit einem fast kugelsicheren Selbstvertrauen. Diese Energie brachte sie dazu, sich der Wahrheit zu stellen und die Möglichkeiten, die er geschaffen hatte, auch zu akzeptieren. Zu nehmen, was sie wollte.

„Das tue ich." Mit zitternden Fingern streichelte sie ihn von der Wurzel bis zur Spitze. „Ich werde nicht sagen, dass ich es verstehe, aber ich habe sie gefühlt."

Die Finger wanderten zurück, dann wieder hinauf. Mit jedem Streicheln wurde sie mutiger, vertiefte sich in ihr Lernen und war mehr und mehr fasziniert von seiner Reaktion. Natürlich hatte sie theoretisch gewusst, was sie erwartete, hatte ihre Neugier im Laufe der Jahre sogar mit Pornos genährt. Aber nichts kam dem Real Deal nahe. Nichts hatte darauf hingewiesen, wie weich sich seine Haut im Gegensatz zu der Kraft darunter anfühlen würde oder wie warm er in ihrer Handfläche sein würde. Seine abgehackten Atemzüge wurden von ihren Berührungen erzeugt, ebenso sein Zischen, als sie ihn an der Basis mit der Faust umschlang.

Sie zögerte, studierte seine Körpersprache und die Wildheit in seinem Blick. „Zu viel?"

„Mehr."

Eine Herausforderung.

Ein Verlangen.

Beides brachte sie dazu, weiterzumachen, und schürte ihre eigene Reaktion. Es war seltsam. Obwohl er derjenige war, der Vergnügen empfing, war sie dennoch genau dort bei ihm. Sie war gefangen in dem Moment und sich des wachsenden Verlangens in ihrem eigenen Körper sehr bewusst.

Sie fuhr mit dem Daumen durch den Lusttropfen, der sich auf seiner Spitze gebildet hatte, verteilte ihn auf der freigelegten Eichel und entlang des markanten Kranzes darunter.

Sie wollte mehr davon.

Sie wollte sehen, wie er kam, und die Nachwirkungen miterleben, wollte diesen privaten Moment mit ihm für sich beanspruchen und für sich behalten.

Es war eine schockierende Erkenntnis, aber herrlich ursprünglich. Es war wie eine Befreiung. Allerdings hatte sie keine Ahnung, wie sie es bewerkstelligen sollte, diesen Moment zu etwas zu machen, was über ihre begrenzten Fähigkeiten hinausging.

Es sei denn natürlich, du nimmst die Sache selbst in die Hand. In diesem Fall würde ich es höllisch genießen, dabei zuzusehen.

Er hatte es ihr vorgeschlagen, aber die Vorstellung, zuzusehen, wie er sich selbst zum Höhepunkt brachte, war viel reizvoller. Es war eine Chance, zu lernen und gleichzeitig zu genießen.

Nach einer letzten ausgedehnten Liebkosung nahm sie die Hände von ihm und setzte sich zurück auf ihre Fersen. „Ich will zusehen, wie du es machst."

Er betrachtete sie einen Moment lang nachdenklich. „Wie ich was mache?"

Verdammt! Sie hätte wissen müssen, dass er sie dazu bringen würde, es auszusprechen. Aber wenn er so unverblümt mit ihr reden konnte, würde sie es doch sicherlich auch hinbekommen. „Ich möchte, dass du dich selbst zum Kommen bringst, und ich möchte dabei zusehen."

Er ließ die Hand über seine Brust tiefer gleiten, verharrte kurz an seinem Bauch und rieb hin und her, anstatt seinen Schaft zu ergreifen, wie sie es gewollt hatte. „Das ist ein großer Sprung von dort, wo wir angefangen haben."

Ein riesiger Sprung, bei dem sie Angst hatte, dass sie

es nicht auf gleiche Weise erwidern konnte. Doch ihn so zu sehen, so offen und bereit, so ursprünglich und hungrig ... Sicherlich war es das Risiko und die Mühe wert. „Ist das zu viel? Denn ich will ehrlich sein. Ich bin mir nicht sicher, ob ich das auch kann."

„Du weißt nicht, ob du kommen kannst, oder ob du noch nicht bereit dafür bist?"

Hitze brannte auf ihren Wangen, und wenn sie nicht so fest von der Energie, die zwischen ihnen prickelte, umgarnt gewesen wäre, wäre sie wahrscheinlich zur Haustür gesprintet, um ihre Verlegenheit zu verbergen. „Allein kann ich das, ich ... na ja ... ich weiß nur nicht, ob ich es kann, während du zusiehst."

„Aber du wirst dich für mich anfassen? Zulassen, dass ich dich dabei beobachte?"

Könnte sie das? Wirklich?

Die Stille schwoll zwischen ihnen an. Anspannung, Verlangen und Lust zogen sie immer tiefer und verzehrten sie. Sie schluckte schwer. „Solange du keinen Zuckerguss erwartest."

Er lächelte breit. Der Schalk in seinen Augen war die einzige Warnung, die sie bekam, ehe er nach oben schoss und sie auf den Rücken warf. Die Verspieltheit in seinen Handlungen zerstreute das, was von ihrer Ängstlichkeit übrig geblieben war, vollständig. „Keinerlei Erwartungen. Keine, außer dass du tust, was sich gut anfühlt. Du musst nichts für mich tun. Du machst es für dich und weil du es willst. Verstehst du?"

Sie nickte. Aber so, wie er sie gerade ansah, und aufgrund der fremden Gefühle, die durch sie hindurchströmten, wäre sie sogar nackt über den Times Square marschiert, wenn er sie darum gebeten hätte.

Sein Lächeln verschwand und er legte eine Handfläche an ihr Gesicht. Ein vorsichtiger Ausdruck schlich sich über seine Gesichtszüge. „Bist du sicher, dass du das willst?"

Machte er Witze? Jegliche Gewissheit, die sie gehabt hatte, als sie heute Abend hierher gefahren waren, war in der Sekunde verpufft, als er ohne T-Shirt aus dem Badezimmer gekommen war. Seither war es ein Nonstop-Tango durch unbekanntes Terrain für sie. „Ich habe heute Abend erfahren, dass ich einen Gefährten habe, habe meinen Namen auf seine Haut gestochen und werde von einem nackten Mann aufs Bett gepinnt. Einem Mann, der mir seit dem Tag, an dem ich ihm begegnet bin, die Sprache verschlagen hat. Mein Gehirn hat schon lange aufgehört zu funktionieren."

Er grinste. „Die Sprache verschlagen, huh?"

Sie versuchte, ein ernstes Gesicht zu machen, und kombinierte es mit einem kräftigen Stoß gegen seine Schulter. „Halt die Klappe und zeig mir, was ich sehen will."

Natürlich rührte er sich nicht, aber sein Lächeln vertiefte sich und seine Augen funkelten. „Mach nur so weiter, Gefährtin. Eines Tages wirst du eine Antwort darauf erhalten, die dich überraschen wird."

Ehe sie fragen konnte, was er damit meinte, rollte er sich auf den Rücken, griff nach der obersten Schublade des Nachttisches und zog eine durchsichtige Flasche mit dunkelgrauem Verschluss heraus.

Elise schob sich näher heran. „Was ist das?"

Er wackelte damit, sodass sie sie besser sehen konnte, dann stapelte er die Kissen hinter seinem Kopf höher.

Gleitmittel.

Wahrscheinlich hätte sie sich besser etwas erwachsener verhalten sollen, aber sie konnte nicht anders, als zu kichern, und zog eine Augenbraue hoch. „Du bist wohl auf alles vorbereitet, wie?"

Er grinste und öffnete den Deckel mit dem Daumen. „Ich habe meine Gefährtin vor über zwei Wochen kennengelernt und konnte sie bis heute Abend nicht so berühren, wie ich es wollte. Ich hätte das Zeug kistenweise kaufen können." Er stellte die Flasche neben seiner Hüfte ab und musterte sie mit glühendem Blick. „Komm näher. Ich möchte dich bei mir haben."

Sie streckte sich neben ihm aus und er zog sie in seine Armbeuge und führte ihren Kopf an seine Brust. „Verdammt, ich liebe es, dich neben mir zu fühlen." Er grub seine Finger in ihr Haar und atmete tief ein. „Trotzdem muss ich zugeben, dass ich mich darauf freue, dies ohne deine Klamotten zwischen uns zu erleben."

Meine Güte. Daran hatte sie gar nicht gedacht. Obwohl sie sich jetzt, da er sie darauf aufmerksam gemacht hatte, ebenfalls darauf freute. Dies wäre eine weitere Entdeckungsreise, von der sie jetzt schon wusste, dass sie ebenso süchtig machend werden würde wie all die anderen, auf die er sich mit ihr eingelassen hatte. Sie spreizte ihre Finger über seinem Brustbein und das Schlagen seines Herzens gegen ihre Handfläche war viel gleichmäßiger als ihr eigener.

Seine Hand in ihrem Haar glitt tiefer und sein Finger zeichnete langsam ihr Lächeln nach. „Dir ist schon klar, dass ich womöglich bloß fünf Pumpbewegungen brauchen werde, um zu kommen, während du mich beobachtest."

Sie stützte sich auf ihren Ellbogen. „Dann machst du besser fünf hervorragende, damit ich weiß, wie ich den Job das nächste Mal selbst erledigen kann."

Ein Herzschlag. Ein Ruck, der sich wie ein Blitz zwischen ihnen bewegte.

Er nahm die Flasche und reichte sie ihr. „Wenn du mir sagst, dass du den Job von hier an erledigst, könnte ich die Sache in vier erledigen."

Kichernd nahm sie das Gleitgel entgegen. „Warum gibst du mir das? Ich bin doch noch nicht dafür zugelassen."

„Weil ich, wenn ich meinen Scheiß zusammenhalten will, eine Hand bei dir haben werde, um mich daran zu erinnern, dass meine Ausdauer auf dem Spiel steht." Mit einem Fingerzeig deutete er ihr an, mit den Dingen fortzufahren. „Das bedeutet, dass du für die Gleitmittelverabreichung verantwortlich bist."

Es war ein cleverer Versuch, aber sie glaubte ihm nicht. Tate tat nie etwas ohne triftigen Grund, und wenn es um sie ging, bestand seine Vorgehensweise darin, sie so weit wie möglich einzubeziehen – das frische Tattoo auf seiner Brust war bisher ihr stärkstes Argument dafür.

Sie drehte die Flasche um und drückte sie sanft.

„Jesus, du bist die einzige Frau, die ich kenne, die etwas so Simples heiß aussehen lässt."

Sie ließ den Deckel zuschnappen und sah ihn stirnrunzelnd an. „Das tue ich nicht."

„Oh doch. So konzentriert bei der Sache, als würdest du nach dem Heiligen Gral greifen und dir dabei auf die Lippe beißen." Er packte sich selbst viel aggressiver, als sie es getan hatte, und schob seine Hand nach oben. Langsam und gemächlich, sodass sie mit offenem Mund und fassungslos zusah. „Ich kann es kaum erwarten, zu sehen, wie fokussiert du dich in den nächsten Minuten zeigen wirst."

Fokussiert? Es gab kein Wort in irgendeiner Sprache, das die Konzentration beschreiben konnte, die sie in diesem Moment in ihren Bann zog. Sie war wie festgetackert, gefesselt, stummgeschaltet und verhext. Keine dieser Beschreibungen passte richtig zu dem, was sie empfand. Ein winziger Splitter der unschuldigen Sensibilität, mit der sie heute Abend hier hereingekommen war, flüsterte noch immer in ihrem Hinterkopf. Doch gleichzeitig erblühte das neue Bewusstsein, das Tate zum Leben erweckt hatte, mit jedem Gleiten seine Hand mehr und mehr. Die feuchten Geräusche des Gleitmittels auf seiner Haut und sein erdiger männlicher Duft, der ihr in die Nase kroch, trugen dazu bei.

Seine Atmung wurde flacher und ein leises Grollen löste sich aus seiner Kehle. „Du siehst aus, als würdest du etwas wollen, *mihara*." Seine Hand an ihrem Rücken glitt tiefer und umfasste fest ihren Hintern. „Sag mir, was du willst."

Sie wollte helfen, jedes träge Massieren nachahmen und diese samtige Härte an ihrer Handfläche spüren. Anstatt mit Worten zu antworten, strich sie mit ihren Fingerspitzen über die Linie von Haarflaum unter seinem Bauchnabel.

„Das ist es." Eine gemurmelte Ermutigung. Ein dunkler Teufel, der sie tiefer lockte. „Nimm, was dir gehört."

Ihr.

Diese seltsame Verbindung, die sie heute Nachmittag gespürt hatte, spiegelte ihre Zustimmung wider. Sie drängte sie, alle ihre Bedenken und Sorgen loszulassen, einfach im Hier und Jetzt zu sein und nach Herzenslust anzufassen, zu schmecken und zu fühlen.

Sie presste ihre Lippen auf seinen Bauch und ließ dann ihre Zunge über seine Haut gleiten.

„Fuck, ja." Tate streichelte ihren Hinterkopf, aber seine Berührung war zärtlich. Vorsichtig. „Genau so."

Sie machte weiter, genoss seine Haut mit ihren Lippen und Fingern und schwebte förmlich auf seinen schweren Atemzügen dahin. Und sie beobachtete seine Hand, die sein Geschlecht bearbeitete.

Als sie ihre Handfläche über seinen Schenkel gleiten ließ, öffnete er die Beine. Mit kreisenden Bewegungen wanderte sie nach oben und bewegte sich langsam auf seinen zusammengezogenen Sack zu. Sie verweilte nur einen kleinen Zentimeter entfernt davon und riskierte einen Blick in sein Gesicht.

Ein Jäger starrte sie an, ein gefährliches Biest, das kaum mehr von Ketten zurückgehalten wurde. Seine Augen waren fest auf sie gerichtet und brannten vor Herausforderung. Immer wieder glitt er mit seiner

Hand über die harte Länge. „Tu es, *mihara*. Du willst mich kommen sehen, dann berühre mich so, wie du es willst. Mach es möglich."

Nun war sie an der Reihe.

Ihre Berührung würde seine Erlösung entfachen.

In diesem Moment verstand sie. Es ging nicht um Leistung, nicht darum, alles genau richtig auszuführen oder die Erwartungen anderer zu erfüllen. Es drehte sich um Verbundenheit, darum, alles außer ihnen beiden beiseitezuschieben und den Moment zu genießen, und das mit vollem Engagement auf der grundlegendsten Ebene.

Ihre Fingerspitzen strichen hauchzart über die dunkle Haut und er stöhnte, bockte gegen seine eigene Faust.

Es war so erotisch. Er war ein außergewöhnlich ursprünglicher Mann, der sich nur für sie zur Schau stellte.

Mein Gefährte. Er gehört mir allein.

Sie verstärkte ihren Griff; ein Instinkt, den sie nicht ganz verstehen konnte, trieb sie an.

Ein wildes Knurren erfüllte den Raum und erneut bockte er gegen seine Faust. Die Muskeln seiner Arme, seines Oberkörpers und seines Nackens spannten sich an, während er schneller und härter pumpte. Er melkte seinen Schaft weiter, als Sperma gegen seinen Bauch spritzte, und dabei schloss er kein einziges Mal seine Augen. Er behielt den Blickkontakt zu ihr während seiner Erlösung, und seine goldenen Augen schimmerten unter schweren Lidern.

Sie legte sich wieder neben ihn und streichelte zärtlich über seinen Bauch, parallel zu einem langen, perlweißen Strahl direkt über seinem Nabel. Zu fasziniert, um sich diese Gelegenheit entgehen zu lassen, fuhr sie mit der Fingerspitze durch die feuchten Spuren, um das seidige Gleiten und die Textur auf ihrer Haut zu fühlen.

„Ich möchte dich damit markieren."

Lust stieg tief in ihren Unterleib, und ihr Geschlecht zog sich so stark zusammen, dass es ein Wunder war, dass sie nicht allein von seinen Worten kam.

Er umfasste ihren Nacken und strich mit seinem Daumen über ihren Haaransatz. „Ich will dich damit füllen. Zusehen, wie es aus deiner Pussy tropft und an den Innenseiten deiner Schenkel entlangläuft, nachdem ich dich genommen habe."

Ein weiteres Zusammenziehen. Dieses Mal fühlte es sich noch stärker an und nahm ihr den Atem. „Tate."

Sie war sich nicht sicher, ob sie ihn damit auffordern wollte, aufzuhören oder mehr zu sagen. Sein Name auf ihren Lippen wirkte jedenfalls wie eine Rettungsleine, ein dringend benötigter Halt auf einer ansonsten gefährlichen Klippe.

„Elise, sieh mich an." Seine tiefe Stimme wand sich um sie, untermalt von einem sehnsüchtigen Grollen, das über ihre Haut tanzte. Es war wie eine Versuchung, die sie aufforderte, sich hinzugeben.

Langsam hob sie den Kopf.

Das beruhigende Streicheln in ihrem Nacken ließ nie nach. „Ich weiß, worauf wir uns geeinigt haben, aber du musst nichts tun, was du nicht willst. Es besteht keine Eile. Nicht zwischen uns."

Komisch. Er dachte, sie würde zögern, aber die Wahrheit war, dass sie ohne seine Berührungen sterben würde. Ängste, Schamgefühl und Unsicherheit hin oder her, sie sehnte sich nach ihm, brauchte ihn, um dieses Verlangen zu lindern, das er verursacht hatte, und um sie über dieses unbekannte Terrain zu führen. „Ich ändere meine Meinung nicht. Nicht danach."

Ein neuer und faszinierter Ausdruck huschte über sein Gesicht, ein Ausdruck voller Faszination und Staunen, gemildert durch die Trägheit seiner Erlösung zuvor. „Meine Gefährtin mag schmutzige Wörter und Bilder. Ich bin offiziell der glücklichste Mann der Welt."

Er strich mit seinen Fingerknöcheln ihren Kiefer entlang und fuhr dann mit seinem Daumen über ihre Unterlippe. „Ich muss mich sauber machen. Während ich das tue, wirst du genau hier liegen bleiben und dich entspannen. Kein Denken. Kein Tun. Nur sein. Okay?"

„Okay." Die Erwiderung schlüpfte weich und einfach aus ihr heraus. Dennoch schimpfte alles in ihr bei dem Gedanken, ihre Nähe auch nur für einen Moment aufzugeben.

Er grinste, als könnte er ihre Gedanken lesen, setzte sich auf und drückte seine Lippen auf ihre. „Du bist sehr wohlwollend gestimmt, wenn du erregt bist. Das muss ich mir merken."

Bevor sie eine witzige oder freche Erwiderung hervorbringen konnte, gab er ihr noch einen kurzen Kuss, rollte vom Bett und schlenderte ins Badezimmer.

Sie ließ sich zurück auf das Bett fallen und stieß ein frustriertes Schnauben aus. Die Realität, wohin das hier führen würde, und die ängstlichen Gefühle, die damit einhergingen, vermischten sich mit einem krampfenden Verlangen nach mehr. Es war das Verlangen, sich kopfüber fallen zu lassen, vollständig in all das einzutauchen, was Tate und die exquisiten Empfindungen, die er geschaffen hatte, ausmachte.

Kein Denken. Kein Tun. Nur sein.

Das leise Rauschen von Wasser im Badezimmer vermischte sich mit Tates sanften Bewegungen. Sie hatte über viele Dinge in ihrem Leben zu viel nachgedacht, hatte subtile Blicke und müßige Kommentare anderer Leute hingenommen und lächerliche Schlussfolgerungen gezogen. Sie hatte die Lücken mit allen Mitteln ausgefüllt, mit Selbstverurteilung und Angst, und hatte von diesen Bewertungen ihr Leben bestimmen lassen.

Vielleicht hatte Tate recht. Vielleicht war der Schlüssel, um mit ihm zu wachsen, schlichtweg loszulassen, ehrlich zu sein darüber, was sie fühlte und wollte, und einfach präsent zu sein. Auszusprechen, was sich gut anfühlte. Und ihre eigenen Wünsche.

Das Badezimmerlicht ging aus und ihr Herz setzte einen Schlag aus.

Tate schlenderte zurück in ihr Blickfeld und plötzlich beruhigte sich ihr Geist, wurde still und festigte sich unter seinen wachsamen Augen. Sie konzentrierte sich nur auf ihn.

Und oh, was für einen Anblick er bot. Sein Haar fiel in weichen Wellen an ihm hinab, die ihn aussehen ließen wie einen Surfergott. Sein schlanker, aber muskulöser Körper stand neben dem Bett und seine gebräunte Haut wurde perfekt vom sanften Schein der Lampe betont.

Er neigte den Kopf zur Seite und betrachtete sie. „Licht an oder aus?"

Sie wollte mutig sein, wollte es anlassen und mit ihm teilen, was er getan hatte, aber sie wollte auch entspannt sein und ihrem zaghaften Mut eine solide Basis verschaffen.

Sag, was sich gut anfühlt.
Sei ehrlich.
„Aus."

Er lächelte, als hätte er ihre Erwiderung erwartet, und schaltete ohne zu zögern die Lampe aus. Dunkelheit verschlang sie, nur unterbrochen von dem sanften Mondlicht, das durch das riesige Fenster und die schattigen Umrisse des Sees und der Bäume dahinter fiel. Das Bett bewegte sich, und das sanfte Rascheln der Bettdecke, auf der Tate sich langsam näherte, erfüllte die Stille. Sein erdiger Duft umhüllte sie, eine Sekunde bevor sein Gesicht und seine Hitze vor ihr auftauchten.

Und dann waren seine Lippen auf ihren. Sein Mund verzehrte ihren mit einem langen, langsamen und trägen Kuss, der ihren Verstand abschaltete und sie schweben ließ. Sie glitt mühelos in den Moment. Seine

Fingerspitzen zeichneten die Umrisse ihres Gesichtes nach, strichen an ihrem Hals entlang, über ihr Schlüsselbein, dann an den Schultern entlang und wieder zurück. Er umfasste ihren Nacken, knabberte zärtlich an ihrer Unterlippe und atmete tief ein. „Immer noch gut?"

Gut?

Ihr ging es großartig. Sie war heißhungrig und doch seltsam zufrieden damit, sich von ihm durch das Festmahl führen zu lassen, das er versprochen hatte. Sie zwang ihre schweren Augenlider auf. In den Schatten erschienen seine scharfen Gesichtszüge weicher, doch die Intensität in seinem Blick war nicht zu übersehen. Die akute Konzentration richtete sich nur auf sie. „Ich habe keine Angst. Ich bin vielleicht nervös. Unsicher, aber ohne Angst zu haben."

Seine Hand in ihrem Nacken strich mit kreisförmigen Bewegungen nach vorn und umschloss ihren Hals knapp über ihrer Kehle. Es war eine besitzergreifende Berührung, die sie erschreckt hätte, wenn es jemand anderer getan hätte, die sie aber seltsamerweise gänzlich auf Tate zentrierte. Sein Daumen strich über ihre Halsschlagader. Eine simple Liebkosung, die wortlos seine Aufmerksamkeit vermittelte. So laut, wie ihr Herz schlug, konnte er wahrscheinlich ihren Puls hören und ebenso fühlen. „Ein Wort von dir und ich höre auf. Ohne Wenn und Aber."

Seine Finger glitten tiefer, wanderten über die sensibilisierte Haut am Ausschnitt ihres Tanktops, dann zwischen ihre Brüste und hinab, um unter den Saum ihres Shirts zu gelangen. Er zögerte nur eine Sekunde, schob es dann hoch, zog es ihr über Kopf und warf es auf den Boden. Sie hatte gedacht, sie hätte einen Moment Zeit, sich zu akklimatisieren. Zu atmen und sich daran zu gewöhnen. Aber genauso schnell entledigte er sie ihrer Jeans, streifte diese über ihre Hüften und warf sie mit einer willkommenen Effizienz von sich, sodass sie nur noch ihren BH und ihren Slip anhatte.

Kühle Luft tanzte über ihre nackte Haut, doch das war nichts im Vergleich zu dem Gefühl seiner Augen auf ihr, seinem Umriss, wie er aufrecht über ihr kniete, und zu wissen, dass er sie offen im Mondlicht betrachtete „Du bist wunderschön."

Ein sanftes Kompliment, das einen Herzschlag vor seiner Berührung kam: ein sanftes Streichen seiner aufgerauten Fingerspitzen direkt unter ihrem Bauchnabel. So langsam. Eine Liebkosung nach der nächsten, quälend geduldig und langwierig, während er ihren Körper kennenlernte. Er erkundete die Kurven ihrer Hüften, neckte die exponierten Schwellungen oberhalb ihres BHs, streichelte die zarte Stelle zwischen ihrem Bauchnabel und der Linie ihres Höschens. Als er sprach, klang seine tiefe Stimme rau und voller Emotionen. „Es macht mich zu einem egoistischen Hurensohn, aber ich bin froh, dass du das noch nie mit einem anderen getan hast. Froh, dass dich noch nie ein anderer Mann so gesehen hat."

Seltsamerweise erging es ihr ebenso. Ihr ganzes Erwachsenenleben lang hatte sie sich wegen ihres Mangels an Erfahrungen benachteiligt gefühlt. Aber jetzt, wo Tate sie so berührte, wie er es tat – während sie ihm dabei zusah, wie er sie beobachtete, und den besitzergreifenden Tonfall in seiner Stimme hörte –, war sie dankbar für das Warten. Sie war dankbar dafür, dass er es war, der sie in diese neue Welt führte, und für jeden Tag, der sie hierhergebracht hatte.

Er setzte sich auf seine Fersen zurück, strich die Träger ihres BHs von ihren Schultern und drückte ihr einen Kuss auf die Seite ihres Halses. Eine Hand schob er hinter ihren Rücken, und seine flinken Finger bearbeiteten den Verschluss. Seine Worte dröhnten regelrecht in ihren Ohren. „Kein anderer Mann wird es jemals tun."

Ihr BH löste sich mit einem gedämpften Schnappen und ihr stockte der Atem. Während Tate sich langsam wieder aufrichtete, löste er den Stoff heraus und entblößte langsam ihre Brüste.

Eine Gänsehaut breitete sich in alle Richtungen aus und ihre ohnehin schon festen Brustspitzen zogen sich noch mehr zusammen, schmerzten und gierten nach Aufmerksamkeit. Sein begehrlicher Blick saugte sie regelrecht auf. Seine Hände wanderten langsam tiefer und seine Berührungen wurden eindringlicher, der Kontakt spannender, als er seine Finger in den Bund ihres Höschens hakte und es über ihre Hüften zog. Er warf es zu den anderen Sachen auf den Boden, lehnte sich zurück und ballte seine Hände auf seinen Oberschenkeln. Seine Atmung war so schwerfällig wie die ihre. „Setz dich auf und rutsch ein bisschen nach unten."

Die Anweisung war das Letzte, womit sie gerechnet hatte. Sie überrascht Elise so sehr, dass sie, ohne zu zögern, folgte.

Irgendwann jedoch holte ihr Verstand wieder auf und mischte sich ein, gerade als Tate seine Position auf dem Bett änderte und sich hinter sie setzte, wobei er jede ihre Hüften mit einem Bein umrahmte. „Was machst du da?"

Er zog sie zurück, sodass sie mit ihrem Hintern bündig an ihm saß, und dirigierte sie so, dass sie sich an seinen Oberkörper lehnte.

Oh mein Gott.

Von all den Arten, wie sie ihn zum ersten Mal an sich zu spüren erwartet hatte, stand das hier nicht einmal auf ihrer Liste. Doch es war seltsam beruhigend. Die Weise, wie sein Körper den ihren umschlang, war beschützend, und doch war da dieser dekadente Druck seiner nackten Haut an ihrer. Besonders sein Schwanz presste sich fest gegen die obere Wölbung ihres Hinterns.

Statt ihre Frage zu beantworten, schlang er seine Arme um sie und klopfte gegen die Außenseiten ihrer Schenkel. „Öffnen."

Keine Bitte, sondern ein Befehl. Eine der dunklen Seiten ihrer selbst, die sie mit Begeisterung kennenlernte, wollte eifrig gehorchen. Sie öffnete sie zentimeterweise, ihre Beine zitterten, als ob ihre Muskeln sich gegen diese verwundbare Position wehrten. Luft küsste ihren entblößten und gierigen Schoß und machte ihr nur allzu bewusst, wie feucht seine Berührungen und die Erfahrungen dieser Nacht sie gemacht hatten.

„Sehr schön." Er kombinierte das Kompliment mit festem Streicheln ihrer Bauchmuskeln und glitt mit seinen Lippen hinauf zu ihrem Hals. „Ich mag es, zu sehen, wie du dich öffnest. Wie bereit du für mich bist."

Lust flammte zwischen ihren Schenkeln auf. Der Instinkt, sie wieder zu schließen und an sich zu ziehen, bis das Beben nachließ, brachte ihre Schenkel zum Zittern. Stattdessen biss sie sich auf die Unterlippe, kniff die Augen zu und zwang ihre Knie dazu, dort zu bleiben, wo sie waren.

„Jetzt ist es so weit, Sweetheart." Seine Lippen streichelten ihr Ohr und sein warmer Atem fächelte über ihre Wange. „Zeig mir, wie du dich berührst. Bring mir bei, was du magst."

Anfangs war es seltsam, zögerlich und ein wenig umständlich. Doch mit jedem Atemzug geriet ihr Körper mehr in eine Art Rhythmus, passte die eigene Atmung der seinen an und folgte dem gleichmäßigen Pochen seines Herzens an ihrem Rücken. Sie umfasste ihre Brüste, hob sie an und streichelte sie. Sie spielte mit ihren Nippeln und zupfte an den Spitzen, bis es ihr egal war, dass er zuschaute. Sie wusste nur noch, dass ihr Körper genug gelitten und die Erlösung verdient hatte.

Sie ließ eine Hand tiefer streichen, glitt mit den Fingern zwischen ihre Schamlippen und umkreiste ihre Klitoris.

Er umfasste die Brust, die sie verlassen hatte, und imitierte die Berührung, die sie sich selbst gegönnt hatte, nur fester. Die Hitze seiner Handfläche und die Stärke seiner Zärtlichkeit löschten ihren Verstand aus. „Wie nass bist du, Elise?"

„Klatschnass." Ohne Zögern. Ohne Scham. Nur Begierde. Rohe Verzweiflung.

Er brummte und kratzte mit den Zähnen über die Stelle, wo sich ihr Nacken und ihre Schulter trafen. Seine freie Hand tauchte zwischen ihre gespreizten Beine und streichelte die Innenseite ihres Schenkels, so nah an ihren Schamlippen, dass sie fast wimmerte. „Das nächste Mal setze ich mich zwischen deine Knie und schaue zu."

Ja.

Sie hatte keine Ahnung, wie sie das wollen konnte, angesichts ihrer mangelnden Erfahrung – ja, sogar danach lechzen konnte. Sie wusste nur, dass es sie auf einem überraschenden Level reizte und sie dem Höhepunkt näher brachte. Nicht nah genug, um zu kommen, aber fast … gerade außer Reichweite tanzend.

„Was brauchst du, *mihara*? Sag es mir."

Er weiß es.

Er wusste es, wollte aber, dass sie es für sich einforderte, dass sie genauso darum bat, wie er sie darum gebeten hatte. „Ich will dich. Dass *deine* Berührung mich zum Kommen bringt. Nicht *meine*."

„Du willst, dass ich mit deiner Pussy spiele? Dich streichele, bis du kommst?"

Ihr Geschlecht zog sich zusammen. Der Höhepunkt war so nah. „Bitte."

Erst mal nur ein Necken. Ein subtiles Streifen seiner

breiten Fingerspitze über ihr geschwollenes Fleisch. Und dann war er da.

Er glitt durch ihre Nässe, bedeckte ihre Labien und ihre Klitoris mit ihrer Erregung und baute ein forderndes Muster auf. Auf und ab. Und jedes Mal umkreiste er dabei ihren Eingang, um sie noch näher an den Orgasmus zu treiben.

Sie stöhnte und bog ihren Rücken durch, rang verzweifelt nach Luft. Sie wollte mehr von allem, was er bot. „Tate."

„So nass", flüsterte er, als hätte er verstanden. „Geschwollen und bereit für mich." Er knabberte an ihrem Ohrläppchen und leckte dann den Schmerz fort, den er hinterlassen hatte. „Willst du wissen, woran ich gedacht habe, als ich mich die letzten zwei Wochen selbst befriedigt habe?"

Sie versuchte, zu antworten. Wollte es wissen, genauso sehr, wie sie ihre Erlösung wollte, konnte aber keine Wörter außer *bitte* und *mehr* in ihrem Kopf bilden.

Tate antwortete dennoch. Seine grollende Stimme war eine verruchte Versuchung an ihrem Ohr, während sein Finger gegen ihren Eingang drückte. „An meinen Mund genau hier." Sein Finger wanderte nach oben. „Meine Zunge leckt jeden Tropfen auf, den du für mich bildest." Er umkreiste ihre Klitoris und drückte sie fest. „Ich sauge deinen Kitzler in meinen Mund und ficke dich mit meinen Fingern, bis du um sie herum zu zucken beginnst und kommst."

Und da war es um sie geschehen.

Sie war ganz und gar verloren im erstaunlichsten Höhepunkt ihres Lebens. Er war verwegener und mächtiger als alles, was sie für möglich gehalten hatte. Eine Ganzkörpererfahrung, die sie völlig zerstört und entblößt zurückließ, während sie selbst in die Höhe aufstieg. Immer wieder zog sich ihr Geschlecht zusammen und entspannte sich, als würde es nach etwas greifen, von dem es wusste, dass es fehlte. Dennoch schwelgte sie in dieser Empfindung, beglückt von dem Versprechen, was noch kommen würde, und dem Terrain, das vorerst unerforscht blieb.

Bei all dem war er da. Seine Stimme in ihrem Ohr. Seine Wärme an ihrem Rücken. Sein Duft in ihrer Nase und seine Berührungen, die sie durch jede Empfindung führen. Er hatte sie gehalten, während sie explodiert war, und leitete sie mit zärtlichen Liebkosungen zurück in die Realität.

Ja, sie war schon früher gekommen, aber nie so. Mit Tate war es anders. Größer. Verwegener. Strahlender und mächtiger.

Sie rollte ihre Hüften gegen seine langsamer werdenden Finger und stöhnte, zog ihre Schenkel zusammen und rollte sich auf die Seite. „Oh mein Gott. Ich kann nicht glauben, dass ich das gerade getan habe."

Er lachte darüber, zog sie hoch, bis sie in seinem Schoß lag. Sein Schwanz lag hart und erigiert erneut zwischen ihnen, doch Tate führte ihren Kopf zu seiner Schulter und strich mit einer Hand über ihren Hinterkopf, als würde ihn das nicht im Geringsten stören. „Nun, das hast du, und das Bild hat sich in mein Gehirn gebrannt. Solltest du also eine detailgetreue Beschreibung der Ereignisse brauchen, kann ich sie dir geben."

Ihre Wangen kribbelten und sie vergrub ihr Gesicht an seiner Brust. „Oh nein, das wirst du nicht tun."

Er hob ihr Gesicht mit einem Finger an ihrem Kinn zu seinem. „Du kommst nicht auf diese Weise wegen mir und denkst etwas Negatives darüber. Es war wunderschön. Perfekt."

Das Brennen in ihren Wangen wurde heißer, doch dieses Mal war es die Erinnerung an die Intensität des

Moments, die die Hitze ankurbelte. „Es war ziemlich genial."

Sein Lächeln wurde weicher und er fuhr mit dem Daumen über ihre Wange. „Es war mehr als genial, *mihara*. Es war sensationell." Er zögerte kurz und sah ihr direkt in die Augen. „Es war ebenso der Anfang."

KAPITEL 12

Vielleicht hätte sie lieber die schlichten schwarzen Leggings wählen sollen statt ihrer grauen Batik-Leggings. Oder Shorts. Oder sie hätte besser ganz einfach zu Hause bleiben und sich mehr Zeit nehmen sollen, um ihren Mut zu sammeln, bevor sie ihren ersten Trainingstag mit dem Clan in Angriff nahm.

Elise achtete darauf, nicht über herumliegende Äste oder lose Steine zu stolpern, die auf dem Weg zu Priests Haus verstreut lagen, und dachte über ihre schwarzen Chucks zum Hineinschlüpfen nach. „Bist du sicher, dass ich richtig dafür angezogen bin?"

Ihre Mom, die neben ihr herlief, kicherte und rieb eine Hand zwischen Elises Schulterblättern. „Du siehst gut aus. Ich war die letzten beiden Samstage dort und alle Frauen trugen bequeme Kleidung, in der sie sich bewegen können."

Bequem wie ihre Mutter vielleicht. In ihrer lockeren Baumwollhose mit einem bunten Aufdruck in den Farben Koralle, Pink und Himbeere und einem einfarbigen Top in Koralle sah sie aus wie ein Yogi-Blumenkind. Ihr Outfit war jedenfalls nicht annähernd so lässig wie das, das Elise ausgesucht hatte. „Sogar Leggings?"

„Sogar Leggings. Allerdings lässt du sie eher wie ein modisches Statement aussehen. Das war bei dir schon immer so. Diese Mesh-Einsätze an den Seiten lassen deine Beine kilometerlang wirken, und dein Top und deine Chucks lassen den Look gewagt wirken."

„Gewagt, huh?" Es war nicht gerade der Look, den sie sich gewünscht hatte, aber es war ihr erster Ausflug in das normale Clanleben und mehr Attitüde und Mut konnten dabei nicht schaden. Tate hatte ihr bereits gesagt, was sie zu erwarten hatte: Sie würde ein paar Stunden mit jedem der Häuser verbringen, in deren

Beisein mit bestimmten Arten von Magie trainieren und dann noch ein oder zwei Stunden mit den Kriegern zubringen, die allen Selbstverteidigung beibrachten. Sie hoffte nur, dass das weite schwarze Oberteil ihr genügend Bewegungsfreiheit geben würde, um zu vermeiden, dass sie sich auf den schwarzen Sport-BH darunter reduzieren müsste, wenn es zur zweiten Hälfte der Agenda kam.

„Entspann dich, Sweetheart. Alles wird gut. Du wirst schon sehen." Ihre Mom schob einen immergrünen Ast beiseite, der den Weg versperrte, und hielt ihn dann für Elise fest. „Ich muss sagen, ich bin überrascht, dass Tate heute Morgen nicht gekommen ist, um dich zu begleiten."

„Er wollte."

„Aber du nicht?"

„Nein."

Jenny blieb mitten im Gehen stehen und hielt Elise mit einer Hand an ihrem Arm zurück. „Ist etwas passiert?"

Oh, es war wirklich etwas passiert. In wenigen Tagen hatte sich ihr größtenteils ruhiges, routinemäßiges Leben zu einem Surfen durch Erfahrungen entwickelt, die so reich und emotional bunt waren, dass sie sich fragte, ob ihre Füße jemals wieder den Boden berühren würden. Und es lag nicht nur an Tates regelmäßigen Zuneigungsbekundungen. Es waren auch nicht nur seine berauschenden Küsse oder seine beruhigenden Berührungen. Es lag an seiner Anwesenheit, seiner Aufmerksamkeit und Fürsorge. Die Kombination war überwältigend, euphorisch, und es war erschreckend, wie süchtig es machte.

Als sie bemerkte, dass das alberne Schmunzeln, das sie jetzt die meiste Zeit in ihrem Gesicht trug, wieder aufgetaucht war, senkte sie den Kopf und winkte ihre Mutter weiter. „Es ist nichts passiert. Ich habe einfach festgestellt, wie viel Zeit ich in den letzten Tagen mit ihm verbracht habe, und wollte ein bisschen Zeit allein mit dir."

Sie hatte sich auch einen Ausweg lassen wollen, falls ihre Nervosität sie überwältigte und sie heute lieber doch nicht dort auftauchen wollte. Aber selbst wenn sie das versucht hätte, wäre Tate garantiert vor ihrem Haus aufgetaucht und hätte sie zu Priests getragen.

„Weißt du, du musst dir keine Sorgen um mich machen, Elise. Alleinsein ist nichts Schlimmes. Ich wusste seit dem Tag deiner Geburt, dass du irgendwann deine Flügel ausbreiten und dein eigenes Leben führen würdest."

Diesmal war es Elise, die innehielt. „Wie kommst du darauf, dass ich weggehe?"

Jenny starrte sie an und ein winziges wissendes Lächeln legte sich auf ihre Lippen.

„Wusstest du von Tate? Von dem, was er für mich ist?"

Ihre Mutter zögerte kurz, dann nickte sie. „Er hat es mir am Abend von Beltane erzählt." Sie trat näher, umfasste Elises Schultern und strich mit ihren Händen über ihre Arme. „Ich freue mich für dich, Sweetheart. Ich bin begeistert darüber, zu wissen, dass dich der Hüter mit einem so wunderbaren Mann gesegnet hat. Und zu wissen, dass du dein Erbe niemals verstecken musst. Dass du mit jemandem zusammen bist, der sich um dich kümmert und dich bei allem unterstützt, was du tun willst."

Anders als in der Beziehung, die ihre Mutter mit ihrem Vater gehabt hatte. Sie hatte es nicht direkt ausgesprochen, aber der Unterton in ihrer Stimme war eindeutig. Es waren so viele Dinge, die ihre Mutter aufgegeben hatte. Ihre Magie. Ihren Begleiter. Ihren Clan. Alles nur, weil sie sich in einen Außenseiter verliebt hatte, bevor sie ihren eigentlichen Gefährten gefunden hatte.

„Ich verlasse dich nicht, Mom."

„Noch nicht. Aber du wirst. Und ich möchte, dass du weißt … Es ist okay. Ich will das für dich." Jenny lächelte breit und umfasste eine Seite von Elises Gesicht. „Jetzt komm schon. Ich habe gesehen, wie einige dieser Volán-Männer mit ihren Gefährtinnen umgehen. Wenn wir nicht bald auftauchen, wird Tate uns ausfindig machen und du wirst deinen ersten Auftritt beim Trainingstag über seine Schulter geworfen absolvieren müssen."

Es war ein perfekter Maitag. Gegen Mittag war die Kälte der vergangenen Nacht verschwunden und ersetzt worden durch eine federleichte Brise und Temperaturen, die langsam auf die zwanzig Grad zugingen. Keine einzige Wolke sprenkelte den strahlend blauen Himmel und neue, kräftige grüne Blätter raschelten in den Bäumen um sie herum. Mit jedem Schritt auf Priests Haus zu wurde das Stimmengewirr und Gelächter stärker und Elises Herzschlag beschleunigte sich.

Sie stiegen einen Hang hinauf und die Versammlung kam in Sicht. Die Anzahl der Menschen war ähnlich groß wie bei Beltane, aber die Energie war dieses Mal anders. Sie war konzentrierter und zielgerichteter. Auf drei langen Klapptischen war reichlich Essen ausgebreitet und die vier roten Kühlboxen an dem einen Ende waren zweifellos bis zum Rand mit Getränken gefüllt. Aber es herrschte eine gewisse Ordnung unter den Gruppen von Menschen, die beim letzten Mal nicht so offensichtlich gewesen war. Es kam ihr vor wie damals, als sie ein Praktikum in der Physiotherapie bei einer Football-Mannschaft absolviert hatte und diese sich zum Training in Spezialteams aufgeteilt hatte.

Sie konzentrierte sich auf die beiden Gruppen, die sich in lockeren Kreisen versammelt hatten und unter zwei verschiedenen Bäumen saßen. Einer davon musste der Kreis der Heiler des Clans sein, angesichts von Vanessas prominenter Platzierung in der Nähe des Zentrums. „Wo soll ich hingehen?"

Ihr war nicht bewusst, dass sie ihre Frage mit einem regelrechten Todesgriff um die Hand ihrer Mutter kombiniert hatte, bis Jenny sie mit ihrer eigenen bedeckte und flüsterte: „Ich habe keine Ahnung. In den letzten Wochen hat Naomi mich zu den verschiedenen Gruppen mitgenommen. Allerdings weiß ich nicht, ob das die Norm war oder ob sie mich nur allen vorstellen wollte." Sie drückte Elises Hand und lenkte ihre Aufmerksamkeit auf eine Ansammlung von Frauen und Männern, die auf den Beinen waren und sich gegenseitig im Trainingskampf gegenüberstanden. „Ich habe aber das Gefühl, dass er es weiß."

Tate.

Bekleidet mit einer leichten grauen Trainingshose und sonst nichts war er voll in einen Kampf mit Alek verwickelt und wich Schlägen und Tritten aus, die so schnell auf ihn einprasselten, dass sie sie kaum alle verfolgen konnte. Sie konnte nicht sagen, warum sein Anblick die heftige Anspannung in ihrer Magengrube sofort löste, aber ihre Lungen waren froh über die Freiheit, tatsächlich einen anständigen Atemzug nehmen zu können. Und ihr Körper erholte sich auf eine Weise, die keine Menge Kaffee jemals hätte schaffen können.

Eine Sekunde später erklangen Schritte auf den Holzstufen des erhöhten Decks hinter ihr, dann riss Kateris sanfte Stimme sie aus ihrer verblüfften Starre. „Es macht Spaß, ihnen zuzusehen, nicht wahr?"

Elise räusperte sich und betete, dass die Hitze, die ihren Hals emporkroch, nicht so offensichtlich war, wie sie sich anfühlte. „Ich bin mir nicht sicher, ob ich das Wort Spaß verwenden würde." Flüssig, vielleicht. Mächtig und tödlich, auf jeden Fall. Sie wagte einen weiteren Blick, nur um festzustellen, dass Tate ihre Ankunft bemerkt und Alek stehen lassen hatte, um zu ihr zu joggen. „Es sieht gefährlich aus."

„Vielleicht", sagte Katy. „Aber je länger du sie beobachtest, desto mehr wird dir klar, worum es bei ihrer Magie geht. Sie sind zutiefst körperlich und ihre Bewegungen kommen ganz natürlich." Sie kicherte und senkte ihre Stimme. „Übrigens, gute Arbeit mit dem Tattoo. Ich werde Priest dazu bringen, mir zu zeigen, wie man das macht."

„Oh du meine Güte." Das kam von ihrer Mutter mit einem eingezogenen Atemzug, der von Schock und Verwunderung sprach. „Hast du das gemacht?"

Bevor sie antworten konnte, war Tate bei ihr und zog sie dicht an sich. Er war nicht im Geringsten besorgt über die Anwesenheit ihrer Mutter, umfasste ihren Hinterkopf und drückte einen innigen, aber festen und anhaltenden Kuss auf ihre Lippen. „Hey", murmelte er einige Herzschläge später gegen ihren Mund.

„Hey." Nicht gerade das, was man eine clevere Reaktion nennen würde, sondern völlig lahm, aber auch typisch. Wenn Tate ihr nahe war oder sie berührte, weigerte sich ihr Gehirn, auf mehr als nur der grundlegendsten Ebene zu funktionieren.

Hinter ihnen räusperte Katy sich und brachte damit die Realität wieder zurück in den Fokus. „Ich schätze, das Tattoo war nicht genug, um deinen Standpunkt klar zu machen."

„Entweder das oder er trommelt sich wie ein Höhlenmensch auf die Brust", ergänzte Priest und trat an Tates Seite. Er klopfte Tate auf die Schulter und beugte sich weit genug zu ihm, um zu murmeln: „Du könntest mal einen Gang runterschalten, Killer. Vielleicht sollte sie sich erst einmal orientieren."

Seine Worte brachten die völlige Stille in der Schlucht in einen messerscharfen Fokus. Kein Geplapper. Kein Lachen. Kein Keuchen oder Schreien von den Kriegern hinter ihnen.

Nur völliges fixiertes Schweigen.

Die Angst, die sie durchströmte, musste sich auf ihrem Gesicht abzeichnen, denn ihre Mutter biss sich auf die Unterlippe, um ihr Lächeln zu unterdrücken.

Elise blickte Tate stirnrunzelnd an, dankbar, dass sein Körper sie teilweise verbarg. „Alle schauen uns an, nicht wahr?"

Er grinste vollkommen reuelos. „Gott, das hoffe ich."

„Ja. Ein totaler Höhlenmensch." Diesmal benutzte Priest die Hand an Tates Schulter dazu, ihn wegzuschubsen. „Hände weg! Lass mich dafür sorgen, dass sie sich orientieren kann. Du kannst später mit ihr herumstolzieren und dich mit ihr brüsten."

Tate gab nach, schnappte sich jedoch ihre Hand, als er seinen Arm von ihrem Rücken nahm. „Sie kann bei den Kriegern bleiben."

„Sie wird im Laufe der Zeit mit jedem der Häuser arbeiten, aber heute fängt sie mit den Heilern an."

„Sie muss nicht dort anfangen", widersprach Tate. „Ihr Großvater gehörte dem Haus der Krieger an. Sie sollte gleich viel Zeit mit beiden verbringen, bis sie ihre Magie kennt."

„Sie beginnt bei den Heilern, Tate." Ein letzter Befehl, der keinen Widerspruch duldete.

Tate funkelte Priest an, seine Lippen waren schmal und seine Augen brannten vor unausgesprochenen Argumenten.

Aus purem Instinkt und dem Bedürfnis heraus, die schweigenden Zuschauer hinter ihnen auf etwas anders zu lenken, trat Elise dicht an Tate heran und drückte ihre Handfläche auf seinen Bauch. „Es ist okay. Mir wird es gut gehen."

Priest bemerkte diese Aktion und bedachte sie beide mit einem dieser schlauen elterlichen Blicke, dann fokussierte er sich auf Tate. „Gibt es etwas, was ich wissen muss?"

„Nein", antwortete Elise, bevor Tate reagieren konnte. „Es ist vollkommen in Ordnung für mich, zu lernen, was ich lernen muss. Tate will mich nur beschützen."

Priests Augen wurden schmaler und wanderten hinüber zu der Gruppe der Heiler, ehe er sich wieder Elise zuwandte. „Ist etwas passiert?"

„Nichts, womit ich nicht umgehen kann." Und das würde sie. In den letzten Tagen hatte sie lange und intensiv über Vanessa und die Parallelen ihrer Begegnungen mit der eigenen Vergangenheit nachgedacht. Jahrelang hatte sie sich gewünscht, die Dinge noch einmal tun zu können. Den Mut zu finden, für sich selbst einzustehen und zu sehen, ob die Dinge vielleicht anders verlaufen würden. Diesmal würde sie die Gelegenheit nutzen.

Sie strich mit ihrer Hand über Tates Brust und bedeckte ihren Namen direkt über seinem Herzen. „Wirklich, es wird gut gehen. Es ist das Richtige."

Sein Griff um ihre Hand festigte sich, und sein säuerlicher Gesichtsausdruck machte deutlich, dass er ihr das nicht abkaufte.

So sachlich wie möglich trat Katy neben sie. „Ich werde dabei sein. Ich habe noch nicht viel Zeit mit den Heilern verbracht, und es ist ja nicht so, als hätte ich jemanden außer Priest, mit dem ich trainieren könnte."

„Ich auch", sagte ihre Mutter und trat auf der anderen Seite neben Elise. „Aber wenn wir fertig sind, möchte ich die Tattoo-Geschichte hören und wie du Elise dazu gebracht hast."

Die doppelte Ablenkungstaktik schien zu funktionieren. Tates finsterer Blick verwandelte sich in etwas, was einem männlichen Schmollmund nahekam.

Priest starrte Jenny und Kateri an und deutete mit dem Kopf in Richtung Heiler, die für Elise von Tates Körper noch immer verdeckt waren. „Ihr beiden geht schon einmal rüber. Elise und ich werden in einer Minute folgen." Er wartete nicht darauf, dass sie sich in Bewegung setzten, sondern schlug Tate auf den Rücken. „Küss deine Gefährtin und geh dann wieder an die Arbeit. Wir kümmern uns um sie."

Tate atmete tief ein, und seine Nasenflügel bebten, als wäre er nur Sekunden davon entfernt, Elise über seine Schulter zu werfen, sie aus der Schlucht zu schleppen und der ganzen Welt zu sagen, dass sie zur Hölle fahren solle. Stattdessen umfasste er ihren Hinterkopf und versiegelte ihren Mund mit seinem. Genauso wie vorhin, als er sie begrüßt hatte. Derselbe anhaltende Kontakt. Aber dieser Kuss war eine Art Behauptung von Anspruch. Ein Versprechen und eine Herausforderung in einem für alle, die zusahen. Er lehnte seine Stirn gegen ihre. „Lass nicht zu, dass sie mit deinem Kopf spielt."

„Werde ich nicht." Das war zumindest das Ziel. Allerdings musste sie zugeben, dass die ganze Aufmunterungsrede, die sie sich selbst in den letzten Tagen gehalten hatte, viel einfacher zu hören war, wenn nicht mehr als einhundert Leute dabei waren. Sie strich mit der Hand über sein Brustbein und wich zurück. „Jetzt geh, damit ich es hinter mich bringen kann."

Er nickte knapp und richtete einen scharfen Blick, den sie nicht ganz deuten konnte, auf Priest, als er sich zurückzog und dann auf die wartenden Krieger zurannte.

Ja.

Definitiv über einhundert Leute.

Und während ein Teil der Gespräche von den Versammelten wieder aufgenommen worden war und einige der Leute von der Show gelangweilt waren, schaute die große Mehrheit immer noch zu und wartete.

Sie sind nur Publikum.

Nicht anders als das bei den Sportveranstaltungen, an denen sie teilgenommen hatte, oder als die Eltern, die lange Tanzabende oder Wettkämpfe über sich hatten ergehen lassen.

Sie hob ihr Kinn und sah Priest mit etwas mehr Zuversicht an. Sie erhoffte sich von ihrer veränderten Haltung, dass sie so wirkte, als fühlte sie diese Zuversicht auch. „Okay, also, was soll ich machen?"

Seine Lippen zuckten und seine mystischen grauen Augen funkelten voller Lachen, das er kaum zurückhalten konnte. „Nun, ich wollte gerade eine dieser Kopfhoch-und-nimm-dein-Schicksal-in-die-Hand-Ansprachen halten, aber ich denke, du hast es schon unter Kontrolle."

Nun ja, unter Kontrolle, darüber konnte man streiten. Es war eher so, dass die eigensinnige Natur, die sie im Leistungssport so gut gemacht hatte, endlich wieder erwacht war und einen neuen Fokus gefunden hatte. „Ja, aber ich habe keine Ahnung, worauf ich mich da einlasse. Wie funktioniert das alles?"

Er führte sie mit einer Hand zwischen ihren Schulterblättern zu der Gruppe der Heiler. Sein Gang war in einem leichten Tempo, sodass sie Zeit zum Reden hatten. Obwohl der Kreis, den sie ansteuerten, am weitesten entfernt war, senkte er seine Stimme. „Siehst du die Frau neben Vanessa? Lange graue Haare, mit Zöpfen an einer Seite?"

Seltsam. Bis Priest sie auf sie aufmerksam gemacht hatte, hatte Elise sie gar nicht bemerkt. Aber jetzt, als sie die Frau wirklich ansah, bemerkte sie, dass es nicht daran gelegen hatte, dass sie unscheinbar war, sondern eher, dass ihr friedliches Gesicht und ihre anmutige Haltung sie mit der Welt um sie herum verschmelzen ließ. Und während es auf den ersten Blick so wirkte, als würde Vanessa die Gruppe anführen, bewies die frische Perspektive, dass die ältere Frau die Leitung hatte. Vanessa verharrte nur wie angewurzelt neben ihr und war bereit, bei der erstbesten Gelegenheit, die sie bekommen würde, einzuspringen.

„Das ist Meara", erklärte Priest. „Sie ist einhundertneunundachtzig und die älteste Person in unserem Clan, von der wir wissen, dass sie noch lebt. Sie und deine Großmutter waren sehr gute Freundinnen."

Einhundertneunundachtzig.

Fast zwei Jahrhunderte alt.

Egal wie oft Elise versuchte, sich vorzustellen, wie es wäre, so lange zu leben, ihr Gehirn weigerte sich schlichtweg, dabei mitzumachen. Erst als sie die Bewegungen vor Meara registrierte, bemerkte Elise, dass jemand ausgestreckt auf dem Boden vor der älteren Frau lag. „Was macht sie da?"

„Es ist nicht das, was sie macht. Schau genauer hin."

Auf Mearas anderer Seite saß eine Frau, die den Kopf über die Person vor ihnen gebeugt hatte, sodass ihr dunkles Haar ihr Gesicht verdeckte. „Das ist Sara. Und das kleine Mädchen vor ihr ist Janie. Sie hat sich vor ein paar Tagen den Knöchel verstaucht und Sara heilt ihn gerade."

„Also ist der Trainingstag für Heiler so etwas wie eine offene Klinik für den Clan?"

Priest grinste sie an. „So etwas in der Art. Während Krieger den Teil des Tages zum Training zur Selbstverteidigung nutzen, um sich mit Menschen aus den anderen Häusern zu verbinden, tun Heiler dasselbe und stärken ihre Fähigkeiten, indem sie sich um die Leiden aller kümmern."

„Und was tun sie, wenn es niemanden zum Heilen gibt?"

Er lachte und blieb in der Mitte der Schlucht stehen, um den Menschen um sie herum ein Zeichen zu geben. „Es sind heute ungefähr einhundertzwanzig Leute hier. Es gibt wahrscheinlich weitere fünfzig oder sechzig, die in der Nähe wohnen, und weitere einhundert oder so, die weiter weg leben. Es gibt fast immer jemanden zum Heilen. Auch wenn es nur ein Kratzer oder eine Muskelzerrung ist." Er deutete mit dem Kopf in Richtung Krieger, die aufeinander losgingen, als ob ihr Leben davon abhinge. „Und diese Schwachköpfe sind an Trainingstagen garantierte Patienten. Es geht nicht darum, *ob* jemand verletzt wird, sondern eher *wer*."

Ihr Blick heftete sich auf Tate, der glücklicherweise im Moment mit niemandem beschäftigt war, aber mit überkreuzten Armen am Rand seiner Gruppe stand und Elise wie ein Falke beobachtete.

Priest tippte ihr auf die Schulter. „Komm schon. Er wird nicht aufhören, bis er weiß, dass es dir gut geht."

Die Vorstellungsrunde verging wie im Flug und es waren viel zu viele Namen, an die sie sich am Ende des Tages wahrscheinlich nicht mehr würde erinnern können. Leider hob Priest sich Meara bis zum Schluss auf und führte Elise an die Spitze des Kreises, anstatt dass sie sich wie geplant am äußeren Rand der Gruppe niederlassen konnte. „Meara, das ist Elise Ralston. Caras Enkelin."

Es war keine direkte Aussage, dass Priest darauf setzte, dass Elise die nächste Prima werden würde, aber dennoch gab er einen deutlichen Hinweis auf ihre Abstammung.

Meara strahlte zu ihr hoch, auch wenn ihre blassblauen Augen unkonzentriert wirkten. „Endlich." Immer noch auf dem Boden kniend, streckte sie beide Hände nach Elise aus, und sie verfehlten ihr Ziel nur um einen Bruchteil. „Priest sagte, du könntest dich heute hinauswagen, also habe ich mich von meiner Tochter für einen Besuch herfahren lassen. Komm. Setz dich neben mich."

Nicht unfokussierte Augen.

Blinde.

Und doch beruhigte etwas an der Freude in ihnen den Großteil von Elises Sorgen und Zweifeln, so wie die Anwesenheit und sanften Berührungen ihrer Mutter die schlimmsten Albträume auslöschen konnten.

„Meara lebt etwa vier Stunden südlich von hier", erklärte Priest. „Gleich südlich des Quachita Forrest, in der Nähe von Hot Springs."

Elise trat nahe genug, um ihre Hände zu ergreifen und sie sanft zu drücken. „Ich hoffe, du bist nicht den ganzen Weg hierher gefahren, nur um mich zu treffen."

„Natürlich bin ich das. Deine Großmutter war eine meiner besten Freundinnen und eine außergewöhnliche Prima." Elises Hände in ihren haltend, drehte Meara ihren Kopf zu Vanessa neben ihr. „Rutsch ein bisschen rüber und mach Platz für sie, Nessa."

Vanessa hatte vielleicht noch ihren Ärger über Priests subtilen Hinweis auf Elises Prima-Großmutter verbergen können, aber die Empörung in ihrem Gesicht, als Mearas rechte Hand verdrängt zu werden, war nicht zu übersehen.

Trotz ihrer Blindheit zielsicher, beugte Meara sich zu dem blonden kleinen Mädchen, das vor ihr ausgestreckt lag, und strich ihr über die Stirn. „Wie fühlt es sich an, Janie?"

Janie ließ ihren Fuß kreisen. „Für mich fühlt es sich gut an. Nirgendwo Schmerzen."

Sara bewegte sich noch immer nicht, hielt ihren Blick einfach auf Meara geheftet, ihr Mund verkniffen, als wäre sie unsicher.

Noch immer über das Mädchen gebeugt, hielt Meara inne, nur ihr Daumen bewegte sich in einem beruhigenden Rhythmus über Janies Stirn. Schließlich nickte sie und setzte sich zurück auf ihre Fersen. „Du hast gute Arbeit geleistet, Sara. Du wirst stärker."

Sara atmete schwer aus und lächelte breit. „Das ist eine Erleichterung." Sie beugte sich weit genug vor, um ihre Hand anzubieten und Janie beim Aufstehen zu helfen. „Danke, dass du mir vertraut hast, Kleine."

Janie nahm die Hand, doch in Anbetracht dessen, wie

schnell sie auf die Füße kam, war es eher eine höfliche Geste als eine Notwendigkeit.

„Danke, dass du mich wieder ganz gemacht hast." Sie umarmte Sara mit einer ungezwungenen Ausgelassenheit, die Sara fast nach hinten kippen ließ, und stürzte dann auf eine Gruppe spielender Kinder zu, die etwas weiter weg von den Trainingsgruppen waren. „Hey, Joey! Schau! Ich bin wieder heil."

Leises Lachen erklang in der Runde.

Als es langsam erstarb, bedeckte Meara Elises Hand mit ihrer und wandte sich an die Gruppe. „Okay, wir teilen uns paarweise auf und kümmern uns um die, die noch übrig sind." Sie hielt gerade lange genug inne, um ihre trüben Augen auf Vanessa zu Elises Linken zu richten. „Nessa, warum gehst du nicht von Gruppe zu Gruppe und bietest etwas Anleitung an, statt heute zu heilen."

In Elises Ohren klang die Weisung unschuldig, wie eine Bitte um Unterstützung und eine verliehene Ehre in einem. Aber die Verärgerung auf Vanessas Gesicht und die fast greifbare Wut, die von ihr ausging, schrie förmlich von einer Frau, die sich ihrer Chance beraubt sah. „Aber ich hatte heute keine Gelegenheit zum Training. Wie kann ich besser werden, wenn ich nicht übe?"

„Ein Teil des Lernens liegt im Geben. Deine Fähigkeiten sind stark. Der Austausch mit den anderen Heilern wird dich stärker machen."

Für einen Moment glaubte Elise, dass Vanessa widersprechen würde. Stattdessen stemmte sie sich auf die Füße und wich Elises Blick bewusst aus, während sie sich ein verirrtes Blatt von der Hose wischte und außer Hörweite davon stampfte.

„Sie ist begabt, aber fehlgeleitet." Meara sagte das so leise, dass sich Elise fragte, ob sie es überhaupt laut hatte aussprechen wollen. Dann drückte sie Elises Hand und bestätigte damit, dass die Information mit

Absicht von ihr mitgeteilt worden war. „Sie wird diejenige sein, mit der du dich bald herumschlagen musst. Gut, dass du dich dieser Herausforderung lieber jetzt als später stellst."

Okay, das war verrückt. Tate hatte erwähnt, dass der Clan dazu neigte, eine gesunde Gerüchteküche zu pflegen, allerdings hatte sie nicht damit gerechnet, dass sie bis nach Hot Springs reichte. „Das hast du mitbekommen?"

„Als du und deine Mutter hier ankamt, habe ich es gespürt. Sie weiß, dass sie nie die Prima werden wird, aber sie war bisher eine unserer stärksten Heilerinnen. Dich hier zu haben, stellt eine Bedrohung für ihre Position dar." Ein schlaues Lächeln umspielte ihre Lippen. „Die Tatsache, dass du deinen Gefährten gefunden hast, noch bevor du deine Magie erhalten hast, ist nur Salz in den Wunden."

„Ich schätze, das bedeutet, dass sie das Tattoo gesehen hat?"

„Sie hat es gesehen und gehört, wie die anderen Krieger ihm zu einer so hübschen Gefährtin gratuliert haben. Und mitbekommen, dass alle erwartet haben, dass du heute hier bist. Ihre Nerven liegen blank und sie ist bereit für einen Kampf, aber du wirst es überstehen. Du kommst aus einer starken Linie von außergewöhnlichen Frauen."

Meara holte langsam Luft, tätschelte Elises Hand und legte ihre Hände in den Schoß. „Und jetzt erzähl mir alles über das Leben in Louisiana."

Die nächste halbe Stunde verging wie im Flug. Elise beantwortete jede Frage, die Meara stellte. Das ununterbrochene Nachhaken hatte gerade nachgelassen und Elise dachte, sie würde endlich ein paar eigene Fragen stellen können, als ein scharfer Schrei und ein unheimlicher Knall von der Kriegergruppe zu hören war.

Elise und Meara, die sich am weitesten entfernt niedergelassen hatten, erreichten als Letzte die Menge. Sie hätten es niemals hindurchgeschafft ohne Mearas strenges „Macht Platz! Jetzt!".

Ihr Herz schlug ihr bis zum Hals und ihr Körper prickelte vor Adrenalin. Elise scannte jeden der versammelten Krieger, während sie Meara durch die Menge führte. Gerade als sie die Frontlinie hinter sich gelassen hatten, richtete sich ihr Blick auf Tate, der direkt hinter Vanessa stand. Diese wiederum hockte neben einer verletzten Frau, die ungünstig auf der Seite lag.

Vanessa kniete sich so hin, dass der Kopf der Frau genau auf einer Linie mit ihren Knien lag. „Es ist ihr Nacken. Rollen wir sie auf den Rücken."

„Nein!" Entweder die Lautstärke von Elises Befehl oder der schiere Schock ließ alle auf der Stelle erstarren. „Du kannst sie nicht bewegen."

Dafür, dass sie eine Heilerin war, wirkte der finstere Blick, den Vanessa Elise zu warf, eher so, als könne sie einen Mord begehen. „Ich bin eine Heilerin."

„Das bin ich auch."

„Erzähl mir doch nichts. Du weißt noch nicht einmal, was du bist."

„Keine Heilerin im Volán-Sinn, aber ausgebildet genug, um Physiologie zu verstehen. So, wie sie da liegt, wird sie, wenn du sie jetzt bewegst, nicht mehr am Leben sein, damit du sie heilen kannst."

„Du bist nicht meine Prima. Du sagst mir nicht, was ich tun soll."

Priests tiefe und unversöhnliche Stimme schallte wie ein Hammerschlag über die Lichtung. „Nein, aber dein Hohepriester schon." Wie ein Richter und Henker, der unbemerkt vom Rand der Menge aus zugesehen hatte, breitete Priest die Arme aus und ging vorwärts. „Elise, was würdest du tun?"

Meara lockerte ihren Griff um Elises Arm und schickte sie mit einem Schubs in den Rücken nach vorn. Es war eine unverkennbare Ermutigung.

So viele Menschen, und doch war jede Person still. Nur der angestrengte Atem der verletzten Frau mischte sich mit dem Rauschen der Baumwipfel über ihnen. Elise ging näher heran und kniete sich auf die gegenüberliegende Seite der Frau. Sie fühlte Tates Präsenz mehr, als dass sie ihn sah, während er sich direkt hinter ihr aufstellte. Er war nicht so nah, dass er sie bedrängte, aber da, um ihr seine Kraft und Unterstützung zu schenken. „Wie ist dein Name?"

Die Antwort kam so leise, dass Elise sich vorbeugen musste, um sie zu hören. „Kallie."

Elise strich die Strähnen, die sich aus Kallies Pferdeschwanz gelöst hatte, aus ihrem Gesicht. „Kallie, kannst du deine Zehen für mich bewegen?"

Kallies Atem stockte und ein leises Schluchzen glitt über ihre Lippen. „Haben sie sich bewegt?"

Hinter ihnen erklang Gemurmel, dessen Tenor die Angst in Elises Eingeweiden widerspiegelte. Anstatt direkt zu antworten, streckte Elise sich aus und zwickte Kallie fest in den Knöchel. „Kannst du das fühlen?"

„Nein."

Sie versuchte es erneut mit Kallies Handgelenk. „Und das?"

„Nein."

Elise wappnete sich mit einem tiefen Atemzug und wischte eine frische Träne von Kallies Gesicht. „Es ist okay. Es wird dir bald wieder gut gehen." Zumindest hoffte sie, dass es so sein würde. Wenn Vanessa oder Meara sie nicht würden heilen können, wäre Elise eine absolute Lügnerin.

Zuerst blickte sie Priest an: „Wir können sie nicht bewegen. Wenn du sie heilen kannst, tu es da, wo sie jetzt ist."

„Ich kann das.", gab Vanessa bissig von sich.

„Mit dieser Energie wirst du es nicht können." Geführt von Sara, schlurfte Meara nach vorn und scheuchte Vanessa aus dem Weg. „Wenn es so ernst ist, wie Elise sagt, dann muss man emotional geerdeter sein, um die erforderliche Arbeit zu erledigen."

„Ich bin geerdet", behauptete Vanessa.

„Das ist kein Spiel." Woher die Eisenhärte in ihrer Stimme kam, wusste Elise nicht, aber sie war stark genug, dass Vanessas Augen zu ihr schnellten und sich vor Schock weiteten. „Was auch immer dein Problem mit mir ist, wir werden es klären. Aber nicht, wenn eine Frau so schwer verletzt ist. Tritt beiseite und lass es Meara tun."

Vanessa starrte sie einen Moment lang an, dann ließ sie den Blick über die gesamte versammelte Menge schweifen. Er landete auf Priest, der neben Elise stand.

Er sprach kein Wort, stand einfach mit überkreuzten Armen da und wartete. Vanessa senkte den Kopf, nickte, erhob sich und trat zurück.

Kaum hatte Meara sich neben die junge Frau gesetzt und ihr eine Hand in den Nacken gelegt, veränderte sich die Luft um sie herum. Als stünde sie vor undefinierbarer Ehrfurcht still. Sekunden, die von Besorgnis und Anspannung hätten durchdrungen sein sollen, wurden zu leichten, wenn auch bewussten Minuten. Elise hätte schwören können, dass sogar der Wald den Atem anhielt, wartete und seine Kraft spendete.

Schließlich beugte sich Meara vor und flüsterte Kallie etwas ins Ohr. Sekunden später bewegte sich Kallies Fuß, gefolgt von einer langsamen Streckung ihres Beines. „Ich kann sie spüren."

Was auch immer sie danach sagte, ging im Chor der Jubelrufe und des Lobes über Mearas Arbeit unter. Es war, als wäre das Gewicht einer möglichen Tragödie glücklich gegen Triumph und Erleichterung ausgetauscht worden.

Elise stieß ihren eigenen zittrigen Atemzug aus. Der

Ansturm des posttraumatischen Adrenalins machte sie so benommen, dass sie wahrscheinlich umgekippt wäre, wenn sie gestanden hätte.

Tate stützte sie mit einer Hand an ihrer Schulter und kam näher, sodass sein Oberkörper ihren Rücken bedeckte. „Gut gemacht."

„Ich habe gar nichts getan. Meara war es."

„Elise." Er drückte ihre Schulter, als wollte er damit seine Worte untermauern. „Wenn du nicht eingeschritten wärst, wäre Kallie heute vielleicht nicht mehr nach Hause gegangen. Gut gemacht. Ganz zu schweigen davon, dass es einen großen Eindruck beim Clan hinterlassen hat."

Überall um sie herum warteten die Leute darauf, dass sie an der Reihe waren, Meara ihren Respekt zu erweisen und eine jetzt verwirrt aussehende Kallie zu umarmen, die neben ihr stand. Alle außer Vanessa. Sogar ihre übliche Crew schien im Gedränge mitzumischen, was sie isolierte und weit an den Rand des Geschehens drängte. Aber sie war da. Ihre Arme verschränkt und ihr Blick eiskalt. Und jedes bisschen ihrer Wut richtete sich direkt gegen Elise.

„Vielleicht bei einigen von ihnen. Aber es gibt mindestens eine, die sich wahrscheinlich wünscht, Draven hätte mich gefunden, ehe Priest es getan hat."

KAPITEL 13

Seine Gefährtin war still. Jetzt, wo Tate darüber nachdachte, war sie zu still. In den zwei Wochen nach Elises erstem Trainingstag mit dem Clan hatte er viel über sie erfahren. Sie wurde nur so still und distanziert, wenn sie gedanklich mit etwas beschäftigt war.

Während sie neben ihm herlief, waren ihre Tritte im Unterholz des Waldes fast so leise wie seine eigenen. Jeder ihrer Schritte war viel selbstbewusster in der Dunkelheit als auf dem Heimweg in ihrer ersten Nacht. Wenn man bedachte, dass sie nicht das Sehvermögen eines Tieres besaß und nur die Mondsichel über ihnen hing, war das eine verdammt große Leistung.

Aber da lag noch etwas anderes in ihrem Schweigen, was ihn störte. Eine unangenehme Strömung, die dazu führte, dass sich die Nackenhaare seines Kojoten sträubten.

Er verlangsamte seine Schritte und drückte sanft ihre Hand in seiner. „Was hast du auf dem Herzen?"

Sie erschrak ein wenig, als hätte er sie aus einem Tagtraum gerissen. „Was?"

„Du hast nichts mehr gesagt, seit wir Priests Haus verlassen haben." Und selbst dort war sie ein wenig distanziert gewesen. Auch wenn die Dinge zwischen ihnen körperlich noch nicht weiter gegangen waren als in der Nacht in der Hütte, bestanden die meisten Abende zwischen ihnen aus lockeren Gesprächen und sexuellen Erkundungen. Jeder Tag spiegelte ihr wachsendes Wohlbefinden wider. Aber heute Abend, während sie sich an der Feuerstelle hinter Priests Haus aufgehalten hatten, war sie abgelenkt gewesen, wie abgekoppelt von den Unterhaltungen um sie herum.

Sie zuckte mit den Schultern und kam näher heran, bis ihre Seite seinen Arm berührte. „Du wirst denken, dass ich verrückt bin."

„Das bezweifele ich stark. Jade ist verrückt, also weiß ich aus erster Hand, wie das ist."

Ihr sanftes Lächeln zerstreute etwas von der Anspannung, die sie durchströmte, aber nicht genug, um sie vollständig aufzulösen.

„Spuck's aus", sagte Tate. „Grübeln ist schlecht für die Seele."

„Das klingt nach einem Priestismus."

„Das liegt daran, dass es einer ist. Ich glaube, das habe ich von meinem vierzehnten Lebensjahr bis in meine frühen Zwanziger täglich zu hören bekommen."

Sie nickte, hielt ihren Blick jedoch auf den Boden gerichtet.

Statt zu drängeln, schwieg Tate.

Es dauerte noch ein paar Sekunden, aber schließlich holte sie tief Luft und sagte: „Ich mache mir Sorgen wegen Vanessa."

Das war das Letzte, womit er gerechnet hatte. Er blieb wie angewurzelt stehen und brachte sie dazu, ebenfalls anzuhalten. „Warum?"

„Weil sie heute Abend nicht da war."

„Das ist doch gut."

„Sie war letzte Woche auch nicht dabei."

„Doppelter Bonus."

Sie versuchte, ihr Lächeln mit einem übertriebenen Stirnrunzeln zu bekämpfen, konnte die Heiterkeit in ihren Augen jedoch nicht ganz verbergen. „Okay, ich gebe zu, es war nett, das Drama nicht ertragen zu müssen, aber machst du dir keine Gedanken um sie? Ich meine, sie kann ein Miststück sein, doch ich möchte nicht, dass sich jemand aus dem Clan ausgestoßen fühlt. Sie ist eine Heilerin. Eine gute noch dazu. Das Letzte, was wir brauchen können, ist, jemanden mit ihren Fähigkeiten zu verlieren."

Das, genau das.

Dieses einfache Zurschaustellen von Besorgnis und ihr Fokus auf das Gesamtbild waren die Gründe, warum er sich so sicher war, dass Elise die Prima der Heiler werden würde. „Du betrachtest sie als eine deiner Heilerinnen, nicht als deine Gegnerin."

„Ich sehe sie als Person." Erneut zuckte sie mit den Schultern und setzte den Weg zum Haus fort. „Ich werde es vielleicht bereuen, aber ich habe mich gefragt, ob ich nicht etwas tun könnte. Mich bei ihr melden sollte, um zu sehen, ob es ihr gut geht."

Er erwischte einen Ast, der auf direkter Höhe von ihrem Kopf hing, und schob ihn beiseite, ehe sie damit kollidierte. „Wenn es jemand anderes wäre als Vanessa, würde ich sagen, dass du wahrscheinlich gut daran tun würdest, aber sie hat sich ihre Situation selbst geschaffen. Ein Stich, der eine Weile anhält, bleibt länger in Erinnerung."

Sie kicherte. Ein wenig von der Leichtigkeit, an die er sich in den letzten Wochen so gewöhnt hatte, drängte sich durch ihr distanziertes Verhalten. „Das klingt wie ein weiteres Zitat von Priest."

„Ja, das habe ich auch ein paarmal zu hören bekommen."

Vor ihnen glitzerten die Lichter der hinteren Veranda von Elises Zuhause zwischen den Baumstämmen. Tate schnappte sich ihre Hand und wirbelte sie so herum, dass sie hinter einem der dickeren Bäume stand. Es war ein effektives Mittel, um sie vor den großen Fenstern auf der Rückseite des Hauses abzuschirmen. „Bist du sicher, dass das alles ist?"

Elise rümpfte die Nase. „Reicht es nicht, wenn ich den ganzen Abend an Vanessa denken muss?"

„Punkt für dich." Er umfasste ihren Nacken und schob sie nun einen Schritt weiter rückwärts, bis ihre Schultern gegen den Baumstamm stießen. Selbst jetzt, wo sie ihre Gedanken laut ausgesprochen hatte, spürte er, dass noch immer etwas falsch war. Aber er wollte nicht weiter bohren. Besonders wegen des Themas, das er schon den ganzen Tag über ansprechen wollte. „Ich mag es nicht, dich nachts zu verlassen."

Zum ersten Mal seit dem Nachmittag erstrahlte ihr Gesicht. Ihr Lächeln war pure Freude in körperlicher Form. „Wir kommen immer so spät in der Nacht zurück, dass wir eigentlich kaum sagen können, wir wären getrennt."

„Ich möchte, dass wir uns gar nicht mehr trennen müssen."

Er hatte vorgehabt, das Konzept mit etwas mehr Finesse auszuarbeiten, aber in Anbetracht der sofortigen Hitze, die über ihr Gesicht schoss, dachte er, dass das Schnell-auf-den-Punkt-Kommen gar keine so schlechte Idee gewesen war.

Ihre Lippen öffneten sich, und er hätte verdammt noch mal darauf gewettet, dass er bei besserer Beleuchtung die Röte auf ihren Wangen und ihrem Hals entdeckt hätte. „Ich bin mir nicht sicher, wie ich das interpretieren soll."

„Du und ich unter einem Dach. Du schläfst neben mir ein und sagst Guten Morgen anstatt Gute Nacht."

„Aber Priests Haus ist schon so voll mit dir, Alek, Naomi, Katy und Jade."

„Priest hat bereits den Grundstein für das Haus gelegt, das er für Katy bauen will. Das wird die Anwesenheit innerhalb von drei bis fünf Monaten senken. Und wenn es dich stört, in der Zwischenzeit mit allen zusammen zu sein, können wir auch in der Hütte bleiben."

Sie breitete eine Hand über seinem Herzen aus. Diese simple Berührung war so viel selbstbewusster als in den ersten Stunden, die sie allein verbracht hatten, dass er kaum ein Aufheulen unterdrücken konnte. „Ich mag die Hütte."

Verdammt, das tat er auch. Er liebte all die Erinnerungen, die sie dort bereits gemeinsam geschaffen hatten. Ebenso liebte er es, wie ihre Kurven von Mondlicht und Schatten hervorgehoben wurden – ein regelmäßiges Ereignis, wenn man bedachte, dass sie sich ihm noch nicht in hellerem Licht gezeigt hatte.

„Aber wenn ich gehe, ist meine Mutter allein."

Ihre fast geflüsterte Aussage hätte ihm den Wind aus den Segeln nehmen können, wenn er nicht schon vorher jede Menge Optionen durchgegangen wäre. „Das muss sie nicht sein. Naomi ist geduldig wie eine Heilige, aber ich denke, sie ist es leid, sich mit Jade ein Zimmer zu teilen. Sie liebt deine Mutter und schätzt es vielleicht, mit jemandem zusammen zu sein, mit dem sie sich identifizieren kann."

Ihr Blick fiel auf die Stelle, an der ihre Finger verspielt über sein T-Shirt strichen. „Ich weiß nicht." Sie sah ihm in die Augen und legte die Stirn in Falten. „Glaubst du nicht, dass sich Naomi dabei komisch fühlen könnte? Als wäre sie nicht erwünscht oder so."

„Machst du Scherze? Wir reden hier von einer geborenen Kupplerin. Ich bin eher überrascht, dass sie nicht diejenige ist, die es vorgeschlagen hat."

Jetzt, wo er darüber nachdachte … Die Idee war ihm tatsächlich vor drei Tagen gekommen, als Naomi am Frühstückstisch beiläufig erzählt hatte, wie sehr sie es vermisste, mit Frauen ihres Alters zu plaudern. Vermutlich war es ein taktischer Kommentar gewesen, der darauf abzielte, ihn in die richtige Richtung zu lenken. Naomi war in dieser Hinsicht höllisch schlau. „Also, was denkst du?"

Das seltsame Gefühl, das er den ganzen Abend über gespürt hatte, kehrte zurück. Dieses Mal jedoch war es nicht unangenehm, sondern anders, fremd, und es rüttelte das Bewusstsein seines Kojoten auf.

Elise schob ihre Handflächen auf seiner Brust nach oben und streichelte auf überraschend aggressive Weise seine Schultern und seine Trizepse. Sie drängte ihn, näher zu kommen. „Kann ich darüber nachdenken?"

Der Tonfall passte nicht zu ihren Worten. Wenn überhaupt, war die zugrunde liegende Botschaft ein klares Ja. Besonders bei der Art, wie ihre Augen auf seine Lippen starrten.

Er gab ihr den Kontakt, den sie wollte. Mit einer Hand an ihrem Hinterkopf drehte er ihr Gesicht zu seinem. „Ich werde dich nicht drängen."

Zumindest versuchte er, es nicht zu tun, auch wenn sein Schwanz eine ganz eigene Agenda verfolgte. Wie gerade jetzt. Alles, was seine Männlichkeit wollte, war eine Chance, in ihrer Pussy zu versinken und sich an der feuchten Hitze zu erfreuen, die seine Finger bereits kannten. Er stützte seine freie Hand gegen den Baumstamm hinter ihr und zwang sich dazu, langsam vorzugehen. Er presste seine Lippen auf ihre und betete, dass der Jäger in ihm nur noch einen Tag länger durchhalten würde. Noch eine Minute mehr.

Sie seufzte leise und öffnete sich für ihn, neckte mit ihrer Zunge seine und knabberte verspielt an seiner Unterlippe.

Er stöhnte und vertiefte den Kuss, was sie dazu ermutigte, ihre Fingernägel tief in seinen Schultern zu versenken. Er ballte seine Hand in ihrem Haar am Hinterkopf und zog ihren Mund von seinem weg. Er bog sich ihr unter ihren Nägeln entgegen. Das warnende Knurren seines Kojoten dröhnte in seiner Kehle und seine Muskeln spannten sich an.

„Tate." Keinerlei Angst war in ihrer Stimme zu hören, nicht ein bisschen. Da war nur purer Hunger, ein Heißhunger, der an den Gitterstäben des Käfigs seiner Kontrolle rüttelte.

Noch nicht.

Nicht jetzt.

Fuck, sie war noch nicht einmal dazu bereit gewesen,

sich ihm vollständig nackt zu zeigen. Wenn er sie nun, mit der Bestie an der Oberfläche, nehmen würde, würde er sie zu Tode erschrecken. „Geh rein."
„Ich will nicht reingehen."
„Elise, geh. Jetzt!"
„Warum?"
Seine Brust hob sich. Er zwang seine Augen auf und sah sie an, wohl wissend, was sie erkennen würde.
Die Augen eines Raubtiers – teils Mensch, teils Tier, aber ganz und gar bereit, in Besitz zu nehmen, was es wollte.
Sie schnappte nach Luft und wäre fast mit dem Hinterkopf gegen den Baumstamm gestoßen, wenn seine Hand sie nicht festgehalten hätte.
Dennoch blieb sie wie angewurzelt stehen.
„Elise, entweder du gehst hinein, oder das erste Mal, wenn ich dich nehme, wird hier und jetzt sein, gegen den Baum gepinnt."
Ihre Augen weiteten sich, und für eine Sekunde war er sicher, dass sich ihre Fingernägel noch tiefer in seine Schultern graben und sie verlangen würde, dass er es tat.
Aber sie senkte ihren Kopf und löste stattdessen ihren Griff. „Bist du okay?"
„Ich werde laufen. Ich werde okay sein." Zur Hölle, in den letzten zwei Wochen hatte er jeden Zentimeter von Priests beträchtlichem Anwesen durchstreift, um die Energie zu verbrennen, die sie in ihm hinterlassen hatte. Heute Nacht würde er wohl eine Strecke so groß wie zwei Bundesstaaten zurücklegen.
Er löste seine Finger aus ihrem Haar, zu labil, um einen weiteren Kuss zu riskieren, und schaffte es, einen wackligen Schritt zurück zu machen. „Geh. Ich hole dich morgen früh zur Arbeit ab."
Nach einem letzten verweilenden, unsicheren Blick drehte sie sich um und ging auf das Haus zu. Zuerst

langsam, dann verfiel sie ins Joggen, als wäre es die einzige Möglichkeit, wie sie die Trennung bewältigen konnte.

Die Bindung war definitiv da. Noch nicht besiegelt, aber sie wurde jeden Tag stärker. Heute Nacht hatte sie praktisch zwischen ihnen pulsiert. Die veränderte Energie in ihr hatte die Verbindung regelrecht überschwemmt und es für ihn fast unmöglich gemacht, sie ins Haus gehen zu lassen.

Bald.

Die zuversichtliche Botschaft seines Raubtieres war allwissend, gründete sich auf einer Weisheit, die Tates menschliches Verständnis überstieg und ihn aufforderte, sich seiner anderen Hälfte zu ergeben. Er begrüßte die Verwandlung, absorbierte den Stich unter seiner Haut, während die Magie durch ihn hindurch brannte und der Kojote übernahm. Der Frieden war sofort da. Die Form seines Begleiters war ein willkommener Käfig für das Verlangen, das Elise mit ihrem Kuss viel zu nah an die Oberfläche gelockt hatte.

Elise blieb an der Hintertür stehen, suchte die Baumgrenze ab und lächelte, als ihr Blick auf sein Tier fiel. „Gute Nacht, Tate." Eine einfache Aussage mit sanfter Stimme, die kein Singura aus dieser Entfernung hätte hören können.

Aber Tate hatte sie gehört, fühlte sie mit jedem Teil von sich. Er antwortete mit einem Heben seiner Schnauze und einem scharfen Bellen, das sie nach drinnen eilen ließ. Eine Sekunde später war das Zugleiten des großen Riegels zu hören und ihr Schatten tauchte hinter den geschlossenen Vorhängen im Wohnzimmer auf.

Trotzdem wartete er, beobachtete, wie ihr Schlafzimmerlicht anging, und lauschte dem gedämpften Rauschen von Wasser und den leisen Klängen von Musik. Erst als das Licht wieder ausging und sich alle Geräusche im Haus gelegt hatten, bewegte er sich und schlich um das Haus herum, so wie er es jede vorherige Nacht getan hatte, ehe er sie verließ, um zu laufen. Ein stärkerer Wind als sonst ließ die Baumwipfel rascheln und trug einen Hauch des schwelenden Feuers mit sich, das einige Clanmitglieder, die zweifellos immer noch vor Priests Haus versammelt waren, schürten. Ansonsten war alles, wie es sein sollte. Jedes Zwitschern, Heulen oder Krächzen der Waldbewohner war Balsam, um seine Unruhe weiter zu besänftigen.

Ein Ast brach.

Tate erstarrte und konzentrierte sich auf das Geräusch, dessen Quelle sich direkt gegenüber von ihm befand, in der Nähe einer Ecke der Hausfront.

Blätter raschelten und leise, aber stetige Schritte entfernten sich in Richtung Hauptstraße.

Da.

Definitiv ein Mensch. Und wer auch immer es war, trug dunkle Kleidung und war nicht größer als Elise oder Jade.

Tate folgte demjenigen und rannte parallel zu der Schattengestalt, bis er genug aufgeholt hatte, um sie zu umkreisen und ein genaueres Bild zu erhalten. Ein leichter, blumiger Duft hing in der Luft. Eher etwas Gefertigtes als etwas Natürliches.

Ich mache mir Sorgen wegen Vanessa.

Sie war heute Abend nicht da gewesen und sie war ein Fan von Parfüms. So sehr sogar, dass sein Kojote nach zu viel Zeit in ihrer Gegenwart stets sauer geworden war.

Nahe, aber noch nicht an der Straße, verlangsamten sich die Schritte und verstummten dann gänzlich.

Eine Autotür wurde aufgerissen und wieder zugeschlagen.

Die neue Anliegerstraße.

Er hatte die neue Zufahrt vergessen, die Priest für sein

zukünftiges Zuhause zu bauen begonnen hatte. Ein perfekter Ort, um zu parken, wenn man hierherkommen und unentdeckt herumlaufen wollte.

Jegliche Deckung aufgebend, schoss er nach vorn und ließ seine Magie in seine Geschwindigkeit fließen.

Ein Motor erwachte zum Leben. Reifen drehten auf weichem Boden durch und Scheinwerfer durchfluteten die Dunkelheit, blendeten seine Augen. Mit einem letzten Energieschub sprang er hoch und bemühte sich, sich trotz der Helligkeit zu konzentrieren.

Schmerz explodierte in seiner Hüfte, sengende Qual schoss seine Wirbelsäule auf und ab. Der Wald drehte sich, und sein Kopf und seine Schultern bekamen die meiste Wucht ab, als sein Körper auf dem Asphalt der Hauptstraße aufschlug.

Gebrochen.

Elise.

Gefahr.

Die Gedanken seines Kojoten waren seine letzten, ehe die Verwandlung durch ihn hindurchfuhr und ihn in menschlicher Gestalt auf dem Boden zusammengekauert zurückließ. Das kaleidoskopartige Rot der sich entfernenden Rücklichter wurde kleiner und verblasste.

Dann ... nichts.

KAPITEL 14

Elise schoss im Bett hoch. Ihr Keuchen hing noch immer wie ein Leichentuch in dem dunklen Raum, und ihr Herz hämmerte unregelmäßig.

Keine Gefahr. Zumindest keine, die sie im Schatten des Zimmers erkennen konnte. Aber da war etwas, was sie geweckt hatte. Es hatte sie aus einem unheimlich tiefen Schlaf gerissen und kopfüber in etwas gestoßen, was sich wie ein wacher Albtraum anfühlte. Kalter Schweiß rann über ihre Stirn, und die feinen Härchen in ihrem Nacken und an ihren Armen prickelten, als ob unsichtbare Geister um sie herumtanzten. „Mom?"

Stille.

Mit zitternden Händen schob sie die Bettdecke beiseite und eilte zum Fenster. Ihre leichte Baumwollhose und das eng anliegende Tanktop, die sie zum Schlafen angezogen hatte, halfen nicht gegen die plötzliche Kälte.

Mondlicht.

Stille.

Alles war genau so, wie es sein sollte.

Doch sie konnte das Unbehagen nicht abschütteln, ebenso wenig wie die eiserne Lethargie in ihren Knochen. Da war diese tief sitzende Gewissheit, dass etwas furchtbar falsch lief.

Tate.

Ein Schauder rieselte ihr den Rücken hinunter und zwang sie, sich zu bewegen. Sie schnappte sich ein Oversize-Sweatshirt, das sie über ihren Schreibtischstuhl geworfen hatte, zog es über und nahm auf dem Weg aus ihrem Zimmer ihr Handy mit. Am Fuß der Treppe blieb sie stehen und sah sich im offenen Foyer um, blickte ins Wohnzimmer und in die Küche dahinter.

Alles leise.

Die Stimme ihrer Mutter ertönte vom oberen Ende der Treppe hinter ihr. „Elise?"

Wo war Tate? Er war hier. Sie konnte es fühlen. Wie das möglich war, wusste sie nicht, aber er war da. Irgendwo. Und er war verletzt. Sehr schlimm verletzt.

„Elise, was ist los?"

„Ruf Priest an."

„Warum?"

Das wusste sie nicht, nur eins stand für sie fest: Dass sie damit, was immer es war, nicht allein fertig werden würde.

Mondlicht fiel durch die quadratischen Glasscheiben der Haustür und hinterließ einen geometrischen Spot auf dem Boden zu ihrer Linken. „Ruf ihn einfach an. Sag ihm, er soll sich beeilen."

Sie trat aus der Haustür und rannte über die breite Holzveranda, ehe ihr Hirn sie einholen konnte. Ihr Instinkt war wie eine Peitsche, die jeden Schritt von ihr antrieb. Kies und verstreut herumliegende Zweige entlang der langen Auffahrt zur Straße gruben sich in ihre nackten Fußsohlen.

„Tate?" Ihr Ruf hallte mit einem Bumerangeffekt durch den Wald, der sie kalt und leer zurückließ. „Tate, wo bist du?"

Gar nichts.

Nicht einmal die normalen Geräusche, an die sie sich in den Wochen, die sie damit verbracht hatte, mit ihrem Gefährten durch die Wälder zu streifen, so sehr gewöhnt hatte. Keuchend erreichte sie das Ende der Auffahrt. Dunkelheit erstreckte sich in beide Richtungen, und das einzig Farbige, das die Leere durchbrach, war das Weiß und Gelb der Linien, die den Asphalt markierten.

Doch eine der gelben Linien war unterbrochen. Eine längliche Aussparung, die in der Dunkelheit auffiel.

Nein.

Keine Unterbrechung.

Eine zusammengekrümmte Masse.

„Tate!" Sie rannte über die Straße und fiel auf die Knie. Der unkontrollierte Fall und die raue Oberfläche der Teerdecke schürften das Fleisch unter ihrer Baumwollhose auf.

Der Puls an seinem Hals schlug gleichmäßig, war aber viel zu schwach. Blut rann aus einer Kopfwunde in der Nähe seiner Schläfe, und weil er in einem ungünstigen Winkel auf der Seite zusammengekrümmt dalag, gab es keine Möglichkeit für sie, ihn zu bewegen. Nicht ohne jemanden, der viel geschickter war als sie, um ihn ordnungsgemäß mit Halskrause auf ein Rückenbrett zu packen.

In der Ferne war das Brummen eines Motors von einem großen Wagen zu hören, der sich schnell näherte, und Scheinwerfer leuchteten in der Kurve auf.

„Bitte, Priest, sei du es." Elise schaltete die Taschenlampe ihres Handys ein, wartete, bis das Fahrzeug um die Ecke bog, und winkte dann.

„Runter von der Straße." Tates Stimme war das Letzte, was sie zu hören erwartet hätte, und so leise, wie sie war, hätte sie sie fast überhört, als das lauter werdende Fahrzeug näher kam. Doch leise oder nicht, der Befehl in seinen Worten war purer Alpha. „Nicht geschützt."

Der Schutzkreis. Er reichte nur bis zur Straße, und da Tate gerade nicht mitgezählt werden konnte, war sie ohne Schutz.

Sie bewegte sich immer noch nicht. „Priest ist unterwegs."

„Runter von der Straße."

„Ich gehe nirgendwohin. Sag mir, wo du verletzt bist."

Er versuchte, sich zu bewegen, stemmte sich auf einen Ellbogen nach oben und stützte die freie Hand tief in seine Hüfte. Ein Bein schien zu kooperieren, das andere rührte sich nicht.

„Tate, nicht."

„Du musst zurück auf unser Grundstück."

„Du musst still liegen bleiben. Ist es dein Bein? Deine Hüfte?"

Der Wagen bog um die Ecke und raste auf sie zu.

Tate versuchte immer noch hartnäckig, aufzustehen, schleppte sich vor sie und sein schmerzerfülltes Stöhnen schnitt durch sie hindurch.

„Tate, hör auf. Es ist Priest."

Tatsächlich kam Priests schwarzer Tahoe mit quietschenden Reifen auf der gegenüberliegenden Straßenseite zum Stehen. Priest war kaum mit beiden Füßen aus dem Pick-up gestiegen, da fing Tate erneut an. „Schafft sie zurück in den Schutzkreis."

„Ich bin okay", sagte Elise, dankbar, dass Katy um die Motorhaube geeilt kam, um sich zu ihnen zu gesellen.

„Jemand hat ihr Haus beobachtet", erklärte Tate Priest. „Eine Frau. In einem Honda, glaube ich. Neuer. Schwarz oder vielleicht dunkelblau."

Ein Blick von Priest zu Elise sagte, dass er sie nicht nur ebenso sehr wie Tate wieder hinter den Schutzzaubern haben wollte, sondern dass er das Vorhaben ungeachtet von Tates Zustand auch umsetzen würde. „Geh. Ich kümmere mich um ihn."

„Nein."

Katy hockte neben Elise. Ihre Stimme war ruhig und mitfühlend, trotz der wilden Energie, die sie umgab. „Sie müssen sich konzentrieren, Elise. Bis du in Sicherheit bist, wird das keinem von beiden möglich sein."

„Er ist verletzt."

„Elise?" Die Stimme ihrer Mutter schwebte über die Straße und übertönte den gleichmäßigen Leerlauf des Motors. „Was ist passiert?"

Sie zögerte auf halbem Weg über den Highway, erblickte Tate, der vor ihr auf der Seite lag, und ging dann den Rest des Weges mit eiligen Schritten dorthin. "Mein Gott, Tate. Bist du in Ordnung?"

"Alles gut. Bring Elise nach Hause." Tate blickte von Jenny zu Elise. Seine Augen waren offensichtlich glasig vor Schmerz und seine Brust hob und senkte sich. "Bitte."

"Geht", sagte Katy. "Priest und ich schaffen ihn zum Pick-up und fahren rüber zu eurem Haus. Wir rufen die Heiler. Er wird gesund werden, aber es wird Zeit brauchen, ihn auf die Ladefläche zu heben, ohne ihm weitere Schmerzen zuzufügen. Keiner von uns wird sich konzentrieren können, solange du, Elise, dich außerhalb des geschützten Anwesens befindest."

"Elise …" Tate biss die Zähne zusammen und kniff die Augen zu.

"Okay. Ich gehe." Sie zwang sich, aufzustehen und einen Schritt zurückzutreten. Die pulsierende Verbindung, die sie überhaupt erst zu ihm geführt hatte, vibrierte mit einer stillen Wut und kämpfte gegen die Distanz an, die sie mit jedem weiteren Schritt schuf. Selbst das Gewicht des Armes ihrer Mutter um ihre Schultern und ihr beruhigender Duft halfen nicht. Es brachte sie eher dazu, sie gegen Tates Stärke eintauschen zu wollen, in seinem Duft nach Wald und Erde zu versinken und seine Haut auf ihrer zu spüren.

Eng an die Seite ihrer Mutter geschmiegt, legte sie den langen Weg nach Hause mit vor Adrenalin zitternden Beinen zurück. Der Kies und die scharfen Steine, die sie zuvor noch als belanglos hingenommen hatte, waren jetzt eine brutale Bestrafung für ihre nackten Füße.

"Atme einfach, Elise." Ihre Mutter drückte sie fester an sich und strich mit ihrer Hand über ihren Arm. "Er wird schon wieder. Du hast selbst erlebt, wozu die Heiler des Clans fähig sind, und Tate ist noch lange nicht in dem Zustand, in dem Kallie sich vor ein paar Wochen befunden hat." Sie versuchte, Elise zu der Verandaschaukel zu lotsen.

Elise ignorierte es und ging am Geländer entlang. Ihr Blick war auf das sanfte Leuchten von Priests Tahoe am Ende der Zufahrt gerichtet. „Für Kallie hatten wir Meara hier. Vanessa ist die zweitstärkste Heilerin, die wir haben, und ich habe sie verärgert. Selbst wenn sie gut genug ist, um alles, was nicht mit ihm stimmt, wieder in Ordnung zu bringen, könnte sie sich weigern, zu helfen."

„Dann kümmern wir uns darum. Tate ist stark. Er war hellwach und bereit zu kämpfen, um dich wieder in Priests Schutzzauber zu schaffen. Angst verzerrt nur deine Perspektive."

Angst? Die war nichts im Vergleich zu den Emotionen, die in ihrer Magengrube umherwirbelten. Nichts im Gegensatz zu dem messerscharfen Stich, der in ihre Haut schnitt. So, wie er sich bewegen konnte, war eine lähmende Wirbelsäulenverletzung unwahrscheinlich, aber es war nicht abzuschätzen, welche inneren Schäden er erlitten haben könnte.

„Hast du dich mit ihm verbunden, Elise?"

Es war eine logische Frage. Besonders wegen der Art, wie sie aus dem Schlaf gerissen und zu ihm geführt worden war. „Ich weiß es nicht." Sie hatte etwas gespürt. So viel stand fest. Aber es fehlte auch etwas. Es kam ihr vor wie unsichtbare Puzzleteile, vor deren Anblick sie zu viel Furcht hatte. Sie drückte sich gegen das Geländer der Veranda, starrte die Zufahrt hinunter und wünschte sich, die steten Scheinwerfer würden sich endlich bewegen. Sie lauschte angestrengt auf das Geräusch eines fahrenden Wagens. „Er will, dass ich bei ihm einziehe."

Ihre Mom stellte sich neben sie. „Da gehörst du auch hin, Sweetheart."

Vor einer Stunde hätte sie noch widersprochen, vielleicht hätte sie darauf bestanden, es langsam angehen zu lassen und mehr Zeit zu brauchen. Aber nach der heutigen Nacht – nachdem sie sich durch die Angst gekämpft hatte, mit der sie aufgewacht war, und sich nun mit diesem Schrecken auseinandersetzen musste – wusste sie es besser. „Ich verstehe es nicht. Nichts davon." Sie schluckte schwer und begegnete dem mitfühlenden Blick ihrer Mutter. „Aber ich will auch nicht dagegen ankämpfen. Es fühlt sich richtig an."

„Aber du machst dir um mich Gedanken."

Ihre Sicht verschwamm wegen einer Flut von Tränen, und ihre Lippen zitterten. „Du bist die Einzige, die jemals für mich da war. Die Einzige, die die Sache in der Schule verstanden hat. Die Dinge, mit denen ich zu kämpfen hatte. Du warst immer für mich da." Ihr Atem stockte und eine Träne rann über ihre Wange. „Aber als du mich gebraucht hast, habe ich dir nicht geglaubt."

Jenny zog sie in eine Umarmung und drückte ihr Gesicht an ihre Halsbeuge. Das langsame, beruhigende Streicheln über den Hinterkopf tröstete, wie es nur die Berührung einer Mutter konnte. „Schon gut, Elise. Du hast dein Bestes gegeben. Du hast so gedacht, wie es die meisten vernünftigen Menschen tun würden, bei dem wenigen, was ich dir zeigen konnte. Es ist vorbei. Und nur weil du bei Tate einziehst, heißt das noch lange nicht, dass wir nicht zusammen sind." Sie hielt einen Moment inne. „Ich möchte nicht, dass du auch nur eine Sekunde von dem verpasst, was ich verloren habe. Wenn du dir Sorgen um mich machst, denk lieber daran."

Das Licht von Scheinwerfern huschte über die Veranda, und das stetige Dröhnen von Priests Tahoe, der die Auffahrt hochkam, ließ Elises Herzschlag wieder auf Hochtouren pochen. Priest hatte den Pick-up noch nicht einmal geparkt, als sie bereits die Hintertür aufriss.

Nichts.

Und niemand saß auf dem Beifahrersitz, wo Katy hätte sein sollen.

„Wo ist er?"

Priest glitt für ihren Geschmack viel zu langsam vom Fahrersitz und ging zur hinteren Luke. „Ich habe ihn gecheckt, bevor wir ihn bewegt haben. Keine inneren Verletzungen, die ich spüren konnte, aber seine Hüfte ist übel zugerichtet." Er öffnete die Ladeluke und ihr stockte der Atem. Tate lag flach auf dem Rücken, bewusstlos, mit Katy neben ihm.

Sie wollte auf die Ladefläche kriechen, aber Priest hielt sie zurück, lehnte sich vor und zog Tate vorsichtig in seine Arme.

„Was ist mit ihm passiert?"

„Ich habe ihn ausgeknockt."

„Du hast was?" Sie eilte ihm nach, folgte ihm durch die Haustür, die ihre Mutter offen hielt, und die Treppe hinauf.

„Ich habe ihn ausgeknockt."

„Es ist nicht so, wie du denkst", fügte Katy dicht hinter Elise hinzu. „Priests Magie gibt ihm die Kontrolle über seinen Clan. Der Schmerz wäre sonst zu viel für Tate gewesen."

Oben an der Treppe angelangt, hielt Priest lange genug inne, um Elise den Vortritt zu lassen, damit sie ihn in ihr Zimmer führen konnte. Erst als Tate auf ihrem Bett lag und sie sich neben ihn legen konnte, fand ihr Herz wieder einen steten und gleichmäßigen Rhythmus. „Hast du Vanessa angerufen?"

Anstatt zu antworten, zog Priest seine Stiefel aus.

Kateri wich dem Blick von Elise geflissentlich aus.

„Priest, was machst du da? Du musst Vanessa anrufen."

Ihre Mom spürte wohl die seltsame Stimmung in ihrem Zimmer, denn sie ging ein paar Schritte rückwärts zur Tür.

Priest schälte sich aus seinem T-Shirt und entblößte damit eine Masse an markanten Tribal-Tattoos, die sich auf seinen Schultern und seinem gesamten Rücken befanden. Er drehte sich zu ihr, aber sein Fokus lag ausschließlich auf Tate, und der Blick, den er auf ihn richtete, war wütende Frustration. „Ich rufe Vanessa nicht an."

„Was? Warum nicht?"

Kateri hob den Kopf und starrte Priest mit einer weiblichen Warnung an, die nonverbal an ihn gerichtet war.

Priest seufzte und erwiderte Elises Blick. „Weil ich ihm versprochen habe, es nicht zu tun. Er vertraut ihr nicht und will nicht, dass sie ihn berührt."

„Das ist doch verrückt. Sie ist die beste Heilerin, die wir in der Nähe haben."

„Und er ist ein Volán-Mann in einer festen Bindung. Er würde sich eher das Leben nehmen, als dich zu betrügen."

„Das hat doch nichts damit zu tun, mich zu betrügen. Das hält mich davon ab, durchzudrehen." Sie wandte sich zu Kateri um. „Gib mir dein Handy. Ich werde sie selbst anrufen."

„Nein." Priest ging hinüber zum Bett und rollte seine Schultern. Die Aktion wirkte, als würde er sich auf einen Kampf vorbereiten, anstatt jemanden zu heilen. „Sein Timing ist beschissen, aber ich habe ihm ein Versprechen gegeben, und das werde ich halten."

„Was meinst du damit, sein Timing ist beschissen? Es ist ja nicht so, als hätte er das geplant."

„Jemand steht kurz vor seiner Seelensuche", erläuterte Katy. „Priest weiß, wann eine bevorsteht. Er hat vor einigen Stunden angefangen, es zu spüren."

Zur Hölle mit Seelensuchen. Im Moment ging es ihr nur um Tate und darum, die explosive Wut, die in ihrer Brust wuchs, irgendwie einzudämmen. „Dann ruf Vanessa an. Du hast bereits gesagt, dass deine Fähigkeiten nicht so gut wie die eines Heilers sind. Bist du dir überhaupt sicher, dass du eine derartig schlimme Verletzung heilen kannst?"

„Oh, ich kann das reparieren." Er kniete sich neben Tates Hüfte auf das Bett und musterte ihn eine Sekunde lang. „Es wird nur nicht so gut sein, wie es bei dir werden wird."

„Nicht gerade hilfreich, da ich meine Magie noch nicht erhalten habe. Und du weißt nicht einmal, ob ich eine Heilerin sein werde."

„Tate glaubt es."

„Aber bis dahin wirst du seine Knochen schon geheilt haben."

Er umfasste Tates Hüften und begegnete ihrem Blick. „Dann werde ich sie ihm wieder brechen und du machst es richtig."

„Du bist verrückt."

Priest konzentrierte sich erneut auf Tate und schloss dann die Augen.

„Priest ..."

Katy unterbrach sie mit einem fürsorglichen, aber festen Griff an ihre Schulter, als wäre sie sich nicht vollkommen sicher, ob Elise nicht über das Bett stürzen und Priest von seiner Arbeit abhalten würde. Ihre Stimme war leise und ganz nah an Elises Ohr. „Das ist es, was Tate will. Vertrau ihm. Vertrau Priest."

Sie spürte mehr, als dass sie tatsächlich sah, wie ihre Mutter hinter sie trat. Ihre Berührung spiegelte Katys auf Elises anderer Schulter wider, aber die Intensität war sanfter, ermutigend. „Es wird alles gut, Elise. Um den Rest kümmern wir uns später."

Eine seltsame Stille legte sich über den Raum, die gleiche, die sie empfunden hatte, während Meara an Kallie gearbeitet hatte, aber mit einer anderen Schärfe. Es war eher eine gebieterische jenseitige Präsenz.

Elise drückte die Hand ihrer Mutter und zwang sich,

zu atmen.

Und sie wartete.

Eine ängstliche Minute nach der anderen verstrich und es kam ihr wie eine Ewigkeit vor. Nach und nach ließ die Wut nach, die die tiefe Müdigkeit verdrängt hatte, mit der sie aufgewacht war. Langsam kehrte die Lethargie in ihre Muskeln zurück, lullte sie ein und überredete sie dazu, nachzugeben, sich neben ihrem Gefährten auszustrecken und sich dem Schlaf hinzugeben.

Ihr Körper zitterte, und ihre Augen brannten so sehr, dass sie nicht sagen konnte, ob das silbrige Leuchten, das über Tates Körper wanderte, eine Erfindung ihrer Fantasie oder das Werk von Priests Magie war. Sie blinzelte immer wieder, doch die eigenartige Aura wuchs nur noch mehr. Sie verdichtete sich zu einem Nebel, der nach ihr rief.

„Elise?"

Die Stimme ihrer Mutter.

Dann noch andere. Eine Mischung aus maskulinen und femininen Tönen, die Worte trugen, die keinen Sinn ergaben.

Aber da war eine Stimme unter ihnen, die sie hören wollte, hören *musste*.

Der Nebel umgab sie und blendete sie mit seinem Glanz.

„Gib nach, Elise."

Da war sie. Tates warme Baritonstimme. Sie klang so weit entfernt, aber er war wach und in Sicherheit.

„Ja, ich bin in Sicherheit. Du kannst jetzt loslassen."

Loslassen? Und woher kannte er ihre Gedanken?

Ihr Körper bewegte sich, unsichtbare Hände hoben sie hoch und wiegten sie in dem silbernen Nichts, das sie umgab.

Tates Duft war überall um sie herum und seine Wärme war wie eine wohlige Decke, trotz des weiten Unbekannten. „Schlaf, *mihara*. Gib einfach nach. Ich werde hier sein, wenn du erwachst."

Schlaf.

Schlafen war gut.

Notwendig.

Der erste Schritt.

Ein Schritt auf etwas zu, wovon sie keine Ahnung hatte, aber Tate war hier. Sie war sicher, und er hielt sie fest.

Sie schloss die Augen, seufzte angesichts der sofortigen Erleichterung und gab sich der Dunkelheit hin.

KAPITEL 15

Die Uhr fehlte. Es war wirklich seltsam, dass ihr das als Erstes in Dr. Nilsons Büro auffiel. Noch bizarrer als das, was sie hier machte. Sie hatte die Psychologin aus Lafayette, die ihr nach der Highschool geholfen hatte, seit weit über einem Jahr nicht mehr gesehen. Vielleicht sogar noch länger.

Der kastanienbraune Teppich unter den flauschigen braunen Sofas sah neuer aus als damals, als sie hergekommen war. Aber der Schreibtisch der Ärztin war ebenso übersät mit Büchern, die sie oft an ihre Patienten auslieh, und Ordnern, wie es immer der Fall gewesen war.

Vor dem kleinen Fenster über dem Tisch war die Welt stockfinster. Nicht einmal ein Hauch von Mondlicht zeigte die anderen medizinischen Gebäude, aus denen der Komplex bestand, in dem sich ihr Büro befand.

Seltsam, Elise konnte sich nicht daran erinnern, Dr. Nilson jemals abends besucht zu haben. Und wo war der Doc überhaupt?

Priest schreckte sie aus ihren Gedanken. „Wer ist Dr. Nilson?" Er war lässig ausgestreckt auf der Couch senkrecht zu der, auf der sie saß, und es schien ihn nicht im Geringsten zu beunruhigen, mit ihr in einer fremden Arztpraxis zu sein.

Aber vor einer Sekunde war er noch nicht da gewesen.

„Warum bist du hier?"

„Um dir zu helfen."

„Bei meiner Seelenklempnerin?"

Sein Mund verzog sich zu einem schiefen Lächeln, das wenig dazu beitrug, die Müdigkeit in seinen Augen zu lindern. „Ich glaube nicht, dass sie gerne Seelenklempnerin genannt werden."

Nein. Wohl nicht. Zumindest Dr. Nilson nicht. Denn jedes Mal, wenn Elise diese Beschreibung in der Vergangenheit benutzt hatte, warf es ein negatives Bild auf ihren Bedarf an Beratung. „Woher kennst du eigentlich Dr. Nilson? Hat sie dich angerufen oder so?"

„So könnte man es beschreiben. Aber ich glaube nicht, dass dies hier eine reguläre Sitzung wird."

Na toll. Noch mehr Verrücktes, was sie auf den Haufen von Verrücktheiten packen konnte. „Warum nicht?"

Auf der Treppe vor der Tür waren leise Schritte zu hören.

Priest nahm das Geräusch ebenfalls wahr, sein Blick wanderte kurz zur Tür, ehe er sie wieder ansah. „Weil die Seelensuche, die ich heute Abend gespürt habe, deine war, Elise. Du bist nicht in der Realität. Du bist in der Anderswelt."

Das Licht.

Das Bedürfnis nach Schlaf.

Tate.

Elise schoss aus ihrem Sitz, ihr Herz raste so heftig, dass es sie in Bewegung hätte setzen können, wenn die Panik allein nicht schon dafür gesorgt hätte. „Wo ist Tate? Du solltest dich um ihn kümmern."

Die Tür öffnete sich hinter ihr und erfüllte den Raum mit einer Energie, die ihr den Atem raubte. Die süße, sanfte Stimme, die sie durch unzählige Erfahrungen und Gefühle hindurchgeführt hatte, drang mit herein. „Deinem Gefährten geht es gut. Er ist vollkommen geheilt, hält deine physische Form fest und ist außer sich, weil er hier nicht für dich da sein kann."

Dieselbe Stimme, ja, aber definitiv nicht Dr. Nilson. In der Botschaft lag zu viel Macht, wie ein übermächtiger Zwang zur Gehorsamkeit, obwohl kein Befehl ausgesprochen worden war.

Elise drehte sich um, sowohl verängstigt als auch fasziniert davon, wen oder was sie hinter sich vorfinden würde.

Bekleidet mit einer einfachen schwarzen Hose, einer eng anliegenden weißen Bluse mit Wasserfallausschnitt und bequemen schwarzen Schuhen, war die Ähnlichkeit mit ihrer Ärztin perfekt. Bis hin zu ihrem kastanienbraunen Haar, das zu einem kinnlangen Bob gestylt war und ihrem verschmitzten Lächeln.

„Du bist die Hüterin?", fragte Elise.

„Das bin ich." Mit der gleichen professionellen Anmut, die sie in den vielen Sitzungen, die sie zusammen verbracht hatten, von ihrer Beraterin erwartet hatte, deutete die Hüterin auf die Couch hinter Elise. „Nimm Platz und lass uns beginnen."

Selbst zu ihrer eigenen Überraschung verweigerte Elise sich diesem Befehl. „Was hast du damit gemeint, dass Tate vollkommen geheilt ist? Priest hat gesagt, er könne das komplette Ausmaß seiner Verletzungen nicht alleine heilen."

„Sie hat eingegriffen", antwortete Priest stattdessen. „Sie hat meine Energie als Kanal benutzt und ihn für dich geheilt."

„Für mich?" Sie blickte zur Hüterin. „Warum?"

Die Hüterin drehte den Bürosessel so, dass er den Sofas zugewandt war, setzte sich und schlug ein Bein über das andere. Sie faltete geduldig ihre Hände im Schoß. „Dein Wille ist außergewöhnlich stark. Ich musste entweder eingreifen, oder länger darauf warten, als ich wollte, Caras Enkeltochter von Angesicht zu Angesicht zu treffen." Sie zog majestätisch eine Augenbraue hoch und beäugte Priest quer durch den Raum. „Ganz zu schweigen davon, dass mir die Vorstellung nicht wirklich gefällt, dass einer meiner Krieger eine weitere Runde Schmerzen erleiden muss."

„Du hast die Bindungen und unsere Männer so gemacht, wie sie sind", feuerte Priest zurück und war offensichtlich nicht im Geringsten eingeschüchtert. „Sei also nicht überrascht, wenn wir stur sind und das ehren, was du uns gibst."

Die Hüterin grinste mit einem anerkennenden Funkeln in ihren Augen, als sie ihren Blick auf Elise richtete. „Und deshalb habe ich ihn ausgewählt." Sie deutete mit dem Kopf zum Sofa hinter Elise. „Jetzt setz dich. Dein Gefährte mag zwar körperlich wieder in Ordnung sein, aber seine Erregung mitanzusehen, ist schmerzhaft."

Die bloße Vorstellung, dass Tate alles andere als selbstbewusst und geerdet war, ließ sie wie einen Stein auf die Couch hinter ihr fallen. Diesmal jedoch blieb sie auf der Kante sitzen, bereit zu fliehen, wenn es die Situation erforderlich machte. Sie umfasste ihre Knie und erkannte erst jetzt, dass die zwei Nummern zu große hellbraune Cargohose, die sie trug, diejenige war, auf die sie sich vor Jahren verlassen hatte, um ihre Figur zu verbergen. Die schlichte grüne Tunika, die sie dazu trug, tat dasselbe, und dank der unscheinbaren Farbe half sie dabei, mit dem Hintergrund zu verschmelzen. Es war Jahre her, seit sie etwas so Unvorteilhaftes getragen hatte, und damit waren eine Menge Emotionen verbunden.

„Du hast nie dazugehört", sagte die Hüterin. „Egal, was du versucht hast."

Der unerwartete Vorstoß der Hüterin in Elises Gedanken zerschmetterte die wenigen verbliebenen emotionalen Schutzschilde, die sie hatte, und drängte sie direkt in unbequemes Terrain. „Du kannst hören, was ich denke?"

„Du bist eine Volán. Du bist mein, ebenso wie du die Kreatur des Schöpfers bist. All deine Gedanken, all deine Wünsche, Bedürfnisse und Schmerzen bewegen sich genauso durch mich wie durch dich. Ich kenne deine Hoffnungen. Ich kenne deine Träume. Und ich kenne die Angst, die dich zurückhält. Die dich wie angewurzelt am Rand verharren lässt, bei allem, was du willst." Sie erhob sich und schlich mit übernatürlichem Gang auf Elise zu. Sie blieb nur eine Armlänge von ihr entfernt stehen. „Du wolltest eine zweite Chance, Elise. Heute Abend wirst du sie bekommen – vorausgesetzt, du bist bereit, dich deinem Schicksal zu stellen."

„Meinem Schicksal?" Sie blickte zu Priest. „Ich verstehe nicht. Wie soll ich antworten, was ich zu tun bereit bin, wenn ich nicht weiß, was gefragt wird?"

Priest beugte sich vor und stützte die Ellbogen auf seine Knie, die Hände hielt er locker zwischen seinen Beinen verschränkt. In einer solchen Position wirkten seine ohnehin massiven Schultern doppelt so beeindruckend. Und doch war seine Stimme wie purer Samt. „Sie fragt danach, ob du willig bist, *nahina*. Und du antwortest, ohne die Aufgabe zu kennen, die dir gestellt wird. Nur mit dem Mut und dem Wunsch, es durchzuziehen und dir die Gaben zu verdienen, die für dich bestimmt sind."

Ihre Wahl.

Ihre Chance, die Magie für sich zu beanspruchen, die ihre Mutter aufgegeben hatte. Ihr Erbe anzutreten und sich ihre eigene Begleiterin zu verdienen.

Aber das alles nur, wenn sie sich der für sie ausgewählten Aufgabe stellen könnte – wie auch immer diese aussehen mochte.

Ihr Körper summte. Sie stand auf, ihre Beine zitterten und sie begegnete dem stetigen Blick der Hüterin. „Ich bin bereit."

„Das freut mich, Elise. Du hast dein Bedauern zu lange mit dir herumgeschleppt." Mit einer zärtlichen Berührung, die die offensichtliche Stärke verbarg, umfasste die Hüterin ihr Gesicht. „Stell dich dem, was dir am meisten Angst macht, und beanspruche deine Freiheit."

Ein Atemzug, und der Raum war verschwunden, wurde ersetzt von einem der kleinen Bekleidungsgeschäfte in Butte La Rose. Die blassblauen Wände und silbernen

Regale waren bei Weitem nicht so stilvoll wie die im Einkaufszentrum in Lafayette. Für einen Jugendbereich waren die Styles nicht schlecht. Es gab nur nicht so viel Auswahl.

Gott, sie war seit Jahren nicht mehr in diesem Laden gewesen. Nicht seit ...

Puzzleteile klickten ineinander. Eine längst vergessene Erinnerung drängte sich in ihren Gedanken direkt in den Vordergrund und grub ihre eiskalten Krallen tief in ihre Brust.

Ihr erster BH.

Sie hatte nicht herkommen wollen, hatte alles daran gefürchtet. Zwei Tage lang hatte sie geweint, nachdem ihr Trainer ihre Mutter vor den anderen Mädchen zur Seite gezogen und ihr erklärt hatte, dass es vielleicht an der Zeit sei, angesichts ihres figurbetonten Trikots eine unterstützende Bedeckung zu haben.

Die Mädchen hinter ihr hatten angefangen, zu kichern, und Elises Wangen hatten vor Scham derartig gebrannt, dass sie schmerzten.

Sie hasste diesen Tag.

Sie erinnerte sich daran als den Beginn all ihrer Probleme.

„Es fängt an, wenn du es tust, Elise."

Sie wirbelte herum und fand Priest hinter sich. Mit den Tätowierungen, die unter den Ärmeln seines schwarzen T-Shirts hervorlugten, seinem langen, dunklen Haar und der ausgebleichten Jeans wirkte er in dieser Umgebung furchtbar fehl am Platz. „Was soll ich machen?"

„Du wirst den Rhythmus finden. Den Weg, den du gehen musst. So funktioniert es."

„Du wirst nicht bei mir sein?"

Seine strengen Gesichtszüge wurden weicher. „Ich bin da, wenn du mich brauchst. Aber die Zeit dazu ist nicht jetzt." Er deutete mit dem Kopf zu der Wand voller

Kleider, die sich am anderen Ende des Gebäudes befand. Der Kopf ihrer Mutter lugte kaum über das Gestell. Die Farbe ihres Haares war dunkler, ein sattes Schokoladenbraun, wie sie es besessen hatte, bevor es ins Grau übergangen war.

„Geh", sagte Priest. „Es ist Zeit."

Elise stand da und dieser alte, kratzende Drang, zu entkommen, flammte in ihrer Brust und in ihrer Kehle auf. Der Drang, alle notwendigen Maßnahmen zu ergreifen, um sich sicher zu fühlen und sich davon zu distanzieren.

Stell dich dem, was dir am meisten Angst macht, und beanspruche deine Freiheit.

Ihre zweite Chance. Der Real Deal. Oder besser gesagt, so real, wie es die Anderswelt nur machen konnte. Wie viele Menschen bekamen solch eine Chance? Tatsächlich zu erfahren, wie sich eine andere Reaktion auf ihr Leben auswirken würde.

Die Kleider und die Menschen um sie herum zogen wie im Flug an ihr vorbei. Ihr Herz schlug doppelt so schnell. Alles war genauso wie an jenem Tag, aber diesmal war da noch mehr. Das Wissen, wie sich die Realität genau nach diesem Tag entwickeln würde, fügte jedem Schritt eine Schicht Stacheldraht des Terrors hinzu.

„Oh, da bist du." Ihre Mutter winkte sie zu sich, während Elise das Gestell umrundete, das zwischen ihnen stand. „Komm, schau mal, was du von denen hier hältst." Sie hielt zwei unterschiedliche BHs hoch, beide in neutralem Beige mit dünnen Trägern und verschiedenen Arten von Spitze, die die Oberteile säumte.

Lachen ertönte hinter ihr, und die gleiche Scham, die ihr Herz vor Jahren durchbohrt hatte, stach erneut tief in ihr.

Yvette und ihre Freundin Tina.

Irgendwie hatte sie dieses Detail der Erinnerung vergessen. Es war so, als ob ihr Gehirn entschieden hätte, es wäre schon genug gewesen, dass die beiden den sanften Vorschlag ihres Trainers an ihre Mutter mitbekommen hatten. Als ob es aus purer Notwendigkeit die Wahl getroffen hätte, den Teil der Erinnerung zu begraben.

Elise zeigte auf einen weißen Büstenhalter, der zwischen all den anderen hing. Kein Schnickschnack. Nichts Mädchenhaftes. Nur ein einfacher Tanktop-Stil, von dem sie gehofft hatte, dass er ihre wachsenden Brüste verschwinden lassen würde. „So einen will ich."

Ihre Mutter klemmte den, den sie ausgesucht hatte, unter den Arm und nahm den weißen vom Ständer, während sie nachdenklich die Augen zusammenkniff. „Ich denke, fürs Turnen ist der in Ordnung, aber in Bezug auf die Form wird er nicht viel bewirken."

Ihr jetziges Ich wollte sich einmischen, wollte innehalten und über die Worte ihrer Mom nachdenken, aber ihr altes Ich drängte weiter und zog sie immer tiefer in die Geschichte hinein. „Ich will keine Form. Ich will flach."

Jenny gab es auf, so zu tun, als würde sie den BH studieren und sah sie an. „Warum um alles in der Welt willst du flach? Die meisten Mädchen finden es toll, wenn sie anfangen, sich zu entwickeln."

Das Kichern hinter ihr ertönte erneut, und Elise überlegte ernsthaft, unter die Kleider auf dem Ständer neben ihr zu kriechen. „Ich bin zehn, Mom", flüsterte sie zänkisch und versuchte, mit dem Kopf dezent auf Yvette und Tina hinter ihr zu deuten. „Niemand sonst hat Möpse."

Ihre Mutter bemerkte die beiden Mädchen hinter Elise, räusperte sich und hob entschlossen ihr Kinn, während sie sich wieder dem BH zuwandte. Als sie redete, war ihre Stimme viel weicher, aber voller Betonung. „Du musst nicht wie alle anderen sein, Elise. Du musst einfach du sein."

Es waren die gleichen Worte, die ihre Mutter an diesem Tag ausgesprochen hatte, aber dieses Mal traf die Botschaft einen anderen Teil von ihr. Sie prallte ab von den Erfahrungen, die sie mit in die Vergangenheit gebracht hatte, und offenbarte eine Wahrheit, die sie beim ersten Mal verpasst hatte.

Dr. Nilson hatte in den unzähligen Sitzungen im Wesentlichen dasselbe gesagt, und Elise hatte über die Jahre hart daran gearbeitet, in diesem Bereich zu lernen und zu wachsen. Allerdings waren die Informationen, die sie gebraucht hatte, von Anfang an da gewesen. Sie hatte die Lektion verpasst.

Sie war nicht wie alle anderen.

Niemand war das. Nicht wirklich. Egal, wie sehr sie versuchten, sich um der Akzeptanz willen anzupassen. Jetzt war ihre Chance, mit den einfachsten Entscheidungen zu zeigen, dass sie es verstanden hatte. Ihr jüngeres Ich begann sich zu sträuben, doch ihr älteres Ich setzte sich irgendwie durch.

„Okay." Die Antwort kam ziemlich laut, sodass sich mehr als nur ein Kopf in ihre Richtung drehte, aber das war Elise egal.

Sie ergriff einfach die BHs, die ihre Mutter ausgewählt hatte, und zwang ihre Füße zu den Umkleidekabinen zu gehen. Auf keinen Fall würde sie die Fehler ihrer Vergangenheit noch einmal wiederholen, einschließlich dem, ein oder zwei Größen kleiner zu kaufen, um ihren Körper verstecken zu können.

Mit ihrer Mutter dicht hinter ihr, schlängelte Elise sich an den Ständern vorbei, klopfte an eine der Kabinentüren, um sicherzustellen, dass sie leer war, und öffnete sie weit.

Der Szenenwechsel war so drastisch, dass sie fast mit dem Gesicht auf den Boden gefallen wäre. Nicht auf den Boden der Umkleidekabine, wie sie es erwartet hatte, sondern auf den in der Bibliothek der Highschool, hinter einem der deckenhohen Bücherregale. Der robuste goldene Teppich in Industriequalität war schon ein wenig ausgefranst und verblasst und die Größe des Raums war bei Weitem nicht so beeindruckend wie bei anderen größeren Schulen, aber es duftete nach alten Büchern. Um sie herum hingen gedämpfte Stimmen in der Luft, die meisten von ihnen kamen von den langen Studiertischen auf der anderen Seite, an die sie sich nur allzu gut erinnern konnte. Sie hielt zwei Bücher und einen Notizblock an ihre Brust gepresst.

„Weißt du, ich habe sie letztes Wochenende mit ein paar Typen gesehen, die voriges Jahr ihren Abschluss gemacht haben. Nicht mit einem, sondern mit zweien."

Ein eher harmloser Satz, aber der Inhalt und der hochmütige Ton in Yvettes Stimme am Tisch direkt gegenüber vom Bücherregal ließen Elise genau an der Stelle stocksteif stehen bleiben, an die sie geschickt worden war. Sie hatte schon einmal an derselben Stelle gestanden. Hatte gelauscht und leise geweint, während sie zwei anderen Mädchen zuhörte, von denen sie gedacht hatte, sie wären Freundinnen, und deren eigene erfundene Sichtungen dazu addierte.

„Elise?", fragte Tracey. „Du bist verrückt. Sie konzentriert sich im Moment zu sehr aufs Turnen, um mit einem Typen auszugehen. Geschweige denn, mit zweien."

June mischte sich ein. „Aber du musst zugeben, sie ist hinreißend genug, dass ein älterer Typ sie um ein Date bitten würde."

„Du meinst *gut gebaut*", erwiderte Yvette. „Zu schade, dass sie sich auf ihren Körper verlassen muss, um Aufmerksamkeit zu bekommen. Sie macht wahrscheinlich auch schon mit Jungs rum."

„Nein", sagte June. „Ich meine, sie ist hinreißend. Und wenn du auch nur für eine Sekunde denkst, Elise würde sich auf jeden Typen einlassen, hast du einen Knall. Ich glaube nicht einmal, dass sie den Jungs an der Schule irgendwelche Aufmerksamkeit geschenkt hat. Schon gar nicht einen geküsst hat."

Weitere Worte wurden gesprochen. Es war ein reges Hin und Her, bei dem die beiden Freundinnen, die ihr im realen Leben mit Gerüchten das Herz gebrochen hatten, nun als überzeugte Verteidigerinnen gegen Yvette und ihre Geschichten auftraten. Allerdings konnte Elise den Kontext nicht wirklich verarbeiten, war nicht in der Lage, den schieren Schock und das Erstaunen darüber abzuschütteln, wie sich die Dinge veränderten.

War es wirklich möglich? Konnte die eine simple Entscheidung, ihren sich entwickelnden Körper nicht zu verbergen, eine so drastische Veränderung bewirken?

Sie blinzelte immer wieder mit den Augen, als bräuchte ihr Gehirn diese zusätzliche Aktion, um die wirren Gedanken zu klären, die ihr durch den Kopf gingen. Sie hatte diese BHs gekauft, als sie zehn war. Sie hatte diese Gerüchte über sich in der zehnten Klasse gehört.

Sechs Jahre.

Wenn sich so viel verändert hatte, was sonst noch?

Sie eilte mit leisen Schritten zum Fenster am anderen Ende des Gangs. Die alten Eichen, die eine Seite des Schulparkplatzes draußen säumten, waren dicht und grün und der Himmel war von einem herrlichen Blau, aber was ihr am meisten den Atem verschlug, war die Frau, die sich im Glas spiegelte.

Süße Jeans, die ihre Kurven betonte, anstelle der locker sitzenden Cargohosen. Ein einfaches, dennoch tailliertes weißes T-Shirt mit V-Ausschnitt statt ihrer Standard-Oversize-Shirts. Aber das Überraschendste waren ihre Haare und ihr Gesicht. Vorbei war es mit dem Pferdeschwanz, den sie jeden Tag getragen hatte. Stattdessen hatte sie eine stylische Ponyfrisur mit weichen Locken, die sanft ihr Gesicht umrahmten. Sie hatte sogar Make-up aufgelegt. Und trug Schmuck.

Ein Akt des Glaubens – des Mutes –, und sieh einer an, was aus ihr geworden war. Und wenn sie so viel verändert hatte, was konnte sie noch tun?

Elise blickte den langen leeren Gang hinter sich entlang und lief los. Zuerst langsam, aber dann nahm sie Tempo auf, während ihr Selbstvertrauen wuchs. Vor Jahren hatte sie gewartet, sich jedes boshafte Wort angehört und war schließlich durch die hintere Tür der Bibliothek auf den Parkplatz geschlichen. Die morgendliche Frühlingsluft hatte sich kalt auf ihrem tränenüberströmten Gesicht angefühlt.

Aber nicht heute.

Dieses Mal nicht.

Sie blieb am Ende des Bücherregals stehen, stützte sich mit einer Hand auf das massive Holz, während sie tief Luft holte, und trat dann in den Hauptbereich hinaus. Ein Junge, der am Tisch neben ihr saß, blickte von dem Buch vor ihm hoch, erwiderte ihren Blick und lächelte. Hinter und neben ihm sahen zwei Mädchen aus dem Leichtathletikteam auf, an die sie sich erinnerte; sie winkten und gingen wieder an ihre Arbeit.

Vollkommen normal. Kein Urteil. Keine Blicke von der Seite. Keine geflüsterten Bemerkungen.

Von der Reaktion ermutigt, ging sie direkt auf Yvette zu und achtete absolut darauf, dass ihre Schultern zurückgeschoben und ihr Kinn hoch erhoben waren. Weniger als eine Armlänge entfernt blieb sie stehen. „Ich bin gut gebaut. So bin ich nun mal, und daran ist nichts auszusetzen. Falsch ist allerdings, wenn jemand Lügen über andere verbreitet, nur weil sie anders sind." Sie hielt lange genug inne, um June und Tracey in die Augen zu sehen. „Wie auch immer, danke für das, was ihr gesagt habt. Es bedeutet mir viel."

Damit drehte sie sich um und ging zum Haupteingang

der Bibliothek. Sie fühlte das Gewicht mehrerer Blicke in ihrem Rücken. Ihre Handflächen waren so feucht, dass es ein Wunder war, dass sie ihre Bücher auf dem langen Weg hinaus nicht fallen ließ, aber sie ging weiter. Sie klammerte sich mit allem, was sie hatte, an die frische Woge der Ermutigung, und schenkte jeder Person, die an ihr vorbeiging und ihren Blick erwiderte, ein Lächeln oder ein einfaches Kopfnicken.

Sie war kein Opfer. Nicht jetzt. Nie wieder. Ihre Zuversicht und die Gewissheit, dass sie ihre Lektion gelernt hatte, war so groß, dass sie die Bibliothekstür aufdrückte und erwartete, wieder in Dr. Nilsons Büro zu sein, wo die Hüterin und Priest auf sie warteten.

Stattdessen fand sie sich in der Umkleidekabine der Mädchen wieder. So gekleidet, wie sie am Ende des Trainings immer gewesen war, in einer leichten Trainingshose und einem Schul-T-Shirt. Ihr Haar war nass und fiel locker auf ihre Schultern, und ihre Trainingstasche war gepackt und wartete auf der Holzbank vor ihr. Wie üblich waren alle anderen bereits verschwunden, nur ein paar zufällige Rufe von männlichen Stimmen hallten vom Basketballplatz herüber.

Dieser Tag.

Dieser Tag.

Ja, ihre Kleidung war anders. Sie war anders. Aber es stand außer Frage, dass die Hüterin sie in die Zeit zurückgeschickt hatte, als diese verdammten Bilder gemacht worden waren. Der Tag, an dem ihr Leben unwissentlich eine drastische Wende genommen hatte.

Angst umgab sie so dick und feucht wie die anhaltende Wärme der Duschen. Die Erinnerung an den Schmerz und die Demütigung, die am nächsten Tag so tief gewesen waren, tauchte so schnell auf, dass sie beinahe an ihrer Macht erstickt wäre.

Stell dich dem, was dir am meisten Angst macht, und beanspruche deine Freiheit.

Sie hatte es jetzt schon zweimal getan. Das emotionale Muskelgedächtnis war immer noch wackelig unter den unangenehmen Erinnerungen, aber weniger zögerlich, darauf zu reagieren. Sie hievte ihre Sporttasche über ihre Schulter und zwang ihre Füße, sich in Bewegung zu setzen. Was auch immer sie dieses Mal für Veränderungen vorfinden würde, sie würde damit fertig werden. Sie würde die positiven Manifestationen ihres Mutes festhalten und kämpfen, um ein weiteres Mal zu gewinnen.

Der Studentenparkplatz vor der Turnhalle war fast leer. Gewohnheit wollte sie dazu bringen, nach links abzubiegen und um die Rückseite der Turnhalle herum zum Parkplatz der Fakultät zu laufen, wo ihre Mutter sie immer abholte. Aber eine Bewegung in ihr drängte sie, etwas anderes zu tun. Um den Karren mit den Äpfeln noch einmal umzuwerfen, schlängelte sie sich direkt quer durch die Massen, die sich nach der Schule immer in den Gängen und vor dem Haupteingang aufhielten. Sie stellte sich denen, die sie morgen verurteilen könnten, bevor die Fotos überhaupt auftauchten.

Sie öffnete die Tür am anderen Ende der Haupthalle und betrat den Ort, der fast zwei Jahre lang die Hölle auf Erden für sie gewesen war. Der Duft war genauso, wie sie ihn in Erinnerung hatte, es roch nach Reinigungsmaterialien, Büchern und der guten alten Zeit. Die Gruppe am gegenüberliegenden Ende war bei Weitem nicht so groß, wie sie erwartet hatte, aber auf dem Treppenabsatz vor den gläsernen Doppeltüren und in der vorderen Auffahrt dahinter war eine ansehnliche Anzahl von Menschen zu sehen.

Ihre Turnschuhe machten auf dem grün-weiß-schwarzen Marmorboden kaum ein Geräusch. Aber ihr Herz hämmerte so heftig hinter ihrem Brustbein, dass sie fast erwartete, das Geräusch würde von den weiß gestrichenen Wänden widerhallen.

„Ach komm schon. Es ist nur ein kleiner Streich."

Elise wurde beim Klang von Yvettes Stimme langsamer; sie hatte den Flur, aus dem sie kam, noch nicht erreicht.

Eine männliche Stimme, die ihr vage bekannt vorkam, antwortete. „Mann, ich weiß nicht, was dein Problem mit ihr ist, aber du musst es endlich gut sein lassen. Elise ist ein nettes Mädchen."

„Willst du mich verarschen?", fragte Yvette. „Du hast selbst gesagt, dass du sauer auf sie bist."

„Ich sagte, ich sei enttäuscht. Ich habe sie um ein Date gebeten und sie hat mich abgewiesen. Das ist kein Grund, ein paar Bilder zu fälschen, die ihr wehtun. Was hat sie dir überhaupt angetan?"

Schritte erklangen eine Sekunde, bevor der Junge, von dem sie immer geglaubt hatte, dass er für die manipulierten Bilder verantwortlich war, um die Ecke stolzierte und auf die Doppeltür zusteuerte. Er war so konzentriert auf sein Gespräch mit Yvette, dass er Elise nicht einmal bemerkte. Der Junge drückte so heftig auf die Klinke der Tür, dass er damit ein Echo wie von einer Schrotflinte über den Flur und die Vordertreppe der Schule hinunterschickte.

Elise stand wie angewurzelt da. Die einfache Erkenntnis, dass es Yvette gewesen war, die die Bilder gemacht hatte, legte offen, was von ihrer Verbitterung übrig war.

Eine Frau mit einem langjährigen Groll, den sie immer wieder aktiviert hatte, indem sie sich weigerte, zu akzeptieren, wer sie war. Sie war deswegen immer wieder weggerannt und hatte den leichteren, sanfteren Ansatz gewählt. Indem sie ständig ihre Vergangenheit über sich schweben ließ und sich damit die Zukunft verdarb.

Am Ende des Tages hatte ihr der Respekt vor sich selbst den Respekt ihrer Mitmenschen eingebracht. Vielleicht nicht den von Yvette, aber dank ihrer neu entdeckten Perspektive fragte sich Elise, ob Yvettes

Bedürfnis, jemand anderen niederzumachen, nicht auf demselben Bedürfnis nach Selbstliebe beruhte.

So komplexe Gedanken. Und doch folgte ihnen eine Leichtigkeit, die umwerfend war. Dadurch fühlte sie sich gleich dreißig Zentimeter größer und überflutet von einer neu entdeckten inneren Stärke. Sonnenlicht fiel schräg durch die Doppeltür und forderte sie auf, vorzutreten. Endlich die Verbindung zu ihrer Vergangenheit aufzugeben und in die Wärme von heute zu treten.

Ein Schritt.

Dann ein weiterer.

Sie spürte Yvettes Erscheinen zu ihrer Rechten. Diese kam gerade aus dem Flur, aber Elise sah nicht hin. Es war ihr egal. Die Dinge, die ihr Leben zuvor in einem so qualvollen Griff gehalten hatten, waren nicht mehr da. Waren ersetzt worden durch Akzeptanz. Verstehen. Frieden.

Draußen wurden die Sonnenstrahlen so kräftig und hell, dass die versammelten Teenager wie verschwommen wirkten. Unscharfe Formen in einer Realität, die keine Rolle mehr spielte. Die Klinke der Tür fühlte sich kalt an ihrer Handfläche an, aber deren Gewicht war nicht vorhanden, als sie die Tür aufstieß. Reinweißes Licht verschlang sie, hüllte sie in seine süße Umarmung, öffnete dann seine Arme und brachte sie an einen völlig unerwarteten Ort.

Zu ihrer Linken schlängelte sich ein Fluss, dessen Wasser so ruhig war, dass sich das Azurblau des Himmels in einem mystischen Türkis widerspiegelte. Espen und Kiefern säumten beide Seiten davon, und majestätische Berge, die in allen Farben vom hellsten Sandgelb bis zum satten Pflaumenrot gestreift waren, reichten bis zum Himmel.

Aber was sie am meisten überraschte, war Priest. Er stand neben etwas, was einst ein beträchtliches Freudenfeuer gewesen sein musste, und die dünnen Rauchschwaden stiegen in trägen Spiralen nach oben. Sein Oberkörper und seine Füße waren nackt und sein dunkles Haar fiel ihm offen über den Rücken. Aber die Hose, die er trug, war anders als alles, was sie jemals zuvor an ihm gesehen hatte. Ein Stil, der sehr nach Bluejeans aussah, nur lockerer und hellbraun. Er starrte auf das verkohlte Holz und die Asche und schien sich ihrer Anwesenheit oder der kalten Luft trotz seiner entblößten Haut nicht bewusst zu sein.

Aus Respekt vor seiner düsteren Erscheinung und der stillen Schönheit um sie herum schlich Elise so leise wie möglich auf ihn zu. „Wo sind wir?"

Er stand stocksteif da und nahm ihre Anwesenheit in keiner Weise zur Kenntnis. Tatsächlich konzentrierte er sich so absolut auf die Überreste des Feuers, dass sie sich nicht ganz sicher war, ob er sie gehört hatte. Soweit sie es beurteilen konnte, tat er es nicht.

„Unser letztes vollständiges Presect war hier", sagte er schließlich.

Eine kalte Brise wehte durch das Tal und wirkte reinigend, schien ebenso um das zu trauern, was Priest so still stehen ließ.

Er begegnete ihrem Blick. Seine mystischen grauen Augen waren heller, als sie sie je gesehen hatte. „Hier ist deine Großmutter gestorben. Hier starben all die Primos, als mein Bruder ihre Magie stahl."

Tod. An einem so schönen Ort. Es schien nicht möglich. Das schmale, gewundene Becken wirkte zu rein, um jemals von dem Gemetzel berührt worden zu sein, von dem Priest ihr an dem Tag erzählt hatte, an dem sie sich das erste Mal getroffen hatten. Aber hier waren sie nun – im Herzen dessen, wo alle aktuellen Probleme des Clans begonnen hatten.

„Neues Leben entsteht aus dem Tod."

Elise wirbelte herum und sah die Hüterin hinter sich,

immer noch in der gleichen Berufskleidung wie zuvor. Anstatt ihren mächtigen Blick auf Elise zu richten, galt ihre Aufmerksamkeit Priest, der hinter ihr stand, während sie sich zu ihnen gesellte. „Du könntest ein oder zwei Dinge von Elise lernen, Eerikki."

Eerikki.

Egal wie oft Elise Priests wahren Vornamen hörte, er passte immer noch nicht zu dem überlebensgroßen Mann, den sie kennengelernt hatte.

„Du hast das Beste aus dem herausgeholt, womit du arbeiten musstest", sagte die Hüterin. „Nur Weisheit, die wir uns im Laufe der Zeit angeeignet haben, erlaubt es uns, unsere Reaktionen zu ändern. Der Schmerz der Vergangenheit macht uns zu dem, was wir sind." Sie blieb knapp außer Reichweite stehen und konzentrierte sich auf Elise. „Ich bin stolz auf dich, Elise. Stolz auf alles, was du gelernt hast. Hocherfreut über deinen Mut."

Sie war es ebenso. Vielleicht war es falsch, sich so zu fühlen, aber von all den Wettkämpfen und körperlichen Herausforderungen, denen sie sich in ihrer Jugend gestellt hatte, hatte sich keiner so befreiend angefühlt wie die, denen sie heute gegenübergestanden hatte.

Das wissende Lächeln der Hüterin besagte, dass sie Elises Gedanken nicht nur gehört hatte, sondern billigte. „Wirst du die Geschenke annehmen, die ich dir geben möchte?"

Ihre Magie.

Sie hatte es geschafft.

Und während ein Teil von ihr hoffte – sogar betete –, dass Priest und Tate recht hatten und Heilung ihre Aufgabe innerhalb des Clans sein würde, war sie in diesem Moment glücklich, einfach nur ein Teil des Ganzen zu sein. Und es war ihr egal, welcher Zauber ihr geschenkt werden würde.

Elise nickte mit dem Kopf und ihr Herz hüpfte vor

Begeisterung, was ihren Körper zum Singen brachte. „Ja."

Die Hüterin lächelte erneut und trat näher. „Das freut mich."

Priest trat dicht hinter sie und legte seine Hände auf ihre Schultern.

„Erinnere dich daran, was du heute gelernt hast", ermahnte die Hüterin sie. „An die Freiheit, die entsteht, wenn man sich seinen Ängsten stellt. An das gezeigte Mitgefühl. An die innewohnende Stärke, die sich entwickelt, wenn man liebt und wertschätzt, wer man ist." Sie beugte sich vor, ihre Lippen zielten direkt auf Elises.

Priests Finger strafften sich und hielten sie fest.

Und dann schwebte sie. Nur im Geiste gegenwärtig und frei von der physischen Last der Welt. Sie war umgeben von einem immergrünen Licht und wurde getragen von purer Liebe und Kraft. Eine Sekunde später stockte ihr der Atem und ihre Augen öffneten sich.

Sie war noch im Tal und umgeben von Schönheit.

Neben ihr stand Priest geduldig da. Die seltsame Kleidung, die er zuvor getragen hatte, war durch sein schwarzes Standard-T-Shirt, ausgeblichene Jeans und Stiefel ersetzt worden. Die Hüterin war nirgends zu sehen, aber ein dickes schwarzes Lederband umgab Elises Hals, und das Medaillon, das daran hing, lag warm und schwer direkt unter ihrer Kehle. „Was ist das?"

„Was glaubst du, was es ist?"

Sie versuchte, ihren Kopf zu neigen, um das Design besser sehen zu können, aber so, wie es auf ihrer Brust lag, war es unmöglich, das ganze Bild zu erkennen. Viele Voláns trugen Anhänger um den Hals oder an Armbändern. Andere, wie Jade, hatten sie in Zöpfen im Haar eingeflochten. Jedes Symbol war anders, jedes repräsentierte einen Aspekt von Schutz oder Stärke.

Aber keines sah aus wie dieses. Keines außer denen,

die Alek und Priest trugen.

Sie hielt Priests Blick stand und ihre Finger zitterten auf dem Metall. „Sie hat mich zur Prima der Heiler gemacht?"

Priest stieß ein Lachen aus, das von den Bergen widerzuhallen schien. „Du bist die einzige Person, die jemals daran gezweifelt hat."

Eine Heilerin.

Eine Anführerin.

Und während das zweite davon einen ordentlichen Funken der Beklommenheit bei ihr auslöste, machten beide sie demütig bis tief in ihre Seele hinein. „Ich dachte nicht ... Ich meine, ich dachte, weil ich nicht mit allen anderen aufgewachsen bin, würde sie sich jemand anderen aussuchen."

„Manchmal brauchen wir neue Perspektiven. Ich war sicherlich nicht das, was alle erwartet hatten, als die Hüterin mich als Hohepriester auswählte." Er umfasste ihren Hinterkopf und zog sie in eine Umarmung. „Du wirst eine gute Heilerin sein, Elise. Das verspreche ich dir."

Ein Adlerschrei durchschnitt den hellen, klaren Tag, als wollte er Priests Aussage unterstreichen.

Priest lachte und ließ sie los, wobei er auf den Himmel hinter ihr zeigte, während er zurücktrat. „Du hast Besuch."

Elise drehte sich rechtzeitig um, um zu beobachten, wie der prächtige Vogel eine scharfe Kurve nahm und auf sie zuflog, seine Flügel zu jeder Seite weit ausgebreitet und mindestens zweieinhalb Meter lang. Er landete auf einem großen Felsbrocken, der keine drei Meter entfernt war, breitete seine Flügel aus und schüttelte sie, bevor er sie dicht an seinen Körper legte. „Er ist wunderschön."

„Er ist eine sie", korrigierte Priest.

Nun, in dieser Hinsicht würde sie ihm Glauben

schenken müssen. Wildtiere waren noch nie ihre Stärke gewesen, aber etwas an der Kreatur vor ihr zog sie in ihren Bann.

„Das sind faszinierende Vögel", erklärte Priest, der immer noch hinter ihr stand. „Ihre Sicht reicht bis zu fünf Kilometer weit und sobald sie ihre Beute erspäht haben, lassen sie sie nicht mehr aus den Augen, bis sie sie gefangen haben."

„Wow, wirklich?" Sie neigte ihren Kopf und betrachtete den Vogel, der anscheinend dasselbe mit Elise machte.

„Wirklich." Priest trat neben sie. „Sie fliegen auch in Stürme hinein anstatt wie andere Vögel von ihnen weg. Sie nutzen die Winde des Sturms, um sich höher heben zu lassen."

Trotz der Informationen und der versteckten Botschaft, die Priest ihr anscheinend mitzuteilen versuchte, konnte sie den Blick nicht von dem Adler abwenden. „Warum beobachtet sie mich?"

„Weil sie auf dich wartet."

Wartete. Auf sie. „Wozu?"

Priest senkte die Stimme und die schiere Ehrfurcht in seinen Worten bewegte sich wie ein feierliches Gebet über sie. „Sie gehört dir, Elise. Und sie wartet darauf, dass du sie akzeptierst." Er breitete seine Hand auf ihrem Rücken aus und stieß sie nach vorn. „Geh. Lern deine neue Begleiterin kennen."

KAPITEL 16

Tate wollte seinen Primo töten. Es könnte einen Überraschungsangriff erfordern, wenn Alek anderweitig in eine persönliche Sitzung mit Priest verwickelt war oder wenn er bewusstlos war, aber eines Tages würde Tate ihn töten. Oder ihm zumindest einen Schlag gegen seinen Kiefer verpassen, der hart genug war, um ihn für ein paar Tage außer Gefecht zu setzen. Zugegeben, er versuchte nur, Elise mit leichtem Sparring beim Ausgleich zu helfen, damit sie sich zum ersten Mal an Magie und Gestaltwandlung versuchen konnte, aber der Arsch verdiente etwas Böses, weil er Tates Gefährtin ständig anfasste.

Während er mit Priest und Katy in der Schlucht hinter Priests Haus wartete, lehnte sich Tate mit einer Schulter gegen eine riesige Eiche, verschränkte die Arme und kämpfte gegen das Drängen seines Kojoten an, sich zu verwandeln.

„Entspann dich", sagte Priest langsam neben ihm. „Er tut nichts Unangemessenes."

Zu weit gedrängt, schnappte Tate in einem Ton zurück, den er nie zuvor gewagt hatte, bei Priest zu benutzen: „Ich sehe Katy nicht mit einem anderen Mann trainieren."

Priest zuckte mit den Schultern, so unberührt von Tates Reaktion, dass er sich nicht einmal die Mühe machte, von Elise wegzuschauen, die sich anstrengte, um sich aus einem Würgegriff zu befreien. „Meine Gefährtin ist keine Prima. Deine schon. Sie braucht eine Bindung zu Alek."

„Sie muss sich mit ihrem Gefährten verbinden."

Diesmal traf Priest direkt auf Tates Blick und seine Stimme war reiner Stahl. „Deine Gefährtin wird an eine Menge Leute Hand anlegen, wenn sie ihren Job machen will. Männer eingeschlossen. Zeit, sich daran zu gewöhnen."

Fuck.

Er hatte nicht über diesen Aspekt ihres Lebens nachgedacht. Aber jetzt, wo er lange genug innehielt, erinnerte er sich deutlich an die häufigen Wutausbrüche, gegen die sein Vater aus demselben Grund hatte ankämpfen müssen. Und seine Mutter war keine Prima gewesen.

„Ich sehe, es ist angekommen." Priest grinste und wandte sich wieder Alek und Elise zu. „Mach dir aber keine Sorgen. In weiteren zehn Minuten oder so wird sich Elises Rausch einpendeln und dann wirst du an die Reihe kommen."

Der vage Unterton in Priests Worten riss Tate hoch, seine Arme lösten sich und sein Körper spannte sich für einen Kampf an. „Was soll das heißen?"

Priest starrte Tate an, als wollte er abschätzen, ob er mit der Antwort fertig würde. „Das bedeutet, dass mein Bauch mir sagt, dass wir Elises Fähigkeiten eher früher als später brauchen werden, also werde ich sie antreiben. Du bist mein bestes Druckmittel, um sie schnell dorthin zu bringen, und ich werde es nutzen."

Katy unterbrach ihr schweigendes Zuschauen lange genug, um einen prüfenden Blick zwischen Priest und Tate hin und her zu werfen. „Warum habe ich das Gefühl, wir hätten noch ein paar Heiler zur Verstärkung rufen sollen?"

„Wir werden sie nicht brauchen", antwortete Priest, ohne den Blickkontakt zu Tate zu unterbrechen. „Tate wird alles tun, um sie dorthin zu bringen. Nicht wahr, Tate?"

Die Erkenntnis, was Priest vorhatte, materialisierte sich in Tates Kopf mit der Subtilität einer Abrissbirne. Ihr beim Sparring mit Alek zuzusehen, war eine Sache, aber bei etwas mitzumachen, was sie in Panik versetzen würde, war etwas anderes. „Das kannst du nicht tun."

„Nenn mir einen guten Grund, warum nicht."

„Weil es ihr wehtun wird."

„Wow. Moment mal." Katy schob sich zwischen sie, offensichtlich bereit, einzugreifen. „Was kannst du nicht?"

„Reflextraining", antwortete Priest.

Allein den laut geäußerten Plan zu hören, ließ Tates Knochen bis ins Mark gefrieren. Er hatte millionenfach gesehen, wie die Technik funktionierte, besonders bei Kriegern. Er hatte Priest sogar ein- oder zweimal diese Taktik bei ihm selbst anwenden lassen. Er hätte nur nie daran gedacht, dass Priest sie bei einem Heiler versuchen würde.

„Du bringst die Person in eine Situation, in der sie keine andere Wahl hat, als zu reagieren, und die Magie antwortet instinktiv." Er konzentrierte sich auf Priest. „Du hast ihre Panik nicht gespürt, als sie mich auf der Straße fand. Aber ich. Als du dort ankamst, wäre ich immer noch bewusstlos gewesen, wenn ich nicht von ihrer Pein geweckt worden wäre."

„Du irrst dich", sagte Priest. „Wir haben vielleicht keine Bindung zu ihr, aber jeder von uns, der letzte Nacht mit ihr in Kontakt gekommen ist, fühlte, was sie fühlte. Und du traust ihr nicht genug zu. Es gibt einen Grund, warum du vollständig geheilt bist anstatt nur teilweise."

Tate sah Katy an. Während sie nur mit den Schultern zuckte, richtete er seine Aufmerksamkeit erneut auf Priest. „Was soll das heißen?"

„Es heißt, dass der Wille deiner Gefährtin so verdammt stark war, als sie sich weigerte, die Hüterin in der Anderswelt zu treffen, und dagegen kämpfte, in ihre eigene Seelensuche abzugleiten, dass die Hüterin eingriff. Sie hat den Großteil der Arbeit für mich erledigt, damit Elise loslassen konnte."

Das silberne Licht.

Er hatte gedacht, es wäre ein Traum oder ein Nebenprodukt von Priest gewesen, der ihn ausgeknockt hatte. Gott allein wusste, dass er nie zuvor gesehen hatte, wie Priest ein solches Licht erzeugt hatte, wenn er Tate geheilt hatte – und Tate war oft nach Hause gekommen, damit Priest ihn und ein paar andere Dummköpfe zusammenflickte.

Priests Stimme wurde zu einem leisen Murmeln. „Schau sie dir an, Tate. Nicht mit wem sie arbeitet, sondern wie – und wie schnell sie lernt."

Sie war schön anzusehen. Eine Mischung aus Anmut und weiblicher Kraft. Beides zeigte sich in jeder ihrer Bewegungen und in ihrem absoluten Fokus, während sie trainierte.

„Sie ist hierfür bestimmt", fuhr Priest fort, „und mein Bauchgefühl sagt mir, dass wir ihre Fähigkeiten brauchen werden." Er hielt einen Moment inne und ließ das Gewicht in seinen Worten wirken. „Was ich wissen muss, ist, ob du bereit bist, ihr zu helfen, ihr Ziel so schnell zu erreichen, wie wir sie brauchen."

Tates Kehle schnürte sich so zusammen, dass seine Antwort eher ein gutturales Knurren war als Worte. „Ich würde alles für sie tun. Alles, nur nicht ihr wehtun."

„Oh, vertrau mir", sagte Priest. „Sie wird nicht diejenige sein, die es schmerzen wird. Aber dich." Ohne auf Tates Reaktion zu warten, schlenderte er vorwärts und stieß einen scharfen Pfiff aus. „Alek, mach eine Pause."

Die Unterbrechung der Aktion erfolgte fast augenblicklich. Alek lockerte den Griff, aus dem sich Elise wahrscheinlich nur Sekunden später losgerissen hätte, und trat zurück, beließ jedoch eine Hand beruhigend auf ihrer Schulter.

Priest blieb nur einen Meter vor ihnen stehen und winkte Tate nach vorn. „Tate, du bist dran."

Errötet von ihren Kämpfen mit Alek und der neu

entdeckten Magie, die durch ihren Körper strömte, lächelte Elise breit. Hätte ihn nicht die kalte Realität dessen, was passieren würde, durchbohrt, Tate hätte die Distanz zwischen ihnen überwunden. So nahm er das Lächeln für das, was es war, und betete, dass es nicht das letzte sein würde, das sie ihm schenkte.

»Shirt aus«, sagte Priest zu Tate, während er näher kam.

Etwas in Priests ominösem Ton musste Elise einen Tipp gegeben haben, denn ihr Lächeln verschwand und ihr Blick huschte zwischen ihnen hin und her. „Was ist los?"

Tate warf sein T-Shirt auf den Boden und drehte sich seitlich in Richtung Priest. Tate konnte sich nicht vorstellen, welche Verletzung auch immer Priest im Sinn hatte, aber es gab keinen Zweifel daran, dass es höllisch wehtun würde.

„Wie steht es um deine Energie?", sagte Priest und ignorierte ihre Frage vollständig.

„Gut." Sie sah zu Tate und hob eine Augenbraue.

Tate wagte es nicht, zu sprechen. Verdammt, einfach nur da zu stehen, zu wissen, was passieren würde, und nichts zu sagen, nahm alles in ihm in Anspruch.

Priest blieb direkt vor ihr stehen. „Kannst du deine Magie spüren?"

Elise senkte den Kopf, ihre Aufmerksamkeit locker auf den Boden vor ihr gerichtet und ihr Blick distanziert. „Ich glaube schon." Sie hob den Kopf. „Es ist wie ein Surren, richtig? Ein Summen unter deiner Haut?"

„Das ist es." Er rollte den Kopf hin und her, als würde er sich für einen Kampf aufwärmen. „Konzentriere dich auf dieses Summen. Zentriere dich darauf."

Elise schloss die Augen und die Lichtung um sie herum verstummte augenblicklich. Die Vormittagssonne sickerte durch die vollen Baumwipfel über ihnen und das stetige Dröhnen eines Bootes auf dem See brummte in der Ferne, aber in ihrer unmittelbaren Reichweite durchdrang eine übernatürliche Sanftheit alles.

Die Harmonie der Heiler.

Tate hatte sie Hunderte Male erlebt, als er bei seiner Mutter aufwuchs. Eine natürliche Verbundenheit, die jedem Heiler entsprang, wenn seine Magie zwischen der Anderswelt und der Erde verschmolz. Der Boden sang praktisch mit und die Brise nahm fast Singsangqualität an.

Pure Kraft.

Die Macht einer Prima, die ihren Weg fand.

Priest spürte es auch. Die harte Miene, mit der er sich ihnen genähert hatte, war jetzt purer Gewissheit gewichen. „Öffne deine Augen, Elise."

Sie tat, was er verlangte, ihre normalerweise hellgrünen Augen waren dunkel von der Tiefe ihrer Magie.

„Was du gerade fühlst – die Energie, die durch dich fließt –, ist das, was du brauchst."

Sie neigte ihren Kopf nur ein wenig. „Was brauche ich wofür?"

Sie war innerlich zu sehr darauf konzentriert, ihre Gaben zu perfektionieren, und schien nicht mitzubekommen, dass Priest eine Hand an seiner Seite ballte. Silber schimmerte über seinen rechten Arm. „Um deinen Gefährten zu heilen."

Eine Sekunde.

Ein blitzschneller Schlag von Priests Arm und ein Aufblitzen der Klauen seines Panthers, und Tate war auf den Knien. Das sengende Brennen auf seiner Brust war zu groß, als dass sein Körper es verarbeiten und gleichzeitig stehen bleiben konnte.

„Oh mein Gott!" Elise war sofort da und kniete vor ihm. Sein Blut sickerte über ihre Finger, während sie versuchte, den Strom mit ihren Handflächen aufzuhalten.

Sie hatte keine Chance, es zu stoppen. Die Schnitte

waren zu tief. Zu zerklüftet, um von etwas anderem als Magie oder einem gut ausgebildeten Notfallteam geheilt zu werden. Sie funkelte Priest über ihre Schulter an, pure Wut und Entsetzen peitschten den einst friedlichen Wald in einen Strudel gefährlicher Energie. „Bist du verrückt geworden? Heile ihn!"

Priest blieb standhaft, seine Stimme völlig leidenschaftslos. „Nein."

Ihr Zorn schoss höher, schoss mit der ganzen Unbarmherzigkeit einer Stacheldrahtpeitsche durch ihre immer noch wachsende Bindung und entlockte ihm ein leises, gutturales Stöhnen, das er nicht unterdrücken konnte. Er packte ihre Handgelenke, versuchte, sich durch den Schmerz hindurch zu konzentrieren und seine Atmung zu beruhigen. Um seinen unregelmäßigen Puls zu verlangsamen.

„Elise."

Sie konzentrierte sich sofort auf ihn, und die Energie um ihn herum wurde weicher, wenn auch nicht annähernd so ruhig, wie es für seine Heilung notwendig gewesen wäre.

„Du." Seine Arme zitterten, und obwohl sein Verstand darauf bestand, dass er es sagte, wollte sein Mund nicht kooperieren. „Nicht Priest. Du."

„Bist du von Sinnen?" Sie wandte sich wieder Priest zu. „Ich weiß nicht, was ich tun soll! Hilf mir!"

„Das wird er nicht." Die Muskeln in Tates Oberschenkeln und in seinem Oberkörper zitterten so sehr, dass er schwankte und sie beinahe mit ihm aus dem Gleichgewicht brachte. „Du musst."

Das Entsetzen und die Hilflosigkeit in ihrem Gesicht schnitten tiefer als die gezackten Krallenspuren auf seinem Oberkörper.

„Ich weiß nicht, wie!"

„Musst du nicht. Deine Magie tut es." Schwärze füllte die Ränder seines Sichtfeldes und der Wald drehte sich.

Das Nächste, was er sah, war der strahlend blaue Himmel über ihm. Priest ragte neben ihm auf, die Arme entschlossen vor der Brust verschränkt.

Elise kniete auf der anderen Seite, drückte ihre Handflächen gegen seine blutende Brust, und Tränen rannen ihr über die Wangen.

Tate versuchte, sie abzuwischen; er musste das Leid lindern, das durch ihre Bindung brach. „Tut weh."

„Sag mir, was ich tun soll", sagte sie zwischen erstickten Schluchzern. „Bitte."

Dabei spielt es keine Rolle, ob es sich um einen einfachen Kratzer oder eine schlimme Wunde handelt. Die Stimme seiner Mutter, gepaart mit einer Erinnerung, die die Gegenwart verdrängte. Sie holte ihn zurück zu einem der ersten Male, als er gesehen hatte, wie sie ein kleines Mädchen heilte, das in eine Glasscherbe getreten war. Mit einer federleichten Berührung streichelte sie die acht Zentimeter große Wunde. *Heilung ist eine Verbindung. Zwei Seelen, die der Schmerz zusammengebracht hat. Die Magie weiß, wohin sie gehen muss. Wie man heilt, was zerrissen wurde. Solange mein Herz offen ist, fließt sie so leicht wie ein Fluss.*

„Dein Herz." Kälte lastete in seinen Beinen und Füßen, und seine Hände waren bereits so taub, dass er die Wärme ihrer Hand unter seiner kaum mehr registrierte. Seine Lider schlossen sich, zu schwer, um länger offen zu bleiben. Er versuchte, mehr Luft in seine Lungen zu ziehen, um seiner Stimme mehr Kraft zu verleihen, aber die Worte kamen immer noch krächzend heraus. „Heile aus deinem Herzen."

Eine sofortige Veränderung geschah.

Wärme und Licht durchströmten ihn.

Neben ihm ertönte eine Bewegung. Das sanfte Rauschen zerfallender Blätter unter soliden Schritten.

„Genau so." Es war Priests Stimme. Viel näher als zuvor. „Öffne dich ihm. Lenke die Magie."

Die Wärme wuchs. Erblühte zu einer beherrschenden

Hitze, die sich durch jede Zelle und jede Sehne zog. Sein Rücken bog sich, nach oben gezogen von einer unerbittlichen Kraft, die direkt hinter seinem Brustbein verankert war.

Die Verbindung.

Nicht vollständig ausgebildet, aber stärker, als er sie je gespürt hatte. Pulsierend und lebendig. Ihn mit Kraft überflutend.

Das langsame, schmerzende Pochen seiner Wunden ließ nach, wurde zu einem stechenden Ziehen. Luft strömte in seine Lungen und seine Augen öffneten sich schlagartig.

Katy stand bei seinen Füßen, ihr blasses Gesicht war gezeichnet von Verwunderung und einer ordentlichen Portion Schock, aber Priest kauerte mit einem erfreuten Lächeln im Gesicht neben ihm. Es grenzte an Selbstgefälligkeit und richtete sich an Elise. Er legte ihr eine Hand auf den Rücken. „Atme, Elise. Es geht ihm gut."

Elise ignorierte ihn. Sie behielt jeden Funken ihrer Aufmerksamkeit auf Tates Oberkörper gerichtet, während ihre zitternden Hände über das geheilte Fleisch strichen, scheinbar ahnungslos, dass er wach, bei Bewusstsein und vollständig gesund war. „Aber was ist, wenn ich etwas übersehen habe? Was ist, wenn da drin noch etwas blutet?"

„Elise."

Beim Klang von Tates Stimme schnellte ihr Kopf hoch. Ihr honigblondes Haar lockte sich um ihr tränenüberströmtes Gesicht, und ihre Augen waren wild vor roher Verzweiflung. Sie blinzelte immer wieder, als könnte ihr Verstand die Realität dessen, was sie getan hatte, nicht ganz erfassen. Ihre Atmung war flach und kurz. Sie blieb an Ort und Stelle und kniete neben ihm, ihren Oberkörper schützend über seinen gebeugt. „Tate?"

Seltsam. Als er das Blut auf seinem Oberkörper sah,

konnte er den Unglauben in ihrem Gesicht verstehen, aber trotz der grausamen Überreste des Geschehens fühlte er sich erstaunlich gut. Voll aufgeladen, als hätte er sich tagelang ausgeruht. Er richtete sich auf, stützte sich vor ihr auf die Knie und strich ihr Haar aus ihrem Gesicht. „Du hast es geschafft. Es geht mir gut." Er führte eine ihrer Hände über seine geheilte Brust bis knapp über sein Herz. „Siehst du? Sie sind verschwunden."

Mit geöffneten Lippen scannte sie sein Gesicht, dann seine Brust. Die Wildheit in ihrem Blick ließ nach, aber eine Distanziertheit ersetzte sie. Sie erschien fast benommen, als wäre die Welt um sie herum verdunkelt worden und sie könnte sich nicht orientieren.

Das Band zwischen ihnen vibrierte vor hektischer Energie. Ein manisches Summen mit dem disharmonischen Prickeln einer stromführenden Leitung. Sein Kojote knurrte und schnappte, lief auf und ab und drängte nach Freilassung. Tate umfasste beide Seiten ihres Gesichts und versuchte, sie dazu zu bringen, sich zu konzentrieren. „Elise?"

Ihre Lippen bebten und ein Schauer fuhr durch ihre Arme und ihren Oberkörper. „Kann nicht …" Sie hob das Kinn, als versuchte sie, sich über ansteigendem Wasser zu halten.

„Atme."

„Zu viel Adrenalin." Mit einer fließenden Bewegung stand Priest auf und zog sie hoch. „Tate, halte sie von hinten fest. Sie muss sich verwandeln."

Tate sprang auf die Füße, legte einen Arm um ihre Taille und den anderen um ihre Schultern. Seine eigene Panik füllte seinen Kopf mit einem abgehackten Trommelschlag. „Sie kann so nicht die Gestalt wandeln." Niemand tat das beim ersten Mal. Oder bei den ersten zehn Versuchen.

„Sie wird sich verwandeln. Du hast sie nicht in der

Anderswelt gesehen. Sie ist ein Naturtalent." Priest kam nah genug heran und Elise konnte seinem Blick nicht ausweichen. „Elise, schau mich an. Denk an deine Begleiterin. Erinnere dich daran, wie ihr verschmolzen seid. Ruf nach ihr."

Elise öffnete den Mund und schloss ihn dann wieder. Das würgende Geräusch, das aus ihrer Kehle drang, reichte aus, um Tates auf gleiche Weise zusammenzuschnüren.

„Verdammt, Prima, sieh mich an." Priest unterstrich den Befehl mit einem festen Griff an ihrem Kinn und ging mit ihr Nase an Nase. „Greif nach ihr. Du willst atmen? Willst du die Ruhe, die du nicht ganz finden kannst? Lass sie durch. Flieg."

Flieg?

Seine Gefährtin hatte einen Vogel als Begleiterin?

Kaum waren ihm die Gedanken durch den Kopf geschossen, blendete ihn ein strahlendes smaragdgrünes Licht und weiche Federn streiften seine Arme. Aus der Mitte der tiefen Farbe brach ein Vogel mit einer Flügelspannweite von mindestens zweieinhalb Metern hervor, sein dunkelbrauner – fast schwarzer – Körper kontrastierte mit seinem makellos weißen Kopf.

Ein Adler.

Ein Symbol von Macht und Stärke für ihren Clan. Ein scharfsinniges und mutiges Raubtier.

Seine Gefährtin.

Als hätte der Vogel seine Gedanken gehört, hallte der Schrei des majestätischen Geschöpfs über den Wald. Seine mächtigen Flügel bewegten sich in kühnen, gemächlichen Schlägen, die ihn fast direkt in den wolkenlosen Himmel rasen ließen.

„Sie ist schön." Katy schützte ihre Augen vor der Sonne und reckte den Kopf, um die Show zu beobachten, die über ihnen stattfand, jede Senke und Wendung fließend und anmutig.

„Sie hat sich jede Feder verdient", sagte Priest mit einer Ehrerbietung und einem Respekt, den Tate noch nie bei ihm gehört hatte, außer in Bezug auf seine Gefährtin.

Aber Ehrfurcht und Respekt hin oder her, Tate war mit den Zuschauern fertig. Ebenso war jetzt Schluss damit, seiner Gefährtin unverdiente Härten aufzuzwingen. Sie hatte sich ihre Magie verdient, hatte ihre Flügel ausgebreitet. Und wenn sie landen würde, würde Tate, und nur Tate, auf sie warten. „Geht."

Die strenge Anweisung war die einzige, die er in seinem ganzen Leben Priest gegenüber zu äußern gewagt hatte, aber in dieser Sekunde kümmerte es weder Mensch noch Tier. Elise war alles, was zählte. Elise und das Wiedergutmachen all der Scheiße, die sie hatte ertragen müssen, seit er sie letzte Nacht vor ihrer Hintertür zurückgelassen hatte.

Priest ließ den Kopf hängen und rieb sich mit dem Handrücken über den Mund, während er erfolglos versuchte, das wissende Lächeln auf seinem Gesicht zu verbergen. „Richtig. Ich würde sagen, das hast du dir verdient." Er winkte Kateri näher und hielt seinen Arm hoch, um sie in seiner Nähe willkommen zu heißen. „Komm schon, *mihara*. Lass Tate sich jetzt um seine Gefährtin kümmern."

„Aber was ist mit ihrer Zurückverwandlung?" Sie warf ihnen einen ahnungslosen Blick zu. „Wird sie keine Hilfe brauchen?"

Priest zog sie an sich, drückte sie liebevoll und küsste ihre Schläfe. „Ich glaube, du hast die Nachwirkungen deiner ersten Verwandlung vergessen."

Ihre Augen wurden groß und ihre Wangen röteten sich. Die Erinnerungen an ihre eigene Rückverwandlung in die menschliche Form kamen zweifellos hoch. „Oh."

„Oh, in der Tat." Priest lachte. „Außerdem ist ihr Adler kein Alphatier wie deine Löwin. Wenn sie landet, tauscht sie gerne die Plätze, wenn es bedeutet, dass sie mit Tate zusammen sein kann." Er begegnete Tates Blick und machte sich diesmal nicht die Mühe, seine Belustigung zu verbergen. „Ich nehme an, du möchtest, dass ich Jenny sage, dass ihre Tochter heute Abend nicht nach Hause kommt?"

Nicht heute Nacht. Niemals, wenn es nach ihm ginge. Und wenn er Elise wieder in menschlicher Form zurückhätte und sie sich an ihn presste, wäre es das zweite Thema, das zur Diskussion stünde. Das erste wäre Kriechen, bis sie ihm verzieh, dass er an all dem teilgenommen hatte, was heute passiert war.

Anstatt direkt zu antworten, richtete er seinen Blick zum Himmel und bemerkte Elise, die in der Ferne aufstieg. „Wir sind in der Hütte." Damit ergab er sich dem Drängen seines Begleiters, begrüßte das stechende Brennen des Übergangs und eilte hinter seiner Gefährtin in den Wald.

KAPITEL 17

Satte grüne Baumwipfel unter ihr. Um sie herum eine blaue Decke, nur durchbrochen von dünnen weißen Wolkenfetzen in der Ferne. Die sich windenden, seichten Strände des Beaver Lake waren zu sehen und das sanfte Kräuseln des Windes an dessen Oberfläche strich durch ihre Federn. Bruchstücke einer außergewöhnlichen Aussicht. Komplizierte Details, die Elise an Land nur einzeln wahrnehmen konnte, die sie aber aus der Luft durch die Augen ihrer Begleiterin nun als Ganzes aufnehmen konnte. Sie konnte die Schönheit des Gesamtbildes aus einer neuen Perspektive erleben und schätzen.

Ebenso wie ihr Leben.

Sie hatte geglaubt, sie hätte verstanden, wohin sie wollte. Sie hatte gedacht, dass die Zeit, in der sie Hilfe wegen der harten Erfahrungen in der Highschool gesucht hatte, ein Verständnis vermittelt hätte, das ihr half, zurechtzukommen und zu wachsen. Aber bis heute hatte sie tatsächlich keine Ahnung gehabt. Sie hatte nicht wirklich begreifen können, wie sehr sie diese Lektionen – jede Not und jede Träne – gebraucht hatte, um sie zu dem zu machen, was sie heute war. Und um sie auf die breitere Landschaft ihres Lebens vorzubereiten, die sie noch erkunden musste.

Unten blitzte ein golden-weiß-grauer Punkt zwischen den Bäumen auf. Ein großer Kojote, der ihre Reise begleitete und durch den Wald raste.

Tate.

Im Raum hinter ihrem Brustbein wogte eine Mischung aus Heiterkeit und Sorge. Eine stille Kommunikation innerhalb der stärker werdenden Bindung, die sie nicht mehr leugnen konnte. Die Erheiterung, die darin pulsierte, verstand sie. Sie fühlte mit jedem Schlag ihrer Flügel den antwortenden Ansturm ihrer eigenen Begleiterin.

Freiheit.

Frei – nicht nur von der Schwerkraft, sondern von all der Komplexität des menschlichen Geistes und der Überanalyse, die er in jede Gleichung brachte. In Tiergestalt existierte sie einfach und genoss jede einzelne Sekunde davon. Sie fühlte sich geehrt und hielt sich an die Instinkte, die ihr vom Schöpfer gegeben worden waren.

Die Sorge jedoch ... Dieser Teil beunruhigte ihren Vogel. Logischerweise konnten ihre gedämpften menschlichen Gedanken den Grund dafür erklären. Sie wusste ohne jeden Zweifel, dass ihr Gefährte damit zu kämpfen hatte, wie sehr die letzten vierundzwanzig Stunden sie beeinflusst hatten, aber ihrem Adler gefiel das überhaupt nicht. Für sie war das, was geschehen war, vergangen. Das wütende Feuer war vorbei. Und obwohl es manchmal qualvoll gewesen war und einen unauslöschlichen Eindruck in ihrer Seele hinterlassen hatte, war sie stärker geworden. Weiser. Zuversichtlicher in Bezug auf das, wozu sie fähig war, und besser darauf vorbereitet, sich der nächsten Phase ihres Lebens zu stellen.

Einschließlich ihres Platzes als seine Gefährtin.

Als hätte er ihre Gedanken gehört, hallte ein scharfes Bellen in den Himmel.

Ihr verbesserter Blick schärfte sich augenblicklich und heftete sich auf Tates Kojoten auf einer größtenteils kreisförmigen Lichtung mit einer menschengemachten Konstruktion in der Nähe der Mitte. Im Vergleich zu den anderen Häusern, die den See umgaben, war dieses kleiner. Eher so groß wie ein Cottage, wie so viele der Bed-and-Breakfasts, für die Eureka Springs bekannt war. Sein einfaches Dach aus schwarzen Asphaltziegeln hob sich kaum von all dem Grün ab, das es umgab.

Die Hütte.

Ihre Hütte.

Wann sie diese Auszeichnung verdient hatte, konnte sie nicht sagen, aber alle Zweifel, die sie daran gehabt hatte, sowohl ihre Nächte als auch ihre Tage mit ihm zu verbringen, waren verschwunden. Die Bedenken waren durch Entschlossenheit ersetzt worden, die bis in die Spitze jeder Feder mitschwang.

Sie drehte sich nach links und kreiste auf das Gebäude zu, wobei sie einen Schrei des Verstehens ausstieß.

Komisch. Während sie über Priests riesigem Anwesen geschwebt war, hatte sie kein Zeitgefühl gehabt. Hatte es nicht gebraucht. Sie wusste nur, dass die Sonne ihren Zenit weit überschritten hatte und dass ihre Begleiterin damit zufrieden gewesen war, so lange zu fliegen, wie sie es brauchte, um ihre Mitte zu finden. Aber jetzt, da sie wusste, dass Tate es war, der auf sie wartete – wusste, worauf sie sich einlassen würde –, trieb eine neue kompromisslose Dringlichkeit sie schneller an.

Der Boden raste näher. Die Luft strömte zwischen ihren Federn, und ihr Herz pochte wegen des Versprechens dessen, was vor ihr lag. So viele Tage und Nächte hatten sie gespielt, und Tate hatte sie jeden Tag langsam an Berührungen und an ihre Sinnlichkeit herangeführt. Aber nicht ein einziges Mal hatte sie sich so offen gefühlt. So sicher und bereit.

Ihre Flügel hoben sich instinktiv und verlangsamten ihren Abstieg zur Erde.

Und dann war sie da. Nicht mehr als viereinhalb Meter von der vorderen Veranda entfernt wartete Tate, sein Kojote war bereits gegen einen Mann aus Fleisch und Blut eingetauscht. Nicht ein Kratzer verunstaltete seinen nackten Oberkörper, und das Blut, das sie so schnell dazu katapultiert hatte, ihre Magie zu erlernen, war verschwunden. Seine Haare hingen locker über seine Schultern und seine Trainingshose saß tief auf seinen Hüften. Ihr Adler zappelte und sträubte seine

Federn.

„Sie mag es nicht, so niedrig und exponiert zu sein."
Tate schlenderte die zwei Stufen vom erhöhten Eingang hinunter. Er hielt etwas Schwarzes in einer Hand. Einen weichen Stoff. Aber zwischen seinem festen Griff und so viel zur Schau gestellter Haut konnte sie die Neugier nicht ganz aufbringen, herauszufinden, was es war. „Sie hat dich hierher geführt, weil sie weiß, dass du eine gute Grundlage brauchst, um die Gestalt zu wechseln."

Richtig. Bevor sie bekommen konnte, was sie wollte – was ihr ihre Vergangenheit und die daraus resultierenden Ängste bisher vorenthalten hatten –, musste sie eine weitere Brücke überqueren.

Tate blieb etwa anderthalb Meter entfernt stehen und duckte sich, damit sein Körper sie nicht mehr überragte, das enge schwarze Bündel lose zwischen seinen Händen. „Sie kennt den Weg zurück, aber du bist diejenige, die führt. Fühle den Weg. Fühle dasselbe, was du in der Anderswelt gefühlt hast, als sie mit dir verschmolzen ist. Genauso wie vorhin, als du sie zu dir gebracht hast."

Nein, kein Weg. Zumindest hatte es sich heute Morgen nicht so angefühlt. Eher wie ein Tunnel ohne die gleiche Anziehungskraft wie im wirklichen Leben. Oder wie eine Wasserrutsche in einem fast 90-Grad-Winkel, eingehüllt in ein blendendes Licht. Ihre Begleiterin hatte sich so gut wie durchgesetzt, hatte sich hoch in die Lüfte gehoben und war ohne Zögern hervorgebrochen. Aber wie sollte sie das auch tun?

Ihr Adler stieß eine Reihe schneller, schriller Krächzer aus und hob die Flügel. Zwei Hälften. Ein Ganzes.

Keine direkte Nachricht, eher ein Gedanke. Er war gepaart mit einem Druck, der ohne körperliche Form nicht möglich sein sollte.

Folge.

Hinter dem Druck stieg ein Kribbeln auf. Ein grenzwertiges Brennen, als hätte sie zu viel Zeit in der Sonne verbracht.

Zwei Hälften.

Ein Ganzes.

War es wirklich so einfach? Sollte sie dem Drängen nachgeben und Plätze tauschen? Sich mit dem subtilen Ruck bewegen, den ihre Begleiterin erzeugt hatte?

Sie lehnte sich in die Empfindung hinein und führte mit ihrem Herzen. Sie begrüßte es genauso, wie sie es bei ihrer Magie getan hatte, als sie Tate geheilt hatte. Das Brennen eskalierte und versengte ihr körperloses Wesen mit bösartigem Knacken und Knistern. Ihr Instinkt drängte sie, einen Schritt zurückzutreten. Um auf Nummer sicher zu gehen.

Hab Vertrauen. Spring.

Nicht mehr sicher. Diese Zeiten waren vorbei. Sie wusste es. Ihre Begleiterin wusste es. Elise stellte sich den Sturzflug und den Wirbel ihrer ersten Verwandlung und den süßen Flug vor, als sie in den Himmel aufgestiegen war, und gab sich dem Schmerz hin. Bis zum Stechen und der überwältigenden Helligkeit dahinter.

Ein smaragdgrünes Licht umhüllte sie, schickte sie durch den stechenden Schmerz ohne Rücksicht auf die Schwerkraft.

Vogelgezwitscher und das Rauschen der Blätter in den Bäumen über ihr.

Von der Sonne erwärmte Blätter und Erde unter ihren nackten Füßen.

Sonnenlicht und die süße Liebkosung einer Frühlingsbrise auf ihrer immer noch brennenden Haut.

Mit geschlossenen Augen legte sie ihren Kopf in den Nacken und lächelte zum Himmel, ein stilles Dankeschön an ihre Gefährtin für ihre Führung, während sie jede gesteigerte Empfindung aufsaugte.

„Gut gemacht."

Beim Klang von Tates Stimme öffnete sie ihre Augen, begierig darauf, ihre eigene Freude zu teilen.

Ihre Worte versiegten bei seinem Anblick. Immer noch geduckt wie zuvor, war sein Kopf jetzt gesenkt, sein Blick fest auf den Boden vor seinen Füßen gerichtet. Er hielt eine Hand hoch und bot ihr den gefalteten schwarzen Stoff an. „Ich dachte, du möchtest das vielleicht anziehen."

Nicht Stoff.

Ein T-Shirt.

Weil sie nackt war.

So begeistert von ihrer Verwandlung und den Empfindungen, die sie aus ihrer Geisterform zurückgeholt hatten, hatte sie es überhaupt nicht registriert.

Aber Tate hatte gewusst, was sie zu erwarten hatte. Er kannte und antizipierte ihre Angst so, wie er es immer zu tun schien, und war bereit gewesen, sie zu lindern.

Sie schlich vorwärts und blieb erst stehen, als ihre Schienbeine nur noch Zentimeter von seinem gesenkten Kopf entfernt waren und ihre Füße sich in seiner direkten Sichtlinie befanden. Sie bedeckte seine ausgestreckte Hand mit ihrer eigenen und kämmte mit der anderen ihre Finger durch sein Haar. „Du passt immer auf mich auf."

Die Muskeln entlang seines Nackens und seiner Schultern spannten sich an und er wedelte mit dem Bündel, um ihre Aufmerksamkeit darauf zu lenken. „Nimm es, Elise."

Diese Anspannung in seiner Stimme. Gegen seine Wünsche und natürlichen Instinkte kämpfend – für sie. Sie ließ seine Hand los und zog das T-Shirt aus seinem Griff. „Danke, dass du dich um mich gekümmert hast." Sie ließ das Kleidungsstück vor seine Füße fallen. „Aber ich brauche es nicht."

Seine Hände ballten sich neben seinen Füßen zu Fäusten und der Rest seines Körpers wurde unglaublich still.

Er wirkte eher wie eine Skulptur, die in einer Bittsteller-Pose gefangen war, als wie der Alpha, als den sie ihn kannte. „Du musst bei mir nichts überstürzen, Elise. Ich kann warten."

„Tate." Sogar sein Name auf ihren Lippen fühlte sich anders an. Stärker. Ein Schlüssel zum ersten Schritt in ihr restliches Leben. „Ich habe lange genug gewartet. Auf alles."

Seine Hände wanderten zu ihren Knöcheln, die Berührung war eine Mischung aus tiefem Respekt und kaum zurückzuhaltendem Verlangen. „Ich habe dir wehgetan."

Die Heilung.

Natürlich war das das Erste, woran er dachte. Vor allem, wie schwer die Erfahrung sie emotional getroffen hatte. Gefährten waren miteinander verbunden, um sich gegenseitig zu schützen, und nicht, um sich an etwas zu beteiligen, was dem anderen Schmerzen bereitete. Aber er hatte es getan, um ihr zu helfen.

„Das hast du. Aber du hast mir auch geholfen. Hast mich über eine Brücke gebracht, deren Überquerung ewig hätte dauern können. Jetzt bitte ich dich, mich über eine weitere zu führen."

Er knurrte und festigte seinen Griff. Die kaum gefesselte Kraft hinter der Berührung war ein verblüffendes Versprechen dessen, was kommen würde. „Elise ..."

Eine Warnung.

Ein Plädoyer.

„Schau mich an, Tate. Ich bin bereit." Für ihn. Für das, was sie füreinander sein könnten. Wie auch immer das aussah.

Er atmete langsam und tief ein, das raue Geräusch war so sinnlich wie das Gleiten seiner schwieligen Fingerspitzen über ihre sensibilisierte Haut. Seine Handflächen strichen immer höher. Entlang der Außenseite ihrer Waden, über ihre Knie und ihre Oberschenkel.

Sein Blick folgte. Schmerzhaft langsam. Jeden Zentimeter in einem köstlich trägen Tempo konsumierend. Ihr Geschlecht. Ihren Bauch. Ihre Brüste. Dann endlich ihre Augen.

Keine Zensur.

Kein Urteil.

Kein grinsendes oder kalkuliertes Funkeln.

Nur Staunen und tiefe Wertschätzung. Ein Mann, der auf ein Geschenk schaut, und das, was ihm gegeben wurde, von Herzen annahm.

Und verdammt, wenn das nicht berauschend war. Befreiend und überzeugend in einer visuellen Berührung.

Er umfasste ihre Hüften und rollte sich auf die Knie. „Meine Gefährtin." Seine Finger gruben sich in ihr Fleisch, aber der Kuss, den er direkt unter ihr Brustbein drückte, war reine Ehrfurcht. Er fühlte sich wie ein Gelübde und Anspruch in einem an. Sein warmer Atem tanzte über ihre Haut, und das sanfte Kitzeln seines Bartes sandte ein zartes Zittern ihren Bauch hinunter.

„So schön." Er ließ seine Hände um sie gleiten und zog sie an sich, eine Hand verankerte sich hoch auf ihrem Hintern und die andere strich ihre Wirbelsäule entlang. Er drückte seine Stirn gegen sie. „Elise…" Er hob den Kopf und begegnete ihrem Blick. Frustration und Sorge kämpften in seinen Augen. „Sweetheart, wenn du nicht bereit für mehr bist, musst du es mir sagen. Jetzt."

Gott, er fühlte sich an sie gedrückt so gut an. Pure Wärme und feste Muskeln. Und lag es an ihr? Oder war sein Geruch stärker als normal? Die erdigen Nuancen, die auf seiner Haut hafteten, wurden kräftiger, wie nach einem frischen Regen. Sie seufzte, strich mit ihren Händen von seinen Schultern zu seinem Hals und grub ihre Finger in sein Haar an seinem Hinterkopf.

Ihre Hüften beugten sich instinktiv, der Druck ihres Beckens gegen sein Fleisch ließ sie sich nach einem ganz anderen Kontakt sehnen. Dem Gewicht von ihm auf ihr. Der Länge von ihm, die ihren Körper bedeckte.

„Tate." Sie rollte noch einmal mit ihren Hüften, ließ ihren Kopf zurückfallen und genoss den Ansturm der Empfindungen.

Ihr Verstand rang nach einem schlüssigen Weg, um ihre Bedürfnisse zu kommunizieren. „Bitte."

Tate stöhnte, während er seine Arme fester um sie legte. „Christus, du bist fast schon da."

Schon wo? Verloren? Gefunden? Wahnsinnig? Angesichts des eskalierenden Verlangens in ihr schien jede Antwort angemessen zu sein, aber alles, was sie interessierte, war Berührung. Tates Berührung. Am liebsten überall gleichzeitig, ohne Sorge, dass die Realität einen von ihnen unterbrach. Sie brauchte mehr von seinen Händen auf ihrer Haut. Von seinem Mund oder irgendeinem anderen Teil von ihm, an dem sie zerren konnte, um aktiv am Aufbau der Empfindung teilzunehmen, die in ihrem Innersten pulsierte. „Wovon sprichst du?"

„Fuck, Elise. Du verstehst es nicht." Langsam sank er nach unten, sodass er auf seinen Fersen ruhte. Seine Lippen leckten und saugten einen dekadenten Weg ihren Bauch hinab. „Es ist deine erste Verwandlung. Der sexuelle Drang danach ist intensiv." Seine Zunge tauchte direkt in ihrem Nabel ein und Lust zuckte umgehend durch ihr Geschlecht. „Ich kann dich riechen. Deine Pussy ist bereit für mich und ich habe dich noch nicht einmal berührt."

Ein Schauer erschütterte sie von Kopf bis Fuß, die Grobheit seiner Worte ließ ihr Verlangen anwachsen.

Aber er hatte recht. Sie war bereit. Sie war erpicht, heißhungrig und unersättlich entschlossen, die Leere in ihr zu füllen. Die leisen und heiseren Worte, die aus ihrem Mund kamen, waren selbst für ihre eigenen Ohren ein Schock. „Dann tu was dagegen. Gib deiner Gefährtin, was sie braucht."

Ein Knurren. Leise und unheimlich bedrohlich. „Elise, dräng mich nicht. Du weißt nicht, wie hart das werden könnte. Wenn du nicht bereit bist, musst du es mir sagen. Du musst sicher sein."

Oh, sie war sich sicher. Ihr Körper sang praktisch seine Zustimmung. Gereinigt unter der Urenergie, die von ihm ausging. Sie zwang sich, die Augen zu öffnen, und begegnete seinem hitzigen Blick. Gewissheit und Hunger verstärkten ihre Stimme.

„Ich weiß, was ich will. Und jetzt möchte ich, dass mein Gefährte sich nimmt, was ihm gehört."

Seine Nasenflügel bebten und die Emotionen in seinen bernsteinfarbenen Augen wandelten sich. Sein Blick erhitzte und vertiefte sich, bis nur noch ein Raubtier sie anstarrte. Er stand auf. Jede Berührung seines Körpers an ihrem und die Intensität in seinem Blick veränderten die Dynamik zwischen ihnen. Ein Übergang, den ihr alltäglicher Verstand nicht ganz begreifen konnte, den ihr instinktives Selbst jedoch begrüßte und als richtig akzeptierte. Er überragte sie, erwiderte ihren Blick und hielt sie damit fest – und sie war völlig gefesselt. Ohne jegliche Zurückhaltung gefangen. Seine Stimme war wie reiner Samt. Ein Befehl und eine Verlockung in einem. „Sag es noch einmal."

„Ich will es." Eher ein abgehackter Atemzug als eine Erklärung, aber ihr Geist stieg darauf ein. „Ich habe keine Angst. Nicht länger."

„Du könntest Angst bekommen, bevor ich fertig bin." Er strich mit seinen Fingern über ihr Kinn, die träge Reise von der Spitze ihres Kinns zu ihrem Hinterkopf täuschend weich im Kontrast zur Schärfe in seiner Stimme. „Wem gehörst du, Elise?"

Ihr Magen drehte sich, um sich der Luftakrobatik ihres Vogels anzupassen, und ihr stockte der Atem. Sie hatte viele Seiten von Tate gesehen, aber diese war neu. Gefährlich. Anspruchsvoll. Unerschrocken dominant.

Und die junge Seite an sich selbst, die sie gerade erst zu entdecken begonnen hatte, trat hervor, um zu antworten. Warf jedes feministische und unabhängige Ideal aus dem Fenster und antwortete: „Dir."

Seine Finger vergruben sich in ihrem Haar, seine große Handfläche wiegte ihren Hinterkopf, während er mit der anderen ihre Hüfte drückte. Seine Lippen berührten ihre, und seine Brust neckte ihre ohnehin schon harten Nippel bis zu dem Punkt, an dem sie wimmerte.

„Stimmt." Sein Griff wurde fester. Er zog an ihrem Haar und entlockte ihr ein erschrockenes Keuchen. „Alles meins."

Sein Mund prallte gegen ihren. Der Kuss, mit dem er seine Worte besiegelte, war anders als alle anderen, die davor zwischen ihnen geschehen waren. Er war eine Erklärung. Eine Abgrenzung des Lebens vor und nach diesem Moment. Und mein Gott, fühlte er sich sensationell an ihrem Körper an. Ihre Brüste schmiegten sich an seinen Oberkörper. Seine Arme legten sich unerbittlich um ihre Schultern und ihre Taille. Seine harte Länge drückte eindringlich gegen ihren Bauch.

Mit einer ungeduldigen Bewegung hob er sie hoch, führte ihre Beine um seine Taille und stolzierte zum Haus, sein heißhungriger, alles verzehrender Kuss ließ dabei nie nach. Ihre Lungen brannten vor Verlangen nach mehr Luft, aber der Teil ihres Gehirns, der sich normalerweise auf die Grundlagen des Überlebens und auf Routinefunktionen konzentrierte, war zu sehr in seinen Kuss verstrickt, um Sauerstoff über Tates Geschmack zu stellen.

Warum zum Teufel hatte sie jemals dagegen angekämpft? Hat sich jemals geweigert, sich etwas so natürlich Ursprünglichem und Dekadentem hinzugeben? Zugegeben, sie war noch nie bei jemandem außer Tate in Versuchung geraten. Aber daran zu denken, wie viel sie in der Zeit verpasst hatte, die sie ihn kannte, machte sie halb wahnsinnig, und sie wollte verzweifelt alles nachholen.

Erst als Tate die Tür der Hütte zukickte und die kühlen Schatten sie umarmten, verlangsamte er seine Schritte. Er stellte sie kurz vor dem Bett auf die Füße und als er sie nach unten senkte, war jeder qualvolle Zentimeter eine verlockende, erotische Liebkosung. Trotz der Sorgfalt, mit der er sie behandelte, hallte seine Berührung immer noch mit kaum gezügelter Kontrolle wider. Ein stromführender Draht, festgezogen und darauf vorbereitet, seine Energie zu entfesseln.

Er knabberte an ihrer Unterlippe und drängte sie zum Bett, sein Blick war starr vor Hunger und seine Stimme pure Besessenheit. „Was bist du?"

Oh Hölle.

Ihre Kniekehlen berührten die Matratze und ihr Geschlecht verkrampfte sich. „Ich bin dein."

Das leise Grollen, das durch seine Brust vibrierte, tanzte über ihre Haut wie die Funken einer Wunderkerze am 4. Juli, dem Unabhängigkeitstag. Eine einzigartige Empfindung, von der ihr Gehirn strikt behauptete, sie könnte ihr Schaden zufügen. Ihr Körper jedoch war zu sehr angetan davon und wollte sie zu neugierig erforschen, um seine Warnungen zu beachten.

Er fesselte ein Handgelenk mit seinen Fingern und hob ihre Hand, streichelte mit seinem Daumen über ihrem Puls auf und ab. „Freiwillig gegeben."

Der Kontakt durchflutete sie. Erschütterte ihr Herz und sandte eine Gänsehaut, die sich in alle Richtungen ausbreitete. „Freiwillig gegeben."

Er drückte ihre Hand an sein Herz und der stetige Rhythmus unter ihrer Handfläche war so unerbittlich wie sein räuberischer Blick. „Geh aufs Bett."

Lauf weg.

Sie konzentrierte sich auf die Tür.

„Denk es nicht einmal." Tate drängte sich näher, seine

Brust hob und senkte sich in beschleunigtem Tempo, und Wildheit zeichnete seine Züge. „Wenn du rennst, werde ich dich verfolgen. Du denkst, du hättest jetzt Angst? Du hast keine Ahnung, was du mit einer Jagd entfesseln würdest."

Eine Jagd.

Warum die Idee sie so begeisterte, konnte sie nicht begreifen, aber sie ging Hand in Hand mit dem Zwang, sich zur Tür hinauszuschleichen, den sie verspürt hatte. Als wollte sie ihn damit zwingen, sich zu beweisen. Um zu testen, wie weit er bereit war zu gehen, um seinen Anspruch geltend zu machen. Bei der Versorgung von ihr und ihrer Familie.

Es war ursprünglich.

Rein animalische Logik.

„Ich habe keine Angst." Jedenfalls nicht so eine Angst. Ängstlich, ja. Unsicher, absolut. Aber auf keinen Fall würde Tate ihr wehtun. So viel wusste sie tief in ihrer Seele. Mit zitternden Beinen setzte sie sich auf die Bettkante und rutschte rückwärts. „Und ich laufe auch nicht davon."

„Nein. Tust du nicht. Jedenfalls noch nicht." Ein langsamer, aber unzeremonieller Zug an seiner Trainingshose und er stand nackt vor ihr. Die frühe Nachmittagssonne schnitt durch die breite Fensterwand hinter ihnen und tauchte seinen herrlichen Körper in einen goldenen Schein. In den zwei Wochen, seit sie mit ihren körperlichen Erkundungen begonnen hatten, hatte sie reichlich Gelegenheit gehabt, ihn zu sehen. Sie hatte es gewagt, ihn zu berühren und zu erforschen. Aber in dieser Sekunde – ihn so roh und entblößt zu sehen –, das war, wie ihn zum ersten Mal zu sehen. Alles von ihm. Die Kernessenz von ihm enthüllte sich allein für sie.

Seinen unerschütterlichen Blick auf sie gerichtet, stemmte er ein Knie auf die Bettkante, strich mit seinen

Händen über ihre Fußspitzen bis zu ihren Knöcheln empor und zog sie so weit auseinander, dass er zwischen ihnen knien konnte. „Ich werde dir nicht wehtun, Elise. Ich werde dir nie mehr geben, als du brauchst." Seine Hände glitten höher, die rauen Ballen seiner Daumen zogen einen verruchten Pfad entlang der Innenseiten ihrer Unterschenkel. „Aber du wirst mich spüren."

Ein Schauer lief ihr über den Rücken und ein leises Wimmern drang über ihre Lippen.

Das Summen, mit dem er antwortete, war purer zufriedener Alpha. Das zufriedene Schnurren eines Mannes, der zuversichtlich ist, eine hochsensible Stelle nicht nur gefunden, sondern ausgenutzt zu haben. Er ließ seine Daumen an der Innenseite ihrer Knie kreisen. „Das willst du, oder? Du möchtest meinen Anspruch genauso spüren, wie ich ihn einsetzen möchte." Seine Finger griffen fester zu und er spreizte ihre Knie weit, um ihr Geschlecht vollständig zu entblößen. „Was bist du?"

Ihr Geschlecht verkrampfte sich und ihr Rücken bog sich. Sie drückte ihre straffen, schweren Brüste nach oben, die begierig nach seiner Aufmerksamkeit waren. Die Antwort kam einfach, stärker und entschlossener, als vorhin. „Die Deine."

„Alles von dir. Jeder Zentimeter." Er umfasste ihren Hintern, hob seinen Blick von ihrer pochenden Mitte, um ihren Augen zu begegnen, und leckte unverhohlen ihre Schamlippen entlang. „Alles meins."

Die Worte vibrierten eine Sekunde lang auf ihrer erregten Haut, bevor die feuchte, seidige Hitze seiner Lippen ihre Klitoris umschloss.

Und lieber Gott, es war sensationell. Glückseligkeit in physischer Manifestation. Das Ziehen seines Mundes. Jeder dekadente Zungenschlag. Der unerbittliche Griff seiner Hände an ihrem Hintern, als er sie an seinen

Mund gedrückt hielt und sich daran labte, und das erotische Bild seines Kopfes, der zwischen ihren Schenkeln arbeitete.

Sie spreizte ihre Knie weiter und grub ihre Finger in sein Haar, drückte ihn schamlos an sich und rollte ihre Hüften, um jede Empfindung noch mehr zu spüren. Es spielte keine Rolle, dass es keine Schatten gab, die sie verbargen. Keine Dunkelheit, um ihre Unsicherheiten und Sorgen zu verbergen. Das war Tate. Ihr Gefährte. Er wollte sie. Fleisch und Blut. Herz und Seele.

So einfach wie das Atmen rollte die süße, schmerzhafte Anspannung einer sich nähernden Erlösung heran. Die zarten Muskeln ihres Geschlechts zuckten immer heftiger, bis die letzte ihrer Hemmungen verschwand. Er glitt mit seinen Fingern durch ihre Spalte und umkreiste ihren Eingang.

Ihre Hüften hoben sich in stiller Einladung. Begierig, zu fühlen, wie sie tiefer eindrangen. Um die nasse Reibung zu reiten, wie er es ihr beigebracht hatte, während sie miteinander gespielt und sich kennengelernt hatten.

Stattdessen hob er seinen Kopf, berührte die Innenseiten ihrer Schenkel und machte einen langen, sinnlichen Atemzug, genoss offen den Anblick, wie sie nur für ihn entblößt war.

Sie grub ihre Nägel in seinen Nacken. „Tate."

Sein Ausatmen war ebenso verrucht. Ein Seufzer, der sagte, dass er den Schmerz willkommen hieß. Ein Jäger, der es nicht eilig hat, seine Beute zu erlegen. „Ganz ruhig, *mihara*. Ich gebe dir, was du willst."

Er beugte sich vor, stützte eine Hand neben ihrem Kopf ab und streichelte mit der anderen die Rundung ihrer Hüfte. An ihrem Brustkorb bewegte sich seine Hand nach innen und umfasste dann fest eine Brust. „Aber wenn du heute Abend kommst, wird es auf meinem Schwanz sein, und nicht durch meine Finger."

Er unterstrich den Kommentar mit einem Rollen seiner Hüften und stieß ihre Klitoris mit der breiten Spitze seines wunderschönen Schwanzes an.

„Oh mein Gott." Sie klammerte sich an ihn. Der Griff, mit dem sie seine Schultern festhielt, war zweifellos schmerzhaft, selbst mit ihrer begrenzten Kraft, aber sie brauchte etwas, um sich zu erden. Einen Anker, der sie festhielt, während das fremde Gefühl durch sie hindurchrollte. Er schob seinen Schaft vor und zurück. Zwang sie zurück zu der Klippe, von der er sie so beiläufig weggezogen hatte.

Seine Lippen strichen über die Spitze einer Brustwarze, und sein warmer Atem tanzte leicht über ihre Haut. „Du wirst mich genau so fühlen, Elise." Er drückte ihre Brust und schnippte mit seiner Zunge gegen ihren Nippel. „In dir. Wie ich dich dehne. Dich fülle." Er knabberte an der Brustwarze, dann umschloss er die Spitze mit seinen verschlagenen Lippen und zog so sehr daran, dass eine engmaschige Mischung aus Schmerz und Vergnügen direkt zwischen ihren Beinen explodierte. Trotz all der Dinge, die er ihr beigebracht hatte – all der gemächlichen körperlichen Erkundungen, auf die er sie in den letzten paar Wochen mitgenommen hatte –, war nichts damit vergleichbar. Mit diesem rohen und unverfroren Ursprünglichen.

Er richtete seine Aufmerksamkeit auf ihre andere Brust. Leckte, knabberte und saugte an ihrer Brustwarze und streichelte ihr Fleisch, bis die Realität aufhörte, zu existieren. Es gab nur Tate. Seinen Duft. Seine Berührung. Seinen Geschmack.

Mit einem frustrierten Knurren setzte er sich auf seine Fersen und berührte ihre Hüften. Sein Schwanz ragte zwischen ihnen hervor, seine harte Länge war ein verlockendes Gewicht an ihrem Geschlecht. „Letzte Chance, Elise." Seine Fingerspitzen gruben sich in ihr Fleisch und er drückte seine Hüften gegen sie. „Vielleicht kann ich jetzt noch aufhören, aber ich glaube nicht, dass ich in der Lage dazu sein werde, sobald ich in dir bin."

Aufhören? War er verrückt? „Wenn du aufhörst, werde ich dich mit meinem eigenen Auto anfahren und dich von niemandem heilen lassen."

Sie meinte es spielerisch. Versuchte sogar, ihrer atemlosen Stimme etwas Leichtigkeit zu verleihen.

Doch Tates Reaktion war unerwartet, eine harte, berauschende Grenze, die sie unzählige Male gespürt, aber noch nie in voller Kraft erlebt hatte. „Ich glaube nicht, dass du diesen Gedanken zu Ende gedacht hast, *mihara*." Seine Hände wanderten nach innen, seine Daumen neckten den Übergang zwischen ihren inneren Schenkeln und ihrem Geschlecht. „Wenn du mich nicht heilst, kann ich dich nicht so ficken, wie du gefickt werden musst."

Es hätte sie schockieren müssen. Hätte den Moment überbrücken oder sie dazu bringen sollen, sich noch einmal zu überlegen, wo sie hinsteuerten. Stattdessen bockte sie gegen ihn. Die schiere Rohheit seiner Worte und die primitive Energie, die von ihm ausströmte, erweckten eine Seite in ihr, von deren Existenz sie nichts gewusst hatte.

Und sie liebte es. Liebte die Freiheit. Die unzivilisierte und gefräßige Dringlichkeit, die ein heißes Lauffeuer unter ihrer Haut entfachte. Sie drückte seine Handgelenke und wand sich an ihm. Sein harter Schaft rieb sich köstlich an ihrer Klitoris, aber das war bei Weitem nicht das, was sie wollte. Fremd oder nicht, ihr Körper wusste, was er brauchte. Wonach er verlangte, um den unersättlichen Schmerz zu lindern. „Tate. Hör auf, zu reden. Lass mich dich fühlen."

Das Knurren, mit dem er antwortete, hätte sie vor einigen Wochen erschreckt, aber heute Nacht beruhigte es etwas in ihr. Löste eine natürliche Machtübertragung aus, die sich angesichts der Realität vielleicht falsch angefühlte, aber jetzt so weich und selbstbewusst wie ein Sommerwind durch sie hindurchwehte.

„Hör auf zu reden?" Ein Blinzeln und ihre Hände waren über ihrem Kopf festgeklemmt, unter seinen eigenen. Er umfasste eine Seite ihres Gesichts, eine kaum gefesselte Kraft hallte trotz der Zärtlichkeit in der Berührung wider. „Wenn ich das tue, wirst du nicht wissen, was ich denke." Er fuhr mit seinem Daumen über ihren Mund, und der Druck hinter dem Kontakt war so groß, dass sie nicht anders konnte, als ihre Lippen zu öffnen. „Besonders die schmutzigen Teile."

Ihre Augen schlossen sich und ein Wimmern entglitt ihr.

„Oh nein, das machst du nicht. Öffne deine Augen." Er wartete, bis sie gehorchte und der Stahl in seinem bernsteinfarbenen Blick hielt sie effektiver fest als seine Hände oder sein Gewicht. Langsam, ohne ihren Augenkontakt zu unterbrechen, glitt seine Hand tiefer. An ihren Hals. Zwischen ihre Brüste. Über ihren Bauch. „Ich möchte, dass du dich daran erinnerst. An alles, was du siehst. Alles, was du fühlst. Alles, was du hörst." Er bewegte seine Hüften, packte seinen Schwanz an der Wurzel und glitt mit seiner Eichel durch die nasse Spalte.

„Tate." Ein Flüstern. Ein Plädoyer. Eine Begierde. Zum Teufel, sie war sich nicht sicher, was sie mit der einfachen Aussprache seines Namens ausdrücken wollte, aber es war das einzige Wort, das sich richtig anfühlte. Das einzige Wort, das in diesem Moment Sinn ergab. Wie ein Bollwerk inmitten eines tobenden Sturms.

Er zentrierte sich, drückte seine Spitze gegen ihren Eingang, streckte sich dann über sie, verschränkte seine Finger mit ihren und hielt sie an beiden Seiten ihres Kopfes fest. „Was bist du?"

Lieber Gott. Jedes Mal, wenn er die Frage stellte, bohrte sich die Antwort tiefer. Entblößte den tiefsten

Teil ihrer Seele und ließ sie zittern vor Verlangen. Aber so wie er an ihrem Eingang balancierte, war es entscheidend. Ein unauslöschlicher Moment voller Bedeutung. Sie drückte seine Hände und hob ihre Hüften, so weit sie konnte, während seine Schenkel ihre Beine auseinanderdrückten. „Ich bin dein."

Er drängte nach vorn. Einige Zentimeter. Vielleicht weniger. Aber eine Offenbarung. „Alles mein." Die Muskeln an seinem Bauch spannten sich an, während er tiefer in sie eindrang. Eine köstliche und überwältigende Dehnung, die so weit über alles hinausging, was sie sich hätte vorstellen können. „Allein mein."

Sie kämpfte darum, sich zu bewegen. Ihre Hände von seinen zu lösen und ihn zu sich zu ziehen. Ihre Beine um seine Hüften zu schlingen und das Gefühl seines heißen, harten Körpers zu genießen. Seinen Mund zu beanspruchen, selbst als sein Schaft in ihr versank. Aber seinen Griff zu brechen, war unmöglich. Ein Käfig, in dem ihr Körper schwelgte, während er um mehr kämpfte. „Tate, bitte."

Mit einem abgehackten Stöhnen schlossen sich seine Augen und er glitt den Rest des Weges in sie, vergrub seine dicke Länge so, dass sein Becken bündig an ihres drückte.

So gut.

Schmerz und Perfektion.

Zu viel und bei Weitem nicht genug.

Sie wand sich unter ihm, gierig nach mehr von dem köstlichen Kontrast, den er geschaffen hatte. Um das Unbekannte zu umarmen, das sich vor ihr ausgestreckt hatte, und um sich im freien Fall in den Strudel all dessen zu stürzen, was er war. „Bitte." Sie bog ihren Rücken und drückte seine Hände in ihre, bis sich ihre Fingernägel in seine Haut gruben. „Lass mich dich berühren."

„Noch nicht." Eine rücksichtslose Weigerung an der

Oberfläche, aber darunter befand sich eine extreme Verletzlichkeit. Ein winziges Zittern, das von Rissen sprach, die seine Kontrolle durchzogen. Langsam bewegte er seine Hüften nach hinten, die dicke Eichel reizte die zarten, gedehnten Wände um ihn herum und raubte ihr damit den Atem. „Zu früh." Wie um seinen Standpunkt zu beweisen, stieß er nach vorn und drang noch einmal bis zum Anschlag in sie ein.

Himmel.

Ein dunkler, samtiger Himmel, reich an Hitze und kräftigem Gefühl.

Immer wieder lockte er sie tiefer, pumpte seinen Schaft in sie hinein, bis es schien, als würde ihr Blut im Takt des von ihm geschaffenen Rhythmus pulsieren. Bis ihre Gedanken keinen Platz für mehr hatten, als die unmittelbarsten Impulse aufzunehmen, die sie bombardierten. Seinen erdigen Duft. Seine angestrengten Atemzüge, die über ihre schweißnasse Haut wehten. Jedes Anspannen und Lösen seiner Muskeln und das fordernde Drücken und Ziehen seines Geschlechts in ihr. Zeit und Vernunft hatten keinen Platz. Keinen Einfluss auf den Kurs, den er eingeschlagen hatte.

Und ihr Körper war damit zufrieden, ihm zu folgen. Die Kontrolle zu übergeben und glücklich dem nachzugeben, was immer er verlangte.

„Perfekt." Seine Lippen berührten ihre, seine Zunge leckte in ihrem Mund, um mit ihr zu tanzen und sich zu duellieren. Er ballte seine Hand an ihrem Hinterkopf und zog ihren Kopf zurück, um mehr von seinem fordernden Kuss zu bekommen. „So verdammt perfekt."

Frei.

Sie war sich nicht sicher, wie lange sie einfach auf der pulsierenden Flut geritten war, ohne zu bemerken, dass er seinen Griff gelöst hatte. Es war ihr egal, besonders angesichts seiner süchtig machenden Küsse. Sie wusste nur, dass ein ganz neues Reich an Möglichkeiten vor ihr lag. Eine schroffe Landschaft, die es zu erkunden galt.

Sie schlang ihre Arme und Beine um seine Schultern und Hüften und gab sich dem Gefühl hin, ihn zu spüren, gab der Wildheit nach, die er mit jeder Sekunde weiter schürte.

Mein.

Eine wüste Behauptung, die in ihrem Kopf mutwillig und ungewohnt klang, aber so tiefgründig war, dass sie über eine bloße physische Interpretation hinausging. Der Raum hinter ihrem Brustbein schwoll an, pulsierte und verlangte nach etwas Unsichtbarem, aber dringend Notwendigem.

Mein.

Die Reflexe, die sie sich in den letzten Wochen im Training angeeignet hatte, setzten ein und brachten sie in Bewegung.

Eine Verlagerung.

Eine unerwartete Hebelwirkung und sie schlüpfte unter ihm weg, ihre Knie auf beiden Seiten seiner Hüften abgestützt und sein Schwanz, feucht von ihrer Erregung, eine steife Verlockung auf seinem Bauch. Sie griff danach, positionierte sich darüber und bereitete sich auf das süße Gefühl vor, wenn er in sie gleiten und sie vollständig ausfüllen würde.

Aber die Welt drehte sich, bevor sie ihn in Besitz nehmen konnte. Ihre Schultern schlugen auf die Matratze und ihr Atem schoss aus ihr heraus, als Tates Gesicht über ihr primitiv und ursprünglich aufblitzte. Und dann presste er sich in sie, bis es keine Distanz mehr zwischen ihnen gab. Seine Zähne bissen gnadenlos in die zarte Stelle, wo ihr Hals und ihre Schultern aufeinandertrafen.

Sein Knurren durchfuhr sie, ließ einen flammenden Sturm auf die brodelnde Wildheit in ihr hinabregnen, bis es keinen anderen Ort mehr gab, wo sie hingehen konnte, als aufwärts. In den grenzenlosen Himmel schießen und ihre Erlösung erzwingen. „Tate!"

Vielleicht ein Wimmern. Oder ein Schrei. In ihrem Kopf war es Letzteres. Ihr Körper zitterte, während ihr Geschlecht seinen Schaft umklammerte, ihn eifrig festhielt, ohne dass sie einen Anflug von Reue dabei empfand.

Die Enge um ihr Herz nahm zu, keimte auf, bis sie dachte, ihre Haut und ihre Rippen würden keine andere Wahl haben, als zu reißen und zu splittern. Sie grub ihre Fersen in seine Flanken und versenkte ihre Nägel in seinen Schultern.

Seine Hüften stießen gegen ihre und sein Schwanz zuckte in ihr. Seine Zähne gruben sich in sie, bis Schmerz und Vergnügen alles war, was sie kannte. Alles war, was sie brauchte. „Tate."

Vielleicht war es der Klang ihrer zitternden Stimme. Oder es lang an dem Beben, das ihren Körper schüttelte. Aber das unbeschreibliche Kneifen von Tates Zähnen an ihrem Hals ließ augenblicklich nach. Stattdessen streichelte er sie nun sanft mit seiner Zunge und glitt beruhigend mit seinen Lippen über die Stelle. Er rollte seine Hüften gegen ihre, eine träge, lustvolle Bewegung.

Das Ziehen in ihrer Brust verstärkte sich. Bereit und wartend.

Tate hob den Kopf, seine Lider schwer über den leuchtend bernsteinfarbenen Augen. Sein Blick war der eines zutiefst zufriedenen und befriedigten Mannes – bis er sich auf die Stelle an ihrem Hals konzentrierte. „Fuck. Elise ..."

Im Handumdrehen ließ das enge Gefühl in ihrem Herzen nach und zog sich zurück, immer noch stark, aber nicht länger gedehnt und nach vorn gerichtet, wie es das zuvor gewesen war.

Tate spannte sich in ihren Armen an und drehte ihren Kopf mit einem festen Griff an ihrem Kinn zur Seite, um besser sehen zu können.

Ihr Adler sträubte seine Federn und säuselte ein sanftes, zufriedenes Geräusch in ihrem Kopf.

Dein Schmerz ist sein Schmerz.

Oder mehr, weil er wahrnahm, dass er ihr Schmerzen zugefügt hatte. Das war so verdammt weit von der Wahrheit entfernt, dass sie fast laut über die Absurdität der Idee gelacht hätte. Vor allem, da ihr Geschlecht immer noch von den Nachbeben der Erlösung, die er ihr geschenkt hatte, zuckte.

Sie befreite ihr Kinn. „Tate, sieh mich an." Als er ihrer Bitte nicht nachkam und seinen Fokus nicht sofort von ihrem Hals ablenkte, bewegte sie sich so, dass er keine andere Wahl hatte, als ihr in die Augen zu sehen. „Es geht mir gut."

Zweifel.

Furcht.

Eingeweide zerreißender Schmerz.

Das war alles dort zu sehen, lag deutlich entblößt in seinem Ausdruck.

„Ich wollte dich nicht verletzen." Sein Blick glitt zurück zu der pochenden Stelle an ihrem Hals. „Mir ging es gut. Ich hatte ihn unter Kontrolle …"

Und dann hatte sie ihn in die Ecke gedrängt, hatte seinen Alpha herausgefordert, bis er keine andere Wahl gehabt hatte, als zu reagieren. Aber was er nicht verstanden hatte, war, was er ihr heute Nacht gegeben hatte. Was er mit jeder Berührung und jedem gesprochenen Wort entfesselt hatte. „Tate, du musst mich ansehen. Schau mich wirklich an und höre, was ich dir sagen werde."

Für eine Sekunde wirkte er, als würde er sich dagegen sträuben. Es kam ihr vor wie ein innerer Krieg, der in ihm tobte, mit einer aufrührerischen Jury, die Urteile in seinem Kopf fällte und ihm befahl, sich mit bloßen Händen auszuweiden. Aber dann schluckte er und begegnete ihrem Blick.

Sie strich mit ihren Fingern über sein Kinn. Genoss das sanfte Kratzen seines Bartes und fuhr dann über seine Lippen. „Ich habe es geliebt."

Er schluckte erneut schwer, hielt aber den Mund.

„Ich mag die Worte", fuhr sie fort. „Alles, was du sagst. Wie du es sagst. Ich liebe deine Hände auf mir und das Gefühl von dir an mir. In mir." Sie schlang ihre Arme um ihn und strich mit ihren Fingerspitzen sanft wie ein Flüstern über sein Rückgrat. „Und ich liebe die Seite, die du mir gerade gezeigt hast. Einschließlich deines Bisses."

„Du hast sie nicht gesehen", stieß er hervor. „Du hast schon blaue Flecken. Es ist nicht abzusehen, wie schlimm sie am nächsten Morgen sein werden."

Sie lächelte darüber. Ein Teil von ihr war versucht, unter ihm hervorzurutschen und selbst zu sehen, wie sie aussahen. Stattdessen neigte sie ihren Kopf gerade weit genug, damit er sie gut im Blick hatte, und streichelte mit einem Finger darüber. „Dann kann ich mich daran erinnern, wie ich sie mir verdient habe."

Sein Gesichtsausdruck verdunkelte sich, ein Hinweis auf das Raubtier, das sie überwältigt hatte und nun mit dem Mann rang, der überzeugt davon war, seiner Gefährtin Schaden zugefügt zu haben. „Du solltest sie heilen."

„Zum Teufel, nein!" Woher die kühne Erwiderung kam, konnte sie nicht sagen, aber sie vermischte sich mit dem leisen, kehligen Lachen einer Frau, die nicht nur hinsichtlich ihrer Sexualität, sondern auch hinsichtlich ihres Platzes in ihrem neuen Leben mutiger wurde. „Erinnerst du dich an unsere erste Nacht? Wie fasziniert ich war von deinem Orgasmus, und wie du gesagt hast, dass du mich eines Tages damit markieren willst?" Sie legte ihre Beine fester um seine Hüften und strich mit ihren Füßen über die Rückseiten seiner Oberschenkel, rollte ihre Hüften gegen seine. Sie schwelgte in der

Gleitfähigkeit ihrer kombinierten Erlösung. „Du hast dir deinen Wunsch erfüllt. Du hast mich einfach auf mehr als eine Weise markiert."

Ob es die hervorgelockte Erinnerung war oder das Gefühl, wie sie sich an ihm bewegte, seine Anspannung lockerte sich weit genug, um das Biest in ihm zurückweichen zu lassen. Das feste Zusammenpressen seiner Lippen ließ nach. „Es ist nicht das Gleiche."

„Ist es nicht?" Sie folgte mit einem Finger den Umrissen ihres Namens über seinem Herzen. „Ein Tattoo. Deine Erlösung auf oder in mir. Dein Biss. Sie sind alle eine Inbesitznahme. Ein Statement. Eine Erklärung. Ein Gelübde." Nun, als sie das laut aussprach, wunderte sich ein Teil von ihr über das starke Ziehen in ihrer Brust. Über den plötzlichen Verlust, den sie gefühlt hatte, als er sich wieder an ihr Herz geschmiegt hatte. War das die Bindung? Und wenn sie bereit gewesen war, es anzubieten, um die schicksalhafte Verbindung zwischen ihnen vollständig zu besiegeln, warum fühlte sie dann nicht jetzt die Verbindung zu ihm?

„Ich will dich nicht verletzen."

Seine Worte erschütterten ihre Wahrnehmung. Ein Subkontext, den sie in diesem Augenblick nicht ganz erfassen konnte, schwirrte durch die verschwommenen Ränder ihres Verstandes. Für kurze Zeit war sie versucht, es zu analysieren, ihre Gedanken wirbeln und sich um das Thema drehen zu lassen, bis sie den mysteriösen Faden fand, der an ihren Instinkten zerrte.

Aber wenn sie das zuließ, würde sie den Moment verlieren. Außerdem hatte sie bei dem Physiotherapie-Praktikum gelernt, dass manche Dinge einfach dazu bestimmt waren, in ihrer eigenen Zeit verstanden zu werden. Was immer ihr fehlte, würde zu ihr kommen. Bis dahin konnte sie ihren Gefährten beruhigen, in seinen Armen verweilen und sich in den Erinnerungen in dem sonnen, was er ihr geschenkt hatte. „Du hast mir nicht wehgetan, Tate. Du hast mir ein wunderbares Gefühl gegeben. Du hast dafür gesorgt, dass ich mich schön und frei fühle."

Er runzelte die Stirn, als wollte er widersprechen. Sogar der Atem stockte ihm, als würde er sich zu einer weiteren selbstvernichtenden Erwiderung hinreißen lassen.

Also entschied sie sich für eine Ablenkung, die seine Gedanken garantiert neu fokussieren würden, und sie das gemütliche, doch gut ausgestattete Badezimmer der Hütte genießen ließ. „Weißt du, diese Klauenfußwanne sieht toll aus, aber ich hatte noch keine Gelegenheit, mich an ihr zu erfreuen. Ich denke, ein langes Bad mit meinem Gefährten, um die nächsten Tage zu planen, könnte angebracht sein."

Der Trick funktionierte. Verwirrung und das Versprechen, Haut an Haut mit ihr zu sein, brachten ihn sichtlich aus dem Gleichgewicht. „Was passiert in den nächsten Tagen?"

Sie lächelte, vergrub ihre Finger in dem Haar an seinem Hinterkopf und zog ihn nahe genug zu sich, um ihre Worte gegen seine Lippen zu flüstern. „Ich ziehe mit meinem Gefährten zusammen."

KAPITEL 18

Ein großer Vorteil von der Zugehörigkeit zu einem Clan war, dass Hilfe nie weiter als einen Anruf entfernt war. Oder in diesem Fall waren die Umzugshelfer nicht weiter als einen Anruf entfernt. Innerhalb von vierundzwanzig Stunden nach Elises Seelensuche hatten Jenny, Naomi, Katy und Jade sich nicht nur zusammengetan, um Elises Sachen zu packen, sondern sie hatten kurz darauf eine Crew von Männern zusammengetrommelt, um den Kram in die Hütte zu bringen. Und obwohl Tate das ganze Packen und Transportieren gern selbst gemacht hätte, war die private ruhige Zeit, die ihm jemand anderes, der die Arbeit erledigte, mit Elise eingebracht hatte, zweifellos das beste Geschenk, das sein Clan ihm machen konnte. Eine Volán-Version von Flitterwochen eben.

Tate war bereits damit fertig, die größeren Gegenstände wegzuräumen, wie Elise es ihm aufgetragen hatte. Er streckte sich auf dem Queensize-Bett aus, einen Arm zwischen seinem Kopf und dem Kissen verankert und den anderen sanft auf seiner nackten Brust, und hatte nichts an außer seiner Trainingshose. In den letzten drei Tagen waren das die meisten Kleidungsstücke, die er getragen hatte, und er hatte sein Bestes getan, um sicherzustellen, dass Elise so gut wie nichts am Leib hatte. Im Moment aber saß sie, nur mit seinem T-Shirt bekleidet, im Schneidersitz auf dem Boden, packte alle möglichen Klamotten aus einem Karton aus, faltete sie wieder zusammen und stapelte sie genau. Und zwar in einer Reihenfolge, von der er nicht einmal versuchen würde, so zu tun, als würde er das System verstehen.

„Würde es nicht schneller gehen, sie einfach in den Schrank zu hängen, wenn du sie aus dem Karton nimmst?"

Das Lächeln, mit dem sie antwortete, war eines, nach

dem er süchtig geworden war. Eine Mischung aus verspieltem und purem Glück. „Ich hatte keine Gelegenheit, die Dinge durchzugehen, als Priest uns nach Eureka Springs umgesiedelt hat, also dachte ich, ich könnte sie jetzt durchgehen. Vielleicht mag ich das ein oder andere nicht mehr tragen und spende es lieber."

Nun, das ergab irgendwie Sinn. Aber selbst, wenn sie die Hälfte verschenkte, konnte er sich immer noch nicht vorstellen, wie sie das alles jemals tragen sollte.

Die Kiste war leer, sie schob sie beiseite, stand auf und stemmte ihre Hände in die Seiten. Die Bewegung hob den Saum ihres T-Shirts gerade genug an, um ihn mit einem Blick auf ihre köstlichen Hüften zu beehren. Er war so abgelenkt von der Aussicht, dass er ein oder zwei zusätzliche Herzschläge brauchte, um zu verstehen, dass sie den Stapel, den sie vor sich hatte, stirnrunzelnd betrachtete.

„Sag mir nicht, dass deine Stapel durcheinandergekommen sind."

Für eine Sekunde sah sie ihn an, als hätte er den Verstand verloren, dann legte sich Verständnis in ihre Augen und sie richtete einen niedlichen kleinen finsteren Blick auf ihn. „Du machst dich über mich lustig."

„Nicht mal annähernd." Mit mehr Geschwindigkeit, als angesichts seiner Kriegerbegabung angemessen war, schoss er nach vorn, packte sie um die Hüfte und warf sie aufs Bett. „Aber ich mag es nicht, dich die Stirn runzeln zu sehen, also was gibt's?"

Bevor sie antworten konnte, knurrte ihr Magen.

Gleich danach warf sie ihren Kopf zurück und entfesselte ein Lachen, das so hemmungslos und voll war, dass sein Kojote sich mit einem zufriedenen Seufzer in ihm niederließ. Mit immer noch lächelnden Augen neigte sie ihren Kopf in einem verspielten Winkel und schlang ihre Arme um seinen Hals. „Ganz klar, ich habe Hunger."

Er auch. Aber er hatte das Gefühl, dass er sie heute schon so weit getrieben hatte, wie ihr Körper sexuell gehen konnte, und es war erst später Nachmittag. „Wie wäre es, wenn wir eine Pause machen und uns auf einen der Aufläufe stürzen, die Naomi mitgebracht hat?"

Ein weiterer Vorteil des Clanlebens. Eine Sache, die Volán mit großer Hingabe taten, war, gute Zeiten zu feiern und großartiges Essen zu genießen, und insbesondere Naomi war eine großartige Köchin.

Anscheinend hatte seine Gefährtin bereits denselben Plan ausgearbeitet, nur mit einer alternativen Route. „Ich hatte gehofft, ich könnte dich dazu überreden, einen Auflauf aufzuwärmen, während ich meine letzten Sachen in den Schrank hänge."

Oh nein. Sie hatte für heute genug gearbeitet. Tatsächlich hatte sie Kiste um Kiste mit einem zielstrebigen Fokus durchgepflügt, den er einfach schätzen musste. Aber jetzt war es Zeit für sie, zu spielen. Und für ihn, etwas mit ihr zu teilen. Er hatte Jade dazu gebracht, es mit den anderen Kisten einzuschleusen.

Er senkte seinen Kopf weit genug, um seine Nase neben ihre zu bringen, und atmete ihren süßen, exotischen Duft ein. „Wenn du mich mit der Essenszubereitung beauftragst, riskierst du, dass Naomis Essen ungenießbar wird."

„Richtig. Als ob du einen gefrorenen Auflauf nicht aufwärmen und in den Ofen schieben könntest."

„Stimmt. Aber wenn du Kleider aufhängst, kannst du das Geschenk, das Jade dir gebracht hat, nicht öffnen."

Ihr ganzer Gesichtsausdruck veränderte sich, pure Freude und Offenheit strahlten ihn an wie die aufgehende Sonne an einem Frühlingstag. „Ich mag Geschenke." Damit schob sie ihn kurzerhand zur Seite, kroch unter ihm hervor und hastete in die Küche. „Welcher Auflauf? Hähnchen-Tortilla oder Rindfleisch-Bohnen-Taco?"

„Ist alle beide eine Option?"

Ein Geräusch zwischen einem Schnauben und einem Kichern drang zu ihm zurück. „Ehrlich, ich weiß nicht, wo du das alles hinsteckst. So wie du isst, solltest du so groß sein wie diese Hütte. Wir müssen Naomi um mehr Proviant bitten."

Gott, er liebte es, sie glücklich zu sehen. Sie hatte ihn schon süchtig gemacht, selbst als sie schüchtern und unsicher gewesen war, aber in den letzten drei Tagen hatte sich ihr neu gewonnenes Selbstvertrauen und ihre Freude zu etwas Grundlegenderem in seinem Innern manifestiert. Eine Notwendigkeit, die so lebenswichtig war wie das Blut, das durch seine Adern pulsierte.

Und dieses Mal an ihrem Hals … Sein Kojote heulte fast jedes Mal, wenn er es sah, auch wenn der Mann in ihm immer noch mit den Schuldgefühlen rang, die damit einhergingen, wie brutal er es dort angebracht hatte.

Getreu dem, was sie an diesem Abend gesagt hatte, schien Elise über seine Markierung nicht im Geringsten aufgebracht zu sein. Zum Teufel, wenn überhaupt, erwischte er sie dabei, wie sie mit dem Finger darüberfuhr und gerade genug Druck ausübte, um den blauen Fleck zu spüren.

Und fast jedes Mal, wenn sie es tat, war ein winziges Lächeln auf ihrem Gesicht zu sehen. Ebenso wie ein wehmütiger Blick, der ihn sich fragen ließ, ob er vielleicht, nur vielleicht irgendwann in der Lage sein könnte, seine Jägerseite herauszulassen.

„Ich dachte, du machst mir ein Geschenk."

Ja. Kein Mangel an Selbstvertrauen bei Elise in diesen Tagen. Nicht in Bezug auf Frechheit oder ihre schnell wachsende Sexualität. Er rollte zur Bettkante, beugte sich runter und zog den unbeschrifteten Karton hervor, den er unter der Matratze verstaut hatte. „Wie lange dauert das Aufwärmen?"

„Ich weiß nicht. Fünfzehn, vielleicht zwanzig Minuten." Sie trottete um die Ecke und stemmte ihre Hände in die Hüften. „Du hast mehr Erfahrung mit diesem Ofen als ich."

Er lachte darüber. „Ich habe an dem Ding noch nie auch nur einen Knopf angefasst. Wenn ich etwas nicht in der Mikrowelle oder auf dem Grill zubereiten kann, wird es nicht gegessen. Jedenfalls nicht, wenn ich das Abendessen mache." Er legte die kleinere Holzkiste so hin, dass sie sie sehen konnte, rutschte zurück, sodass seine Schultern gegen das gepolsterte Kopfteil gelehnt waren, und klopfte auf die Lücke zwischen seinen Beinen. „Komm her."

Eifrig krabbelte sie auf ihn zu und ließ sich zwischen seinen breit gespreizten Knien nieder, als hätte sie es schon tausendmal zuvor getan. „Was ist es?"

Er stellte die Kiste auf ihren Schoß und führte Elise nach hinten, sodass sie an seinem Oberkörper ruhte und ihm eine optimale Sicht auf die Enthüllung gab. „Du weißt doch noch, dass ich dir erzählt habe, dass meine Mutter eine Heilerin war?"

„Ja."

Er betastete den Riegel, der den oberen Deckel aus dunklem Pekannussholz geschlossen hielt. „Nun, sie wurde ziemlich respektiert. Bei Weitem nicht so mächtig wie du oder deine Großmutter, aber auch kein Trottel. Vor allem vertraute ihr jeder im Clan. Es war damals eine Tradition, dass der Primo oder die Prima der Heiler eine Person auswählte, um die Clan-Aufzeichnungen und das Heilerwissen zu pflegen." Er öffnete die große Abdeckung. „Meine Mutter war diese Person."

Darin lag ein über dreißig Zentimeter breites und fast ebenso hohes Buch, eingebettet in schwarzen Samt. Der schlichte schwarze Lederbezug war vom jahrelangen Gebrauch weich und offensichtlich von Hand gegerbt worden – und das zu einer Zeit weit vor den heutigen modernen Standards.

Elise beließ das Buch in der Schutzhülle und strich mit den Fingern über den Rand. „Ich verstehe nicht. Ich dachte, Heiler würden einfach ihre Magie benutzen, um Menschen zu heilen, so wie ich es bei dir getan habe."

„Das ist ein Teil davon. Aber auch die älteren Generationen mischten Kräuter und stellten Heilmittel her. Außerdem enthalten die Aufzeichnungen in diesem Buch eine ganze Menge mehr als nur Heilerwissen. Alle Bräuche und Rituale rund um das Presect sind darin festgehalten, zusammen mit einigen Dingen, die Draven beigebracht haben, wie er die dunklere Seite seiner Magie erschließt. Deshalb wurde es nicht einfach irgendjemandem anvertraut. Diese Art von Wissen in den falschen Händen ist gefährlich."

Vorsichtig öffnete Elise den Buchdeckel.

Der Buchrücken knirschte, und das dicke Pergamentpapier flüsterte, als wäre es erleichtert, wieder die Berührung eines Heilers zu spüren.

„Tate, du kannst mir das nicht geben. Es gehörte deiner Mutter."

„Eigentlich gehört es dir. Ich hatte geplant, es dem Primo der Heiler zu geben, wann immer wir ihn finden. Ich hätte nie gedacht, dass das meine Gefährtin sein würde."

Sie blätterte um und zeichnete die komplizierten Markierungen auf einer Seite nach, die schwarzen und roten Stammesknoten, die die Zeit hatte verblassen lassen. „Die sehen aus wie Priests Tattoos."

„Das liegt daran, dass es sich um Schutzmale handelt. Du weißt, dass Dravens dunkle Magie in Priest gefangen war, als er die Magie zurückeroberte, die sein Bruder den Primos gestohlen hatte. Was du vielleicht nicht wusstest, ist, dass meine und Jades Mom diese Markierungen benutzt haben, um ihm zu helfen, sein Gleichgewicht zu finden. Um die Dunkelheit zu bekämpfen."

Sie schloss das Buch mit einem entschiedenen Schnappen, klappte den Holzdeckel zu und stellte die Schachtel zur Seite, als hätte sie gerade eine Schlange darin entdeckt. „Ich will nichts von dem Zeug wissen."

„Sweetheart, es ist deine Aufgabe, über diese Dinge Bescheid zu wissen. Darüber hinaus musst du eine andere Person finden, die es wert ist, die Aufzeichnungen zu führen, wie es meine Mutter getan hat."

Sie runzelte die Stirn und öffnete den Mund, um zu antworten, aber ein Klopfen an der Tür unterbrach sie.

Bevor sie aus dem Bett klettern konnte, um zu sehen, wer es war, packte Tate sie an der Hüfte und zog sie zurück. „Frau, wenn du denkst, ich lasse dich in nichts als meinem T-Shirt an die Tür gehen, bist du verrückt." Er deutete mit dem Kinn auf den Kleiderstapel, der immer noch auf dem Boden wartete. „Du schnappst dir eine Hose und ich werde für Ablenkung sorgen."

Komisch. Abgesehen davon, dass Elises Sachen zusammen mit einigen dringend benötigten Vorräten geliefert worden waren, hatten Priest und alle anderen die beiden in Ruhe gelassen – Telefonnachrichten und zusätzliche Razzien von Jade mal nicht gezählt. Und obwohl er damit gerechnet hatte, dass die Realität irgendwann wieder anklopfen würde, hatte er eher auf eine telefonische Vorwarnung gehofft als direkt mit einem Hausbesuch.

Er öffnete die Tür und schaffte es gerade noch, einen erschrockenen Schritt zurück zu vermeiden.

Nicht nur ein Gast.

Eine ganze verdammte Crew, genauer gesagt Priest, Kateri, Alek und Jade.

Tate schätzte sie auf einen Schlag ab. „Ihr wisst, dass diese Hütte kaum genug Platz für zwei hat. Ganz zu schweigen von einer ganzen verfluchten Ratsversammlung."

Priest grinste über die klugscheißerische Bemerkung,

doch es war Alek, der über die Schwelle schlenderte, ohne auf eine Einladung zu warten. „Wir dachten, es könnte ein ganzes Dorf brauchen, um eure Ärsche aus eurem Liebesnest herauszureißen, also sind wir mit voller Kraft hergekommen."

Katy rollte die Augen, aber ihr Grinsen verriet, dass an der Aussage ihres Bruders etwas Wahres dran war. „Ich habe sie zurückgehalten, so lange ich konnte. Ich schwöre."

„Ist schon okay", sagte Elise, während sie hinter Tate auftauchte. Sie legte einen Arm um seine Taille, als hätte sie bereits hundertmal Menschen in ihrem Haus willkommen geheißen. „Wir wollten gerade ein paar Aufläufe in den Ofen schieben. Ich weiß nicht, ob es ausreicht, um alle satt zu machen, aber wir können es versuchen."

Priest schüttelte den Kopf, wartete darauf, dass Jade durch die Tür ging, dann winkte er Kateri vor sich her. „Das ist nicht nötig. Wir werden nicht lange brauchen."

Die Worte waren höflich und oberflächlich beiläufig vorgebracht, aber Priest war nicht der Typ, der ohne Grund einen gesellschaftlichen Besuch abstattete, und er tat es sicher nicht mit einer kleinen Armee im Schlepptau. „Keine Ankündigung und keine Pläne, mit uns abzuhängen. Entweder hast du dir Sorgen gemacht, dass ich Elise als Geisel halte, oder etwas stimmt nicht. Ich tippe eher auf Letzteres."

Jade zog einen der beiden Stühle des winzigen Küchentischs hervor und sah Priest mit hochgezogener Augenbraue an, als wollte sie sagen: *Ich hab's dir doch gesagt.*

Priest ignorierte es mit der gleichen stoischen Haltung, mit der er sie jahrelang bei der Stange gehalten hatte, und führte Kateri zu dem Stuhl gegenüber von Jade. Sobald sie es sich bequem gemacht hatte, lehnte er sich an die Küchentheke hinter sich und verschränkte die

Arme. „Erzähl mir noch einmal von dem Auto, das du am Samstagabend gesehen hast."

Eine geisterhafte Berührung glitt über seinen Nacken. Sein Kojote spürte es auch und erhob seinen Kopf aus dem leichten Schlaf, den er seit seinem Lauf mit Elises Adler heute Morgen genossen hatte. „Entweder schwarz oder nachtblau. Zweitürig. Ich hätte schwören können, dass es ein Honda war, aber vielleicht habe ich mich bei diesem Detail vertan, als die Frontpartie meine linke Hüfte demolierte."

„Welcher Teil des Autos hat dich getroffen?" Dies kam von Alek, der den malerischen Ausblick aus dem breiten hinteren Fenster der Hütte in Augenschein genommen hatte.

Die Sonne, die durch das hintere Fenster strahlte, verdunkelte sich, und die winzigen Sekunden, in denen er über die Straße gesprungen war, überlagerten die Gegenwart.

Blendende Scheinwerfer. Eine schattenhafte Gestalt hinter dem Lenkrad. Sein Begleiter streckte sich fast senkrecht zur Frontpartie des Autos. Dann der qualvolle Aufprall. „Die Fahrerseite. Direkt die Ecke der Stoßstange."

„Und du bist sicher, dass eine Frau hinter dem Lenkrad saß?", fragte Alek.

„Daran besteht kein Zweifel. Größe und Körperbau stimmten und das Parfüm war kaum zu ignorieren." Tate konzentrierte sich auf Priest. „Wo war Vanessa?"

„Sie war es nicht", antwortete Jade. „Niemand außerhalb unserer unmittelbaren Familie weiß, was mit dir passiert ist, und ich habe mit ein paar ihrer Freunde gesprochen. Sie alle sagen, dass sie zu der Zeit, als du angefahren worden bist, bei ihnen war."

„Jade hat recht. Es war nicht Vanessa, aber wir haben herausgefunden, wer dahintersteckt", sagte Priest. „Seit Sonntag sind Teams unterwegs, die die Grundstücke in der Stadt und am See durchkämmen. Eine der Frauen in Garretts Team hat einen dunkelblauen Honda Civic mit Wyoming-Kennzeichen auf dem Parkplatz von einem alten Motel etwa dreizehn Kilometer von hier entfernt gefunden."

„Auf der Fahrerseite ist eine beeindruckende Delle, genau dort, wo du gesagt hast, dass du auch getroffen wurdest." Alek grinste und neigte seinen Kopf zu Tates Hüfte. „Heilerin als Gefährtin oder nicht, ich bin mir nicht sicher, wie zum Teufel du auf den Beinen sein und gehen kannst."

„Wer ist sie?", wollte Tate von Alek wissen und richtete seine Aufmerksamkeit dann wieder auf Priest. „Und was zum Teufel hat sie in der Nähe von Elises Haus gemacht?"

„Weiß ich noch nicht", sagte Priest. „Garrett hat vor einer Stunde angerufen. Drei Leute haben den Ort im Auge, für den Fall, dass – wer auch immer es ist – sich entschließt, umzuziehen. Aber wir dachten, es wäre an der Zeit, dich zu informieren. Wir nutzen die Clan-Verbindungen, um zu sehen, ob wir jemanden mit Einblick in die Gästeliste finden können."

„Oder wir könnten einfach an die Tür klopfen und mit demjenigen sprechen, der drinnen ist."

Auf Elises Vorschlag hin wurde es im Raum wahnsinnig still. Alle außer Jade, die kicherte und einen von den Schokoladenkeksen von einer Bäckerei stahl, die sie gestern Nachmittag gekauft hatten. „Das ist doch mal eine originelle Idee. Kommt direkt zur Sache und vermeidet das ganze Nacht-und-Nebel-Getue." Jade biss in ihren Keks und grinste Katy an. „Ich liebe es so, mehr Frauen im Haus zu haben. Viel weniger Unsinn durch den man sich wühlen muss."

Katy kämpfte gegen ein Lächeln an, indem sie ihre Lippen aufeinanderpresste und ihren Kopf senkte.

„Was?", fragte Elise und blickte zu ihm hoch. „Ihr

geht alle davon aus, wer auch immer diese Person ist, war aus irgendeinem schändlichen Grund dort."

Alek wandte sich von der friedlichen Aussicht auf den See ab. Sein Ton war so tödlich, wie Tate ihn noch nie gehört hatte. „Draven hat meine Eltern abgeschlachtet."

Bei Aleks düsterer Stimme stellte sich Tate zwischen Alek und Elise. Sein leises Knurren war in der kleinen Hütte überlaut.

Alek war es egal. Er ging einfach weiter auf sie zu. „Er hat den Mann in Besitz genommen, der wahrscheinlich unser Primo der Zauberer ist. Und Gott weiß, wie viele andere er getötet hat. Du willst wirklich auf eine unbekannte Person zugehen, ohne zu wissen, mit wem wir es zu tun haben?"

„Alek."

Ein Wort von Priest und Alek hielt inne, aber seine Augen blieben auf Elise gerichtet.

Elise trat hinter ihn und strich mit ihrer Hand über Tates Arm. Eine sanfte und zarte Berührung, aber dahinter lag eine Kraft, die ihren Worten entsprach. „Wir ernten das, was wir säen. Verdächtigungen bringen nur noch weitere Verdächtigungen. Misstrauen führt zu mehr Misstrauen. Vielleicht müssen wir uns öfter direkt mit unseren Feinden und dem Unbekannten auseinandersetzen, anstatt um sie herumzukreisen und auf den richtigen Moment zu warten, um zuzuschlagen."

Aleks Nasenflügel bebten und seine Lippen wurden schmal.

Tate machte sich bereit, ihn abzufangen.

„Sie hat recht." So leise und beiläufig die Worte von Priest auch waren, sie rissen Aleks Wut den Boden unter den Füßen weg. Offener Schock ersetzte seinen bedrohlichen finsteren Blick innerhalb eines Herzschlags.

„Ist das dein Ernst?", fragte Alek.

Priest rührte sich einen Moment lang nicht, sagte kein Wort und starrte Alek nur mit diesem unerbittlichen Blick an, der Tate und Jade mit absoluter Gewissheit wissen ließ, dass sie nicht nur eine Grenze überschritten, sondern ernsthaft zu weit gegangen waren. „Ich habe zwei Primos. Wenn wir Glück haben, habe ich zwei weitere, wenn das alles vorbei ist. Dann werden wir uns wieder unserer Magie widmen, wie es die Hüterin beabsichtigt hat. Alle Meinungen und Standpunkte, die mir vorgetragen werden, haben einen Wert. Ich werde ihren Platz als Primo nicht diskreditieren, ohne jeden Einwand von ihnen abzuwägen." Er richtete seine Aufmerksamkeit auf Elise. „Sag mir jetzt, warum du den direkten Weg für sinnvoller hältst."

„Nun, für den Anfang hat Tate sie auf deinem Grundstück gefunden. Wenn derjenige, wer auch immer es war, etwas mit Draven zu tun hatte, wie könnte er das getan haben? Ich meine, ich weiß, dass die Schutzzauber uns vom Radar deines Bruders fernhalten sollen. Aber wenn deine Magie die Schutzzauber erzeugt, würdest du es nicht spüren, falls jemand in ihren Einflussbereich eintritt, der unter seiner Kontrolle ist? Es ist die gleiche Magie, die du bei deinen Tätowierungen benutzt, und ihr verwendet sie ständig, um Personen zu lokalisieren."

Kateri lächelte.

Jade nickte und schnappte sich einen weiteren Keks.

Priest stützte die Hände am Rand der Theke ab und neigte nachdenklich den Kopf. „Die Schutzzauber sind eine Erweiterung von mir, ja, aber wir wissen nicht, wie weit die Fähigkeiten meines Bruders reichen. Es könnte sein, dass es ihn vor meiner Magie verbirgt, wenn sein Geist in einem anderen Körper ist." Er wartete einen Moment, musterte Alek, als wollte er wissen, wie er sich hielt, und konzentrierte sich dann wieder auf Elise. „Was sonst?"

Elise zuckte mit den Schultern. „Wer auch immer es ist, versteckt sich nicht gerade. Wenn Draven schlau genug war, seine Pläne, die Magie jedes Primos zu stehlen, so lange zu verbergen, wie er es getan hat, ist er auch schlau genug, kein Fahrerfluchtfahrzeug offen draußen stehen zu lassen. Außerdem sprechen wir von einer Frau. Hat einer von euch darüber nachgedacht, dass es vielleicht jemand ist, der unsere Hilfe braucht, und nicht irgendwer, der darauf aus ist, uns zu schaden?"

Priests Augen verengten sich für eine Sekunde. „Was bringt dich dazu, das zu denken?"

Elise richtete sich auf und blinzelte immer wieder mit den Augen. Fast so, als hätte die Frage sie aus einem Tagtraum gerissen. „Ich habe keine Ahnung. Es war einfach da." Sie blickte zu Tate auf und konzentrierte sich dann wieder auf Priest. „Ich verstehe, wie wichtig es ist, vorsichtig zu sein, aber eine defensive Haltung einzunehmen, fühlt sich nicht richtig an."

„Es ist Instinkt." Tate trat dicht hinter sie und umfasste ihre Schultern. „Die Intuition eines Heilers mag sich von der eines Kriegers unterscheiden, aber sie ist nicht weniger berechtigt." Er sah Alek an. „Heiler konzentrieren sich auf Menschen. Nicht auf Drohungen. Wenn ihr Bauchgefühl ihr sagt, dass sie es so angehen soll, gibt es einen Grund dafür, und darauf sollten wir hören, wenn wir klug sind."

Zum ersten Mal, seit das Thema aufgekommen war, schien Alek seinen ursprünglichen Ansatz zu überdenken. „Glaubst du wirklich, dass es sich dabei um jemanden handelt, der nicht unter Dravens Kontrolle steht?"

Elise stieß ein ironisches Glucksen aus und schüttelte den Kopf. „Ich habe keine Ahnung. Ich glaube nicht einmal, dass ich verstehe, was meine Gedanken antreibt. Ich weiß nur, dass alles in mir gezögert hat, als du sagtest, ihr hättet ein Auto gefunden. Und als ihr angefangen habt, über verdeckte Maßnahmen zu sprechen, um an Informationen zu kommen." Sie blickte zu Priest und bedeckte eine von Tates Händen auf ihrer Schulter mit der ihrigen. Der winzige Druck hinter der Berührung war, als suchte sie nach seiner Kraft, um sie ihren Worten zu verleihen. „Sollten wir Vorsichtsmaßnahmen treffen müssen, dann gut – treffen wir sie. Aber wenn Draven seine Magie benutzt, um Leute zu besitzen, und nach unserem Primo der Seher sucht, sind wir dann nicht besser bedient, denjenigen in diesem Motelzimmer von Angesicht zu Angesicht zu treffen?"

Im Raum wurde es still.

Priest musterte Elise. Dann Alek. Dann richtete er seinen nachdenklichen Blick auf den Wald und den See vor dem Fenster. Erst nach gut dreißig Sekunden stieß er sich von der Theke ab und zog Kateri auf die Füße. „Alek, behalte das Motel vorerst im Auge und arbeite einen Plan aus, der deiner Meinung nach für einen Notfall geeignet ist. Tate, lass deine Gefährtin etwas essen und hier fertig werden." Er winkte Jade zur Tür vor ihnen und hielt dann kurz inne, um Tate und Elise seine ungeteilte Aufmerksamkeit zu schenken. „Ihr habt eine Stunde Zeit, um uns im Haupthaus zu treffen, und dann klopfen wir an die Tür unserer Fremden."

KAPITEL 19

Einen Alpha-Mann als Partner zu haben, war eine knifflige Angelegenheit. Allein und sich selbst überlassen in der Hütte hatte Elise seinen Beschützerinstinkt und seine aufmerksame Art nicht nur geschätzt, sie hatte sich darin geaalt. Sie hatte jede subtile Handlung umarmt, die seinen Wunsch zeigte, sich um sie zu kümmern. Er hatte Umzugskisten für sie dorthin geschleppt, wo immer sie sie haben wollte. Hatte sich zwischen ihr und der Straße gehalten, als sie eines Morgens eine Bäckerei aufgesucht hatten. Beim Schlafen hüllte er sie mit seinem Körper ein, nachdem er ihren Leib durch jede erstaunliche Erlösung geschickt hatte. Er weckte sie mit langen Küssen und Kaffee am Bett. Es war perfekt gewesen. Eine ideale Zeit, weit weg von der Welt.

Aber als er neben ihr auf dem Rücksitz von Priests schwarzem Tahoe saß und mit der Aussicht konfrontiert war, sie in Gefahr zu bringen, war er so aufgebracht wie ein schlafloser Grizzly.

Oder ein aufgebrachter Kojote.

Anscheinend konnten sie genauso gereizt sein.

Das Dröhnen der Reifen auf dem Asphalt erfüllte den Innenraum des SUV, und die dicken Bäume, die die kurvigen Landstraßen säumten, fegten an den stark getönten Scheiben vorbei. Auf dem Beifahrersitz sitzend, behielt Katy eine friedliche, aber konzentrierte Haltung bei, während Priest aussah, als wäre er bereit für den Kampf. Wahrscheinlich mehr von der gleichen Alpha-Überladung, gegen die Tate kämpfte. Aber man musste ihm zugutehalten, dass er Katys Beharren darauf, mit ihnen zu kommen, nicht zurückgewiesen hatte. Zumindest nicht öffentlich.

Tate neben ihr blickte finster durch die Windschutzscheibe. Im Gegensatz zu den letzten paar Tagen hatte er sein langes blondes Haar zu einem niedrigen Pferdeschwanz zusammengebunden, und Anspannung lastete schwer auf seinen Schultern. Wäre da nicht die Art und Weise, wie sein Arm schützend um die Sitzlehne hinter ihr oder die Hand auf ihrem Oberschenkel drapiert war, hätte sie geschworen, dass er sauer wegen etwas war, was sie gesagt oder getan hatte.

Sie bedeckte seine Hand mit ihrer, drückte sie beruhigend und senkte ihre Stimme nur für ihn. Wobei sie wusste, wie mächtig Priest war; er konnte wahrscheinlich das Blut in ihren Adern fließen hören, wenn er wollte. „Du weißt, dass es das Richtige ist."

Sein Gesichtsausdruck wurde augenblicklich weicher und er richtete seine intensiven bernsteinfarbenen Augen auf sie. „Ich zweifle keine Sekunde daran. Ich vertraue deinem Urteil."

„Dann musst du wissen, dass es das Richtige für mich ist, dabei zu sein, wenn wir an diese Tür klopfen. Was für eine Person wäre ich, eine solche Empfehlung abzugeben und nicht dabei zu sein, wenn die Leute darauf hören?"

Er knurrte nicht, aber sein Gesichtsausdruck sagte, dass er es wollte. Sehr sogar. Sein Kiefer bewegte sich nur einen Bruchteil von einer Seite zur anderen, als würde er um Worte ringen, die ihm später nicht in den Hintern beißen würden. „Du bist nicht nur meine Gefährtin. Du bist eine Prima. Ich verstehe das. Ich respektiere es. Aber ich möchte, dass *du* verstehst, dass jede Art von Drohung gegen dich – ob es deine Position erfordert oder nicht – etwas ist, was ich niemals auf die leichte Schulter nehmen würde. Es hat nichts damit zu tun, dass ich nicht auf dein Urteilsvermögen vertraue. Oder auf deine Fähigkeiten. Das ist einfach, wer ich bin. Was ein anständiger Mann ist, wenn es darum geht, seine Partnerin zu beschützen."

Vielleicht ein Volán-Mann. Und selbst dann hatte sie

das Gefühl, dass Tate die angemessenen Erwartungen weit übertraf. Sie strich mit ihren Fingern über sein Kinn, und das sanfte Kratzen seines Bartes erinnerte sie allzu deutlich daran, wie es sich bei jedem Kuss anfühlte oder an ihrem Bauch und ihren Schenkeln, wenn er sie mit seinem Mund berührte. „Ich verstehe. Und ich werde versuchen, dich nicht in diese Lage zu bringen, wenn ich es vermeiden kann."

Er umfasste ihren Hinterkopf und zog sie zu sich, tiefer in seine Armbeuge, sodass seine Arme und sein Duft sie umgaben.

Der SUV wurde langsamer und bog nur wenige Augenblicke später ab.

Es war Tate hoch anzurechnen, dass er nur zwei oder drei Sekunden zögerte, zuzulassen, dass sie sich von seinem Oberkörper wegdrückte. „Glaubst du, Alek wird sich an den Plan halten?", fragte er Priest.

Der Plan sah vor, dass sie sich zu viert als zwei Paare näherten. Sie hofften, dass das nicht so bedrohlich wirken würde und sie einen anständigen Dialog darüber beginnen konnten, was die Fremde auf Priests Grundstück getan hatte.

Im Leerlauf auf dem Parkplatz betrachtete Priest das alte Motel vor seinem Fenster auf der Fahrerseite. Die einst karmesinrot gestrichene Außenverkleidung war mit dem Alter verblichen und die grauen Asphaltschindeln mussten von der niedrigsten und unattraktivsten handelsüblichen Qualität sein, aber insgesamt war der Zustand des Hauses anständig. Es gab sogar Blumenkästen vor den Bürofenstern des Motels, bepflanzt mit gelben und violetten Stiefmütterchen.

Als er mit seiner Inspektion fertig war, wanderten seine Augen zum Rückspiegel und zu den Bäumen auf der gegenüberliegenden Straßenseite hinter ihnen, wo Alek und seine Männer saßen und zusahen. „Wenn du oder ich ihm keinen Grund zum Kämpfen geben, wird er sich behaupten." Er steuerte den Pick-up weiter auf den Parkplatz, in Richtung des Honda Civic, der vor der dritten Tür von hinten geparkt war. „Ich denke, aufgrund von Elises Logik und der Tatsache, dass sie niemanden gesehen haben, der hinein- oder herausgekommen ist, seit sie das Auto ausfindig gemacht haben, erkennt er, dass Elise recht haben könnte."

„Auf welchen Namen ist das Zimmer noch mal vermietet?", fragte Elise.

„Terri Smith", antwortete Kateri mit einem trockenen Glucksen. „Was meint ihr, ist es ein falscher Name?"

„Die Nummernschilder des Autos führen auf eine Autovermietung zurück. Der Honda wurde auf denselben Namen angemietet, also haben wir auch dort nichts, dem wir nachgehen können." Priest hielt auf dem Parkplatz neben dem Civic, stellte den Motor ab und drehte sich um, um Tate auf Augenhöhe zu begegnen. „Ich weiß, das versteht sich von selbst, aber wenn du irgendetwas bemerkst, liegt deine einzige Verantwortung bei Elise. Nicht auf Strategie. Nicht auf dem Jagen. Nicht darauf, andere Menschen zu verletzen. Gar nichts. Alek und Garrett können mit allem fertig werden, was passiert."

„Ja, das wird kein Problem sein."

Priest stieß ein kurzes Glucksen aus und nickte Elise zu. „Okay. Zeit, herauszufinden, ob dein Bauchgefühl stimmt."

Gegen sieben Uhr abends stand die Sonne bereits tief und tauchte den gesamten Parkplatz und den Gehweg entlang des langen Gebäudes in Schatten. Elise hatte sich von Tate alle möglichen Kritikpunkte anhören müssen, weil sie sich für ein jägergrünes, eng anliegendes T-Shirt mit V-Ausschnitt entschieden hatte, das die Spuren, die er auf ihr hinterlassen hatte, deutlich zur Schau stellte. Aber da die kühle Abendluft um sie herumpeitschte, war sie ein wenig verärgert, dass sie den

Kampf gewonnen und es ohne etwas Wärmeres aus dem Haus geschafft hatte. Auch ihre Röhrenjeans war ein Streitpunkt gewesen. Sobald sie bewiesen hatte, dass der Stoff dehnbar genug war, um sie alle erforderlichen Selbstverteidigungsmanöver durchführen zu lassen, hatte er allerdings nachgegeben. Er hatte ihren Hintern gepackt und ihr von Herzen zugestanden, sie zu tragen, wann immer sie wollte.

Priest übernahm die Führung, während Katy und Elise Seite an Seite hinter ihm gingen und Tate dahinter folgte. Anstatt zu klopfen, sobald sie die Tür erreicht hatten, drängte sich Priest so nah daran, dass niemand, der aus der Ferne zusah, seine Aktion sehen konnte. Er breitete seine große Hand etwa in Brustbeinhöhe auf der schwarzen Tür aus.

„Was macht er?", flüsterte Elise Katy zu.

Ihre Augen blieben auf Priest gerichtet, während sie antwortete, als wäre sie bereit, jederzeit etwas zu unternehmen. „Die Dunkelheit in Priest erkennt Draven. So fühlte er sich an dem Tag, als wir dich zum ersten Mal trafen. Was ihm sagte, dass uns jemand vom Bayou aus beobachtete. Wenn Draven oder jemand, der von ihm besessen ist, in diesem Raum ist, sollte er es spüren können."

Priest trat von der Tür zurück, begegnete Kateris Blick und schüttelte den Kopf. „Gar nichts."

Tates Hand umfasste Elises Schulter und drückte zu, obwohl sie sich nicht sicher war, ob es eine subtile Ermutigung war oder er sie aus der Schusslinie schubste.

Priest klopfte.

Hinter ihnen rumpelte ein großer Lastwagen die Straße entlang. Der Anhänger, den er hinter sich herzog, war mit Rasenmähern und anderen Gartengeräten beladen, die laut in der friedlichen Stille des Abends ratterten.

Sonst nichts.

Nicht die geringste Bewegung hinter der Tür.

Er klopfte erneut und legte diesmal den Kopf schief, als würde er auf einer ganz anderen Ebene zuhören.

„Sie ist da drin." Tates Stimme war leise genug, um nur Priest zu erreichen, aber die Gewissheit in seiner Aussage war unverkennbar. „Es ist der gleiche Duft wie am Samstagabend. Nicht so stark, aber er ist da."

Eine Idee zündete. Oder ein Instinkt. „Kann ich es versuchen?"

Tates Hand auf ihrer Schulter wurde fester.

Priest warf ihm einen Blick zu, von dem sie hätte schwören können, dass er in nur zwei Sekunden ein ganzes Gespräch von Mann zu Mann übertrug. Er konzentrierte sich wieder auf Elise, senkte den Kopf und trat zurück. „Tu, was du tun musst, aber Tate geht zuerst rein. Verstanden?"

Oh, sie verstand. Sie hatte in der Zeit, seit er endlich akzeptiert hatte, dass sie nicht in Priests Haus zurückbleiben und auf Neuigkeiten warten würde, einen Crashkurs hinsichtlich Tates Sicherheitsanforderungen absolviert. Trotzdem nickte sie und trat näher an die Tür heran. Sie hob ihre Hand, um zu klopfen, hielt aber mitten in der Bewegung inne und legte ihre Hand flach auf die Oberfläche der Tür, so wie Priest es getan hatte.

Panik.
Terror.
Erschöpfung.

Sie riss ihre Hand so schnell weg, dass sie das Gleichgewicht verlor und gestürzt wäre, wenn Tate nicht praktisch an ihrem Rücken geklebt hätte. „Bring uns rein. Jetzt."

Tate zögerte und blickte Priest zur Bestätigung an.

„Tate, mach die Tür auf." Der Befehl kam nicht als Gefährtin, sondern als Prima aus ihrem Mund. Eine, die laserscharf darauf fokussiert war, der leidenden Seele im Inneren zu helfen, und die sich auf reine Intuition verließ.

„Tu es", sagte Priest hinter ihr.

Ob es Priests grünes Licht war oder die Dringlichkeit von Elise, Tate trat näher, drehte den Knauf mit einer Bewegung, die einem gewöhnlichen Menschen nicht möglich gewesen wäre, und drückte die Tür auf.

Dunkelheit erfüllte den düsteren Raum, nur das schwindende Sonnenlicht, das durch die Tür fiel, und der schwache Schein des Fernsehers auf der schlichten schwarzen Kommode durchbrachen sie. Zwei Doppelbetten nahmen den größten Teil des Zimmers ein. Ihre einfachen Bettdecken hatten ein unauffälliges Muster aus Rot und Blau.

Aber es war die Frau, die die Knie an die Brust gedrückt und den Rücken an das Kopfteil gepresst hatte, die Elises Aufmerksamkeit auf sich zog. Ihr Kinn ruhte auf ihren Knien und ihr dunkles Haar hing wild um ihr Gesicht, sodass es zum größten Teil verdeckt war, doch die Hektik in ihren Augen war nicht zu übersehen. Der glasige Blick war auf den Fernseher gerichtet, aber sie war so weit von der Realität entfernt, dass sie gefährlich nahe daran war, zu zerbrechen.

Tate wollte nach vorn treten, aber Elise blockte ihn ab, presste ihre Hand gegen den Türrahmen und hielt sich mit einer Kraft fest, von der sie selbst überrascht war. „Nein." Erst als sie sicher war, dass er ihre Anweisung gehört und bestätigt hatte, senkte sie ihren Arm und begegnete seinem Blick. Gleichzeitig kämpfte sie gegen das unablässige Ziehen an, das darauf bestand, sich sofort um die Frau zu kümmern. „Keine Männer. Nicht, bis ich es sage." Ihre Hand kribbelte immer noch von dem Gefühl, das sie an der Tür gespürt hatte, und sie breitete sie über Tates Herz aus. „Du musst mir vertrauen. Sie braucht mich."

Angst und Frustration knisterten und funkelten gegen ihre bereits gesteigerten Heilinstinkte, und für eine Sekunde erwartete Elise fast, dass Tate sich weigern würde. Stattdessen presste er mit sichtlich schmerzhafter Entschlossenheit die Lippen aufeinander und nickte scharf mit dem Kopf.

Es war alles, was sie brauchte. Grünes Licht, um dem Drang nachzugeben, der sie vorantrieb.

Zwei vorsichtige Schritte hinter der Schwelle übertönte das gedämpfte Geschwätz aus dem Fernseher die natürlichen Geräusche von draußen, und das stagnierende Unbehagen wegen verbrauchter Luft drückte von allen Seiten auf sie ein. Auf dem Schreibtisch neben der Kommode stand aufgeklappt ein High-End-Laptop mit schwarzem Bildschirm. Daneben lag eine halbwegs gute Auswahl von Snacks – nichts davon gesund und das meiste von der Sorte, die man am leichtesten in einem Supermarkt bekommt.

Zwei weitere Schritte hinein und die Schatten wurden dichter. Die Not und die Verzweiflung, die sie zuvor aufgespürt hatte, flüsterten jetzt wie Geister gegen Elises Haut. Vorsichtig trat sie direkt vor den Fernseher und in das Blickfeld der Frau.

Die Frau zuckte zusammen, als wäre sie aus einem tiefen Schlaf gerissen worden, und ihre Augen richteten sich scharf auf Elise. Eine Sekunde später kletterte sie auf die andere Seite des Bettes, ihr Blick huschte zwischen Elise und der Tür hin und her. „Wer bist du?"

Elise erstarrte und hob die Hände. „Es ist okay. Du bist sicher, das verspreche ich. Meine Freunde und ich wollten nur sehen, ob es dir gut geht."

Die Frau kniff die Augen zusammen, als versuchte sie, durch die Schatten etwas zu erkennen. „Du bist Elise Ralston."

Nun, das bestätigte, dass sie es mit der richtigen Person zu tun hatten. Die Frage war, woher sie Elise überhaupt kannte, denn sie hatte diese Frau sicher noch nie zuvor gesehen. „Das bin ich, aber ich glaube nicht, dass wir uns schon einmal getroffen haben. Wie heißt du?"

Zögernd wandte sich die Frau der Tür zu.

„Hör zu, ich weiß nicht, was mit dir los ist, aber ich weiß, dass es dir wehtut", sagte Elise und rückte näher. „Ich weiß auch, dass du am Samstag bei mir zu Hause warst. Wenn es etwas gibt, was du willst – etwas, was du brauchst –, können wir dir helfen. Aber es wäre sicherlich viel einfacher, damit anzufangen, wenn ich deinen Namen wüsste."

„Du bist in Sicherheit", flüsterte die Frau.

„Ja, ich bin sehr sicher. Geschützt. Aber ich möchte sicherstellen, dass du es auch bist, und ich schätze, dass du dich schon lange nicht mehr so gefühlt hast."

Tiefe, schmerzende Trauer bohrte sich in Elises Brust, und das Ausmaß davon war so enorm, dass ihre Knie nachgaben und sie einen Schritt vorwärts stolperte.

Bevor sie sich wieder fangen konnte, war Tate da, sein Arm ein stützender Gurt um ihre Taille.

„Du", sagte die Frau fast anklagend. Sie stieg vollständig vom Bett, als ob sie sich bereit machte, zu fliehen. Doch wo sie hinlaufen wollte, wenn man bedachte, wie der Raum gestaltet war und dass vier von ihnen zwischen ihr und der Tür standen, konnte sich Elise nicht vorstellen.

„Es ist okay. Tate wird dir nicht wehtun. Er ist mein Gefährte. Er wird dir helfen. Wir alle werden es tun, wenn du uns lässt."

Sie runzelte die Stirn, ihr Blick war immer noch auf Tate geheftet. „Ich habe dich gesehen. Habe dich gehört. Du hast sie gesucht."

Kennzeichen aus Wyoming.

Tate war mit Garrett einer Spur gefolgt, als Alek, Priest und Kateri gekommen waren, um Elise und ihre Mutter zu finden. Sie hatten gesagt, sie hätten nur Sackgassen gefunden.

„Tate hat nicht nach mir gesucht", sagte Elise. „Er hat

nach jemand anderem gesucht, von dem wir dachten, dass er in Gefahr sein könnte. Genauso war ich in Gefahr. Aber Priest und Kateri haben mich gefunden und an einen sicheren Ort gebracht." Sie hielt lange genug inne, um die Informationen sacken zu lassen. Um die Wahrheit darin widerhallen zu lassen. „Bitte. Verrätst du mir deinen Namen?"

Sie stützte sich mit einer Hand gegen die alte Täfelung. Ihr Körper zitterte vor Schwäche und viel zu viel Adrenalin, wie Elise bemerkte. „Sabina." Sie warf Tate einen verstohlenen Blick zu und schluckte schwer. „Sabina Sterling."

Tates Arm um ihre Taille straffte sich, er hielt aber ansonsten seine Reaktion in Schach. „Die Spur, der wir gefolgt sind", sagte er leise neben Elises Ohr. „Der Name, den unsere Seher gesehen haben, war Sterling."

Sie hatten sie gefunden.

Endlich.

Oder besser gesagt, sie hatte sie gefunden.

Elise musste einen Weg finden, sofort Vertrauen zu ihr aufzubauen und ihre Angst zu zerstreuen. Sonst wäre die Frau, von der sie hofften, dass sie ihre Prima der Seher sein würde, möglicherweise nicht mehr lange genug bei Verstand, um ihnen zu helfen. Sie richtete sich auf und zog Tates Arm von ihrer Taille weg. „Sabina, sag mir, warum du Angst hast. Erzähl mir, warum du dachtest, ich wäre nicht sicher."

Sabinas Stimme zitterte, als sie antwortete, so dünn und flach, dass sie über den Fernseher hinter ihnen kaum wahrnehmbar war. „Ich dachte, sie würden ihm helfen."

„Wem helfen?"

Elendes Entsetzen und Verzweiflung zeichneten ihre Züge und ihr Gesicht wurde gespenstig weiß. „Dem Mann aus meinen Träumen."

KAPITEL 20

Der Wald war vollkommen still. Das Wasser in der Bucht direkt unterhalb des Hauses von Elises Mutter war glatt wie Glas. Wenn sich nicht die Mittagssonne hinter einer dicken Wolkendecke versteckt hätte, wäre es ein malerischer Moment gewesen, aber der tiefgraue Himmel und die Energie in der Luft versprachen jeden Moment einen Regenschauer.

Wenn Tates Instinkt richtig war, wäre das nicht der einzige Sturm am Horizont. Nicht nach den Dingen, die sie letzte Nacht von Sabina erfahren hatten.

Priest saß schweigend neben ihm im Adirondack-Stuhl und nippte an seiner wohl fünften Tasse Kaffee in den letzten zwei Stunden. Wenn er auch nur annähernd so aufgeregt war wie Tate, ließ er es sich nicht anmerken.

„Wie machst du das?", fragte Tate.

Es dauerte gute zwei Herzschläge, bis Priest seine Gedanken von dort zurückholte, wohin sie abgedriftet waren. „Mache ich was?"

„Dass du Kateri nicht im Haus einsperrst, wo es sicher ist."

Priests langsames Grinsen war das eines Mannes, der sich nicht nur der Art von Aufruhr bewusst war, mit der Tate kämpfte, sondern der auch in der Lage war, Mitgefühl zu zeigen. „Glaub nicht, dass ich nicht mindestens fünfmal am Tag darüber nachdenke. Aber selbst, wenn ich es versuchen würde, sie hat genug Magie in sich, um das Haus in Schutt und Asche zu verwandeln und trotzdem ihren Geschäften nachzugehen." Er neigte den Kopf und betrachtete Tate mit diesem musternden Blick, an dem er seit jenem schicksalhaften Tag feilte, an dem Tate seinem Vater zum Training in den Wald gefolgt war. „Unsere Gefährtinnen sind aus einem bestimmten Grund stark. Wenn wir sie einsperren, rauben wir dem Clan die Kraft, die sie in sich tragen. Sie werden sich ihren eigenen Herausforderungen auf ihre Weise stellen. Unsere Aufgabe ist es, bei ihnen zu sein und ihnen die Unterstützung zu geben, die sie brauchen, um sicher herauszukommen."

Sicher.

Tate schnaubte und konzentrierte sich wieder auf die Bucht. „Einfach für dich, das zu sagen. Du kannst Katys Gegner *sehen*. Bei denjenigen, denen Elise gegenüberstehen muss, kann ich nichts anderes tun, als mich zurückzuhalten und zuzusehen." Eine Aufgabe, die er letzte Nacht stundenlang erledigt hatte, als er Elise dabei beobachtet hatte, wie sie versuchte, das zerbrechliche Innenleben von Sabinas Geist zu heilen. Ihr Zustand war ein Nebenprodukt von Sabinas selbst auferlegtem Schlafentzug in den letzten zwei Monaten, um zu vermeiden, dass Draven sie in ihren Träumen erreichen konnte.

„Elise ist aus gutem Grund unsere Prima der Heiler", sagte Priest. „Vertraue darauf, dass sie ihre Grenzen kennt."

„Sie hat ihre Magie erst seit vier Tagen. Ihre Instinkte sind genau richtig, aber niemand hat ihr gesagt, wie gefährlich es für sie ist, sich mit den mentalen Aspekten der Heilung auseinanderzusetzen. Wenn Draven in Sabinas Kopf war, kann man nicht sagen, welche Art von Fallen er darin hinterlassen hat. Elise hat noch keine Ahnung, wonach sie suchen soll. Und wer weiß, ob sie Sabina nicht weiter heilen muss, wenn sie aufwacht, oder ob ein anständiger Schlaf den Rest der Arbeit für sie erledigen wird."

„Du hast ihr die Unterlagen deiner Mutter gegeben. Sie wird es lernen."

Nicht die Antwort, die er hören wollte. Nicht einmal annähernd. Vor allem, weil Elise nichts anderes getan hatte, als das Tagebuch zu durchforsten, seit Priest ihr geholfen hatte, Sabina in den frühen Morgenstunden in einen erholsamen Schlaf zu versetzen. Mangelndes Wissen oder nicht, er hätte viel lieber gesehen, dass sie sich selbst etwas ausruhte, statt sich mit Volán-Wissen vollzustopfen.

Die Glasschiebetür zur Veranda flog auf.

Für einen Kerl, der vor weniger als vierundzwanzig Stunden gerüstet und bereit für den Kampf gewesen war, schien Alek jetzt wieder zu seinem üblichen entspannten Selbst zurückgekehrt zu sein. „Hey, wie geht es Sabina?"

„Schläft noch", antwortete Priest. „Ich vermute, das wird den größten Teil des Tages so bleiben, bevor sie in der Verfassung ist, aufzuwachen, und wir sehen können, ob Elises Heilung ausgereicht hat."

Er trank den Rest seines Kaffees aus und stellte die Tasse zwischen seinem und Tates Stuhl auf den Tisch. „Hast du irgendwelche Bestätigungen, die Sabina betreffen?"

„Alles wird überprüft." Alek stützte sich mit einer Hüfte gegen das Geländer, das das Holzdeck umgab, und verschränkte die Arme. „Geboren und aufgewachsen in Jackson, Wyoming. Der Name Sterling taucht zum ersten Mal in Jackson auf, kurz nach deinem damaligen Kampf mit Draven. Sechs Monate später wurde Sabinas Vater geboren. Der Name der Mutter war Melanie. Kein Vater ist in der Geburtsurkunde eingetragen. Keine anderen Geschwister."

Die Ruhe, die Priest den ganzen Morgen ausgestrahlt hatte, wurde in einer Sekunde schwer und so dunkel wie die Wolken über ihm. „Ich erinnere mich an sie. Ruhig. Ganz im Gegensatz zu ihrem Mann." Er hielt inne und holte langsam Luft, als ob er noch einmal durch die Erinnerungen an diese Nacht watete. „Es ist beschissen, dass sie ihren Ehemann nicht auf der Geburtsurkunde anerkennen konnte. Aber nachdem ich gesehen habe, wie er mit all den anderen Primos ermordet wurde, kann ich nicht sagen, dass ich nicht dasselbe getan hätte. Nicht, wenn es bedeutet hätte, mich und mein Kind zu schützen."

„Das Erbe der Volán kommt also von der väterlichen Seite von Sabinas Familie?", fragte Tate.

„Schaut so aus." Alek grinste auf eine Weise, die besagte, dass er einige Bonusinformationen mitzuteilen hatte und deswegen sehr zufrieden mit sich war. „Das ist aber nicht der interessante Teil der Geschichte. Weißt du noch, dass Sabina sagte, sie habe gehört, wie Tate Elises Namen nannte, als er einen Anruf vor ihrem Haus entgegennahm? Und dass sie beschloss, sie aufzuspüren, aus Angst, jemand sei auch hinter Elise her?"

Anstatt zu antworten, warf Priest ihm nur einen ungeduldigen Blick zu, der besagte, er solle weiterreden.

Alek lachte und nahm es hin. „Nun, es stellte sich heraus, dass die Aussage, sie habe sie *verfolgt*, etwas untertrieben ist. Sabina ist Privatdetektivin. Eine wirklich verdammt gute. Wenn man darüber nachdenkt, macht die Art und Weise, wie sich die Dinge abgespielt haben, Sinn. Eine Frau will nicht schlafen gehen, weil ihre Träume voll von Typen sind, die ihr schaden wollen. Schlafentzug nährt Paranoia, also ist sie die ganze verdammte Zeit auf der Hut und fragt sich, ob der Typ, der dafür sorgt, dass sie sich im Schlaf nicht sicher fühlt, im wirklichen Leben aufkreuzen wird. Dann tauchen Tate und Garret auf, die offensichtlich herumschnüffeln, und erwähnen den Namen einer anderen Frau. Ihre Detektivinstinkte setzen ein, und sie verlässt den Verteidigungsmodus, um in den Beschützermodus zu wechseln und nach Elise Ausschau zu halten. Wahrscheinlich war sie am Samstagabend hier, um selbst zu sehen, ob es Elise gut geht."

„Und da Elise und ihre Mutter erst vor etwas mehr als

einem Monat umgezogen sind, sah es wahrscheinlich so aus, als wären sie auf der Flucht", sagte Tate.

„Genau", bestätigte Alek. „Und dass du sie in dieser Nacht gejagt hast, hat sie wahrscheinlich – in der Kombination mit Schlafmangel und Paranoia – überschnappen lassen. Es würde sicher erklären, dass sie so aufgelöst ist, wie du es gesagt hast."

Kein Scheiß. Tate war Draven noch nie begegnet und könnte ihn bei einer Gegenüberstellung nicht mal herauspicken, wenn es sein müsste. Aber Kriegermagie hin oder her, er würde zumindest in Betracht ziehen, sich aus dem Staub zu machen, wenn er glaubte, das Arschloch würde auf ihn zukommen.

Priest stand auf, bewegte sich um seinen Stuhl herum, als ob er wieder ins Haus gehen wollte, und schnappte sich seine leere Kaffeetasse vom Tisch. „Nun, die gute Nachricht ist, dass sie jetzt hier und in Sicherheit ist. Wenn wir sie von dem heilen können, was sie in den letzten Monaten durchgemacht hat, besteht die letzte große Hürde, die uns noch bleibt, darin, Jerrik zu finden."

„Ah, aber dir entgeht das Beste", sagte Alek.

Priest blieb auf halbem Weg zur Glasschiebetür stehen, drehte sich um, um Aleks Blick zu begegnen, und zog fragend eine Augenbraue hoch.

„Sie ist eine Privatdetektivin."

Priest wartete.

„Eine wirklich gute."

Die Tatsache, dass es bei allen von ihnen mehrere Sekunden dauerte, bis die Puzzleteile ineinanderklickten, zeigte nur, wie wenig Ruhe jeder von ihnen in den letzten vierundzwanzig Stunden gehabt hatte. Aber schließlich sank es in ihren Verstand ein.

Tate sah Priest an. „Wir haben endlich die Person, die wir brauchten, um den letzten Primo zu finden."

KAPITEL 21

Sie hatte eine Tätowierung. Ein wahres Kunstwerk, das ihr Schlüsselbein überspannte, zart Elises Schulterblatt berührte und dann in einem verlockenden V nach unten zu ihrer Wirbelsäule hinab lief. Die Form der Schutzmarkierung war dieselbe wie die, die Priest Alek gemacht hatte – eine traditionelle Formation, die denjenigen vorbehalten war, die als Primos ausgewählt wurden. Die Muster hingegen waren völlig anders. Komplizierte Wirbel, die an blühende Weinreben erinnerten, waren mit Tribal-Knoten verflochten, die ein unbestreitbares Gleichgewicht von Weiblichkeit, Anmut und Stärke darstellten. Und während der Großteil der Arbeit mit einfacher schwarzer Tinte ausgeführt worden war, hatte er das satte Grün der Magie ihres Hauses in die Schattierung eingearbeitet. Ein subtiler Touch, der dem Gesamtbild eine surreale Tiefe verlieh.

Sie war sich allzu bewusst, dass Priest hinter ihr stand und ihre Reaktion im Spiegel beobachtete, während Elise das Symbol der Heiler direkt unter der Mulde an ihrem Hals nachzeichnete. Es war ein wunderschönes fließendes Design, das wie ein Bassschlüssel auf Notenblättern aussah, mit einem umgekehrten Abdruck darunter und verbunden durch eine Endlosschleife dazwischen.

Aber ihre Augen wanderten zu ihrem Hals. Zu der Stelle, an der Tates Zeichen fehlte.

„Er wird dir ein anderes verpassen", sagte Priest.

„Ein anderes was?"

Er lachte und warf ihr einen Blick zu, der sagte, dass sie niemanden zum Narren hielt. „Ich weiß nie, wohin mich meine Designs führen werden, wenn ich eins mit Magie mache. Besonders bei Schutz-Tattoos. Ich musste dich heilen, um eine gute Oberfläche zum Arbeiten zu haben, aber er wird dir ein anderes verpassen. Vertrau mir."

Da war sie sich nicht so sicher. Ja, er schien endlich davon überzeugt zu sein, dass es ihr gefallen hatte – sowohl das Aussehen als auch die Art und Weise, wie sie es erhalten hatte. Er hatte sogar beobachtet, wie sie mit dem Finger über die empfindliche Stelle gefahren war, und ihre Reaktion mit verhaltener Neugier studiert. Aber manchmal, wenn er dachte, sie würde nicht hinschauen, hatte er das Zeichen mit einem Ausdruck gemustert, den sie nicht genau zuordnen konnte. Als ob er die Aktion, die es dorthin gebracht hatte, sowohl hasste als auch begehrte und sich trotz seiner inneren Kämpfe nach mehr sehnte.

In dem Zimmer, in dem er bis vor wenigen Tagen bei Priest gelebt hatte, befanden sich kleine Erinnerungen an den Gefährten, den sie gerade erst kennengelernt hatte. An eine Pinnwand waren Tickets von Sportveranstaltungen geheftet. Kunstwerke in verschiedenen Stadien der Fertigstellung waren auf dem Schreibtisch gestapelt und hingen gerahmt an den Wänden. Ein Schrank, der offen stand, war nun, nach dem Umzug in die Hütte, ohne Kleidung. „Findest du das seltsam?"

„Welchen Teil? Dass du die Erinnerung vermisst? Oder dass es fast garantiert ist, noch eins zu bekommen?"

Sie drehte sich um und begegnete Priests Blick. „Vielleicht beides."

Er neigte seinen Kopf, seine Augen verengten sich noch ein wenig mehr. Es wirkte, als würde er abwägen. „Ist es wichtig, was ich denke? Was irgendjemand außer Tate denkt?"

Er hatte recht. Eigentlich ein verdammt gutes Argument in ihren Augen. Und in den letzten Tagen hatte sie viel Zeit gehabt, darüber nachzudenken, welche Auswirkungen seine Taten in dieser Nacht auf sie gehabt hatten, ebenso wie seine vorsichtigen, fast zu zärtlichen Aufmerksamkeiten seitdem. „Ja, nun, Tate ist in diesem Punkt nicht gerade gesprächig. Was seltsam ist, wenn man bedenkt, wie offen er mit allem anderen umgegangen ist."

Innerhalb eines Herzschlags verschwand Priests Gesichtsausdruck. Eine vorsichtige Neutralität besagte, dass sie sich auf Zehenspitzen entweder auf unangenehmes oder heiliges Territorium begeben hatte. Er wandte sich seinen Tattoo-Utensilien zu, die auf Tates Kommode aufgereiht waren, und begann, aufzuräumen.

Sie griff nach dem Handtuch, das fest um ihre Brüste gewickelt war, und senkte den Kopf. Die Jeans, die sie darunter trug, und der weiche Frotteestoff waren nicht annähernd genug Rüstung für das Gespräch, das sie begonnen hatte. „Verzeihung. Ich hätte nicht damit anfangen sollen."

Priest zögerte, starrte eine Weile auf den Boden und fing dann wieder an, seine Tinte einzupacken. „Es gibt nichts, was du mich nicht fragen oder mir sagen kannst, Elise. Es gehört zu meinen Aufgaben, für meine Primos da zu sein."

„Allerdings nicht über Beziehungen. Vor allem nicht, weil du und Tate euch so nahesteht." Sie schnappte sich ihr Oberteil und den zusammengefalteten BH vom Schreibtisch, bereit, den Rückzug anzutreten. Nicht, dass sie Priests Haus gut genug kannte, um zu wissen, wohin sie gehen musste, sobald sie durch die Schlafzimmertür getreten war. „Es tut mir leid, dass ich es unangenehm für dich gemacht habe."

„Du hast es nicht unangenehm gemacht." Diesmal lag ein Lächeln in seiner Stimme. Und obwohl sie seinen Gesichtsausdruck nur im Profil ausmachen konnte, war seine Nachdenklichkeit nicht zu übersehen, als er den Rest seiner Sachen in seine Reisetasche packte. Er zog den Reißverschluss zu, legte den Riemen über eine Schulter und begegnete ihrem starren Blick. Ein paar

Sekunden lang sah er sie nur an, dann schien er zu einer Entscheidung zu kommen. „Gebundene Volán-Männer haben einen Trieb, der alles andere außer Kraft setzt: Sich um ihre Partnerin und ihre Kinder zu kümmern. Alle anderen Bedenken oder Erwägungen sind zweitrangig. Aber auch unsere Gefährtin ist ein Teil von uns und bringt ihren eigenen Instinkt und Antrieb in die Gleichung ein. Wenn die beiden in Konflikt geraten, bedarf es manchmal einer entschlossenen Aktion oder Reaktion, um die beiden Hälften zu zwingen, eine Ordnung zu finden, mit der sie arbeiten können."

„Eine Aktion?"

„Oder Reaktion."

In Anbetracht dessen, dass er tatsächlich versuchte, ihr zu helfen, war es wahrscheinlich nicht der beste Schachzug, ihn mit so finsterer Miene anzusehen. Aber wegen der Menge an Zeit und Energie, die sie in die Heilung von Sabina gesteckt und mit der sie sich durch das Tagebuch gearbeitet hatte, das Tate ihr gegeben hatte, besaß sie nicht gerade einen langen Geduldsfaden. „Was versuchst du mir zu sagen?"

Priest stieß ein schnaubendes Lachen aus, schüttelte den Kopf und drehte sich zur Tür um. „Kojoten sind Jäger."

„Und?"

„Und ich sage dir, manchmal ist Handeln effektiver als Reden." Er öffnete die Tür und wies mit dem Kinn in Richtung Hinterhof. „Beeil dich und geh runter. Da sind über hundert Leute, die bereit sind, dich zu sehen und zu feiern. Ganz zu schweigen davon, dass Katy jeden Moment mit Sabina hier sein wird. Es ist ihr erster Einblick in das Clanleben. Wenn du hier oben zu lange brauchst, kommt Tate hoch, um dich zu holen, und am Ende seid ihr beide abgelenkt. Dann haben Katy und ich keine Hilfe mehr dabei, sie allen vorzustellen."

Junge, das war die Wahrheit. Tate war in den letzten Tagen vielleicht vorsichtiger mit ihr umgegangen als in der ersten Nacht, aber sein Sexualtrieb hatte nicht im Geringsten nachgelassen. Ehrlich gesagt, war sie überrascht, dass Priest es geschafft hatte, ihn dazu zu bringen, sie mit einem anderen Mann im selben Raum allein zu lassen, Vaterfigur oder nicht. „Gut, aber du musst mir versprechen, ein wenig Zeit damit zu verbringen, mit mir über das Tagebuch zu reden, bevor die heutige Nacht vorbei ist. Neben einigen der Rituale ist ein Zeichen, von dem ich nicht weiß, wie ich es interpretieren soll. Es gibt keine Legende, die dazu passt."

Priests Brauen zogen sich zu einem scharfen V zusammen. „Was für ein Zeichen?"

„Es sieht komisch aus. Es ist nicht wie die anderen Markierungen, die ich gesehen habe. Zwei Kreise. Ein großer und ein kleiner darüber. Sieht ein bisschen aus wie BB8 von Star Wars, aber mit einem Kreuz auf dem Kopf."

Es dauerte nur eine Sekunde, bis sich Priests gesamtes Verhalten änderte. Eine Dunkelheit, die sie noch nie bei ihm gesehen hatte, tauchte auf wie ein längst vergessener Dämon. Genauso schnell schien er das, was ihn im Griff gehabt hatte, wieder an seinen Platz zu schieben, und schüttelte den Kopf. „Nichts mit diesem Symbol daneben kann dir helfen. Es zeigt nur, was du niemals tun solltest. Sie sind eine Warnung."

Schwarze Magie.

Die Art, die Draven verwendet hatte, um die Gaben jedes Primos zu stehlen und sie dabei zu töten – einschließlich ihrer Urgroßmutter.

„Wenn die Rituale so gefährlich sind, warum wurden sie dann festgehalten?"

„Es gibt zwei Möglichkeiten. Wir lassen unsere zukünftigen Generationen unwissend oder wir nutzen die Chance und hinterlassen ihnen zumindest eine Warnung. Welche Option ist schlechter?" Ohne auf eine Antwort zu warten, nickte er zu ihrem Shirt, das sie immer noch in ihrer Hand hielt. „Zieh dich an. Vergiss das Tagebuch für heute Nacht und komm und triff deine Heiler. Irgendetwas sagt mir, dass wir schon bald mit mehr als unserem Anteil an Dunkelheit fertig werden müssen."

Er ging, ohne einen einzigen Blick zurückzuwerfen, schloss leise die Schlafzimmertür hinter sich und überließ es ihr, über die Dinge nachzudenken, die er gesagt hatte. Tates Zimmer lag oben und am weitesten von der Schlucht entfernt, in der die meisten Versammlungen in Priests Haus stattfanden. Deshalb gab es hier keinen Hinweis darauf, wie viele Menschen gekommen waren, um die Ankunft der neuen Prima zu feiern. Sicherlich keinen, der die Zahl rechtfertigen würde, von der Priest sagte, dass sie sie erwarten würden. Aber die Stille war ein Trost. Ein winziger Puffer in den Sekunden, bevor sie sich in vollem Umfang ihrer neuen Realität stellte.

Sie war eine Anführerin.

Eine mächtige sogar.

Vielleicht nicht so, wie Kateri mit ihrer Magiermagie, oder so schnell und stark wie Alek, Priest und Tate mit ihrer Kriegermagie, aber ein wichtiger Bestandteil in der Zusammensetzung des Clans.

Sie schlüpfte in ihren BH und zog ihr Shirt an. Obwohl sie das trendige Baumwolltanktop mit tiefem U-Ausschnitt und schmalen Trägern nicht im Hinblick auf das Endergebnis ihres Tattoos ausgewählt hatte, leistete es Bemerkenswertes, indem es einen Großteil der Arbeit zeigte. Der Kontrast zwischen seiner kräftigen Korallenfarbe und dem dezenten Grün, das Priest in die Schattierung eingearbeitet hatte, machte es noch ansprechender. Ein mutiges, aber schönes Statement.

Komisch, wie sehr sie sich in so kurzer Zeit verändert

hatte. Ja, sie war seit der Highschool durch die Therapie gewachsen, aber nicht so wie in den letzten vier Wochen. Zum ersten Mal in ihrem Leben wollte sie gesehen werden. Sie wollte die Freude über das, was ihr geschenkt worden war, mit den Menschen teilen, die von gleicher Herkunft waren wie sie.

Vielleicht hatte Priest recht. Möglicherweise sollte sie heute Abend einfach den Moment genießen, die gesamte zukünftige Verantwortung beiseiteschieben und sich darauf konzentrieren, das Jetzt zu feiern. Sie sollte bei den Menschen sein, die sie so bereitwillig akzeptiert hatten, und sehen, ob sie nicht dasselbe mit Sabina teilen könnte.

Entschlossen schüttelte sie ihr loses Haar, richtete es ein wenig und eilte zur Tür – nur dass sie geöffnet wurde, bevor sie dort ankam.

Tate stand in der Öffnung. Innerhalb von Sekunden scannte er den Raum, sie und die Tätowierung, die nun wunderschön auf ihrer Haut zu sehen war. Seine bernsteinfarbenen Augen glitzerten vor Schalk. „Sollte ich nicht eine Privatvorstellung bekommen, bevor alle anderen es sehen?"

Oh nein. Wenn Tate auch nur in die Nähe von ihr im unbekleideten Zustand käme, würde sie diesen Raum nie verlassen. Ganz zu schweigen davon, dass sie die sozialen Fähigkeiten aufbringen könnte, so vielen Menschen zum ersten Mal als Prima gegenüberzutreten. „Ich denke, der Sinn der Feier liegt darin, dass ich tatsächlich dort bin." Sie legte ihre Hand auf sein Brustbein und drückte ihn zurück, kicherte aber, als er ihr Handgelenk ergriff und den Schwung nutzte, um sie eng an sich zu ziehen. Sie schlang ihre Arme um seinen Nacken, und ihr Lachen ging in ein leichtes Seufzen über. Allein der Druck seines Körpers an ihrem und seine Wärme beruhigten das, was von ihrer Besorgnis übrig war. „Wie wäre es, die private Betrachtung für später aufzuheben, wenn wir zu Hause sind, damit wir uns Zeit nehmen können?"

„Zu Hause." Er umfasste ihren Hinterkopf und strich mit seiner Nase über ihre, wobei sich das leise Grollen der Zustimmung seines Kojoten mit seinem eigenen zufriedenen Brummen vermischte. „Dieses Wort fühlt sich ganz anders an, wenn man ein Teil davon ist." Er drückte einen anhaltenden Kuss auf ihre Lippen und murmelte dann dagegen: „Und ich kann definitiv die Vorteile dabei erkennen, nicht in Eile zu sein, wenn ich einen ungehinderten Blick auf Priests Arbeit bekomme."

Gott, der Mann machte sie süchtig. Nicht nur das Gefühl von ihm an ihr, sondern auch der satte Bariton seiner Stimme. Der subtile Hauch von Erde, der an ihm haftete. Sie schloss die Augen und atmete tief ein. „Ich glaube, dies ist das erste Mal, dass ich darüber nachdenke, eine Party aus einem anderen Grund zu schwänzen, als zu vermeiden, gesellig zu sein."

Sein leises Lachen umspielte sie. „Unter normalen Umständen würde ich deine Abwesenheit nicht nur billigen, sondern unterstützen und schüren. Aber dieses Mal würde Priest sowohl mich als auch meinen Kojoten häuten." Er rieb sich den Nacken, ergriff eine ihrer Hände und führte sie für einen Kuss zu seinem Mund. „Komm schon. Katy, Jade, Sabina und deine Mutter sind nur ein paar Minuten, bevor ich dich abholen kam, eingetroffen. So, wie Sabina die Menge anstarrt, glaube ich, dass sie einen kräftigen Drink und eine Hand braucht, an der sie sich festhalten kann."

Zu der abgelegenen Ansammlung von Liegestühlen zu gelangen, wo Katy, Jade, Sabina und ihre Mutter ihr Lager aufgeschlagen hatten, erwies sich als größere Herausforderung, als jeder von ihnen gedacht hatte. Obwohl alle im Clan, die sie zuvor getroffen hatte, freundlich und höflich gewesen waren, waren sie auch etwas zurückhaltend gewesen. Als ob sie sich nicht ganz sicher gewesen wären, was sie von der Außenseiterin halten sollten, die Priest zu ihnen gebracht hatte, aber vorsichtig optimistisch waren, wie ihre Zukunft mit dem Clan aussehen könnte.

Heute war eine ganz andere Erfahrung. Eine Menge Gratulanten wollten ihre Freude in Form von Umarmungen und Segnungen für die Zukunft teilen. Wenn es sich bei denjenigen, denen sie begegnete, um Heiler handelte, waren die Gespräche sogar noch intensiver. Eine Mischung aus Ehrfurcht und Dankbarkeit, von denen sie nicht im Entferntesten das Gefühl hatte, sie verdient zu haben, waren in jedes Wort eingewoben.

Nachdem sie und Tate schließlich die anderen am Rand der Menge erreicht hatten, fühlte sie sich fast so erschöpft, wie Sabina aussah. „Hallo Sabina. Wie geht es dir?"

Sabina musterte die Menschen, die sich hinter ihnen von Gruppe zu Gruppe schlängelten, mit dem gleichen großen Staunen, das Elise wahrscheinlich in der Nacht von Beltane erlebt hatte. „Ich bin immer noch nicht überzeugt, dass ich nicht träume."

„Junge, erinnere ich mich an dieses Gefühl!", sagte Katy. Bekleidet mit einem fließenden Chambray-Rock und einer weißen Bluse, die Elise an Dichter und Blumenkinder denken ließ, saß sie mit übereinandergeschlagenen Beinen in einer Terrassenstuhlschaukel. So entspannt, wie sie aussah, wies nichts darauf hin, dass sie erst vor ein paar Monaten von ihrem Clan erfahren hatte.

„Selbst nachdem ich das erste Mal gesehen hatte, wie Nanna sich in ihren Falken verwandelte, war ich mir sicher, dass ich entweder den Verstand verloren hatte oder in einer anderen Realität aufgewacht war." Katy konzentrierte sich auf Sabina und lächelte. „Irgendwann wird es sich aber einpendeln. Du wirst sehen."

Sabina wirkte nicht überzeugt. Es kam nicht jeden Tag vor, dass eine Person herausfand, dass ihr Erbe Gestaltwandlung und Magie umfasste. Und obwohl die Träume von Draven, die Sabina im letzten Monat gehabt hatte, sie für die Idee empfänglicher gemacht hatten als die meisten anderen in ihrer Situation, war es offensichtlich, dass sich die Realität erst noch vollständig in ihr setzen musste. Ihre körperliche Erscheinung war andererseits bemerkenswert verbessert. Die Blässe, die den satten Olivton ihrer Haut fast ausgelöscht hatte, war längst verschwunden, und das trostlose Gewicht, das sie bei jeder Bewegung mit sich herumgeschleppt hatte, war jetzt durch ein neugieriges, aber vorsichtiges Staunen ersetzt worden.

Priest bestand darauf, dass das an Elises anhaltender Heilung in den letzten Tagen lag, aber Elise vermutete, dass der Großteil davon auf gesunden, ununterbrochenen Schlaf zurückzuführen war. „Hast du etwas gegessen?"

Die Frage danach war eigentlich überflüssig. Sabina dazu zu bringen, mehr als ein oder zwei Bissen auf einmal zu bewältigen, war ein Kampf gewesen, seit sie das erste Mal aufgewacht war. Allerdings war sie heute Morgen munter geworden, als Naomi und Jenny sich in der Küche zu einem Team zusammengetan hatten, um ein Frühstück der alten Schule zuzubereiten, das für einen Tag voll körperlicher Arbeit geeignet war. Andererseits war es schwer, zu Speck Nein zu sagen. „Ich war abgelenkt, weil ich mit Jade geredet habe."

Jade rollte ihren Kopf auf der Rückenlehne des Liegestuhls, auf dem sie sich neben Sabina ausgestreckt hatte. „Oh nein. Dafür darfst du mich nicht benutzen." Sie konzentrierte sich auf Elise. „Naomi und ich haben beide versucht, sie direkt nach dem Mittagessen mit hausgemachten Snickerdoodles und Zuckerkeksen zu überhäufen, aber sie hat sich uns beiden widersetzt."

Ein Stück hinter ihr stehend, seine Hand auf ihrer Hüfte, drückte Tate sie sanft. „Ich hole euch beiden einen Teller." Er küsste die Seite ihres Halses. Das subtile Raspeln seines Ausatmens schickte ihr dabei einen willkommenen Schauer über den Rücken. „Ich weiß verdammt genau, dass du während der ganzen Zeit, in der Priest an dir gearbeitet hat, nichts gegessen hast."

Sie *war* hungrig. So hungrig sogar, dass ihr Magen ein gedämpftes Grollen der Zustimmung ausstieß. Aber Sabina brauchte mehr als Essen. Sie brauchte Erdung und eine Chance zu erkennen, dass diese neue Realität ... na ja ... real war.

Sie stoppte Tate mit einer Hand auf seiner an ihrer Hüfte, neigte ihren Kopf nach oben und zurück, damit sie den Kuss auf die starke Linie seines Kiefers erwidern konnte. „Wie wäre es, wenn du dich etwas entspannst und Sabina und ich uns anschauen, was alle mitgebracht haben?"

Ob es der feste Unterton in ihrer Stimme war oder einfach seine Erfahrung mit seiner Mutter bei der Arbeit mit Menschen, während er aufgewachsen war, wusste sie nicht. Aber in seinen Augen regte sich Verständnis und er senkte zustimmend den Kopf. „Für mich ergibt das Sinn." Er drehte sie um und zog sie für einen keuschen, aber anhaltenden Kuss an sich. „Stell nur sicher, dass du die Ränder der Menge umgehst, anstatt direkt hindurchzugehen. Andernfalls dauert es zu lange, bis du wieder bei mir bist."

„Igitt", sagte Jade mit mehr als einem kleinen geschwisterlichen Necken in ihrer Stimme. „Dass Tate ein Macho ist, ist schon schlimm genug. Das Lovey-Dovey-Zeug ist schmerzhaft."

Katy und Elises Mutter lachten beide. Die Wärme und das Glück in den Augen ihrer Mutter, als sie sie beobachtete, besagte, dass es ihr egal war, wie schnulzig Tate wurde. Sie war begeistert, Elise so gut versorgt zu sehen."

Elise war zögerlicher, sich loszureißen, als sie zugeben wollte. Sie zwang sich, sich aus seinen Armen zu lösen, und winkte Sabina von ihrem Stuhl. „Komm schon. Lass uns sehen, was alle zu essen mitgebracht haben. Und du kannst mir erzählen, worüber du und Jade heute gesprochen habt."

Sabina warf Katy zu ihrer Rechten einen Blick zu, dann Jade zu ihrer Linken. Mindestens eine oder zwei Ausreden lagen ihr offensichtlich auf der Zunge.

„Du solltest gehen", sagte Jenny, bevor Sabina sprechen konnte. „Du hast genug Zeit damit verbracht, allein und ängstlich zu sein. Je früher du alle kennenlernst, desto eher wirst du erkennen, wie sicher du jetzt bist."

Der Kommentar traf ins Schwarze. Eine Tatsache, die durch eine hartnäckige Entschlossenheit belegt wurde, die über Sabinas Gesicht blitzte. „Richtig." Sie stand auf und strich sich mit den Händen über die Hüften. Ihr glattes, fast schwarzes Haar schimmerte im sanften Sonnenlicht, der gerade Schnitt endete genau an ihrem Kinn und betonte ihre scharfen Gesichtszüge. Ob sie es beabsichtigt hatte oder nicht, die Stonewashed-Jeansshorts, die sie mit einem weißen T-Shirt der Rolling Stones kombiniert hatte, passte perfekt zur Freizeitkleidung aller anderen Anwesenden. „Verlorene Zeit kann man nicht wieder aufholen."

„Wer hat das gesagt?", fragte Jade. „Thomas Jefferson?"

„Ben Franklin", antwortete Priest und kam zu ihrer kleinen Gruppe. „*Du kannst zögern, aber die Zeit wird es nicht tun, und verlorene Zeit kann man nicht aufholen.*" Er blieb vor Kateris Stuhl stehen, stützte seine Hände auf die Armlehnen, lehnte sich vor und küsste ihre Stirn.

„Es macht mir ein bisschen Angst, wie weit du hören kannst", murmelte Katy, als er sich zu seiner vollen

Größe von fast zwei Metern aufrichtete.

Er warf ihr ein verruchtes Grinsen zu und ließ sich neben ihr auf der leeren Liege nieder. „Ich bin es nicht, der zuhört. Es ist mein Panther. Deine Löwin könnte das auch, wenn du lernen würdest, wie man sich zum Teil verwandelt."

„Das ist möglich?", fragte Elise.

„Natürlich", sagte Tate. „Sobald man länger mit seinem Begleiter vereint ist, ist es fast selbstverständlich. Wie gemeinsame Ressourcen zwischen dir und deinem Begleiter. Die körperliche Form ist nicht da, aber alle Sinne stehen dir zur Verfügung."

Sabina rückte etwas näher zu Elise und starrte Priest an. „Du bist ein Panther?"

Das Lächeln, das er ihr zuwarf, war voller Belustigung. „Keine Sorge, ich bin nicht geneigt, die Frau zu jagen, die wahrscheinlich meine Prima der Seher ist."

„Priest, hör auf." Katy nahm seine Hand und drückte sie. „Er ist harmlos." Sie runzelte die Stirn. „Meistens jedenfalls."

„Das ist verrückt", murmelte Sabina. „Ich habe mich kaum daran gewöhnt, Jades Verwandlung in einen Luchs gesehen zu haben. Ich glaube, ich brauche jetzt eher ein Bier, statt etwas zu essen."

Elise lachte, legte ihren Arm um Sabinas Schultern und führte sie zu den Speisen, die auf drei langen Tischen nahe am Haus standen. „Wie wäre es, wenn wir damit warten, Alkohol in die Gleichung zu mischen, bis deine Augen nicht mehr so groß sind wie Unterteller?"

Glücklicherweise rissen die Menschen, denen sie bei ihrer Essensbesorgung beggneten, Sabina aus ihrer erschrockenen Verwirrung. Das Bedürfnis, gute Manieren und allgemeinen Anstand an den Tag zu legen, drängte ihre Ängste in den Hintergrund. Wie in der Nacht von Beltane gaben sich ihre Gesprächspartner alle Mühe, respektvoll und höflich zu sein, und stellten allgemeine Fragen darüber, woher Sabina kam und was sie beruflich machte. Wenn einer von ihnen die Umstände kannte, die sie nach Eureka Springs geführt hatten, oder über die Tatsache Bescheid wusste, dass sie aus der Familie der Seher-Primos stammte, zeigte er es absolut nicht.

Allein gelassen, während sie ihre Teller füllten, schlich Sabina näher zu Elise und senkte ihre Stimme. Sie nutzte den verstohlenen Moment, um ein Geständnis zu machen. „Ich kann es nicht glauben. Ich habe dich in meinen Gedanken gespürt. Ich habe mit eigenen Augen gesehen, wie Jade sich verwandelt hat, und ich kann es immer noch nicht glauben."

Gott, sie kannte dieses Gefühl so gut. Sie verstand vollkommen die Panik und den Unglauben, die auf die Erkenntnis folgten, dass alles, was sie für wahr gehalten hatte, auf den Kopf gestellt wurde. „Ich verstehe es." Sie löffelte eine viel zu großzügige Portion Fruchtsalat auf ihren Teller und zwang sich dann, zum Ausgleich etwas rohes Gemüse dazuzugeben. „Die erste Gestaltwandlung, die ich gesehen habe, war die von Alek. Sein Begleiter ist ein Grauwolf. Ein riesiger. Gleich danach zeigte mir Kateri ihre Magiermagie. Sie erschuf diesen massiven Ball aus ... Oh, ich weiß nicht, was es war. Energie, denke ich. Dann schleuderte sie ihn nach vorne und höhlte einen Baum fast eine halbe Meile entfernt aus, der hundert Jahre alt gewesen sein muss." Sie stand Sabina gegenüber. „Selbst nachdem ich es gesehen hatte, bestand mein Verstand darauf, dass es ein Trick war. Ehrlich gesagt, denke ich, dass der einzige Grund, warum ich mich so schnell angepasst habe, der Tatsache geschuldet ist, dass meine Mutter jahrelang versucht hatte, mir etwas über meine Herkunft zu erzählen. Ich habe ihr nur einfach nie geglaubt."

„Deine Mutter wusste von all dem?"

Elise nickte. „Jade hat dir von den Seelensuchen erzählt? Dass du irgendwann in deinen frühen Zwanzigern vom Hüter in die Anderswelt gerufen und vor die Wahl gestellt wirst, deine Gaben und deinen Begleiter anzunehmen oder ein normales menschliches Leben zu führen?"

„Sie hat es mir erzählt." Sabina seufzte und betrachtete das Essen, das vor ihnen ausgebreitet war, als wäre sie von der Auswahl genauso überwältigt wie von allem, was sie gerade lernte. „Ehrlich gesagt kann ich nicht behaupten, dass es für mich mehr Sinn ergibt als alles andere."

„Nun, meine Mutter hat sich entschieden, ihre Gaben nicht anzunehmen. Sie bereute es später, aber sie verbrachte die meiste Zeit meiner Teenagerjahre damit, mich davon zu überzeugen, dass sie sich all das nicht ausgedacht hat. Ich habe mir immer noch nicht wirklich verziehen, dass ich nicht wenigstens versucht habe, zuzuhören."

Sabina holte tief Luft und betrachtete die Menschen, die sich in der weiten Schlucht versammelt hatten. „Es ist ein bisschen fantastisch."

„Fantastisch, ja. Aber auch sehr echt." Die Erinnerung an ihre erste Gestaltwandlung blühte mit der gleichen Eile auf, mit der damals ihr Adler in den Himmel aufgestiegen war. „Ich habe es erlebt, Sabina. Das ist keine Illusion. Und das Beste ist, du bist jetzt bei Leuten, die dich vor Draven beschützen können. Zumindest, bis wir ihn finden und uns um ihn kümmern können."

„Ja, Alek hat heute mit mir darüber gesprochen."

Damit hatte sie gerechnet. Elise nahm an, dass sie froh sein sollte, dass er ganze achtundvierzig Stunden gewartet hatte, bevor er Sabina um Hilfe gebeten hatte. „Du wirst uns helfen?"

Sabina hatte in der Zeit, seit sie sie in dem alten Motel gefunden hatten, nicht wirklich viele Gelegenheiten zum Lächeln gehabt, aber das schiefe Schmunzeln, das sie Elise in diesem Moment schenkte, war süß. „Ich habe in den letzten Tagen fester geschlafen als im gesamten letzten Monat. Ich verstehe vielleicht noch nicht alles, was ich lerne, aber ich würde helfen, wenn ich mich wieder gesund fühle."

Naomi eilte mit Aufläufen in beiden Händen um den Tisch. „Ihr zwei müsst weniger Zeit mit Reden und mehr mit Essen verbringen." Sie stellte jede Auflaufform an ihren Platz, eine davon enthielt eine Art italienisches Gericht und die andere war mit einer Fülle von Käse bedeckt. Dann betrachtete sie Sabinas fast leeren Teller stirnrunzelnd. „Oh, süßes Mädchen. Konntest du nichts finden, was dir schmeckt?"

Sabina strich mit der Hand über ihren Bauch. „Das sieht alles super aus. Ich bin nur nicht überzeugt, dass ich irgendetwas davon gut vertragen würde."

„Weißt du, was du brauchst?", fragte Naomi. „Ginger Ale." Sie schob ein paar Teller herum und fasste zwei Teller mit Keksen zu einem zusammen. „Lass mich das hier schnell aufräumen, damit wir mehr Platz haben, dann hole ich dir welches."

„Ich hole es", sagte Elise. „Im Kühlschrank oben?"

„Nein, es gibt noch einen Kühlschrank im Lagerraum unter der Terrasse." Sie neigte den Kopf zur Tür neben der Holztreppe, die zu der erhöhten Terrasse führte. „Priest hat alle möglichen Getränke für Trainingstage und Zusammenkünfte wie diese auf Lager. Ich bin mir ziemlich sicher, dass ich heute früh Ginger Ale gesehen habe."

„Ich bin schon unterwegs." Elise zögerte mitten im Abgang und starrte Naomi an. „Du bleibst bei Sabina, oder?"

Naomi lächelte ihr süßes, aber aufdringliches Lächeln. „Oh, ich bleibe bei ihr. So hübsch, wie sie ist, und ohne, dass du die neugierigen Typen fernhältst, hat sie allerdings vielleicht ein paar unserer Männer bei sich, wenn du zurückkommst."

Typisch Naomi. Wenn sie nicht kochte und Leute mit Essen versorgte, versuchte sie, zu kuppeln, und machte Unfug. Sie warf Sabina einen kurzen Blick zu. „Das meint sie nur halb ernst. Ich vermute, sie wird wenigstens ein oder zwei Wochen warten, bevor sie versucht, dich mit jemandem zu verkuppeln." Damit schlängelte sie sich durch die Menge, lächelte und nahm unterwegs Glückwünsche entgegen. Seltsam, dass sie unter so vielen Menschen sein konnte – einen guten Teil davon konnte sie nicht mal beim Namen nennen – und sich dennoch so akzeptiert fühlte. Noch bevor der Hüter sie zur Prima gewählt hatte, war sie willkommen geheißen worden. Der einzige Unterschied zwischen der ersten Nacht, in der Tate sie allen vorgestellt hatte, und heute war ihre Bereitschaft, die Aufnahme zu akzeptieren. Ihre Bereitschaft, die Schilde tatsächlich zu senken, die sie benutzt hatte, um sich selbst zu schützen, und zu glauben, dass sie wirklich dazugehörte.

Der Lagerraum erwies sich eher als improvisierter Verschlag. Ein enges Gitterwerk, das passend zur darüber liegenden Holzterrasse gebeizt worden war, umgab etwas, was einst ein offener Raum gewesen war. Winzige Strahlen des sanften Lichts der Abendsonne strömten durch die schmalen Rauten und verliehen dem offenen Bereich den Anschein eines geheimen Zufluchtsorts. Darin befand sich alles, was man brauchte, um die Art von Versammlungen zu veranstalten, die Priest abhielt. Liegestühle, Tiki-Fackeln, Tische, Kühlboxen, Decken … Im Grunde ein Mekka für Outdoor-Partys.

Elise schlängelte sich durch den fein säuberlich geordneten Inhalt bis zum Kühlschrank, der in der hintersten Ecke stand. Um sie herum vermischte sich das leise Geplapper von Stimmen und Musik von draußen mit den Schatten. Sie öffnete die Tür, mehr als ein wenig überrascht, jeden Winkel der Fächer und alle Schubladen vollgestopft mit allem Möglichen vorzufinden, von Bier bis zu Saftpackungen.

„Es ist mir egal, ob sie Gefährten sind. Sie wird seine Aufmerksamkeit nicht auf Dauer behalten. Das schafft sie nicht."

Elise erstarrte bei der unverkennbaren Bissigkeit von Vanessas Stimme, die aus der Richtung direkt hinter dem Bücherregal neben dem Kühlschrank kam.

„Gefährten betrügen einander nicht, Vanessa." Ob die fast geflüsterte Antwort von Bren oder Taya kam, war schwer zu sagen, aber auf keinen Fall war es Dacie oder Renda. Keine der beiden schien in der Lage zu sein, etwas ohne ein Kichern zu sagen.

„Dann wird er für den Rest seines Lebens unglücklich sein", sagte Vanessa. „Hast du sie zusammen gesehen? Er behandelt sie, als würde sie zusammenbrechen, wenn er sie falsch ansieht. Ich kenne Tate. Er braucht die Jagd. Sehnt sich danach. Die paar Male, als er mich gefickt hat, war er gnadenlos, aber so, wie er sich ihr gegenüber verhält, würde er bei ihr niemals so weit gehen. Ich sage euch, wenn er nicht jagen kann, wird die Sache zwischen ihnen nicht von Dauer sein."

„Sie sind Gefährten." Das kam ganz sicher von Taya. Die Kraft in ihrer Stimme erhob sich nur ein wenig über den Rest der Menge. „Der Hüter vermasselt nichts. Wenn er denkt, Elise wäre die Richtige für Tate, dann gibt es dafür einen Grund."

„Der Hüter vermasselt nichts bei Leuten, die wissen, was es bedeutet, Volán zu sein. Sie ist ahnungslos. Mehr Singura, als dass sie eine von uns ist."

Es war Quatsch.

Reiner und absoluter Bullshit.

Elise wusste das so sicher, wie sie wusste, dass die Sonne heute Abend untergehen würde. Aber es gab einen Teil von ihr – dieses zarte, verletzliche Zentrum, das sie so viele Jahre geschützt und behütet hatte –, der angesichts von Vanessas Behauptungen zitterte. Der sich in sich zurückziehen und sich vor dem Risiko eines Verlustes schützen wollte.

Es gab nichts zu verlieren.

Nur noch mehr zu gewinnen.

Der Gedanke ihres Adlers durchströmte sie so leicht wie der Wind, der ihre Federn kräuselte. Es war eine Ermutigung und ein Befehl, seine furchtlose Art drängte sie vorwärts, sich der Herausforderung zu stellen, anstatt Schutz zu suchen, genau wie Priest es versprochen hatte.

Die kühle Luft aus dem Kühlschrank strich über sie hinweg, und die riesige Auswahl, die darin aufbewahrt war, wirkte wie eine seltsame Metapher für all die Wege, die sie angesichts dessen, was sie gehört hatte, einschlagen konnte.

Du weißt, was du willst, flüsterte ihre Begleiterin. *Nimm es dir.*

Sie wusste es. Vielleicht hatte sie die Einzelheiten nicht gekannt oder war nicht in der Lage gewesen, es zu artikulieren, aber sie hatte es gespürt. Sie hatte das Fehlen von etwas gespürt, den Verlust, als Tate sich in jener ersten Nacht zu zügeln schien. Jedes Mal, wenn sie mit ihren Fingern über sein Mal gestrichen und den zarten blauen Fleck gespürt hatte, den er auf ihrer Haut hinterlassen hatte, hatte sie sich nach einer unfassbaren Wildheit gesehnt.

Er braucht die Jagd.

Sie zwang sich, sich zu bewegen, fand das Ginger Ale in einem der Fächer in der Tür und eilte zurück zu Sabina und Naomi. Sie verstand immer noch nicht genau, was Vanessa mit der Jagd meinte, aber sie hatte eine Ahnung, dass es mit der strengen Kontrolle zu tun hatte, die Tate über sich selbst hatte. Vielleicht sogar, warum die Bindung nicht entstanden war, obwohl sie

sie in dieser ersten Nacht so nah gespürt hatte.

Kojoten sind Jäger, hatte Priest gesagt. *Ich sage dir, manchmal ist Handeln effektiver als Reden.*

Oh ja. Sie hatte jetzt Ressourcen. Viele von ihnen. Und sie würde in Kürze herausfinden, was Vanessa gemeint hatte.

Dann würde sie kopfüber in den Sturm fliegen.

KAPITEL 22

Irgendetwas war seltsam an Elise. Oder vielleicht nicht seltsam, aber anders. Gefährlich anders. Tate konnte beim besten Willen nicht herausfinden, was die Veränderung war, aber sein Kojote fühlte es auch und war unruhig und gereizt. Er lief in ihm auf und ab und weigerte sich, sich zu beruhigen. Was es verdammt schwer machte, sich auf die Arbeit vor ihm zu konzentrieren. Vor allem, wenn die Klientin Anfang zwanzig war und Vibes ausstrahlte, dass sie sich in ihrer Sexualität nicht nur wohlfühlte, sondern offen dafür war, sie mit ihm zu erkunden.

Er beendete die letzte Schattierung, wischte die überschüssige Tinte weg und rollte seinen Hocker weit genug zurück, um das Gesamtergebnis zu betrachten. Hoch oben auf einem äußeren Oberschenkel platziert, sah Merrys neue Schildkröte aus, als würde sie nach unten zu ihren Füßen spazieren, hätte aber einen Moment innegehalten, um zu ihrem Gesicht aufzublicken. Welche Zweifel er auch immer an ihrem sexuellen Interesse gehabt hatte, bevor sie an diesem Nachmittag mit der Arbeit begonnen hatten, sie waren schnell ausgeräumt worden, als sie ihn gebeten hatte, ein Shibari-Seil in einem komplizierten Rautenmuster um den Körper der Schildkröte zu legen. Er musste zugeben – ob er sich nun Sorgen wegen Elise machte oder nicht –, dass das Ergebnis nicht nur herausragend, sondern auch wunderschön originell war.

„Ich nenne ihn Jürgee", sagte Merry.

„Ja?" Er schnappte sich die Heilsalbe und die Verbände, die er brauchte, um sie fertig zu machen. Normalerweise würde er sich über ein anständiges Nach-Kunst-Gespräch freuen. Aber da Elise nicht hier war, um ihn auszugleichen, fühlte es sich unangenehm an. Falsch. Und warum zum Teufel sie es abgelehnt hatte, mit ihm zur Arbeit zu kommen, wie sie es in den letzten Wochen getan hatte, verstand er immer noch nicht. „Irgendein bestimmter Grund?"

„Ich bin eine Fußballverrückte. Ich liebe Jürgen Klopp."

Interessant. Er konnte an einer Hand abzählen, wie vielen Frauen er begegnet war, die Fußball liebten. Noch weniger, die so subtil und doch offen ihr Interesse an Kink bekundeten. Wenn er sie vor ein paar Monaten getroffen hätte, wäre dieses Gespräch eindeutig in eine ganz andere Richtung gegangen. Jetzt? Sein Herz war einfach nicht dabei. „Warum eine Schildkröte?"

„Sie wissen, wie man durchhält. Wie man weitermacht." Sie zögerte lange genug, damit er ihr in die Augen sehen konnte, und neigte ihren Kopf. Die Art und Weise, wie ihr kurzes dunkles Haar geschnitten war, verlieh ihren feengleichen Zügen einen gewissen Schalk. „Sie geben nie auf."

Auch aufschlussreich. Zu schade, dass Alek sich mit Sabina in Jennys Haus verkrochen hatte, um allen Kaninchenpfaden zu Draven zu folgen. Er hatte das Gefühl, dass Merry ihm das Wasser reichen könnte. „Nein, tun sie nicht." Er machte den Verband fertig, zog seine schwarzen Latexhandschuhe aus und warf sie in den Müll. Er wollte gerade jedes weitere Geplänkel umgehen, indem er sich in Nachsorgeanweisungen erging, als Katy durch die offene Tür schlenderte und sich leicht mit einer Hand am Türrahmen abstützte.

„Hey, Tate. Elise hat gerade angerufen. Sie hat gefragt, ob du dich wegschleichen und ihr bei etwas in der Hütte helfen könntest."

Er zog sein Handy aus seiner Gesäßtasche. Auf dem Bildschirm wurden keine verpassten Anrufe angezeigt und die Signalstärke zeigte maximale Empfangsqualität. „Warum hat sie dich angerufen?"

Katy zuckte mit den Schultern, aber in ihrem Blick lag

Schalk. „Was weiß ich. Vielleicht wusste sie, dass du einen Termin hattest, und wollte dich nicht stören?"

Könnte sein.

Aber der Termin für den späten Nachmittag war erst heute Morgen angesetzt worden, also woher hätte sie das wissen sollen?

Sein Kojote ging auf und ab und knurrte, seine Raubtierinstinkte meldeten sich direkt mit seinen eigenen. „Hat sie gesagt, was los ist?"

Sie schüttelte den Kopf. „Nope. Sagte nur, sie brauche etwas. Ich habe bei Priest nachgefragt. Er kann den Rest des Abends hier sein, sodass du nicht zurückkommen musst."

Lüge.

Nicht der Teil über Priest. So viel hatte sie wirklich getan, aber dass sie nicht wusste, was mit Elise los war, war völliger Mist. Sein Begleiter witterte die Täuschung hinter ihren Worten und Taten so deutlich wie den Gestank eines verwesenden Kadavers im Wind.

Für den Bruchteil einer Sekunde überlegte er, mehr Informationen zu fordern. Oder zumindest herumzuschnüffeln, bis er ein besseres Gefühl dafür bekam, was vor sich ging. Aber Katy war aus gutem Grund selbst eine Alpha und Priests rechte Hand. Er würde ungefähr so viel Erfolg dabei haben, Informationen aus ihr herauszubekommen, wie er damit haben würde, dass Jade sich für den Rest seines Lebens um ihre eigenen Angelegenheiten kümmerte.

Er stand auf, zog einen Ausdruck mit den Standardnachsorgeanweisungen aus dem Stapel in seinem Regal und reichte das Blatt Merry. „Müssen wir die durchgehen?"

Sie nahm die Anweisung und lächelte, ein neugieriges Lächeln, das von einem ganz neuen Maß an Interesse sprach. „Wer ist Elise?"

Er steckte sein Handy wieder in die Tasche und machte sich daran, seine Ausrüstung zu zerlegen. „Meine Gefährtin", antwortete er zu schnell. Aber angesichts von Merrys offensichtlicher Orientierung würde sie wahrscheinlich nicht so viel aus dem Begriff machen wie eine gewöhnliche Singura. Er warf ihr einen Blick zu und bemühte sich um einen ruhigen, gemächlichen Ton. „Wenn du irgendwelche Probleme hast, ruf die Nummer unten auf diesem Blatt an."

Merry störte sich nicht im Geringsten an der Tatsache, dass alles, was sie am Unterkörper trug, ein Spitzenstring war oder dass Kateri jetzt mit einer Schulter am Türpfosten lehnte und ihre Arme vor der Brust verschränkt hatte. Sie stand auf und entfaltete ihre Jeans, die auf dem Sofa an der gegenüberliegenden Wand gelegen hatte. „Ich kenne den Prozess. Ich komme klar." Ihr leises Glucksen vermischte sich mit dem Reiben des Jeansstoffes auf ihrer Haut. „Aber bei dir bin ich mir nicht sicher. Deine Gefährtin hört sich an, als hätte sie eine Art Überraschung vorbereitet, die auf dich wartet. Es tut mir fast leid, dass ich das verpassen werde."

Die nächsten dreißig Minuten vergingen viel zu langsam. Tate verfluchte die Zeit, die es gedauert hatte, Merry halbwegs höflich auf den Weg zu schicken, und die anschließende Fahrt von der Main Street zum See. Jeder Kilometer war eine Qual. Es kam ihm vor wie eine ausgedehnte Gelegenheit für seinen Verstand, über mögliche Szenarien, die ihm bevorstehen könnten, nachzudenken und sie zu verdrehen. Als er schließlich von der Hauptstraße auf die holprige Straße abbog, die sich zur Hütte schlängelte, war seine Geduld zu erschöpft, um seinen Camaro mit einem langsamen Tempo zu verwöhnen, und er kam mit kreischenden Bremsen nur eineinhalb Meter entfernt von der Veranda zum Stehen.

Elise schlenderte gerade aus der Haustür, als er seine

Autotür zuschlug. Er war sich nicht sicher, ob es ihr Gesichtsausdruck war, der ihn fesselte, oder ihre Erscheinung. Auf jeden Fall hielten sowohl Mensch als auch Bestie inne und schätzten die Energie ein, die von ihr ausging. Optisch war sie der Inbegriff von Komfort und Leichtigkeit. Barfuß. Ein einfaches grünes Baumwollkleid, das knapp sieben oder acht Zentimeter über ihren Hintern reichte, mit winzigen Trägern, die er mit einem minimalen Ruck zerreißen konnte. Das Haar lose und wild um ihr Gesicht.

Aber es war ein Trick.

Sein Kojote spürte es. Gereizt von der offensichtlichen List und subtilen Herausforderung, die in ihren tiefgrünen Augen brannte.

Mein.

Der Anspruch erhob sich in einer überwältigenden Woge und riss ihn beinahe einen Schritt zurück. Das Bedürfnis, sie zu jagen, zu besitzen und sie auf jede erdenkliche Weise zu markieren, verzehrte ihn vollständig. Es trieb ihn an und peitschte ihn mit dieser urtümlichen Forderung förmlich vorwärts.

Er stützte sich mit einer Hand auf das Dach seines Autos und versuchte, seine abgehackten Atemzüge in den Griff zu bekommen.

Elise bemerkte seine Hand auf dem Wagen und schätzte dann die Entfernung zwischen ihnen ab. Man konnte die Antwort auf ihren Lippen nicht gerade ein Grinsen nennen, aber das Vergnügen in ihrem Ausdruck war nicht zu übersehen. „Alles okay?"

„Ich dachte, ich würde dich das fragen. Katy sagte, du brauchst Hilfe bei etwas."

Dieses Mal verzog sich ihr Mund und ein schüchternes Lächeln schlich sich ein. „Ich habe die Dinge vielleicht ein wenig falsch dargestellt."

So verspielt. Und doch steckte Stahl in ihrer Antwort. Eine indirekt geäußerte Mutprobe.

„Was ist los, Elise?"

Sie senkte den Kopf und stieg langsam die zwei Stufen hinab. Wegen ihrer Kurven war selbst ein einfacher Spaziergang ein sinnliches Vergnügen, aber heute wiegten ihre Hüften einladend. „Was lässt dich glauben, dass etwas los ist? Vielleicht habe ich meinen Gefährten einfach vermisst und wollte ihn sehen." Sie blieb gerade außerhalb seiner Reichweite stehen und spähte ihn unter ihren Wimpern hervor an. „Daran ist doch nichts auszusetzen, oder?"

Zu weit weg.

Zu verlockend.

„Du spielst mit mir, *mihara*. Das ist eine gefährliche Sache."

„Ist es das?" Sie hob ihren Kopf und begegnete seinem Starren. „Nicht, dass ich wüsste." Ihr Blick glitt seinen Körper hinab und ihr Gesichtsausdruck wurde weicher. Erwärmt von dieser flüssigen Sinnlichkeit, die ihn wahnsinnig machte. „Ich würde es aber gerne."

Ach, zur Hölle.

Er konnte das nicht tun. Noch nicht. Es war zu früh. Zu früh in ihrer Beziehung.

Sie neigte ihren Kopf zur Seite und strich mit den Fingern über die Kurve, wo sich ihr Nacken und ihre Schultern trafen, um die Stelle nachzuzeichnen, wo einst sein Mal gewesen war. „Ich vermisse es."

Er auch. Er hatte die letzten zwei Nächte dagegen gekämpft, es zu ersetzen und ihr sogar noch mehr zu geben. Aber er hatte sich selbst nicht getraut. Der anschließende Trieb war zu wild. Ein Risiko, das er nicht eingehen wollte.

Sie wagte einen weiteren Schritt nach vorn. „Ich bin es leid, mich zu fragen, was mein Gefährte zurückhält. Ich bin es leid, mir vorzustellen, wie es wäre, das Gefühl zu haben, die Kontrolle zu verlieren. Diejenige zu sein, die dich zu weit getrieben hat."

Fuck.
„Elise …"
„Natürlich bist du nicht der einzige Volán, der gerne jagt, oder?"
Eine Sekunde. Eine kaum verhüllte Drohung, und seine Bestie verlangte nach Freilassung. Sie schnappte und knurrte und kratzte gegen Tates schwankende Zurückhaltung. Er schlich vorwärts, das Knurren in seiner Stimme war eine tödliche Warnung. Die schärfste, die er ihr je gegeben hatte. „Vorsicht, Gefährtin."
Sie blieb standhaft, ihr Lächeln pure Verruchtheit. Eine Frau, die vollständig in ihre weibliche Kraft eingetaucht war und sich weigerte, nachzugeben. „Warum? Du bist vorsichtig genug für uns beide."
Er griff nach ihr, darauf bedacht, ihn und seinen Begleiter mit Körperkontakt zu beruhigen.
Sie wich seinem Griff aus und hob sich mit einem triumphierenden Grinsen auf die Zehenspitzen. Sie senkte ihr Kinn. Nicht in Kapitulation, sondern in eklatanter Provokation. Ihre Augen fixierten ihn und ihr Körper machte sich auf einen Angriff gefasst. „Oh nein, das tust du nicht. Wenn du mich anfassen willst, musst du es dir verdienen."
Mein.
Er schoss nach vorn, denn die Kontrolle, die er über einen Monat lang über den primitiven Zwang gehabt hatte, wurde durch den einfachen Gedanken ausgelöscht.
Aber Elise war bereits weg, ihre schnellen Schritte knackten durch das Unterholz des Waldes auf den See zu.
Die Instinkte seines Kojoten drängten sich in den Vordergrund und erfassten ihren Geruch und die Route ihrer Flucht, noch bevor seine Verwandlung abgeschlossen war. Die Landschaft veränderte sich. Wurde schärfer. Jeder Jagdtrieb in ihm drängte ihn vorwärts.

Bäume zogen zu beiden Seiten an ihm vorbei. Die Weite des Sees erstreckte sich vor ihnen und die späte Abendsonne warf dunklere Schatten über den Wald.

Aber das Einzige, was zählte, war der Blumen- und Zuckerduft, der in der Luft schwebte. Das Geräusch ihrer Füße auf den vom Winter noch nicht zersetzten Blättern. Das zufällige Knacken von Zweigen.

Immer noch zu Fuß.

Sie hätte leicht in die Luft steigen und ihm so lange entkommen können, wie sie wollte, aber sie war in menschlicher Gestalt und größtenteils auf dem Weg geblieben, auf dem sie in den letzten Tagen gelaufen waren.

Sie will die Jagd.

Keine Bemerkung seines Begleiters, sondern eine Forderung. Eine unvermeidliche Wahrheit, gegen die er nicht mehr ankämpfen konnte. Es auch nicht mehr wollte.

Er ergab sich ihr. Überließ seinem Kojoten die Führung und begrüßte die Wildheit. Keine Zensur. Keine Einschränkungen. Nur er, seine Bestie – und ihre Beute.

Sein Herz verfiel in einen beschleunigten, aber stetigen Rhythmus. Seine Muskeln dehnten und erwärmten sich von dem Nervenkitzel und der Jagd. Sein Verstand schärfte sich und sein Blut summte vor Erwartung.

Über Geröll und umgestürzte Baumstümpfe. Zwischen Bäumen und stacheligen Sträuchern. Jedem Schritt, den sie gelaufen war, folgte er. Sie hatte ihren Weg neu gewählt, selbst als sein Jägerinstinkt ihre Route projizierte.

Dort.

Ein grüner Blitz, der zu künstlich war, um sich mit der Farbe der Natur zu vermischen, und ein Sonnenschimmer auf ihrem blonden Haar. Weniger als sechzig Meter von der winzigen Bucht entfernt, die sie gestern

Morgen entdeckt hatten.

Er nahm Geschwindigkeit auf, ohne sich die Mühe zu machen, seine Verfolgung zu verbergen. Sie musste ihn kommen hören. Sie musste wissen und akzeptieren, was sie sich mit ihrer Herausforderung eingehandelt hatte.

Er wich von der Strecke ab, rannte durch das Unterholz und auf die Bucht zu.

Ein weiterer Zweig knackte und ein winziges Wimmern durchschnitt die Luft.

Barfuß.

Und sie war wie eine Verrückte durch den Wald gerannt.

Für diese Aktion würde er ihr verdammt noch mal den Arsch versohlen. Er würde sich um die Wunden kümmern, die sie mit ihren rücksichtslosen Manövern verursacht hatte, sie dann nach vorn beugen und auf jeden Zentimeter ihrer köstlichen Haut klatschen, bis sie nie wieder etwas so Dummes tun würde.

Gleich nachdem er sie gefickt hatte.

Hart.

Er brach durch die Baumgrenze auf der anderen Seite der Bucht, gerade als sie auf dem gegenüberliegenden Ufer in Sicht kam.

Erschrocken stolperte sie, als sie eine struppige Hecke durchbrach, und fiel auf die Knie, wobei sie sich mit den Händen am lehmigen Ufer abfing. Sie erstarrte und beobachtete ihn, ihre Augen weit aufgerissen und ihr Atem in unregelmäßigen, hektischen Stößen. Ihr Haar war zerzaust und ein immergrüner Zweig hing verknotet in einer Strähne an der Seite. An ihren Armen und Beinen waren winzige Schnitte, die davon herrührten, dass sie durch das Dornengestrüpp gestürzt war, das er in den Tagen zuvor vermieden hatte. Der Anblick ihres Blutes peitschte seine Wut noch höher.

Er knurrte und schlich näher, den Kopf gesenkt und die Muskeln angespannt, um nach vorn zu springen.

„Tate." Ein Plädoyer und eine Frage in einem. Ein Bedürfnis, zu sehen, wohin diese neue Seite von ihm sie führen würde, und gleichzeitig eine Bitte um Gewissheit.

Als alles, was sie bekam, ein Schnappen der Zähne seines Kojoten war, kroch sie rückwärts und drückte sich dann auf die Knie, als würde sie sich darauf vorbereiten, erneut zu fliehen.

Er verwandelte sich mitten im Schritt, das Brennen des Übergangs in seinem Fleisch war, wie Öl ins Feuer zu gießen. „Unten bleiben."

Sie schnappte nach Luft und sank zurück, sodass sie auf ihren Fersen saß, ihre Knie nur leicht geöffnet. Ob es die Tatsache war, dass er bei der Wandlung seine Kleidung verloren hatte oder wie hart und groß sein Schwanz sich gegen seinen Bauch streckte, ihre Augen weiteten sich und ihr Mund stand offen. „Tate."

„Du wolltest meine Bestie, *mihara*." Eine Bewegung, und er schoss nach vorn, packte ihr Haar an ihrem Hinterkopf und reckte ihren Kopf zurück, als er sich zu ihr beugte. „Jetzt hast du sie."

Ein Stöhnen.

Kein Wimmern, wie er es erwartet hatte, sondern ein verflucht ehrliches Stöhnen, so voll von Lust, dass sein Schwanz zustimmend zuckte. „Du magst das, nicht wahr?" Es war mehr eine laut ausgesprochene Beobachtung als eine Frage, aber selbst während er es aussprach, fiel es dem Mann in ihm schwer, die Realität zu begreifen.

„Vielleicht", brachte sie mit rauem Atem hervor. „Das Urteil dazu steht noch aus. Du könntest eine totale Pleite sein."

Eine weitere Herausforderung.

Und er liebte es, verdammt noch mal.

Er ballte seine Faust und zog sie nach vorn, zwang sie auf ihre Hände und Knie.

Sie stöhnte und ihre Augen schlossen sich für eine Sekunde, dann öffneten sie sich sofort wieder. Eine stille Forderung nach mehr. So, wie er vor ihr stand, war ihr Mund fast direkt auf seinen Schwanz gerichtet. Ihre Lippen waren leicht geöffnet und ihre Augen blickten zu ihm auf.

„Du denkst, du kannst mich dazu bringen, die Kontrolle zu verlieren? Dachtest du, weil du eine Jagd erzwungen hast, könntest du mich ins Wanken bringen?" Er drehte sein Handgelenk, löste den Griff um ihr Haar, wickelte es wie eine Leine um seine Hand und zog daran. „Gib dein Bestes, Gefährtin."

Das Verständnis stellte sich augenblicklich in ihren grünen Augen ein. Mutige und unbändige weibliche Kraft, reif für die Entfesselung. Es war nicht das erste Mal, dass sie die Chance hatte, ihren Mund an ihm zu benutzen, aber es war verdammt sicher das erste Mal, dass sie diese Energie in die Gleichung einbrachte. Eher eine ursprüngliche Unterwerfung als eine unschuldige Erkundung.

Sie kam zentimeterweise näher, testete zaghaft seinen Griff in ihrem Haar und stieß einen zittrigen Atemzug nur wenige Zentimeter von der Basis seines Schafts entfernt aus.

Ihr heißer Atem strich über ihn. Seine Nüsse zogen sich zusammen und sein Schwanz wuchs noch weiter. „Das ist es." Sosehr er versucht war, mit seinen Fingern durch ihr Haar zu streichen und sie an sich zu ziehen, er hielt die Spannung trotzdem aufrecht. „Dräng mich, so weit du kannst. Sieh, was es dir einbringt."

Sie lächelte, ein teuflisches Heben ihrer Lippen, gepaart mit einem Funkeln in ihren Augen, das ihn ernsthaft innehalten ließ. Sie hielt seinen Blick fest und leckte ihn an der Basis, ihre Zunge tauchte für einen kurzen Moment zwischen seinen Hoden nach unten und wanderte dann an seiner Länge entlang nach oben. Sie hielt an der Eichel inne, strich mit ihrer Zungenspitze über die empfindliche Stelle, presste dann ihre vollen Lippen darum und saugte sanft daran.

Er knurrte seine Zustimmung und rollte seine Hüften gerade weit genug, um seine Länge zwischen ihre prallen Lippen zu pressen.

Es entmutigte sie nicht. Nichts tat das. Nicht die Geräusche, die aus seiner Brust rumpelten. Nicht der Griff, mit dem er ihr Haar festhielt, oder die Art, wie er sich gegen sie bewegte. Sie leckte, lutschte, erkundete und genoss jeden Zentimeter von ihm. Sie experimentierte und studierte jede seiner Reaktionen und behielt ihre scharfen Augen auf ihm, soweit das möglich war.

Sie umkreiste die Spitze seines Schwanzes, neckte den Schlitz am Ende, als wäre sie begierig nach seinem Geschmack, und verschlang ihn dann. Sie senkte ihre prallen Lippen nach unten, bis er ihre Kehle streifte, und umfasste dabei fest seiner Eier mit einer Hand.

Ein Knurren löste sich aus seiner Kehle und er berührte ihren Hinterkopf. Das Bedürfnis, zu kontrollieren, zu dominieren und zu beanspruchen, was ihm gehörte, kratzte am letzten Rest seiner Zurückhaltung. Das Ziehen, das er in der ersten Nacht gespürt hatte, als er sie genommen hatte, schwoll hinter seinem Brustbein an. Dieselbe Verbindung, die sich straff gespannt und fordernd ausgestreckt und sich im nächsten Moment wieder zurückgezogen hatte.

Die Verbindung.

Sie war da.

Wartete.

Nicht auf sie. Auf dich.

Er war derjenige gewesen, der es verpasst hatte. Der ihr Angebot ausgeschlagen hatte, indem er zurückhielt, wer er war, und sie damit beide beraubt hatte.

Als ob sie es auch gespürt hätte, saugte sie beim nächsten Aufwärtsgleiten stärker und umfasste mit der

Faust die Basis seines Schafts. Seine Eichel glitt zwischen ihren Lippen hervor und sie richtete ein verruchtes Lächeln auf ihn. „Weißt du, ich glaube nicht, dass das der beste Weg ist, dich zu drängen." Sie neckte die empfindliche Kuppe mit der Zungenspitze und summte. „Aber ich habe das Gefühl, dass es *das* sein wird ..."

Ein Blinzeln, und sie war in Bewegung, stieß ihn mit den Händen an seinen Hüften weg und rappelte sich auf.

Das Raubtier in ihm antwortete, überwand den letzten Rest seiner Kontrolle, warf sie zu Boden und drückte ihr Gesicht mit einem unversöhnlichen Griff in ihrem Nacken nach unten. Er riss ihr Kleid mit einem Ruck von ihrem Leib und entblößte ihren vollkommen nackten Körper darunter.

Die Bindung zwischen ihnen wuchs. Pulsierend und aufkeimend bis zu dem Punkt, an dem er kaum noch atmen, geschweige denn seinen Befehl aussprechen konnte. „Arsch hoch."

Ihr Keuchen und das darauffolgende Zittern, das sie durchlief, bearbeiteten ihn mit der gleichen dekadenten Bewegung wie ihr Mund und ließen seinen Schwanz zustimmend zucken. Sie stemmte ihre Hände unter ihre Schultern und hob ihre Hüften so weit an, wie es sein Körper über ihr zuließ. Rohes Verlangen und Lust schwangen in ihrer heiseren Stimme mit. „Tate. Beeil dich."

Der reife Moschusduft ihrer Erregung traf ihn wie ein Aufwärtshaken, und sein Begleiter knurrte anerkennend. Er stieß ihre Knie mit seinen an. „Breiter."

Sie gehorchte eifrig, die gierige Neigung ihrer Hüften und ihr entblößtes Geschlecht waren der erotischste Anblick, den er je in seinem Leben gesehen hatte. „Oh Elise." Das leise Grollen, das aus seiner Brust drang, fühlte sich an, als würde Donner durch die Erde poltern. Er glitt mit seiner Eichel zwischen ihre nassen, geschwollenen Schamlippen. „Wenn du glaubst, ich würde es überstürzen, irrst du dich." Er schob sich in sie.

Sie versuchte, dagegenzuhalten und ihn tiefer zu nehmen, aber er benutzte die Hand an ihrem Nacken, um sie zu kontrollieren, und durch ein gottverdammtes Wunder zwang er seine Hüften, Abstand zu halten. Als sie sich schließlich beruhigte und akzeptierte, dass sie keine Kontrolle hatte, bedeckte er ihren Rücken und drückte einen täuschend zärtlichen Kuss auf die Stelle, wo sich ihr Nacken und ihre Schultern trafen. „Du fühlst es, nicht wahr?"

Sie wimmerte als Antwort und ihre Augen schlossen sich, die Hände unter ihren Schultern ballten sich frustriert zu Fäusten.

„Du hast es auch gespürt, als wir das erste Mal Sex hatten, nicht wahr? Du hast es herausgefunden und beschlossen, mich zu pushen."

„Ja." Nicht eine Unze Bedauern war in ihrer Stimme zu hören. Nur Verzweiflung darüber, dass er ihr noch nicht gegeben hatte, was sie wollte. „Ich will dich. Alles von dir."

Alles von ihm.

Den Mann und das Tier. Das Licht und das Dunkel.

Er leckte die zarte Stelle unter seinen Lippen und griff mit seiner Hand unter sie, spielte mit ihrer geschwollenen Klitoris. Er schob seine Hüften gerade weit genug vor, um ihre Aufmerksamkeit zu erregen, und streifte mit seinen Zähnen über dieselbe Stelle. „Wem gehörst du?"

„Dir. Nur dir." Sie wand sich unter ihm. „Bitte."

Die Bindung verstärkte sich. Straff gedehnt und mit einem ursprünglichen Beat hämmernd. Das Band forderte sein Recht ein. „Mir."

Er drängte vorwärts und schlug seine Zähne tief in sie. Er füllte sie mit allem von ihm, selbst als er dem Anspruch der Bindung nachgab. Ihrer Hitze. Der feuchten, zupackenden Umklammerung ihres Geschlechts und der süßen Berührung ihres erleichterten Seufzens in seinen Ohren.

Es war wild. Völlig schonungslos und ungezähmt und doch blendend perfekt. Wunderschön in seiner hedonistischen Einfachheit und fundamentalen Natur.

Ein Mann. Eine Frau. Perfekt vereint in der vitalsten Verbindung.

Er riss sie hoch, packte ihre Kehle mit seiner Hand und stieß nach oben, vergrub sich bis zum Anschlag in ihr. Sonnenlicht badete ihren Oberkörper, tauchte ihre Haut in einen goldenen Schimmer und hob ihre prallen Titten hervor, während sie hüpften und wackelten.

Sie ließ ihren Kopf gegen seine Schulter sinken und umfasste ihre Brüste. Hob sie an und neckte die harten Spitzen, als würde sie sie zu seinem Vergnügen anbieten. Ihre Augen öffneten sich, die Lider waren schwer vor Lust und Verlangen und das Grün ihrer Iriden wurde fast von ihren Pupillen verzehrt. „Bitte."

Alles.

Er würde ihr alles geben.

Er würde jede Bedrohung vernichten, jeden Feind besiegen. Er würde alles geben, bis sein Körper nicht mehr geben konnte.

Mit seinen Fingern, die feucht von ihrer Erregung waren, umkreiste er ihre Klitoris. Er neckte das feste Nervenbündel, bis ihre Pussy um seinen Schwanz zu zucken begann – dann gab er ihr den Druck, den sie brauchte.

Das Band pulsierte und ein tiefes, durchdringendes Gefühl durchzuckte sein Herz.

Ihr Rücken bog sich und sie schrie auf, als ihr Geschlecht um ihn herum zuckte. Es kam der Punkt, an dem er keine andere Wahl mehr hatte, als zu reagieren. Tief in sie zu gleiten und sie zu füllen. Sie mit seinem

Samen zu markieren und sie auf die älteste mögliche Weise an ihn zu binden. Sein Schwanz zuckte in ihr. Überschwemmte sie, während die glitschigen Muskeln ihres Geschlechts seine Erlösung melkten.

Vollkommen.

Seine.

Endlich.

Er lockerte seinen Griff um ihre Kehle, glitt mit seinen Lippen über das blühende Mal an ihrem Hals und sog die dringend benötigte Luft ein. Der kombinierte Duft von See, Wald und ihrer Erlösung hinterließ einen unauslöschlichen Eindruck in seiner Erinnerung. Wie passend, dass sie hier ihre Bindung besiegelt hatten, umgeben von Natur, an einem Ort, der dem Ort unheimlich ähnlich war, an dem er ihren Kuss zum ersten Mal geschmeckt hatte. An dem sie ihren langsamen und vorsichtigen Tanz begonnen hatten.

Doch die Tage der Vorsicht waren vorbei.

Sie kannte ihn jetzt. Sie hatte ihn nicht nur akzeptiert und sich für das Band zwischen ihnen geöffnet, sondern ihn eifrig willkommen geheißen. Sie war seiner Wildheit mit ihrem eigenen unerbittlichen Geist begegnet und hatte das erzwungen, was er zu zögerlich in Angriff genommen hatte.

Sie liebkoste seinen Hals und seufzte. „Du denkst zu viel nach."

Er lachte darüber. Seine Muskeln protestierten gegen die einfache Aktion, auch wenn die unbeschwerte Reaktion seine Gedanken zurück in die Gegenwart zwang. Zu ihrer schweißnassen Haut an seiner und den subtilen Wellenbewegungen ihrer Hüften an seinen, als sie ihren Weg zurück in die Realität fand. „Das ist normalerweise mein Satz."

„Ich denke, der heutige Tag beweist, dass du genauso zu viel nachgedacht hast wie ich."

Er begegnete ihrem zufriedenen Blick, während die in

der Ferne untergehende Sonne winzige Goldflecken in ihren ansonsten tiefgrünen Augen zum Vorschein brachte. „Ich hätte dir anvertrauen sollen, wer ich bin."

„Du hattest deine Gründe." Sie strich über sein Kinn und fuhr mit den Fingerspitzen auf diese nachdenkliche, liebevolle Art und Weise durch seinen Bart, nach der er sich immer mehr gesehnt hatte. „Aber ich liebe diesen Teil von dir, Tate. Ich liebe es, zu wissen, dass du einen Teil von mir an die Oberfläche ziehen kannst, den sonst niemand hervorholen kann. Den niemand außer dir jemals sehen wird." Sie hielt inne, als würde sie nach den richtigen Worten suchen. „Heute war ich im grundlegendsten Sinne des Wortes frei. Das hast *du* mir gegeben."

Frei.

Er hatte sich viele Möglichkeiten vorgestellt, wie sie das, was sie geteilt hatten, charakterisieren könnte. Das war nicht auf der Liste gewesen.

Aber es passte.

Er umfasste eine Seite ihres Gesichts und beanspruchte ihre Lippen. Schenkte ihr seinen Dank und seine Ehrerbietung für alles, was sie war, auf die beste Weise, die er kannte. Als er seinen Kopf hob, lag sie butterweich in seinen Armen, die Sonne küsste den Horizont und seine Bisswunde verfärbte sich zu einem kräftigen Purpur. Er neigte den Kopf darauf zu. „Du hast dein Zeichen zurückbekommen."

„Das habe ich." Sie richtete sich auf, ging auf alle viere, rollte sich dann anmutig auf den Rücken, legte die Knie auf eine Seite und streckte die Arme über den Kopf wie eine Waldnymphe, die der Hüter geschickt hatte, um ihn zu verführen. Ihr sexy Lächeln ließ seinen Kojoten vor Vergnügen schnauben. „Ich bin allerdings etwas enttäuscht."

So verspielt. Schwelgend in den letzten Sonnenstrahlen. Sich ihrer Sinnlichkeit bewusst und mit ihm spielend, als wäre sie dafür geboren worden. Er setzte sich auf seine Fersen und musterte sie, sein Schwanz bewegte sich bei dem Versprechen in ihrer Stimme. „Enttäuscht? Und hier sitze ich nun und dachte, du hättest bekommen, was du wolltest."

Ihr raues Lachen bewegte sich mühelos durch die Luft um sie herum, heißblütig und satt. „Nun, ich hatte eher auf mehr als einmal gehofft. Mindestens auf zweimal. Vielleicht mehr." Sie zog eine Augenbraue hoch und spreizte langsam ihre Beine, führte ihre Hand so dorthin, dass sie die Spitze ihres Venushügels neckte. „Vorausgesetzt, mein Jäger ist dazu bereit?"

Er richtete sich auf und stützte sich über sie, sein Körper summte und war bereit, weiterzumachen, obwohl er gerade gekommen war. „Ach *mihara*. Du hast keine Ahnung, wozu ich bereit bin, was dich betrifft."

KAPITEL 23

Perspektive war wirklich alles. Perspektive und Erfahrung. Es war kaum fünf Jahre her – nur ein paar Monate, nachdem Elise die Highschool abgeschlossen hatte –, dass sie in einem Laden ein Pärchen erspäht hatte. Das Mädchen hatte den Arm um ihren Freund gelegt, sich an ihn geschmiegt und lachte auf eine Weise, wegen der wohl einige gesagt hätten, sie stünde unter Drogen. Es war nicht die Zuneigung gewesen, die Elises Augen gefesselt hatte, sondern das markante Mal an ihrem Hals. Ein Knutschfleck, so hatte ihre Mutter es kichernd benannt, als Elise danach gefragt hatte.

Elise hatte solche Male für unreif gehalten. Für plump und grob.

Aber sie hatte nichts verstanden. Nicht einmal ein bisschen.

Sie drehte sich vor dem Cheval-Spiegel in der Ecke des Schlafzimmers und fuhr den blühenden blauen Fleck auf einer Pobacke nach. Es war einer von vieren. Und jeden von ihnen in ihrem nackten Spiegelbild zu sehen, erfüllte sie mit Stolz. Sie sprachen von Besitztum und den dunklen, köstlichen Erinnerungen, die damit einhergingen, wie sie sie verdient hatte.

„Du siehst sehr selbstzufrieden aus." Tate bewegte sich im Bett hinter ihr, das Gleiten seiner Haut über die frischen Laken erfüllte den ansonsten ruhigen Raum mit einem sinnlichen Geräusch. Durch den Winkel des Spiegels kamen sein muskulöser Oberkörper und seine gebräunte Haut auf den strahlend weißen Laken perfekt zur Geltung. Die maskulinen Knoten, die Priest in seine Haut tätowiert hatte, fügten einen animalischen Touch hinzu und erinnerten sie an den Jäger, den sie endlich kennengelernt hatte.

Sie drückte gerade fest genug auf die zarte Haut, dass

sich ein Echo des Schmerzes, den sie gespürt hatte, als er seine Zähne tief in ihr versenkt hatte, durch ihr Innerstes bahnte und ihre Atmung ins Stocken brachte.

„Ich habe jedes Recht, zufrieden zu sein. Ich habe mir diese Male verdient." Sie sah ihn an und trottete zum Bett. Das Wiegen ihrer Hüften wurde von der Idee angeheizt, die ihr durch den Kopf wanderte. Sie hielt seinem trägen Blick stand, als sie auf das Bett kroch. „Und ich habe jede Sekunde davon sehr genossen."

„Ich habe ein Monster erschaffen." Er umfasste ihre eine Gesichtshälfte und zog Elise für einen lasziven Kuss an sich. „Nicht, dass ich mich beschweren würde, versteh mich nicht falsch."

Sie lächelte gegen seinen Mund. „Ich bin kein Monster. Ich bin nur eine sehr hingebungsvolle Studentin." Sie wich gerade weit genug zurück, um ihm in die Augen sehen zu können. „Ich meine, ich bin vielleicht keine Expertin, was Gefährten betrifft, aber es liegt nahe, dass wir klug wären, wenn wir lernen würden, was den anderen antreibt."

Seine Augen wurden schmal. Entweder der verspielte Ton in ihrer Stimme oder das Grinsen in ihrem Gesicht machte ihn auf ihre hinterhältige Stimmung aufmerksam. „Du stellst ein Spielbuch zusammen, oder?"

„Eher eine Kurzanleitung. Weißt du ... Also, damit ich weiß, wie ich dich ablenken kann, wenn es nötig ist." Sie neigte ihren Kopf und biss sich auf die Unterlippe. „Oder wenn ich entscheide, dass ich mehr hübsche Verzierungen auf meiner Haut brauche."

Er legte seine Hand an ihren Hinterkopf, seine Fingerspitzen schlossen sich fester um ihren Schädel. „Ja? Und welche Knöpfe hast du entdeckt, um das zu bekommen, was du willst?"

„Nun ..." Sie strich mit den Fingerspitzen über ihren Namen direkt über seinem Herzen. „Laufen ist ein guter Einstieg. Das kann natürlich problematisch werden, wenn ich nicht genug Platz dazu habe. Zum Beispiel, wenn wir hier in der Hütte sind."

„Mmm." Er gab das wie ein Mann von sich, der sich mehr auf das konzentrierte, was sie tat, als auf das, was sie sagte. Genau das, was sie brauchte.

Sie beugte sich vor und drückte einen Kuss auf dieselbe Stelle. „Ich habe auch herausgefunden, dass du ein Wrestling-Fan bist und mich nie lange oben bleiben lässt."

Er ließ seine eine Hand in ihrem Haar, lachte und strich mit der anderen über ihre Wirbelsäule. „Du bist *jetzt* oben."

„Ja, aber du lässt mich nicht hier bleiben." Sie küsste und bahnte sich mit der Zunge einen Weg zu seinem Hals. „Dann ist da noch der Aufruhr, den ich ausgelöst habe, weil ich andere Männer erwähnt habe."

Er packte fester in ihr Haar und das Knurren seines Begleiters erfüllte die Hütte.

„Sachte." Sie strich mit ihren Fingerspitzen über sein Kinn und glitt mit ihren Lippen über seine. „Das war nur eine einmalige Sache, um dich aus Reserve zu locken."

„Clever. Ansonsten hätte ich deinen Hintern mit etwas anderem als meinen Zähnen markiert."

Ihr Geschlecht zog sich zusammen bei dem Bild, das seine Worte erzeugten, und das übermütige Luder, das sich fast ganztägig in ihrem Kopf niedergelassen hatte, notierte eine neue Aufgabe:

Memo an mich selbst – spiel die Eifersuchtskarte mindestens noch ein Mal aus.

„Noch etwas?", fragte er.

So verlockend es auch war, sich in einem langen, kopflosen Kuss zu verlieren, der zweifellos zu einem forschenden, verträumten Zwischenspiel führen würde, heute Morgen wollte sie ihren Jäger. Sie wollten einen letzten Geschmack von der Wildheit, bevor die Realität in ihre Welt eindringen würde. Sie zwang sich zu einem spekulativen Summen, um ihre hinterhältige Absicht zu verbergen, und strich mit ihrem Mund über die Kurve seiner Schulter. „Nun, da ist eine Idee, mit der ich spiele." Sie leckte und saugte einen trägen Pfad in Richtung der Rundung seines Halses. „Ich bin mir nicht sicher, ob ich die gewünschte Reaktion bekommen werde, aber ich denke, es wird sich für mich in jedem Fall als lohnend herausstellen."

„Ach ja?" Wieder hörte sie diesen zerstreuten Unterton in seiner Stimme, der deutlich zeigte, dass sie ihm sagen könnte, sie hätte sein ganzes Geld bei einem einzigen Einkaufsbummel ausgegeben, und es wäre ihm egal. „Und die wäre?"

Sie war verrückt, das zu tun. Soweit sie wusste, überschritt sie eine knallharte Alpha-Linie, die ihn komplett abtörnen oder ihr schneller ein Spanking einbringen könnte, als sie bereit dafür war.

Aber zum Teufel, was sollte es.

Sie war so weit gekommen.

Und sie konnte es immer heilen, wenn die Dinge nicht so liefen, wie sie es sich erhofft hatte.

Sie drückte einen anhaltenden Kuss auf seinen Hals. Auf denselben süßen Punkt, an dem er sie das erste Mal markiert hatte. „Ich bin gespannt, was passiert, wenn ich das mache."

Sie biss ihn.

Heftig.

Legte alles in diesen Kontakt, was sie hatte – alles, was sie all die anderen Male gefühlt hatte, als er ihr dasselbe angetan hatte.

Tates Rücken bog sich vom Bett und er grub seine Hände in ihr Haar. Sein tödliches Knurren erfüllte den Raum.

Und das war sie. Die letzte Sekunde, in der sie die Kontrolle hatte, bevor sie auf Händen und Knien war, ihr Gesicht auf die Matratze gedrückt und ihr Geschlecht ausgefüllt von Tates Schwanz.

Es war genau die Wildheit, die sie brauchte. Das ungezähmte Wunder, nach dem sie sich nicht nur gesehnt, sondern das sie auch willkommen geheißen hatte.

Nachdem er mit ihr fertig war, lagen die Bettdecken auf dem Boden, sie beide waren verschwitzt und außer Atem, und sie hatte nicht einen, sondern zwei neue Bisse – einen an jeder Kurve ihrer Hüfte.

Sie rollte sich auf die Seite und legte ihre Hand auf sein schlagendes Herz. „Ich nehme an, das ist ein Knopf, bei dem du nichts dagegen hast, wenn ich ihn drücke?"

„Sweetheart, du kannst mich verdammt noch mal beißen, wann immer du willst." Sie hätte schwören können, dass es sein Kojote war, der sie anlächelte. „Solange du bereit bist, das Doppelte von mir zurückzubekommen."

„Houston, wir haben ein Problem."

Die gesprochenen Worte von Tom Hanks aus dem Film *Apollo 13*, die aus ihrer Küche dröhnten, war das Letzte, was sie erwartet hatte.

Noch überraschender war, wie schnell Tate aus dem Bett schlüpfte und in die Richtung ging.

Derselbe Satz wiederholte sich und sie richtete sich auf. „Was ist das?"

„Priests Klingelton."

„Dein Klingelton für Priest ist ein Filmzitat?"

„Es ist angemessen." Er nahm seine Jeans von der Lehne eines Küchenstuhls und kramte sein Handy aus der Gesäßtasche. „Ich kann an einer Hand abzählen, wie oft er mich angerufen hat, und diese Anrufe bedeuten normalerweise, dass ich in Schwierigkeiten bin."

Er ließ seinen Daumen über den Bildschirm gleiten. „Was ist los?"

Tief in ihrem Inneren krächzte ihr Adler und plusterte

seine Federn auf. Ein unangenehmes warnendes Jucken prickelte unter ihrer Haut.

„Und du bist sicher?", fragte Tate. Sein Blick konzentrierte sich auf Elise, und zum ersten Mal, seit sie erfahren hatte, dass es möglich war, wurde ihr klar, wie praktisch es für die Zukunft sein könnte, das Gehör ihres Adlers zu nutzen. „Ja. Gib uns dreißig Minuten, dann sind wir da."

Er beendete das Gespräch, legte das Telefon auf den Tisch der Essecke und fing an, seine Jeans anzuziehen. „Wir müssen uns anziehen und zu Priests Haus gehen. Sabina hat sich mit einem Polizisten in Verbindung gesetzt, der an dem Tatort gearbeitet hat, an dem Jerriks Eltern getötet worden sind. Alek zieht Garrett und ein paar Schlüsselkrieger hinzu, und Naomi ruft die stärksten Seher zusammen, die wir haben." Er ging zum Bett, beugte sich vor und gab ihr einen innigen Kuss. „Zieh dich an, meine Hübsche. Priest möchte, dass alle Mann an Bord sind, um zu sehen, ob wir herausfinden können, was Draven vorhat."

Am Ende schafften sie die Fahrt in zwanzig Minuten. Katy traf sie beide an der Tür, zog Elise in eine schnelle Umarmung und winkte sie dann den Rest des Weges hinein. „Entschuldigt den Weckruf, aber Priest wollte seine Primos hier haben, bevor er mit allen spricht." Ihr Blick wanderte zu Tates Bissspur an ihrem Hals und sie grinste. „Trotzdem freue ich mich, dass der Plan aufgegangen ist."

Tate lachte, legte seinen Arm um Elises Schulter und zog sie fest an seine Seite. „Wenn das das Ergebnis deiner Einmischung ist, darfst du offiziell mit meiner Gefährtin Pläne schmieden, wann immer du willst."

„So gut, huh?" Als sie auf der anderen Seite von Elise durch den Eingang ging, beugte sich Katy vor und murmelte: „Übrigens, du schuldest mir etwas. Du hast keine Ahnung, wie hart ich arbeiten musste, um sicherzustellen, dass du und Tate die letzten beiden seid, die Priest herruft."

Dass sie die letzten beiden waren, die er gerufen hatte, stimmte sogar. Das Zimmer war bereits voll und eine gesteigerte, fast ängstliche Energie erfüllte den offenen Raum. Normalerweise bot der hintere Teil des Raumes einen außergewöhnlichen Blick auf den See, an diesem Morgen jedoch wurde die Landschaft von zwei dreifach gefalteten Schautafeln verdeckt, die auf langen Klapptischen aufgestellt waren. Fast alle waren davor versammelt, und jeder nahm sich Zeit, um die Bilder auf der einen Seite und eine Karte mit Stecknadeln auf der anderen Seite zu studieren.

„Woher stammen die denn?", fragte Elise.

„Sabina war fleißig." Katy dirigierte sie beide zur Tafel rechts. „Sie und Alek haben eine Menge Informationen gesammelt. Diese Bilder stammen vom Tatort, an dem Jerriks Eltern ermordet wurden. Es ist ein größtenteils leeres Lager, das seit über einem Jahr zum Verkauf oder zur Vermietung angeboten wird."

Elise blieb genau in der Mitte vor der Tafel stehen und tauchte in die Bilder ein. Dunkel, wie etwas aus einem Horrorfilm, mit nur ein paar verirrten Lichtsäulen, die schräg aus schlanken rechteckigen Fenstern hoch oben an einer Wand fielen. Die Blitze der Kameras leisteten jedoch mehr als gute Arbeit, indem sie die grausamen Symbole hervorhoben, die auf die alten Betonböden gemalt waren, und ein paar billige Kerzen, die komplett heruntergebrannt waren. „Ist das Blut?"

Katy nickte und zeigte auf ein weiteres Bild direkt neben dem, das Elise am längsten studiert hatte. „Dieses ist identisch, aber eigentlich ein anderer Satz Fotos. Tatortberichte besagen, dass ein Fotosatz mit dem Blut von Jerriks Vater in Verbindung gebracht werden kann und der andere zu dem seiner Mutter passt. Es gibt noch eine dritte Blutspur, aber die Bullen wissen nicht, wem sie gehört."

„Jerrik", sagte Elise.

„Das denken wir auch."

Hinter ihr tauschten ein paar der Krieger gedämpfte Kommentare aus, die sie nicht ganz verstehen konnte. Auf der anderen Seite von Tate drückte eine Seherin, an deren Namen sie sich nicht erinnern konnte, sanft ihre Fingerspitzen auf die Ecke eines Bildes und schloss die Augen.

„Hat jemand eine Idee? Etwas gesehen?", fragte Elise leise, um die Frau nicht zu stören.

„Noch nicht", sagte Katy. „Alek und Sabina arbeiten oben in Tates altem Zimmer an weiteren Details, die sie herunterbringen können. Priest dachte, er sollte ihnen Zeit geben, die Einzelheiten zu durchforsten, bevor wir uns zusammensetzen und mit dem Brainstorming beginnen."

Die Glasschiebetür, die zu der erhöhten Holzterrasse führte, öffnete sich und Priest schlenderte herein. Er trug nur eine weite schwarze Baumwollhose und um den Hals seine üblichen Anhänger an Lederschnüren. Trotz der vielen Menschen im Raum fiel sein Blick direkt auf Kateri, und die Intensität, die ihn erfasst hatte, ließ nur einen Bruchteil nach.

„Ah, Fuck", murmelte Tate mit der gleichen Angst, die ein Teenager an den Tag legen würde, wenn er nach der Sperrstunde festgenommen wurde. „Wie schlimm ist es?"

Kateri antwortete fast genauso leise, aber der Schmerz in ihrer Stimme war greifbar. „Schlimm genug. Das einzige Mal, dass er seit dem Treffen mit Sabina heute Morgen nicht in Panthergestalt war, war, als wir herumtelefoniert haben."

„Was hat es ausgelöst?"

„Die Bilder."

„Moment mal." Elise konzentrierte sich auf Kateri.

„Was stimmt nicht mit ihm?"

„Dravens dunkle Magie." Katy runzelte die Stirn und nickte in Richtung der Bilder. „In der Sekunde, in der Priest sie gesehen hat, hat sie ihren Kopf gehoben und hält seitdem nicht mehr die Klappe."

„Aber ich dachte, ihr beide hättet das im Griff."

„Wir haben nichts im Griff. Die Magie hat sich einfach entschieden, sich zu benehmen. Oder besser gesagt, sie hat sich entschieden, mich zu mögen. Aber als sie Dravens Werk sah und erkannte, beschloss sie, dass es an der Zeit war, aufzuwachen."

„Sie arbeitet gegen ihn", sagte Tate. „Wie ein wirklich schlimmer Fall von negativen, bösen Gedanken, und das die ganze Zeit."

„So war es früher", korrigierte Kateri. „Diesmal ist sie angepisst. Sie weiß, dass Draven mich beinahe umgebracht hätte. Die Bilder zu sehen, hat sie erwachen lassen, und nun will sie Rache."

„Also arbeitet Dravens Magie gegen ihn selbst?"

„So etwas in der Art."

Priest schlich hinter Kateri und schlang seine Arme um ihre Taille. „Du hast ihnen erzählt, was Sabina gefunden hat?"

Sie bedeckte seine Arme mit ihren Händen, ein liebevoller Kontakt, der ihn beruhigen und trösten sollte. „Das meiste." Sie drehte sich um, um auf die Karten und Pins, die in verschiedenen Orten der USA steckten, zu blicken. „Die habe ich noch nicht erklärt."

Elise wartete nicht auf eine Überleitung zu den Details, sondern glitt an einem Mann vorbei, den sie noch nicht getroffen hatte, den sie aber an seiner leuchtend roten Aura als Krieger erkannte. Vor der Karte blieb sie stehen. Die Anzahl der roten Stecknadeln, die die verschiedenen Orte markierten, war nicht gerade riesig, aber sie waren bemerkenswert weiträumig verteilt, und alle befanden sich in der Nähe natürlicher Lebensräume. Sie scannte alle, von einem kleinen State Park außerhalb von Austin, Texas, bis hin zum Roosevelt National Park in North Dakota. „Was bedeuten die Markierungen?"

„Das Team, das den Fall in Blacksburg bearbeitet, hat in anderen Fällen Erwähnungen ähnlicher Symbole gefunden, die ebenfalls mit Blut gezeichnet wurden." Priest deutete auf die Pins. „Eins führte zum anderen, und das sind die anderen Fälle, die dazu passen."

„Er ist also schon eine Weile am Werk", sagte Tate. „Auf keinen Fall hat er all diese Orte in den letzten Monaten aufgesucht."

„Und wen hat er dabei noch in Besitz genommen oder getötet?", fügte Katy hinzu.

Elise neigte ihren Kopf zur Seite. Ein Gedanke, der sich noch nicht ganz herauskristallisieren wollte, erschien in ihrem Kopf und wurde wieder unscharf. Die Verteilung war beträchtlich, aber sah auch nicht zufällig aus. Es steckte eher ein Design dahinter. Eine nur zum Teil fertige Form.

Sie trat einen Schritt zurück. Dann einen weiteren.

„Elise?" Tates Stimme war direkt neben ihr, seine Anwesenheit wirkte wie ein Anker inmitten eines schnell aufziehenden Sturms.

Hinter ihrem Brustbein schien ihr Adler um die Befreiung zu kämpfen. Entweder das oder er versuchte, sie vor etwas zu warnen.

Nicht warnen.

Sehen.

Ihr Adlerblick. Er war zehnmal besser als ihr eigener. Ein Geschenk der Natur von der Hüterin.

Sobald der Gedanke durch ihren Kopf schwebte, verfestigte sich das Muster – zwei Kreise. Unten ein großer und oben ein kleiner. Das Kreuz war auch da. „Er vollzieht einen Ritus."

Das Geplauder im Raum verstummte im Nu.

Tates Hitze drückte sich gegen ihren Rücken und seine Hände ruhten fest auf ihren Hüften. „Woher weißt du das?"

„Das Symbol." Sie riss ihren Blick von den Pins los und begegnete Priests Augen, die angespannt wirkten. „Das, von dem ich dir erzählt habe. Es ist genau da. Es fehlen ein paar Stellen, aber es ist das gleiche. Er führt ein Ritual durch."

Priest wandte sich der Karte zu, studierte sie ganze zehn Sekunden lang, runzelte dann die Stirn und sah sie an. „Du hast es aber nur neben den Ritualen aufgelistet gesehen. Nie im Ritual selbst, richtig?"

Vielleicht. Vielleicht auch nicht. Sie hatte in den letzten zehn Tagen mehr mit dem Studium dieses Tagebuchs verbracht, als sie während ihrer ganzen Zeit auf dem College gelernt hatte.

Wiederbelebung.

Für eine Kreatur, der es an menschlichem Vokabular mangelte, hatte ihr Vogel ein bemerkenswertes Gedächtnis und eine beeindruckende Kommunikationsfähigkeit. Aber er hatte recht. Es gab ein Ritual – eines der zuletzt aufgeführten –, das sich auf die Wiederherstellung einer physischen Form konzentrierte. „Hat jemand Draven tatsächlich gesehen? So, wie er früher war?"

Kateri schüttelte den Kopf und warf Priest einen langen Blick zu. „Ich habe ihn nur als Jerrik und als Jerriks Eule gesehen." Sie runzelte die Stirn. „Aber da war für eine Sekunde eine dunkle Wolke. Ich habe meine Magie danach geworfen und sie zerstreute sich wie Asche."

„Er hat keinen Körper." Naomis gedämpfte Stimme durchbrach die Stille hinter ihnen. Ihr Blick war in die Ferne gerichtet. Unkonzentriert. Aber die Klarheit, die in ihrem Kopf aufblitzte, stand außer Frage. Eine Sekunde später wurde ihr Blick schärfer und sie suchte den Raum ab, wobei ihr uneingeschränkter Fokus auf Elise landete. „Er will seinen eigenen Körper, und er benutzt seine Volán-Opfer, um ihn zurückzubringen."

KAPITEL 24

Dunkel, feucht und deprimierend. So wirkte das isoliert stehende Lagerhaus außerhalb von Rapid City in South Dakota, das Naomi in ihrer Vision gesehen hatte und von dem alle hofften, dass dort der finale Showdown mit Draven stattfinden würde. Wenn es nach Elise ging, hätte es auch gut als Kulisse für einen schlechten Horrorfilm dienen können. Von den freigelegten und verwitterten Holzbalken an den Decken und den schmalen, trüben Fenstern hoch oben in jeder Metallwand bis hin zu dem schmutzigen Betonboden, der mit weggeworfenem Verpackungsmaterial übersät war, war der Ort so düster, wie er nur sein konnte. Vor allem im Vergleich zur Schönheit und Erhabenheit des Black Hills National Forest in South Dakota, der nur wenige Kilometer entfernt war.

Sie hatten fünf Tage für die Planung, Vorbereitung und Reise gebraucht – zwei davon verbrachten sie damit, in einem kunterbunten Wohnwagen zu fahren, weil die Logistik für eine Gruppe von fünfzehn Personen auf dem Luftweg zu mühselig gewesen wäre. Außerdem hatten sie sich mit Priests dunklerer Hälfte auseinandersetzen müssen. So aufgewühlt, wie die Dunkelheit in ihm geworden war, wäre das Fliegen ein Risiko von albtraumhaften Ausmaßen gewesen.

Katy und Sabina standen schweigend in den tiefer werdenden Schatten zu beiden Seiten von ihr, zwei beträchtliche Kistenstapel verbargen sie und die vier Wachen um sie herum, während Priest, Alek und Tate den Rest des Gebäudes nach Anzeichen von Aktivität absuchten. Nur ein Hauch von Sonnenlicht färbte draußen noch den Himmel.

„Glaubst du, Jade geht es gut?", flüsterte Sabina.

Das war zu bezweifeln. Sie war wütend gewesen, als Priest sich kurz vor der langen Fahrt umentschieden hatte. Er hatte darauf bestanden, dass sie zu Hause blieb, und kein Betteln oder direktes Fordern von ihr oder jemand anderem hatte ihn dazu gebracht, seine Meinung zu ändern.

„Ich denke, sie wird das Priest noch lange, nachdem das hier vorbei ist, nachtragen." Die resolute Entschlossenheit auf Priests Gesicht, während er ihr die Neuigkeiten mitgeteilt hatte, spiegelte sich noch einmal in Elises Erinnerung wider und kitzelte eine verschwommene Erkenntnis, die nicht ganz klar wurde. „Ich verstehe immer noch nicht, warum er seine Meinung geändert hat."

Eine Stille überkam Katy. Ihr Atem stockte, bevor sie einen Blick auf Naomi warf, die sechs Meter entfernt im Schneidersitz auf einer breiten Kiste saß und die Augen geschlossen hatte. Bereit. Offen. Sie wartete auf weitere Anweisungen vom Hüter.

Katy holte leise Luft. „Priest hat nicht viel gesagt, aber ich bin mir ziemlich sicher, dass Naomi etwas gesehen hat. Wenn dieses Etwas mit Jade zu tun hat, überrascht es mich nicht, dass wir es ihm nicht ausreden konnten. Ehrlich gesagt, wenn es bedeutet, sie oder irgendjemand anderen zu schützen, kann ich mit ihrem Schmollen umgehen."

Der Wechsel, bei dem Naomi Jades Platz eingenommen hatte.

Garrett, der Naomis Seite kaum verließ, und die beiden zusätzlichen Wachen, die ihnen überallhin folgten.

Auf einen Angriff gefasst.

Ja, die Schlussfolgerung ergab absolut Sinn. Es erklärte auch, warum Katy und Alek heute Nacht so angespannt gewesen waren, als sie das Hotel verließen. Zu wissen, dass die eigene Großmutter sich bereitwillig in Gefahr begab, konnte keine leicht zu schluckende Pille sein.

„Aber wenn sie etwas gesehen hat, weiß sie, wonach sie suchen muss, oder? Wie sie kontern kann?"

„Ich glaube nicht, dass das so funktioniert", sagte Sabina. „Nach dem, was Naomi und Jade mir bisher beigebracht haben, sind Visionen eher Hinweise. Schnipsel, die als Wegweiser oder Omen verwendet werden können. Etwas zu Konkretes zu zeigen, verstößt gegen den freien Willen und den Kreislauf des Schicksals. Die einzigen Unterschiede zwischen dem, was Sehern angeboten wird, und dem, was allen anderen täglich gegeben wird, sind der visuelle Aspekt und die Stärke, mit der sie geliefert werden."

Hinter ihnen ertönte ein leises Rascheln. Das subtile Knirschen von losem Schmutz auf dem Betonboden.

Sowohl Katy als auch Sabina drehten sich um, um zu sehen, woher es kam, aber Elise wusste, was es verursacht hatte. Oder besser gesagt, wer. Sie war sich Vanessas Anwesenheit während der gesamten Reise nur allzu bewusst gewesen. Ebenso der hartnäckigen Distanz, die sie zu allen gehalten hatte, außer zu ein paar Kriegern, die noch nicht verbunden waren. Elise hatte mehr als einmal versucht, die Reserviertheit mit höflichen Gesprächen zu überbrücken, war aber auf nichts als steinernes Schweigen gestoßen. Als ob Vanessa sich nicht entscheiden könnte, ob sie ihr den Hals umdrehen sollte, weil sie es gewagt hatte, sie anzusprechen, oder ob sie einfach keine anständige Antwort finden könnte und sich deshalb dafür entschieden hätte, den Mund zu halten.

„Ich bin überrascht, dass du sie mitgenommen hast", murmelte Katy und richtete ihre Aufmerksamkeit wieder auf den offenen Raum dahinter.

Elise hatte wirklich einen außergewöhnlichen Job erledigt, indem sie öffentlich ein unparteiisches Verhalten gezeigt hatte. Vor allem, wenn man bedachte, dass sie nicht nur wusste, wie Vanessa Elise vor dem Clan behandelt hatte, sondern auch, was Elise am Abend ihrer Feier gehört hatte. Privat war das eine ganz andere Sache.

Dasselbe galt für Sabina, obwohl ihre Art, Elise Unterstützung zu zeigen, normalerweise stiller und mit einem bösen Blick unterlegt war. Dieser besagte, dass sie kein Problem damit hatte, Guerilla-Taktiken einzusetzen, um das Missverhältnis auszugleichen, wenn noch mehr hinterhältiger Mist passierte. „Es ist ein gutes Manöver für die Prima der Heiler. Es zeigt dem Clan, dass Elise ihre persönlichen Gefühle nicht in die Quere kommen, wenn sie Entscheidungen trifft."

Das war ein Teil davon. Ein weiterer Faktor war, dass Meara nicht inmitten von einem ausgewachsenen Kampf stehen sollte, und Vanessa war die nächstbeste Option. Das Hauptargument war jedoch viel eigennütziger. Nämlich, dass sie absolut darauf vertraute, dass Vanessa Tate nach besten Kräften heilen würde, falls ihm etwas zustoßen sollte, nur um Elise eins auszuwischen.

Ich bin entbehrlich. Du bist es nicht.

Tate hatte ihr das Mantra regelrecht in den Kopf gehämmert, und zwar von dem Moment an, als Naomi ihre volle Vision offenbart hatte, bis kurz bevor sie heute Abend das Hotel verlassen hatte. Logisch betrachtet, verstand Elise es. Sie begriff absolut die Wichtigkeit ihrer Position innerhalb des Clans und was es für die Erdmagie bedeuten könnte, wenn sie, Priest und die anderen Primos die nächsten Stunden nicht überlebten. Aber das hieß nicht, dass es ihr gefallen musste oder dass sie nicht alles in ihrer Macht Stehende tun würde, um dafür zu sorgen, dass Tate in Sicherheit war.

Auch wenn es bedeutete, sich in diesem Fall auf Vanessa verlassen zu müssen.

Zwei Schatten bewegten sich zu beiden Seiten des Gebäudes und schärften ihre Aufmerksamkeit.

Nein, keine Schatten. Ein Kojote und ein Wolf, deren hellere Farbe in der Dunkelheit des Raums gedämpft wurde.

Das dritte Tier machte sich nur Sekunden, bevor es über ihnen war, bemerkbar und Priests gewaltiger Panther verschwand vollständig in der Schwärze. Er verwandelte sich nur einen Meter vor ihnen. Die übliche silberne Lichtflut, die mit dem Übergang einherging, fehlte auf unheimliche Weise und ließ es so aussehen, als wäre Priest aus dem Nichts aufgetaucht.

Tates Hände legten sich eine Sekunde später auf ihre Hüften, sein erdiger Duft und seine köstliche Wärme linderten die unangenehme Kälte, die ihre Haut bedeckt hatte.

Alek materialisierte sich direkt hinter Sabina. „Alles okay. Niemand ist im Gebäude, aber dies ist definitiv der Ort, den er nutzen möchte." Er nickte zum äußersten Rand des Gebäudes. „Er hat einen großen Vorrat an Seilen, Kerzen und das Messer, das Naomi beschrieben hat, hinter der Kiste bereit liegen."

Das letzte Ritual.

Während die Hüterin zuvor mit ihren Visionen sparsam gewesen war, hatte sie dieses Mal weit mehr gegeben. Sie hatten noch daran arbeiten müssen. Die Mondphasen studieren müssen, um den richtigen Zeitpunkt herauszufinden, und eine Menge Lagerhäuser in der unmittelbaren Umgebung durchsuchen müssen, um das eine mit dem korrekten Schild vorn zu finden, aber sie hatten es geschafft.

Jetzt lag es an Elise. An ihrem Vertrauen darauf, dass sie die Informationen aus dem uralten Tagebuch richtig interpretiert hatte.

Tate musste ihre Besorgnis gespürt haben, denn er schlang beide Arme um ihre Taille und zog sie eng an sich. „Es wird funktionieren."

Direkt vor ihr begegnete Priest ihrem Blick. Zuversichtlich. Unerschrocken. „Was du gerade fühlst – lass es los. Die Hüterin hat dir deine Instinkte aus einem bestimmten Grund gegeben. Sie lagen richtig bei Sabina und sie werden es auch diesmal tun. Vertraue ihnen. Der Rest von uns tut das bereits."

Es war einfach für ihn, das zu sagen. Er war nicht derjenige, der sich gegen das Feedback der anderen gewehrt hatte, die die im Tagebuch skizzierten Rituale studiert hatten, und auf einem mit weitaus weniger Details bestanden hatte.

Urteil durch Blut.

Selbst wenn sie jetzt an das Ritual dachte, summte ihr Körper mit einer Gewissheit, die sie ein wenig schwindelig werden ließ. Ihr logischer Verstand hatte jedoch andere Ideen und mindestens ein halbes Dutzend Argumente dafür, weshalb sie weitere, offensichtlichere Optionen hätte wählen sollen. „Ich verstehe immer noch nicht, warum ich denke, dass dies das richtige ist."

„Instinkte müssen nicht verstanden werden", sagte Priest. „Sie sollen verfolgt werden." Er sah Kateri an und seine straffe Haltung entspannte sich ein wenig. „Du weißt, was zu tun ist?"

„Ablenken, ablenken und noch mehr ablenken. Am liebsten mit viel feuriger, explosiver Magie, die ihn aus der Fassung bringt."

Priest umfasste die Seite ihres Gesichts. „Du hast meinen Bruder kennengelernt, *mihara.* Unterschätze nicht, wozu er fähig ist."

„Oh, ich unterschätze ihn nicht. Ich bin einfach bereit, ihm etwas von seiner eigenen Medizin zu geben, und werde es genießen, wenn ich das tue."

„Dem schließe ich mich an", sagte Alek.

Er schüttelte den Kopf und Priests Mund verzog sich zu einem schiefen Lächeln ... Bis sein Blick auf Naomi ruhte, die immer noch still und bewegungslos dasaß. Sein Gesichtsausdruck wurde nüchtern. „Gebt mir eine Minute." Damit drückte er Kateris Schulter und schlenderte auf Naomi zu.

„Was auch immer sie weiß, ich habe das Gefühl, dass es uns nicht gefallen wird", vermutete Sabina.

„Mir gefällt es jetzt schon nicht", erwiderte Alek.

Katy senkte ihre Stimme wieder zu einem Flüstern. „Hat sie dir etwas erzählt?"

„Nichts, aber du kennst Nanna. Wenn sie sich etwas in den Kopf gesetzt hat, ist sie nicht davon abzubringen. Und sie ist in dieser Hinsicht schweigsamer als in Bezug auf unsere Herkunft, also weißt du, dass es schlecht sein muss."

Als ob Aleks Worte nicht ausreichen würden, um das zu bestätigen, machte auch Priests Handeln es deutlich. Die feierliche Art, wie er mit Naomi sprach, wie er ehrfürchtig beide Seiten ihres Gesichts umfasste und mit seiner Stirn die ihre berührte.

„Garrett wird nicht zulassen, dass ihr etwas passiert", sagte Tate. „Er wird sie beschützen."

Alek starrte seine Großmutter an. Die Augen seines Wolfs waren extrem fokussiert. „Vielleicht vor Draven, aber ich bin mir nicht sicher, ob er weiß, wie er sie vor sich selbst schützen kann."

„Was glaubst du, was sie vorhat?"

„Keine Ahnung." Alek erwiderte seinen Blick. „Aber bei ihr weiß man das nie genau. Sie ist die mutigste Frau, die ich kenne."

Priest trat von Naomi weg und winkte Vanessa und ihre Wachen nach vorn. Sobald er sprechen konnte, ohne seine Stimme zu erheben, senkte er den Kopf in Richtung der offenen Mitte des Lagerhauses. „Naomi sagt, es ist bald so weit. Elise, zeig allen, was zu tun ist. Vanessa, du bist immer hinter dieser Linie, es sei denn, jemand geht zu Boden." Er sah zu den drei Männern um sie herum. „Ihr beschützt sie."

Jeder von ihnen nickte.

Der Rest von ihnen kam hinter den hoch aufragenden Kisten hervor.

Es war alles derselbe Raum, aber hinter der behelfsmäßigen Mauer und den Schutzzaubern hervorzukommen, die Priest errichtet hatte, ließ den Moment irgendwie ergreifender erscheinen. Als ob sie, indem sie in Sichtweite traten, ihre Erklärung abgaben und vor einem Wendepunkt in ihrem Schicksal stünden. Die Luft fühlte sich ebenfalls an, als würde sie stillstehen. Dick und voller Energie, wie die unheimliche Ruhe vor einem heftigen Sturm.

Elise blieb am südlichen Punkt stehen. „Sabina, jetzt du." Sie wandte sich Sabina zu, öffnete die quer über ihren Oberkörper geschlungene Kuriertasche und zog mit zitternden Fingern die schmale, mit vernarbtem schwarzen Leder überzogene Kiste heraus. Sie ging in die Hocke und bedeutete Sabina, dasselbe zu tun. „Gib mir deine Hand."

Sabina warf einen Blick auf alle, die sich um sie versammelt hatten, und dann wieder auf die Tür, durch die sie vor über einer Stunde hereingekommen waren. Schließlich kniete sie sich vor Elise und streckte ihre Hand mit der Handfläche nach oben aus. „Habe ich schon erwähnt, dass ich diesen Teil nicht mag?"

Überraschenderweise war es Alek, der sich um moralische Unterstützung bemühte, indem er sich neben sie auf ein Knie sinken ließ und ihre Hand mit einem festen Griff um ihr Handgelenk stützte. „Der Dolch ist scharf. Scharf genug, dass du den Schnitt nicht spüren wirst. Nur das Brennen danach, und das geht vorbei."

Sie zog eine Augenbraue hoch, als ob sie ihn entweder für verrückt hielt oder widersprechen wollte.

Elise nutzte die Ablenkung und schnitt schnell und tief in die zarte Stelle an der Rückseite ihres Unterarms.

Sabinas Zischen hallte durch das Gebäude, man musste ihr aber zugutehalten, dass sie weitgehend still hielt und nur kurz zusammenzuckte, als ihr rotes Blut auf den schmutzigen Boden tropfte.

„Das Blut eines Verlorenen, gegeben, um den Angeklagten festzuhalten." Elise hatte keine Ahnung, wie laut sie ihre Worte aussprechen sollte, aber der Moment schien mehr nach Feierlichkeit als nach Prunk zu verlangen. Also entschied sie sich dafür, mit dem fortzufahren, was sich wie ein Gebet auf ihren Lippen anfühlte. Mit Sabinas Blut und ihren Fingern malte sie das Zeichen der Seherin auf den Beton. Birnenförmig mit einem langen Stiel und einem sich überkreuzenden Muster, das sich durch alles zog.

Elise stand auf und trat zurück.

Alek half Sabina auf die Beine und winkte sie und ihre drei Wachen hinter die Kisten zurück. „Beschützt sie, bis Priest und Katy Draven eingekesselt haben, und bringt sie dann raus."

Anschließend wiederholten sie das Muster, einmal für Alek im Westen und einmal, um ihr eigenes Symbol mit Blut ihm gegenüber im Osten zu markieren. Als sie fertig war, erhob sie sich und beäugte die freigelassene Stelle für Jerrik an der Nordspitze. „Ich bin mir immer noch nicht sicher, ob das funktionieren wird, wenn wir die Ecken in der falschen Reihenfolge markieren."

Tate zog sie herum und drängte sie zurück hinter die Kisten. „Wir haben in der Gruppe darüber gesprochen. Du hast allen gesagt, worüber du dir Sorgen machst, und wir haben uns gemeinsam entschieden, deinem Bauchgefühl zu folgen. Jetzt lass es los."

Elise hätte widersprechen können, aber die intensive Aufmerksamkeit, die Vanessa auf die beiden gerichtet hatte, zerstreute jede Erwiderung. Vanessa hatte ihren Kopf leicht zur Seite geneigt, ihre Brauen bildeten ein scharfes V und ihre Augen waren auf eine Weise verengt, die darauf hindeutete, dass eine ganze Reihe neuer Informationen auf einmal auf sie eindrangen. Sie zu ignorieren und Abstand zu halten, war angesichts der Umstände wahrscheinlich der klügere Schachzug. Das

Letzte, was einer von ihnen im Moment brauchte, war Ablenkung. Doch ihr Bauchgefühl sagte ihr, sie sollte es noch einmal versuchen, um zu sehen, ob sie wenigstens damit anfangen konnte, die Brücke zwischen ihnen zu reparieren. Selbst wenn sich herausstellte, dass ihre Verbindung nichts weiter war als etwas, was ihrem Clan zugutekam.

Sie bog von dem Kurs ab, den Tate ihnen vorgegeben hatte, und blieb vor ihr stehen. „Bist du in Ordnung?"

Vanessas Augen weiteten sich, und sie blickte zwischen Elise und Tate hin und her, als hätte sie ihre Annäherung nicht einmal bemerkt. „Ich?" Sie blinzelte ein paarmal und schüttelte den Kopf, als wollte sie ihn klären. „Es geht mir gut."

Keine Bitterkeit.

Nur Verwirrung.

Nicht gerade die Reaktion, auf die Elise gehofft hatte, aber es war besser als das, was sie bisher bekommen hatte. Elise nickte den Wachen um sie herum zu. „Sie werden dich beschützen. Hör einfach auf das, was sie dir sagen, und gib dein Bestes. Ich hoffe jedoch, dass keiner von uns etwas zu tun bekommt."

Vanessa senkte den Kopf, die Bestätigung und Zustimmung so knapp, dass Elise vermutete, sie bemerkte nicht einmal, dass sie sie gegeben hatte.

Anstatt wie zuvor einen sicheren Abstand zwischen ihnen zu schaffen, drehte sich Elise um und spähte auf die freie Fläche auf der anderen Seite der Kisten. Tate bewegte sich leicht zur Seite und hinter sie, seine Hitze und seine besitzergreifende Hand an der Kurve ihrer Hüfte ein stummes Zeichen der Unterstützung.

„Du hast mich wegen ihm mitgenommen, nicht wahr?", fragte Vanessa. Es gab keine Möglichkeit, ihre Stimme so weit zu dämpfen, dass Tate sie nicht hören konnte, aber sie murmelte trotzdem und hielt ihren Blick geradeaus gerichtet. „Nicht, weil du es wolltest, sondern weil du jemanden haben wolltest, der auf ihn aufpasst."

Sie könnte lügen. Nicht zuletzt würde der Hinweis auf Vanessas Stärke als Heilerin ihrem Ziel eines friedlichen Zusammenlebens zweifellos dienen. Aber Lügen hatte noch nie geholfen. Sie verzögerten nur das Unvermeidliche. „Ich muss darauf vorbereitet sein, den Primos und Priest zu helfen. Ich wusste, dass du alles geben würdest, was du hast, und sei es nur, um zu beweisen, dass du es kannst. Nicht nur für ihn, sondern für alle."

Schweigen breitete sich zwischen ihnen aus, unterbrochen nur vom gleichmäßigen Ein- und Ausatmen derer, die in ihrer Nähe standen.

„Du liebst ihn", sagte Vanessa, ihre Stimme belegt mit der schweren Erkenntnis, die Elise auf ihrem Gesicht gesehen hatte. „Und er liebt dich."

Liebe.

Die Dinge hatten sich so schnell entwickelt. So natürlich, dass sie nicht wirklich angehalten hatte, um zu versuchen, sie mit einem Etikett zu versehen. Von dem Tag an, als sie ihn erstmals gesehen hatte, war alles zwischen ihnen einfach gewesen. Ein Licht war in einem Raum angegangen, der jahrelang leer gestanden hatte, und eine ganze Reihe neuer Emotionen waren freigesetzt worden.

„Er ist mein Gefährte. Ich bin mir nicht sicher, ob Liebe ein angemessenes Wort ist, um zu beschreiben, was zwischen uns besteht, aber eines Tages wirst du es wissen. Du wirst es fühlen und du wirst es verstehen."

Ein leises Dröhnen ertönte hinter den Metallwänden des Lagerhauses, der Motor eines Autos, das sich näherte.

„Es tut mir leid", flüsterte Vanessa. Nicht mehr. Nicht weniger. Aber die Intention dahinter war ehrlich.

Tate spannte sich neben ihr an. Zweifellos wollte er ihr ihre Entschuldigung ins Gesicht reiben und sie daran erinnern, was für eine Schlampe sie gewesen war.

Aber Bitterkeit brachte nur noch mehr Bitterkeit und davon hatten sie schon genug. „Was du gerade fühlst … Wenn du mit dieser Einstellung heilst, nutze es und lass es dich verändern … Dein Leben wird so viel anders sein." Sie drehte sich weit genug um, um Vanessas Blick zu treffen. „Ich hoffe, du kannst es, weil ich jemanden brauche, der mir hilft. Jemanden, der unsere Geheimnisse hütet und beschützt."

Ihr Blick schoss zu Tate und dann zurück zu Elise, während sie offensichtlich realisierte, auf welche Position sich Elise bezog. „Warum solltest du mich auswählen?"

„Habe ich noch nicht. Ich sage nur, ich denke, du hättest das Potenzial dazu. Wie du deine Entscheidungen davon leiten lässt, liegt ganz bei dir."

Das Dröhnen wurde lauter, wurde kurz hinter den Mauern leiser und hörte dann auf.

Das sanfte warnende Schnauben von Priests Panther erfüllte das Lagerhaus und der Raum wurde unheimlich still.

Eine Autotür schlug zu.

Dann eine andere.

Schwere Schritte knirschten auf grobem Kies, und die schwere Metalltür am äußersten Ende des Gebäudes öffnete sich mit einem quietschenden Ächzen. Jerrik marschierte eine Sekunde später hindurch, einen Körper über die Schultern geworfen und sein Gang gemessen und gewichtig, als wäre sein Ziel nicht sein eigenes.

Aber das ergab ja auch Sinn. Jerrik hatte wahrscheinlich wenig Freiheit von Dravens Anwesenheit gehabt, wenn überhaupt. Zumindest abgesehen von Dravens Versuch, Priests Körper an dem Tag zu übernehmen, an dem er mit Katy und Alek gekommen war, um Elise ihr Erbe zu offenbaren.

Und darin lag das größte Risiko von allen. Es war fast

drei Monate her, seit Jerriks Eltern in Blacksburg ermordet aufgefunden worden waren. Niemand hatte eine Ahnung, welche Auswirkungen es auf Jerriks Psyche haben würde, dass er Dravens dunkler Magie so lange ausgesetzt war.

Fast in der Mitte des Raums blieb Jerrik stehen, suchte die Umgebung ab und schien die Luft zu wittern.

Tate spannte sich neben ihr an, und die prickelnde Energie, die sie zum ersten Mal an dem Tag gespürt hatte, als sie ihren Namen über sein Herz tätowiert hatte, überflutete sie mit einer warmen, sich kräuselnden Welle.

Seine Magie.

Sie beschützte sie, hüllte sie in Wärme und Geborgenheit, selbst, während er sich auf das Schlimmste vorbereitete.

Langsamer als zuvor beendete Jerrik seine Wanderung in die Mitte des Raums und schleuderte den Körper von seiner Schulter. Er fing den Kopf der Person auf, kurz bevor er den Beton berührte, und jede Bewegung, während er den Körper drapierte, wirkte steif. Müde und gezwungen. Als würde unter der Oberfläche ein Kampf um die Kontrolle toben.

Jerrik richtete sich ruckartig auf und wirbelte zum hinteren Teil des Raums herum. Sofort sprühte die Luft um sie herum vor Energie. Eine unangenehme elektrische Ladung, die vor Gefahren warnte.

Priest schlich aus der Dunkelheit. Nur mit weiten schwarzen Hosen bekleidet, strahlte er absolute Kriegsbereitschaft aus. Seine mystischen grauen Augen glühten vor Entschlossenheit. Seine Muskeln waren angespannt und die uralten Markierungen entlang seines Schlüsselbeins, seiner Schultern und Arme pulsierten mit einer leuchtenden Macht, die sie noch nie zuvor gesehen hatte. „Ein weiteres Leben, das du deiner wachsenden Zahl hinzufügen kannst? Wie viele hast du jetzt genommen? Weißt du das überhaupt?"

Das böse Lachen, das aus Jerriks Körper kam, war völlig falsch. Es klang tief und verzerrt von einer Bösartigkeit, die eine Gänsehaut auf Elises Armen hervorrief. „Ich bin nicht so vom Gewissen geplagt wie du, Bruder. Das ist dein Untergang, nicht meiner."

Tate drückte ihre Hüfte, ein stiller Schubs, um sie zu ihrer ersten und wichtigsten Aufgabe anzuspornen.

Sie wollte die Augen schließen, die Worte mit all ihren Heilergaben füttern, aber mit Dravens feindseligem Geist, der an Intensität zunahm, wagte sie es nicht. „Der Körper ist heilig. Ein Geschenk des Schöpfers, der einer Seele gegeben wird."

Jerrik drehte sich von einer Seite zur anderen und suchte die Kisten nach der Quelle ihrer Stimme ab.

Er würde sie nicht finden. Nicht ohne erhebliche Arbeit. Kateri und Priest hatten zu viel Zeit auf die Schutzzauber verwendet, die sie verbargen, und in ein paar Sekunden würde er alle Hände voll damit zu tun haben, sich zu konzentrieren.

Elise fokussierte sich auf Jerriks Gesicht und ließ alles, was sie hatte, in ihre Worte fließen. „Dein Geist gehört nicht hierher. Er hat keine Rechte. Keinen Platz innerhalb des physischen Zufluchtsorts, den er beschlagnahmt hat."

Mit einem Brüllen, das von den Metallwänden widerhallte, schlug Jerrik zu und entfesselte ein tiefes amethystfarbenes Energiebündel von der Größe einer Bowlingkugel, das in die Kisten entlang einer Wand einschlug.

Tate trat vor sie und murmelte: „Mach weiter."

Ihr Herz hämmerte und ihre Lungen protestierten wegen des Rauchgestanks und Dravens hässlicher Magie. „Durch die Kraft, die der Hüter gibt, bist du verbannt. Gezwungen, den Körper, den du genommen hast, aufzugeben und dich zu präsentieren. Gib deinen Halt auf.

Forme dein wahres Selbst."

Jerrik drehte sich um. „Wo ist die kleine Schlampe? Ich werde auch sie töten."

„Du müsstest erst an mir vorbei", sagte Priest.

„Und an mir." Katy schlenderte hinter den Kisten hervor, die denen gegenüber standen, die Draven bei seinem Angriff zerstört hatte. Allem Anschein nach war sie der Inbegriff lässigen Selbstvertrauens. „Und ich habe so viele neue Dinge gelernt, seit wir uns das letzte Mal getroffen haben."

Jerrik schlug zu und schleuderte einen weiteren Blitz direkt auf Katys Kopf.

Sie wich aus und traf mit ihrem eigenen, Priest fügte einen weiteren hinzu, der in nahezu perfektem Timing aus der anderen Richtung einschlug.

Und dann ging es los. Magische Kriegsführung von erstaunlichem Ausmaß. Blitzende Lichter. Körper, die sich mit übernatürlicher Geschwindigkeit bewegten. Grunzen und Stöhnen, wenn Schläge trafen, und das Splittern und Krachen von Holz, wenn andere es nicht taten.

Tate trat einen Schritt zurück und drückte seinen Rücken eng an ihre Vorderseite. „Elise, beende es."

Diesmal schloss sie die Augen. Sie öffnete ihre Hände und gab sich der Kraft hin, die sie durchströmte. Sie zog an der frenetischen Energie, die um sie herumwirbelte, und wiederholte den Befehl. „Der Körper ist heilig. Ein Geschenk des Schöpfers, der einer Seele gegeben wird. Dein Geist gehört nicht hierher. Er hat keine Rechte. Keinen Platz innerhalb des physischen Zufluchtsorts, den er beschlagnahmt hat."

Besitze deine Magie.
Besitze und leite sie.
Fühle sie.

Führung durch ihre Begleiterin oder vielleicht der Hüterin, aber mit der Stärke einer Meereswelle versehen, die bei Flut gegen die Küste schlug.

Sie benutzte sie, kanalisierte sie. Ließ die Magie durch sich strömen. „Durch die Kraft, die der Hüter gibt, bist du verbannt. Gezwungen, den Körper, den du genommen hast, aufzugeben und dich zu präsentieren. Gib deinen Halt auf. Forme dein wahres Selbst."

Ein langer gequälter Schrei ertönte. Das qualvolle Heulen eines Mannes, der in Stücke gerissen wurde. Das gepeinigte Geräusch hing eine Sekunde lang in der Luft, dann setzte sie sich in Bewegung, Tate zog sie an einer Hand nach vorn, während die anderen an ihren Platz eilten.

Auf beiden Seiten des Gebäudes standen Priest und Kateri mit ausgestreckten Händen. Ströme tiefer pflaumenfarbener Magie strömten aus Kateris Handflächen, während das Silber der Anderswelt von Priest ausstrahlte. Die vereinte Kraft wirbelte um eine dunkle Wolke herum, die hoch über ihnen schwebte.

Ein Käfig, der Dravens dunklen Geist enthielt.

„Elise!"

Tates scharfer Befehl riss sie aus ihrer fassungslosen Benommenheit. Sie griff nach dem Dolch und ließ sich neben Jerriks bewusstlosem Körper auf die Knie fallen. Ob die Wache stehenden Krieger ihn zu seiner Position an der Nordseite des Rituals gezerrt hatten, oder Tate, während er sie fast über den offenen Platz geschleift hatte, konnte sie nicht sagen. „Jemand muss seinen Arm festhalten."

Tate war im Handumdrehen da, seine Konzentration und Ruhe brannten durch den Schild, den er um sie herum aufrechterhielt.

„Das Blut eines Verlorenen", sagte sie und malte das Symbol des Zauberers in das Blut, das auf den Betonboden floss, „gegeben, um den Angeklagten festzuhalten."

Sobald die Worte verklungen waren, beruhigte sich die

zuckende Wolke, die in Priests und Kateris vereinter Kraft feststeckte, und ein strahlend weißes Licht verdrängte das kombinierte Silber und Purpur von Katy und Priest.

„Es funktioniert." Tate hievte sie hoch und drängte sie zu ihrem eigenen Platz.

Sabina stand wie geschockt an der südlichen Position. Ihre weit aufgerissenen Augen waren auf Dravens dunklen Geist gerichtet.

Alek wartete ihr gegenüber im Westen. Im Gegensatz zu Priest und Katy, die ihre Aufmerksamkeit auf Draven gerichtet hatten und jederzeit bereit waren, einzugreifen, konzentrierte er sich ausschließlich auf Elise. Er nickte scharf mit dem Kopf, ein stiller Befehl, sich zu beeilen.

Ihre Stimme ertönte überraschend klar und fest, trotz des abgehackten, pochenden Pulses in ihren Ohren. „Draven Rahandras, du wurdest durch die Kraft des Urteils des Blutes zum Hüter gerufen. Gebunden von allen vier Ecken der Erde und durch das Blut der Vorfahren derer, deren Leben du gestohlen hast. Vier Seelen genommen. Ein Henker. Steh jetzt auf und stell dich den Konsequenzen deines Handelns. Dem Urteil für den verbotenen Weg, den du gewählt hast."

Die dunkle Wolke zitterte und schwankte, aber sonst passierte nichts.

Elise sah Tate an.

Er schüttelte den Kopf und drückte ihre Schultern. „Zweifle nicht daran. Fokussiere dich."

Sie studierte die Wolke, öffnete ihre Gaben und ließ sich von ihrer Intuition leiten. Sie rezitierte die Wörter, die sie in den letzten fünf Tagen fast ununterbrochen gelernt hatte, noch einmal in ihrem Kopf.

Die Dunkelheit wurde heller und nahm dann langsam eine Kontur an.

Die eines Mannes, dessen Gestalt eher einem Geist

glich als der eines Menschen aus Fleisch und Blut. Seine Arme waren zur Seite ausgestreckt, als wären sie mit einem unsichtbaren Seil gefesselt, und sein Körper war völlig nackt. Verletzlich.

Draven.

Die Ähnlichkeit mit Priest war da. Derselbe kraftvolle Körper, Hautton und fast schwarze Haare. Aber Wut und Groll durchdrangen sein Wesen und verzerrten, was ein gesundes, friedliches Gesicht hätte sein können.

Draven schüttelte den Kopf. Seinen Körper. Jede Bewegung war, als wollte er verzweifelt einen Insektenschwarm vertreiben, der auf seinem Fleisch krabbelte. „Nein!"

„Oh doch" Der Hüter. Es war kein Körper zu sehen. Nur die sanfte weibliche Stimme aus der Anderswelt sprach mit einer Heftigkeit, die unermessliche Stärke in sich trug. „Angerichtete Verletzung und zugefügter Schaden werden nicht ungesühnt bleiben. Du hast absichtlich gegen das Gesetz des ultimativen Guten verstoßen. Hast die Geschenke, die du erhalten hast, unkenntlich gemacht und mir und meinem Clan die gestohlen, die mir teuer sind. Du wirst das Urteil hinnehmen."

Ein leises Summen vibrierte durch das Gebäude. Eine lebendige Präsenz, die alles um sie herum durchdrang. Sie durchdrang den Beton, die Wände und ebenso die Luft in ihren Lungen.

Dravens Rücken bog sich, sein Kopf fiel nach hinten und die Venen entlang seines Halses und seiner Schultern traten vor Anstrengung hervor. „Ich werde mich nicht aufhalten lassen. Meine Kraft wird deiner gleichkommen. Sie sogar übertreffen."

„Du hast ein Opfer gebracht", sagte die Hüterin, immer noch ruhig bei ihrer Antwort. „Einen Unschuldigen, um deine Reise in die Dunkelheit zu überbrücken. Aber jemand, der bereit ist, sein eigenes Opfer anzubieten, macht deine Kräfte zunichte. Wird dich von der Dunkelheit trennen. Und dann, Draven, gehörst du mir."

Das Summen verstärkte sich. Lud den Raum mit einer Energie auf, die an Elises Haut leckte und darauf prickelte.

„Du hast mein Angebot." Naomi trat aus der Dunkelheit hervor, Garrett ein stoischer Schatten hinter ihr, als sie ruhig vorwärtsging. Das helle Licht, das Dravens geisterhafte Gestalt umgab, strahlte von ihrem einfachen weißen Rock und dem passenden Tanktop ab. „Meine Geschenke. Mein Leben. Um die Dinge ins Gleichgewicht zu bringen, gehören beide dir."

„Nein!" Alek versuchte, von seinem Platz im Westen zu fliehen, aber Priest war bei ihm und hielt ihn mit einem unerbittlichen Griff zurück. Er sagte etwas zu Alek. Der Inhalt war angesichts der zunehmenden Geräusche um sie herum nicht zu verstehen, aber was auch immer es war, es sog die Kraft aus Aleks Widerstand.

Kateri blieb an Ort und Stelle, ihre Augen riesig und auf Naomi gerichtet. „Nanna."

Naomi lächelte, bot den wunderschönen gelassenen Anblick einer Frau, die diesen Moment nicht nur akzeptiert, sondern auch begrüßt hatte. „Er hat mir meinen Gefährten genommen. Er hat mir meinen Sohn genommen. Er wird mir meine Enkelkinder nicht nehmen."

Der Tausch mit Jade.

Naomi hatte sich keine Sorgen gemacht, dass jemand verletzt würde. Sie hatte sich Sorgen gemacht, dass sie kein gleichwertiges Opfer bringen könnten. Eines, das Dravens Kräfte ein für alle Mal durchtrennte.

„Das Opfer wurde angeboten", sagte die Hüterin. „Eins, das mir bereitwillig gemacht wurde. Dein Opfer wurde erzwungen. Gestohlen aus dem Leben eines

Menschen, der zu jung war, um es besser zu wissen."
Eine winzige Pause. Ein Herzschlag, der wie Donner hallte. „Deine Kräfte sind verloren. Ausgesogen und in der Dunkelheit begraben, wo sie hingehören, und dein Geist wurde ebenfalls verbannt. Deine Freiheit ist unerreichbar. Dein Leiden ist endlos und gebunden an die Nachsicht und das Mitgefühl, das du deinen Opfern gezeigt hast."

Das helle Leuchten um Dravens Gestalt wurde kräftiger. Blendete sie.

Eine ohrenbetäubende Explosion erfüllte den höhlenartigen Raum, und eine unerklärliche Kraft fegte sie auf allen Seiten weg, wobei der Aufprall sie und Tate mit der Wucht einer Flutwelle traf.

Tate behielt die Nerven, wickelte sie mit seinem Körper ein und bremste ihren Sturz. Der scharfe Aufprall, als sein Kopf auf dem Beton aufschlug, und die Stimme der Hüterin waren das Letzte, was sie hörte, bevor eine endlose Schwärze sie gänzlich verschlang. „Draven Rahandras, dein Urteil ist endgültig."

KAPITEL 25

Im Moment zu leben war verdammt noch mal viel einfacher, wenn der fragliche Moment nicht scheiße war. Für Tate, der in einem Hotelzimmer saß und zusah, wie seine Gefährtin einmal mehr versuchte, Jerrik aus der Bewusstlosigkeit zu wecken, während so viele andere in seinem Clan in ihren eigenen Zimmern warteten und den Verlust einer der ihren betrauerten, waren dieser Moment und die letzten drei Tage im Allgemeinen definitiv scheiße gewesen. Schlimmer noch, Elise hatte sich bei dem Versuch, ein kleines Wunder zu vollbringen, fast selbst zugrunde gerichtet und war praktisch eine wandelnde Tote.

Ein Schatten bewegte sich hinter dem Fenster, das mit Vorhängen verdunkelt war, und die grelle Spätnachmittagssonne zeichnete eine unverwechselbare Silhouette auf diese.

Tate stieß sich von der Wand ab, wo er die letzte Stunde gewartet hatte, und drehte leise am Türknauf, bevor Priest klopfen konnte. „Hey. Wie geht es Alek?"

Priests Blick fiel auf Elise, die sich über Jerriks Körper beugte, und Vanessa, fast ein Spiegelbild auf der anderen Seite. Die beiden waren noch lange nicht die besten Freunde. Ehrlich gesagt würde er Vanessa nicht näher als sechs Meter an seine Gefährtin herankommen lassen, aber die beiden hatten eine friedliche Einigung erzielt. Sie hatten eine Art Deal miteinander geschlossen, der durch Tragödie und Triumph zustande gekommen war und in wachsendem Respekt besiegelt wurde.

Priest deutete mit einer Kopfbewegung auf den Gang im zweiten Stock und trat von der Tür weg. „Lass sie sich konzentrieren. Sie haben genug zu tun, ohne dass wir für Ablenkung sorgen."

Für Priest war es eine ziemlich höfliche Aufforderung.

Unter normalen Umständen hätte er einfach Tates Anwesenheit befohlen, aber alle waren in letzter Zeit etwas weniger draufgängerisch. Ein bisschen demütiger und achtsamer mit dem, was sie hatten.

Und was sie verloren hatten.

Tate folgte ihm nach draußen und ließ die Tür gerade so weit offen stehen, dass er Elise hören konnte, falls sie nach ihm rufen würde, und dass er ohne Schlüssel wieder eintreten konnte. Das Hotel lag abseits der meisten Touristenattraktionen rund um Rapid City und den Black Hills Forest und war leer abgesehen von den Leuten, die sie mitgebracht hatten. Eine gute Sache in Anbetracht der ungewöhnlichen Uhrzeiten, zu denen sie in den letzten Tagen gekommen und gegangen waren. „Also, hat er schon mit dir gesprochen?"

Er, das war ein extrem angepisster Alek. Während alle anderen ihre Trauer mit einem gewissen Maß an Feierlichkeit und Respekt angegangen waren, war Alek von der explosiven Äußerung der Hüterin mit einer greifbaren Wut erwacht. Sie hatte sich in rasenden Zorn verwandelt, als sie bemerkten, dass Naomis Körper fehlte.

Priest hatte sich der Angelegenheit wie allem anderen gestellt – frontal und mit absoluter Entschlossenheit. Aber die Schuld und die Müdigkeit standen ihm ins Gesicht geschrieben. „Er hat Kateri endlich in sein Zimmer gelassen. Sie versucht, ihn zu einer Reise nach Black Hills für eine Verwandlung und einen Lauf zu überreden."

„Er kann dir nicht für immer aus dem Weg gehen."

„Das wird er nicht. Aber er hat ein Recht darauf, sauer auf mich zu sein. Er braucht Zeit, um das zu verarbeiten, und sein Wolf wird ihm helfen."

„Es war Naomis Entscheidung."

„Ich weiß das. Du weißt es. Aber Logik ist ein schwacher Trost für einen Mann wie Alek. Für alle, die einen geliebten Menschen verloren haben."

In Anbetracht dessen, wie sich die Dinge entwickelt hatten, schien *verloren* eine besonders passende Wortwahl zu sein. Abgesehen davon, dass Naomis Körper verschwunden war, nachdem sie alle nach der Körperexplosion des Hüters aufgewacht waren, hatte der Rest des Gebäudes unberührt ausgesehen. Immer noch so trist und trostlos wie zuvor, als sie das erste Mal hereingekommen waren, aber ohne die zerquetschten und angezündeten Kisten und dem Müll auf dem Boden. Kein Blut und keine Spur von der Leiche, die Jerrik bei seiner Ankunft hereingetragen hatte. Es war, als wäre gar nichts passiert. Wie das Zurückdrehen der Zeit im Film *Und täglich grüßt das Murmeltier*, aber mit einer viel unheimlicheren Atmosphäre, die keiner von ihnen noch einmal erleben wollte.

Doch Draven war fort, seine dunkle Magie und die Bedrohung, die er für ihren Clan bedeutet hatte, waren zusammen mit ihm ausgemerzt worden.

Priest hob sein Kinn in Richtung des Raums hinter ihnen. „Immer noch keine Veränderung?"

„Nichts. Beide sagen, dass es ihm körperlich gut gehe, aber sie können ihn nicht dazu bringen, aufzuwachen."

Das Gesicht zu einer kalten Maske verhärtet, die Tate seit Jahren nicht mehr gesehen hatte, drehte sich Priest um und starrte am Parkplatz vorbei auf den Wald in der Ferne. Sie hatten gehofft, mit Dravens Verbannung würden die Dunkelheit in Priest und was auch immer in Jerrik verweilte, mit ihm verschwinden. Aber Priest hatte ihnen versichert, dass der Parasit, gegen den er die letzten fünfzig Jahre gekämpft hatte, immer noch da war. Er war ruhiger als zuvor, sogar etwas zufrieden, dass sein Schöpfer ein grausames Schicksal erlitten hatte, aber er war immer noch genauso gefährlich und tödlich. Wie eine schlafende Infektion, die nur darauf wartete, ihren hässlichen Kopf zu erheben.

Angenommen, Jerrik würde aus seiner Bewusstlosigkeit erwachen, bedeutete das, dass ihm wahrscheinlich derselbe beschwerliche Weg zurück zur Vernunft bevorstand, den Priest vor Jahren erlebt und sich erkämpft hatte. Und dann müsste er noch den Willen zum Kämpfen finden. Nach allem, was er vermutlich durchgemacht hatte – all die Gräueltaten, die er zweifellos unter Dravens Einfluss begangen hatte –, könnte es ein langer Weg sein, diesen Willen zu finden.

„Du glaubst nicht, dass er aufwachen will", sagte Tate.

„Ich denke, wenn seine Reise auch nur annähernd so lang ist wie meine, hat er einen weiten Weg vor sich." Er stand Tate gegenüber. „Dennoch werden wir ihm dabei helfen. Wir werden ihn nach Hause holen, begleiten und ihn bei allem, was er braucht, unterstützen, so wie eure Mütter mir geholfen haben."

Die Tür hinter ihnen öffnete sich und Elise schlenderte aus dem Zimmer. Ihre müden Augen waren auf den Himmel über die hinter ihnen liegenden Black Hills gerichtet und nicht auf einen von ihnen.

Vanessa ging dicht hinter ihr her, aber ihre ganze Aufmerksamkeit war auf Elise gerichtet und ein besorgter Ausdruck lag auf ihrem Gesicht. Sie blickte zu Priest und Tate. „Irgendetwas passiert gerade. Sie saß da ... völlig konzentriert ... und richtete sich dann auf, als hätte jemand sie aus einem Traum geweckt. Das Nächste, was ich mitbekommen habe, war, dass sie hier raus wollte."

Elise blieb am weißen Geländer stehen, ihre Hände ruhten leicht auf der Brüstung und ihr Kopf war zur Seite geneigt, als würde sie sich anstrengen, um etwas in der Ferne zu hören. „Mir geht's gut."

Nicht gerade eine Reaktion, die Tate oberflächlich eine ganze Menge Wärme und Verschwommenheit verlieh, aber das Staunen und die Neugier in ihrer Stimme und das stetige Dröhnen der Bindung zwischen ihnen hielten Mensch und Tier in Schach. Was auch immer ihre Aufmerksamkeit erregte, es war etwas Gutes. Etwas, was gut genug war, um ihre Lippen zu einem sanften Lächeln zu heben und ihre grünen Augen im strahlenden Sonnenschein funkeln zu lassen.

„Geh und hol Kateri und Alek", sagte sie beinahe flüsternd. „Beeil dich." Damit brach das tiefe Waldgrün der Heiler-Aura aus ihr heraus, und ihr Adler fegte vorwärts. Sein Willkommensschrei erfüllte den weiten Raum um sie herum.

„Ich hole sie", sagte Vanessa und rannte dann fast zu Aleks Zimmer am anderen Ende des Gangs.

Tate sah Priest an. „Was zum Teufel geht hier vor?"

„Ich habe keine Ahnung." Priest schüttelte den Kopf, offensichtlich genauso verwirrt und sprachlos wie Tate. „Alles, was ich weiß, ist, dass deine Gefährtin einen scharfen Instinkt hat. Einen, der uns in den letzten Wochen an einer Menge Scheiße vorbeigelotst hat. Wenn sie an etwas dran ist, das sie so aufgeregt und hoffnungsvoll macht, werde ich Alek selbst hier rausschleppen."

Stimmen erklangen den Flur hinunter. Zuerst Vanessa. Dann Katy. Dann eine viel knappere Antwort von Alek.

Elises Adler flog weiter, schwebte nach außen und oben, bis alles, was in Sichtweite war, ein schwarzes Zittern am strahlend blauen Himmel war.

„Verdammt noch mal, Alek!", brüllte Katy aus Aleks Zimmer. „Es ist mir egal, wie angepisst du bist. Elise hat gesagt, sie braucht dich, also reiß dich zusammen und geh da raus!"

Tate kicherte. „Ich glaube, du färbst auf sie ab."

Priest ließ den Kopf hängen, aber das erste Lächeln, das Tate seit Tagen bei ihm sah, erhellte sein Gesicht. „Nein, ich habe ihr nur geholfen, die Tür zu öffnen." Er hob den Kopf und begegnete Tates Blick. „Ist ein bisschen wie das, was du und Elise füreinander getan habt."

Ein scharfes Kreischen durchschnitt den Himmel, nicht von Elises Adler, sondern von einem anderen Vogel.

Elises Adler antwortete, und das Band in Tate pulsierte mit einer weiß glühenden Freude, die ihn tief traf. „Sie ist nicht allein."

Priest richtete sich auf, alle Heiterkeit ausgelöscht und sein scharfer Blick auf den Horizont gerichtet. „Und das ist kein weiterer Adler. Das ist ein Falke."

Wie zur Bestätigung seiner Aussage ertönte das Kreischen erneut. Dieses Mal kühner und die Luft um sie herum füllend.

„Alek!" Priest brüllte und ging zu den Betonstufen, die zum unterhalb liegenden Parkplatz führten. „Kateri, bring ihn hier raus."

Aber er hatte es schon gehört. Jeder hatte das. Sabina, Kateri, Alek, Garrett und der Rest der Krieger stürmten alle aus ihren Räumen und folgten Tate und Priest hinunter auf den Asphalt.

Die beiden Vögel kamen in Sicht. Die gewaltige Spannweite von Elises Adler und die dunkle Färbung vor dem hellen Himmel stellten den kleineren Falken hinter ihr mühelos in den Schatten.

Aber sie war da.

Ein Falke.

Naomi.

„Ist sie es?", murmelte Kateri, während sie sich zwischen Priest und Tate stellte.

Priest zog sie nah an sich heran, eine ungewöhnliche Sorge lag auf seinem Gesicht. „Ich weiß nicht, *mihara*. Bis wir sie sehen …"

„Sie ist es." Alek schritt vorwärts.

Der Falke und der Adler stürzten nach unten. Ein funkelndes goldenes Licht, gemischt mit Elises kräftigerem Grün.

Und dann waren sie da. Elise offensichtlich müde und ein wenig wackelig auf den Beinen, aber mit einem strahlenden Lächeln auf dem Gesicht, das der Sonne Konkurrenz machen konnte. Naomi neben ihr war scheinbar unversehrt von jeglichem Schaden. Nicht einmal ein zerzaustes graues Haar war aus ihrem perfekt geflochtenen Zopf entkommen.

Alek zog sie in eine heftige Umarmung und hielt sie fest. Seine grummelnden Worte waren für die anderen unverständlich. Aber sie brachten Naomi zum Lachen. Sie warf ihren Kopf zurück und umschlang den Hinterkopf ihres Enkels, um ihn etwas fester zuhalten.

Kateri war die nächste.

Dann Priest.

Aber Tate ging zu Elise, zog sie fest an sich und führte ihre Wange so, dass sie an seiner Brust ruhte. „Woher wusstest du das?"

„Das habe ich nicht." Sie hob den Kopf und lächelte ihn an, ihre Augen feucht von Tränen, die noch nicht ganz übergelaufen waren. „Mein Adler wusste es. Sie hörte Naomis Falken in der Anderswelt und sagte mir, ich solle dem Ruf folgen. Naomi war die ganze Zeit dort. Beschützt vom Hüter."

Priest trat von Naomi zurück, die Erkenntnis auf seinem Gesicht bewies, dass er jedes Wort gehört hatte. „Der Wille war der Schlüssel."

Naomi nickte.

Alek stand dicht neben ihr. Seine Haltung zeigte, dass er es immer noch nicht glauben konnte und Angst hatte, dass sie wieder verschwinden würde.

„Als die Vision zu mir kam", sagte Naomi, „kam sie auch mit der Erinnerung an die Nacht von Dravens Opfer. Ein junges Mädchen, das getötet wurde, um genug Macht zu beanspruchen, um die Primos zu übernehmen. Völlig unwillig." Sie griff nach Aleks Hand und drückte sie. „Ein bereitwilliges Opfer ist immer wertvoller. Stärker. Aber die Hüterin wollte weder meine Magie noch meinen Tod. Die Absicht und der Glaube waren genug."

„Du warst drei Tage weg", sagte Alek, sichtlich erregt über die Verzögerung bei der Rückgabe von Naomi. „Wenn sie nicht die Absicht hatte, dich zu behalten, warum hast du dich dann so lange ferngehalten? Wir dachten, du wärst tot."

„Wir haben getrauert." Woher die Führung kam, konnte Elise sich nicht erklären. Und ehrlich gesagt war es ihr nach allem, was sie im letzten Monat gelernt und erlebt hatte, auch egal. Sie wusste nur, dass ihre Intuition und ihre Magie unglaubliche Gaben waren, die dazu bestimmt waren, genutzt zu werden. Und sie wogen schwerer als Logik. „Die Emotion machte das Opfer beeindruckender. Ein Opfer von vielen gegen das Opfer von einem."

„Ein Opfer, das für drei Tage gebracht wurde", sagte Garrett. „Eine Triade – eines, um Dravens Körper zu binden, eines, um seinen Geist zu binden, und eines, um seine Seele zu binden."

„Aber es ist vorbei, oder?", fragte Kateri. „Es ist nicht nur ein vorübergehender Deal. Du bist für immer zurück und Draven ist tot?"

„Seelen sterben nie", sagte Naomi und ihr Lächeln war etwas weicher als zuvor. „Aber seine ist an die Dunkelheit gebunden. Und ja, bis meine Zeit tatsächlich gekommen ist, bleibe ich hier."

„Tu mir einen Gefallen", sagte Alek zu Priest. „Lass dich nicht wieder von ihr zu so einer Scheiße überreden."

„Ich persönlich hoffe, dass wir keinen Grund für weitere große Gesten haben werden", ergänzte Katy, bevor Priest antworten konnte.

Priest warf einen Blick zurück zum Hotelzimmer, in dem Jerrik bewusstlos lag, und der Hauch eines Stirnrunzelns trübte die Erleichterung, Naomi zurückzuhaben.

Elise nahm dies zum Anlass, sich erneut zu rüsten – mit der gleichen zielstrebigen Entschlossenheit, die sie in den letzten drei Tagen gezeigt hatte, um Jerrik alles zu geben, was er brauchte, damit er seinen Weg zurückfand. Sie drückte gegen Tates Brust und versuchte, sich aus seinem Griff zu befreien. „Ich werde es noch einmal versuchen."

„Nein." Priest sagte es zur selben Zeit, wie Tate, der seine Arme enger um sie schlang. „Du hast genug getan. Vanessa auch." Er musterte die um ihn versammelten Menschen, die auf seinen leisen Befehl hin verstummt waren. „Was er jetzt braucht, ist Zeit. Wir bringen ihn nach Hause und kümmern uns dort um ihn." Sein Blick heftete sich auf Elise. „Was du brauchst, ist Ruhe."

Elise sah Tate stirnrunzelnd an. Dann Priest. „Aber jemand muss bei Jerrik bleiben."

Bei all den Kriegern, die sich hinter Alek versammelt hatten, war Vanessa in der Menge so gut wie verschwunden, aber ihre zaghafte Stimme erhob sich über sie. „Ich bleibe bei ihm." Sie trat vor. „Ich habe letzte Nacht geschlafen und du könntest eine Pause gebrauchen."

Komisch. Sie hatten in der letzten Woche einige ziemlich ernste, atemberaubende Momente erlebt, aber Tate hatte die Crew, die mit ihnen gereist war, noch nie so still werden sehen wie in dieser Sekunde.

Elise reagierte, ohne mit der Wimper zu zucken. „Danke." Während ihr Körper größtenteils locker an ihn gelehnt war, grinste sie Tate mit einem verschmitzten Lächeln an, das ihre Müdigkeit Lügen strafte. „Um ehrlich zu sein, fliege ich lieber, als mich auszuruhen. Vielleicht erkunden wir die Black Hills ein bisschen mehr?"

Erkunden, von wegen. Er kannte diesen Blick. Seine Gefährtin brauchte vielleicht wirklich etwas Schlaf, aber sie hatte mehr als nur ein bisschen Adrenalin abzubauen, das entstanden war, als sie Naomis Falken gehört hatte. Sie war vielleicht nicht bereit für eine vollständige Jagd, er hatte jedoch keine Probleme, ihr eine ordentliche Verfolgung zu geben. Er strich mit seiner Hand über Elises Rücken und begegnete Priests Blick über ihren Kopf hinweg. „Wann willst du wieder nach Hause?"

Priest grinste, drückte Katy fest an seine Seite und murmelte den anderen Leuten um ihn herum zu: „Das ist der Code für: *Wir sollten wohl nicht damit rechnen, sie bis irgendwann spät morgen wiederzusehen.*" Er lachte mit allen anderen und deutete mit dem Kopf auf den Wald, der sich hinter ihnen erstreckte. „Geht. Habt Spaß."

Elises Lachen, als sie sich aus seinen Armen löste, war das unbeschwerteste, das er seit Tagen gehört hatte. „Nun, er muss mich zuerst fangen." Sie wackelte in einem spielerischen Auf Wiedersehen mit ihren Fingern. Eine Sekunde später wurde sie von dem Grün verzehrt, das sie als aus dem Haus der Heiler kennzeichnete, und ihr Adler brach hervor.

Alek lachte zusammen mit einer Handvoll der anderen Krieger. „Ja, gute Jagd, Tate. Du wirst es verdammt schwer haben, sie vor Einbruch der Dunkelheit zu finden."

„Oh, ich werde sie finden." Sein Kojote schritt auf und ab und drängte nach Freilassung. Das Stechen und Brennen, das vor dem Wandel kam, prickelte unter seiner Haut und das Band zwischen ihnen pulsierte kräftig. Er hielt kurz inne, um Aleks Blick zu erwidern, bevor er seinem Begleiter freien Lauf ließ und die Wandlung begrüßte. „Sie wurde für mich gemacht. Ich werde sie immer finden."

DANKSAGUNGEN

In dieser Geschichte bekam Elise einen neuen Clan und hatte die Freude, zu erfahren, was es bedeutet, von ihm unterstützt und beschützt zu werden. Ich denke, es ist witzig, dass Elise ihren Clan zur gleichen Zeit fand, als ich meinen eigenen neuen bekam – oder vielleicht war es einfach das Leben, das sich in der Fiktion widerspiegelte. Wer weiß!

Aber ich kann ohne Frage sagen, dass ich denen von euch, die mich auf meiner neuen Reise unterstützt haben, sehr dankbar bin. An jeden einzelnen von euch – vielen Dank!

Danke auch an mein Autorenteam – Cori Deyoe, Juliette Cross, Dena Garson, Lucy Beshara, Jennifer Mathews und meine wundervollen Töchter Abby und Addie. Es gibt nichts, was ich mit eurer Unterstützung nicht erreichen könnte.

Ich möchte mich auch bei der Crew von Rhenna's Romantics bedanken. Es macht so viel Spaß, meine Schreibreise mit jedem von euch zu teilen. Ich schätze alles, was ihr tut, um die Nachricht zu verbreiten, wenn neue Geschichten veröffentlicht werden.

Abschließend ein herzliches Dankeschön und dicke Umarmungen an Angela James, Kerri Buckley, Stephanie Doig und den gesamten Teams von Carina Press und Harlequin. Ich bin eine weit ausschweifende Schriftstellerin, aber es gibt einfach nicht genug Worte, um richtig auszudrücken, wie geehrt und dankbar ich für eure Zeit, Fürsorge und Talente bin.

AUTORIN

Die aus Oklahoma stammende Mutter zweier hübscher Töchtern ist attestierte Liebesromansüchtige. Ihr bisheriger Lebenslauf spiegelt ihre Leidenschaft für alles Neue wider: Rhenna Morgan arbeitete u.a. als Immobilienmaklerin, Projektmanagerin sowie beim Radio.

Wie bei den meisten Frauen ist ihr Alltag von morgens bis abends vollgepackt mit allerlei Verpflichtungen. Um ihrem anstrengenden Alltag zeitweise zu entkommen, widmet sie sich in ihrer Freizeit dem Liebesromangenre. Egal, ob zeitgenössisch oder übersinnlich – in Rhenna Morgans Liebesgeschichten stecken stets neue aufregende Welten und starke Helden, die um die Frauen ihres Herzens kämpfen.